教育部人文社会科学重点研究基地重大项目

"中国诗歌研究史"（05JJD750.11-44011）成果

首都师范大学中国诗歌研究中心规划项目成果

中国诗歌研究史

左东岭 主编

先秦卷

李炳海 著

人民文学出版社

图书在版编目（CIP）数据

中国诗歌研究史. 先秦卷/左东岭主编；李炳海著. —北京：人民文学出版社，2020

ISBN 978-7-02-015811-9

Ⅰ.①中… Ⅱ.①左… ②李… Ⅲ.①诗歌研究—历史—中国—先秦时代 Ⅳ.①I207.22

中国版本图书馆 CIP 数据核字（2019）第 250824 号

责任编辑　高宏洲
装帧设计　陶　雷
责任印制　王重艺

出版发行　人民文学出版社
社　　址　北京市朝内大街 166 号
邮政编码　100705
网　　址　http://www.rw-cn.com

印　　刷　三河市中晟雅豪印务有限公司
经　　销　全国新华书店等

字　　数　400 千字
开　　本　880 毫米×1230 毫米　1/32
印　　张　11　插页 2
版　　次　2020 年 4 月北京第 1 版
印　　次　2020 年 4 月第 1 次印刷

书　　号　978-7-02-015811-9
定　　价　77.00 元

如有印装质量问题，请与本社图书销售中心调换。电话:010-65233595

总　序

处于世纪之交的中国学术界，编写各种各样的学术史成为近二十年来的流行学术操作。自20世纪初以来，中国的各种学科由于受到西方学术理念与研究方法的影响，纷纷建立起自己的研究范式，并运行了近百年，其中取得了巨大的学术成就，也存在着种种的问题与缺陷，因此有必要对其进行总结与检讨，以便完善学科的建设与提升研究的水平。从此一角度看，学术史写作的流行便是可以理解的一种学术选择。然而，在这二十多年的学术史编写中，到底对于学术的研究提供了何种帮助，又存在着哪些问题，或者说我们到底需要什么样的学术史，似乎还较少有人关注。我认为，总结学术史的写作就像学术史的写作一样重要，因为及时检讨我们所从事的学术工作，会使后来者少走弯路而提升学术史的研究水平。

一、近二十年学术史写作的检讨

学术史的清理其实是学术研究的常规工作，任何一个领域的问题研究，都必须首先从学术史的清理做起，否则便无法展开自己的研究。但中国学术界大规模、有意识的专门学术史研究，是从20世纪80年代末开始的，其标志性的成果是天津教育出版社组织编辑出版的"学术研究指南丛书"，从20世纪80年代末至90年代中期，该丛书出版了数十种各学科的学术史"概述"类著作，其中不少著作至今仍是所在学科研究的必读书。现在回头来看这套大型研究史丛书，我们依然应该对其表示敬意，因为它的确对当时及后来的学术研究具有重要的贡献与推进。总结起来说，它具有下面几方面的主要特点：

一是起点较高。作为一套大型的研究指南丛书，其着眼点主要是为研究者提供入门的方法以便能够把握本领域的基本学术状况及研究方法，因此该丛书的"出版说明"就开宗明义地指出：

> 这套丛书将分门别类介绍哲学和社会科学各分支的研究沿革，对各学科的研究成果进行归纳和分析；对各学派或不同观点进行评介；对当前的研究动态及对未来研究趋势进行预测；还要介绍各学科特有的研究方法和手段。为了便于研究者检索，书后还附上该学科的基本资料书目及其提要和重要论文索引。这样，本书便是集学术性、资料性和工具性于一身，一册在手，即可对某一学科研究的基本情况一览无遗，足供学人参考、咨询、备览，对需要深入研究的内容，也可按图索骥，省却"踏破铁鞋无觅处"的烦恼。

从此一说明中不难看出，该丛书还不是纯粹意义上的学术史著作，其主要宗旨是作为研究的入门书，也就是所谓的"指南"性质，学术史研究当然是其重要组成部分，但不是其全部内容，这不仅从其书后附录的"基本资料书目"这些非学术史的板块可以看出，更可以从其撰写的方式显示出来。比如关于近代史的研究，该丛书既包括学术史性质的《中国近代史研究述要》[1]，同时也收进去了《习史启示录》[2]

---

[1] 陈振江：《中国近代史研究述要》，天津教育出版社，1997年版。
[2] 中国史学学会《中国历史年鉴》编辑组：《习史启示录：专家谈如何学习近代史》，天津教育出版社，1988年版。

这类谈治学经验的著作。而且在体例上也还存在一些问题,比如在中国古代文学学科,该丛书共收了9种著作:赵霈霖的《诗经研究反思》和《屈赋研究论衡》、刘扬忠的《宋词研究之路》、宁宗一的《元杂剧研究概述》和《明代戏剧研究概述》、金宁芬的《南戏研究变迁》、李汉秋的《儒林外史研究纵览》、罗宗强的《古代文学理论研究概述》、袁健的《晚清小说研究概说》等。将作为学科的古代文学理论和作为文体的诗、词、小说、戏剧以及古典名著的《儒林外史》并列,颇显体例的凌乱。尽管存在这些不足,但其中有两点是应该引起足够重视的。这就是一方面要"对各学科的研究成果进行归纳和分析;对各学派或不同学术观点进行评介"的学术史清理,另一方面还要"对当前的研究动态及未来研究趋势进行预测"的研究瞻望。这两方面的要求应该说是很高的,尤其是对于研究趋势的预测就绝非一般学者所能轻易做到。

二是作者队伍选择比较严格。从该丛书呈现的实际成果来看,其作者一般都具备两个条件:在某领域已经具有较大成就的学者和当时依然处于研究状态的学者。仍以古代文学为例,其中的六位学者都在各自的领域取得了较为突出的研究业绩,但在当时又都还是中年学者,正处于学术生命的旺盛期。这或许和这套丛书的"指南"性质相关,因为刚入门者缺乏研究经验,而已经退出研究前沿的年长学者又难以跟上学术发展潮流。这种选择其实也反映在上述所言的体例凌乱上,因为是以有成就的中年学者为选择对象,当然就不能追求体例的统一与均衡,可以说这是牺牲了体例的完整性而保证了丛书的质量。当然,从8种学术史著作居然有两位作者一人呈现两种的情况看,还是包含着地域性的局限与丛书组织者学术界统合力的不足。

三是丛书质量较高。由于具有较高的立意与作者队伍选择的严格,从而在总体上保障了丛书的基本质量,其中有不少成为本领域的必读著作。比如在罗宗强的《古代文学理论研究概述》的第一编,分四个小节对古代文学理论的"研究对象""研究目的""研究历史"和"资料载籍"进行系统的介绍,使读者完整地了解该学科的基本性质与历史发展,同时还提出了自己的独立见解,认为"弄清古代文学理论的历史面貌本身,也可说就是研究的目的"[1]。自建国以来,古代文论的研究一直追求"古为今用"的实用目的,从而严重影响了对于其真实内涵的发掘,当时提出弄清历史面貌的研究目的,可以说是一种拨乱反正的主张。正是由于拥有这样的眼光,也就保证了学术史清理中的学术判断,从而保证了该书的质量。

自此套丛书出版之后,便持续掀起了学术史写作的热潮,仅以中国古代文学学科为例,其中冠以20世纪学术史名称的便有:赵敏俐、杨树增的《20世纪中国古典文学研究史》[2],张燕瑾、吕薇芬主编的《20世纪中国文学研究》[3],蒋述卓等人主编的《20世纪中国古代文论学术研究史》[4],黄霖主编的《20世纪中国古代文学研究史》[5],傅璇琮主编的《20世纪中国人文学科学术研究史丛书文学专辑》[6],李春青主编的《20世纪中国古代文论研究史》[7],等等。有的著作虽未

---

[1] 罗宗强等:《古代文学理论研究概述》,天津教育出版社,1991年版,第7页。
[2] 陕西人民教育出版社,1997年版。
[3] 北京出版社,2001年版。
[4] 北京大学出版社,2005年版。
[5] 东方出版中心,2006年版。
[6] 福建人民出版社,2006年版。
[7] 山东教育出版社,2008年版。

以此为名,其实亦属于同类性质的著作,如:董乃斌等人主编的《中国文学史学史》①,傅璇琮、蒋寅主编的《中国古代文学通论》②等,均包含有对20世纪学术史梳理的内容。还有以经典作家作品为对象的专门研究史,如以《文心雕龙》研究为题的张少康等《文心雕龙研究史》③、张文勋《文心雕龙研究史》④、李平《文心雕龙研究史论》⑤等,以杜甫为题的吴中胜《杜诗批评史》⑥,以苏轼为题的曾枣庄《苏轼研究史》⑦,以《红楼梦》为题的白盾《红楼梦研究史论》⑧、陈维昭《红学通史》⑨等。至于在此期间以综述文章形式发表的学术史研究成果,更是难以一一列举。

与"学术研究指南丛书"相比,后来的学术史的研究无疑有了长足的进展,这表现在以下几个方面:

一是更加系统而规范。比如张燕瑾等的《20世纪中国文学研究》共10卷,不仅包括了古代文学的各个朝代,而且还增添了近代、现代和当代,应该说这才是真正完整的学术史;又如傅璇琮主编的《20世纪中国人文学科学术研究史丛书文学专辑》内容更为完整丰富,共由8种构成:《中国古代小说研究》《中国戏剧研究》《中国词学研究》《中国诗学研究》《中国古代散文研究》《中国文学批评史研

---

① 河北人民出版社,2003年版。
② 辽宁人民出版社,2005年版。
③ 北京大学出版社,2001年版。
④ 云南大学出版社,2001年版。
⑤ 黄山书社,2009年版。
⑥ 中国社会科学出版社,2012年版。
⑦ 江苏教育出版社,2001年版。
⑧ 天津人民出版社,1997年版。
⑨ 上海人民出版社,2005年版。

究》《西方文学研究》《比较文学研究》,应该说文学研究的主要内容全都囊括进来了,而且分类也比较合理;再如黄霖主编的《20世纪中国古代文学研究史》共7卷,除了以分体所构成的"诗歌卷""小说卷""戏曲卷""散文卷""词学卷""文论卷"外,还由主编黄霖执笔撰写了"总论卷",对20世纪古代文学研究的总体状况与重要理论问题进行归纳与评述,从而与其他分卷一起构成了一个立体的系统。这些大型的学术史丛书,较之以前那些零打碎敲而互不统属的研究已经显示出明确的优势。

二是体例多样而各显特色。就本时期的学术著作的整体情况看,大致显示出三种体例。有的以介绍研究成果为主要目的而较少做理论的总结与评判,如张燕瑾等的《20世纪中国文学研究》、张文勋的《文心雕龙研究史》等,张文勋在绪论中就说:"对于入史的资料,采取实录的方法,保存其历史原貌。对当时的历史情况和资料的优劣,尽量做到述而不评,以便使读者进一步研究,评价其优劣,判断其是非。"①当然,并非所有的成果都是有意保持实录的特色而是缺乏判断的能力,但结果都是以介绍成果为主的写法。有的以问题为中心进行理论的总结,如赵敏俐等的《20世纪中国古典文学研究史》和韩经太的《中国文学批评史研究》等。赵敏俐以"时代变革与学术演进""文化思潮与理论思考""格局改变与领域拓展"和"文学史的研究与撰写"②来概括其著作内容,体现出明确的问题意识。韩经太则直接说:"如今已是电子信息时代,相关资料的检索汇集,实际上

---

① 张文勋:《文心雕龙研究史》,云南大学出版社,2001年版,第11页。
② 赵敏俐等:《20世纪中国古典文学研究史》,陕西教育出版社,1997年版,第1—13页。

已不再成为学术总结的难题。关键还在'问题意识'的确立。"①既然具有如此的指导原则,其著作也就理所当然地采取了以问题为章节设计的基本格局。有的则以深层理论探索为学术目的,如董乃斌等人的《中国文学史学史》并不是去介绍评判各种文学史编撰的优劣短长,而是要通过对前人经验的总结,建立自己的文学史学史,因而其关注的焦点就是:"细心地考察文学史学演进中诸种内部与外部的交互作用,实事求是地估量各种理论观念、史料工作和史纂形式的历史成因及其利弊得失,认真地探索与总结其发展规律。"②在此基础上,董乃斌还主编了另一本理论性更强的《文学史学原理研究》③的著作,显示了其重理论总结的学术路径。

三是对于学术史认识的深化。学术史的研究对象是相当驳杂凌乱的,如何选择与评价取决于研究者的知识构成与学术素养,即使面对相同的研究对象,由于研究者不同的学术背景,也会具有较大的差异。比如对于"新红学"的态度,早期的学术史多从政治的角度采取批判的态度,而近来的学术史则更多从学理的层面进行清理。比如郭豫适在评价胡适《红楼梦考证》的研究方法时说:"胡适虽然在具体进行作者、版本问题的考证中,得出了一些比较合乎实际的、可取的看法,但是我们不能因此而肯定他那实验主义的真理论和实用主义的研究方法。"④很明显,这是当时对胡适"大胆假设,小心求证"方法的关注与批判。而陈维昭在评价胡适时也说:"以胡适为代表的'新红学'的最本质的错误在于无视文本的创造过程和文本的阅读的不可

---

① 韩经太:《中国文学批评史研究》,福建人民出版社,2006年版,第10页。
② 董乃斌等:《中国文学史学史》,河北人民出版,2003年版,第26页。
③ 董乃斌等:《文学史学原理研究》,河北人民出版社,2008年版。
④ 郭豫适:《红楼梦研究小史续稿》,上海文艺出版社,1981年版,第44页。

逆性,无视叙述行为和阅读行为的解释性。"①如果没有接触过新批评的文本理论与接受美学等开放性阐释新理论,作者不可能对胡适的新红学进行此种学理性的批评。从知识构成角度看,郭豫适依然在传统理论的层面研究胡适,而陈维昭则是用新的理论视角在审视胡适,尽管二人的评价有深浅的差异,但并无高低的可比性,因为那是处于不同时代的学术研究,只存在时代的差异而难以进行水平高低的对比。

指出上述学术史研究的新进展并不意味着目前的学界不存在问题,其实在学术史研究局面繁荣的背后,潜存着许多必须关注的缺陷甚至是弊端。这种情况可以分为两个层面。一个是大批貌似学术史研究而实则仅仅是成果的罗列,作者既未能全面搜罗成果,也缺乏鉴别拣择的能力。此类成果对于学术研究几乎毫无贡献,故不在本文的论述范围之内。另一个是许多严肃性的学术史著作与论文,对学界的进一步研究影响较大,但也存在着种种的问题,这就不能不引起足够的重视。就笔者所看到的学术史论著,大致存在着以下应该引起注意的现象。

首先是资料的不完整。竭泽而渔地网罗全部资料是学术史研究的前提,然后才能从中筛选出有价值的成果进行分析评价。然而目前的学术史著作中却很少有人将学术史资料搜集齐备的。尽管目前电脑网络的搜集手段已经足够先进便捷,但也恰恰由于过分依赖网络检索而忽视了其他检索的途径。比如目前网络数据库的内容基本上是经过授权的期刊,而在此之外却存在大量的盲点,论其大者便有未上期刊网的地方刊物成果、丛刊及论文集中的成果以及通史类中所包含的成果三种,均时常被学者所忽略。且不说那些以举例为写

---

① 陈维昭:《红学通史》,上海人民出版社,2005年版,第160页。

作方式的论著,即使那些专门提供成果索引的学术史著作,也存在此类问题。比如中国社会科学院历史研究所明史研究室编纂的《百年明史论著目录》①一书,搜集了自1979至2005年的明史研究成果,应该有足够的权威性,但本人在翻检自己的成果时却吃惊地发现有大量的遗漏。其中共收本人7篇论文和3部著作,但那一时期作者共发表有关明史研究的论文20篇,也就是说遗漏了将近三分之二的论文。遗漏部分有些是上述所言的盲区,如《阳明心学与冯梦龙的情教说》②属于论文集所收成果,《明代心学与文学》③属于论著中所包含成果。而《童心说与李贽的人生价值取向》④、《阳明心学与唐顺之的学术思想、文学思想与人格心态》⑤、《论王阳明的审美情趣与文学思想》⑥属于增刊或丛刊类成果。但不知是何原因,在知网中所收录的8篇论文竟然也被遗漏,似乎令人有些费解⑦。可以想象,如果按

---

① 中国社会科学院历史研究所明史研究室编:《百年明史论著目录》,安徽教育出版社,2012年版。
② 张晶主编:《21世纪文艺学研究的新开拓》,中国传媒大学出版社,2003年版。
③ 傅璇琮、蒋寅:《中国古代文学通论(明代卷)》,辽宁人民出版社,2005年版。
④ 《朱子学刊》第8辑,1998年。
⑤ 《文学与文化》第1辑,2003年。
⑥ 《文艺研究》1999年增刊。
⑦ 这8篇文章是:《耿、李之争与李贽晚年的人格心态巨变》(《北方论丛》1994年第5期)《禅学思想与李贽的童心说》(《郑州大学学报》1995年第5期),《从良知到性灵:明代文学思想的流变》(《南开学报》1995年第4期),《阳明心学与汤显祖的言情说》(《文艺研究》2000年第3期),《从本色论到性灵说:明代性灵文学思想的流变》(《社会科学战线》2000年第6期),《内在超越与江门心学的价值取向》(《南昌大学学报》2000年第2期),《李贽文学思想与心学关系及其影响研究综述》(《首都师范大学学报》2002年第6期),《20世纪以来心学与明代戏曲小说关系研究综述》(《首都师范大学学报》2004年第5期)。

照该索引查找本人有关明史的研究成果，其学术史的研究将会与实际状况有较大的出入。

其次是选择的合理性。尽管在搜集研究成果时力求其全，但除了索引类著作外，谁也无法且亦无必要将所收集到的成果全部罗列出来，也就是说作者必须进行选择，何者须重点介绍，何者须归类介绍，何者可归为存目。选择的工作需要的是作者的学养、眼光以及对该研究领域的熟悉程度。比如同样是对明代诗歌研究史的梳理，余恕诚《中国诗学研究》用了"百年明诗研究历程""高启诗歌研究"和"前后七子诗歌研究"三个小节予以论述，而羊列荣《20世纪中国古代文学研究史（诗歌卷）》却仅用"关于明诗的叙述状况"一节进行介绍，而且重点叙述"公安派的现代发现"。这种选择的不同就有二人学术判断的差异，也有是否对明代诗歌研究具有实际研究经验的问题。其实，就研究史本身看，现代学术史上的明诗研究都比较偏重一首一尾，高启与陈子龙乃是其重要研究对象。从学术的误区来看，传统的研究比较重视复古派的创作而轻视性灵派的创作。应该说二人的选择都存在一定的问题。

三是体例的统一性问题。就近几年来的学术史研究看，由于规模越来越大，很难由一人单独完成，因此组织队伍进行合作研究就成为常见的方式。合作研究的模式大致有两种，导师带学生与学科老师合作，或者两种模式相结合也很常见。如果导师认真负责地制定体例与审定文稿，统一性也许可以得到保障。如果仅仅是汇集众人文稿而成，就不仅是体例统一的问题，还会具有种种漏洞诸如资料不全、选择不当、评价偏颇乃至文句错讹的存在。而学者之间的合作往往会存在体例不一的问题，因为每人的学术背景、研究习惯及文章风格多有不同，难免会有所出入。蒋述卓《20世纪中国古代文论学术研究史》是由蒋述卓、刘绍瑾、程国赋、魏中林等同仁合著的,其主要特点是将研究的历史阶段与专题研究结合起来进行论述,虽然部头不大,但却将20世纪古代文论研究的方方面面都涉及到了,是一部简明而系统的学术史著作。但如果细读,还是会发现作者之间的行文差异。蒋述卓长期从事古代文论的研究,不仅对材料相当熟悉,而且对许多专题有自己的思考,所以采用"述"与"论"相结合的方式,为此他还在"80至90年代中西比较文论研究的发展"一章里专门写了"中西比较文论研究的总体评价与展望"一节,畅谈自己的看法与设想。而在程国赋等人所撰写的"专题研究回顾"部分,却很少发表评价性的意见,尤其是《文心雕龙》研究部分,几乎就是研究成果的客观介绍。这样做当然是一种严肃的学术态度,与其因不熟悉而评价失当,倒不如客观叙述介绍,遗憾的是在体例上不免有些出入,与理想的学术史研究还有一定差距。

除了上述的种种不足之处外,同时也还存在着分析的深入性、评价的公正性、预测的先见性等方面的问题。但归结起来说,学术史的研究其实就是两个主要方面:是否准确揭示了真正有价值的学术观点与研究方法,是否通过学术史的梳理寻找出了新的学术增长点与研究空间。退一步说,即使不能指出以后的学术方向,起码也要传达与揭示有价值的学术成果。

二、《明儒学案》的启示:学术史研究的原则

学案体作为中国古代学术史编撰的一种写作模式,曾以其鲜明的特点长期被学界所关注。史学家陈祖武概括说:"学案体史籍,是我国古代史学家记述学术发展历史的一种独特编纂形式。其雏形肇始于南宋初叶朱熹著《伊洛渊源录》,而完善和定型则是数百年后。

清朝康熙初叶黄宗羲著《明儒学案》,它源于传统的纪传体史籍,系变通《儒林传》(《儒学传》)、《艺文志》(《经籍志》),兼取佛家灯录体史籍之所长,经过长期酝酿演化而成。这一特殊体裁的史书,以学者论学资料的辑录为主体,合案主生平传略及学术总论为一堂,据以反映一个学者、一个学派,乃至一个时代的学术风貌,从而具备了晚近所谓学术史的意义。"①在中国古代,接近于陈先生所说的这种学案体著作大致有朱熹《伊洛渊源录》、耿定向《陆杨学案》、刘元卿《诸儒学案》、周汝登《圣学宗传》、刘宗周《论语学案》、孙奇逢《理学宗传》、黄宗羲《明儒学案》、徐世昌《清儒学案》等。尽管在学案体的起源与名称内涵上目前学界尚有争议,但黄宗羲的《明儒学案》作为学案体的代表性著作则是毫无争议的。梁启超就曾说:"中国有完善的学术史,自梨洲之著学案始。"并且从黄宗羲《明儒学案》中总结出编撰学术史的几个条件:

> 著学术史有四个必要的条件:第一,叙一个时代的学术,须把那时代重要各学派全数网罗,不可以爱憎为去取。第二,叙某家学说,须将其特点提挈出来,令读者有很明晰的观念。第三,要忠实传写各家真相,勿以主观上下其手。第四,要把个人的时代和他一生经历大概叙述,看出那人的全人格。梨洲的《明儒学案》,总算具备这四个条件。②

就《明儒学案》的实际情况看,全书共62卷,由5个大的板块组成:师说(黄宗羲之师刘宗周对明代有代表性思想家之评价)、有传承之流

---

① 陈祖武:《学案再释》,《北京师范大学学报》2009年第2期。
② 梁启超:《中国近三百年学术史》,东方出版社,1996年版,第58页。

派学案、诸儒学案、东林学案和蕺山学案。基本上囊括了明代儒家思想的主要流派和代表性人物。每一学案则主要由三部分内容构成：首先是总序，主要对本学案之师承渊源、思想特点以及作者之评价等；其次是学者小传，包括其生平大概及为学宗旨；其三是传主主要论学著作、语录之摘编。由此，有学者从体例上将其概括为"设学案以明学脉""写案语以示宗旨"和"原著选编"①。也有学者从方法论的角度将其改为"网罗史料、纂要钩玄""辨别同异""揭示宗旨、分源别派、清理学脉""保存一偏之见、相反之论"②。这些研究对于认识黄宗羲的思想特征与学术地位均有显著的贡献，也对学案体的体例有所揭示与总结。然而，这其中所蕴含的对于当代学术史研究的启示却较少有人提及。

就黄宗羲本人在《明儒学案》的序文及发凡中所重点强调的看，"分其宗旨，别其源流"③乃是其主要着眼点。也就是说，《明儒学案》所体现的学术原则与学术精神，主要由明宗旨与别源流两个方面所构成，而且此二点也对当今学术史的研究最具启发价值。

明宗旨是黄宗羲《明儒学案》最鲜明的特色之一，但其究竟有何内涵，学界看法却不尽一致。本人通过对该书的序言、发凡及相关表述的细致解读，认为它具有三个层面的含义。

首先是对最能体现思想家或学派特征、为学方法及学说价值的高度凝练的概括。黄宗羲说：

> 大凡学有宗旨，是其人之得力处，亦是学者之入门处。天下

---

① 朱义禄：《论学案体》，《哈尔滨工业大学学报》1999年第1期。
② 李明友：《一本万殊》，人民出版社，1994年版，第90—199页。
③ 黄宗羲：《明儒学案序》，《明儒学案》，中华书局，1985年版，第8页。

之义理无穷,苟非定以一二字,如何约之,使其在我。故讲学而无宗旨,即有嘉言,是无头绪之乱丝也。学者而不能得其人之宗旨,即读其书,亦张骞初至大夏,不能得月氏要领也。是编分别宗旨,如灯取影,杜牧之曰:"丸之走盘,横斜圆直,不可尽知。其必可知者,知是丸不能出于盘也。"夫宗旨亦若是而已矣。①

此段话有三层意思:一是学者为学需有自己的宗旨,而且用简短的语句将其概括出来,以便体现自我的为学原则;二是了解这种学说也要抓住此一宗旨,才能得其精要,领会实质;三是介绍这种学说,也要能够用"一二字"概括出其为学宗旨,以便把握准确。从学术史研究的角度讲,如果研究对象本身宗旨明确,那当然对研究者是很有利的。但实际情况往往并非如此,越是大思想家和大学者,其思想越是丰富复杂,如何在这包罗万象的学说体系中提炼出其为学宗旨,那是需要经过研究者的认真思考与归纳的。黄宗羲的可贵之处是他能够遍读原始文献,经由认真斟酌,然后高度凝练地提取出各家之宗旨。正如其本人所言:"每见钞先儒语录者,荟撮数条,不知去取之意谓何。其人一生之精神未尝透露,如何见其学术?是编皆从全集纂要钩玄,未袭前人之旧本也。"②也就是说,提炼宗旨的前提是广泛阅读研究对象的全部文献,真正寻找出其为学宗旨,而不是将自我意志强加给对象,他之所以不满意周海门的《圣学宗传》,其原因就在于:"且各家自有宗旨,而海门主张禅学,扰金银铜铁为一器,是海门一人之宗旨,非各家之宗旨也。"③关于黄宗羲提炼宗旨而遍读各家全集的情

---

① 黄宗羲:《明儒学案发凡》,《明儒学案》,中华书局,1985年版,第17页。
② 黄宗羲:《明儒学案发凡》,《明儒学案》,中华书局,1985年版,第18页。
③ 黄宗羲:《明儒学案发凡》,《明儒学案》,中华书局,1985年版,第17页。

况,已有许多学者进行过考察,大都得出了肯定的结论。从此一角度出发,可知做学术史研究的第一步便是真正从研究对象的所有成果的研读中,高度概括出其学术的宗旨与精神,让人一看即可辨别出其学术的特色。

其次,宗旨是思想家或学派独创性的体现。黄宗羲认为:"学问之道,以各人自用得著者为真。凡倚门傍户,依样葫芦者,非流俗之士,则经生之业也。此编所列,有一偏之见,有相反之论,学者于其不同处,正宜著眼理会,所谓一本而万殊也。以水济水,岂是学问!"① 学术的精髓在于有思想的创造,而不在于求全稳妥,因而在《明儒学案》中,就特别重视"有一偏之见,有相反之论"的学者,而对那些"倚门傍户,依样葫芦"陈陈相因的"流俗""经生"之见,则一概予以祛除。如果说提炼宗旨是学术史研究的第一步,那么辨别各家宗旨有无创造性从而决定是否纳入学术史的叙述则是其第二步。在当代学术史研究中,并不是都能做到此一点的,许多学者为了体现求全的原则,常常采取罗列成果、全面介绍的方式,结果学术史成了记述论著的流水账,其中既无宗旨之提炼,亦无宗旨之辨析。黄宗羲的这种观点,体现了明代重个性、重创造的学术精神,至今仍然具有重要的启示意义。

其三是宗旨是为学精神与生命价值追求的结合。关于此一点,其实是与其"自得"的看法密切相关的。在"发凡"中,黄宗羲除了提出宗旨的见解外,同时又提出"自得"的看法。何为"自得"?有学者认为:"'自得'坚持的是一种独立的政治精神,强调的是一种自由的心理意识。"并认为"自得"与"宗旨"的关系是:"在黄宗羲的视野

---

① 黄宗羲:《明儒学案发凡》,《明儒学案》,中华书局,1985年版,第18页。

中,只有走向阳明心学的'自得'才可以称为'宗旨',否则,不是'宗旨不明',就是'没有宗旨'。"①必须指出,"自得"固然与独立思考的学术精神密切相关,但这并非其全部内涵,而且"自得"与"宗旨"也不能完全等同。比如黄宗羲认为,王阳明之前的明代学术,"习熟先儒之成说,未尝反身理会,推见至隐,所谓'此亦一述朱,彼亦一述朱'耳"②。可见他们缺乏思想的创造性,当然也就没有"自得",但并不妨碍其学说亦有其宗旨,黄宗羲曾经将明前期同倡朱子学的吴与弼和薛瑄的不同宗旨概括为:康斋重"涵养"而文清重"践履"。当然,有"自得"之宗旨优于无"自得"之宗旨亦为黄宗羲所认可,但不能说无自得便无宗旨。其实,黄宗羲所言的自得,除了具有独立自由的精神意识外,还有两种更重要的内涵。一是自我的真切体悟而非流于口头的言说,其《明儒学案发凡》说:

> 胡季随从学晦翁,晦翁使读《孟子》。他日问季随:"至于心,独无所同,然乎?"季随以所见解,晦翁以为非,且谓其读书卤莽不思。季随思之既苦,因以致疾,晦翁始言之。古人之于学者,其不轻授如此,盖欲其自得之也。即释氏亦最忌道破,人便做光景玩弄耳。此书未免风光狼藉,学者徒增见解,不做切实工夫,则羲反以此书得罪于天下后世也。③

此处的"自得"便是由自身思考体悟而来的真切感受与认知,而且按照心学知行合一的观念,真正的"知"就包括了践履的"行",黄宗羲

---

① 姚文永、宋晓伶:《"自得"和"宗旨"——〈明儒学案〉一个重要的编撰方法与原则》,《大连大学学报》2010年第3期。
② 黄宗羲:《明儒学案》,中华书局,1985年版,第179页。
③ 黄宗羲:《明儒学案发凡》,《明儒学案》,中华书局,1985年版,第18页。

称之为"切实工夫"。与此相反的是,停留于言说的表面而无体验与行动,那便叫做"玩弄光景"。正如黄宗羲批评北方王学"亦不过迹象闻见之学,而自得者鲜矣"①。"迹象闻见"便是停留于语言知识的层面而无真切的体验,也就是没有"自得"。二是自我境界的提升与人格的完善,也就是心学所言的自我"受用"。用黄宗羲的话说就是:"夫先儒之语录,人人不同,只是印我之心体,变动不居,若执定成局,终是受用不得。此无他,修德而后可讲学。今讲学而不修德,又何怪其举一而废百乎?"②在此,语录与受用、讲学与修德都是通过"自得"而联系起来的。这也难怪,心学本身就是修身成圣的学问,如果不能实现修身成圣的"受用",便是"玩弄光景"的假道学。所以黄宗羲在概括阳明心学时才会说:"自姚江指点出'良知人人现在,一反观而自得',便人人有个做圣之路。"③

将为学宗旨的鲜明特征、思想创造和自得受用结合起来,便是心学所说的"有切于身心",也就是有益于身心修为,有益于砥砺人格,有益于提升境界,有益于圣学追求。这既是其为学宗旨,也是其为学目标。黄宗羲以此作为《明儒学案》衡量学派的标准,既合乎其作为心学后劲的身份,也符合明代心学的学术品格。以此反观现代的学术史研究,就会发现存在明显的缺失。也许我们并不缺乏对学者思想特征与学术创造的归纳论述,但大都将其作为一种专业的操作进行衡量评说,而很少关注其是否"有切于身心",也就是对学者的学术追求和社会责任、人文关怀以及性情人格之间的关系极少留意。

---

① 黄宗羲:《明儒学案》,中华书局,1985年版,第636页。
② 黄宗羲:《黄梨洲先生原序》,《明儒学案》,中华书局,1985年版,第9页。
③ 黄宗羲:《明儒学案》,中华书局,1985年版,第179页。

我认为在对人格境界与社会关怀的重视方面也许我们真的赶不上黄宗羲。

别源流是黄宗羲《明儒学案》第二个要实现的目标。所谓别源流，就是要理清学派的传承与思想的流变。从黄宗羲《明儒学案》的实际操作上看，其别源流分为四个层面：一是梳理明代一代学术源流，二是寻觅明代心学学脉，三是阳明心学本身的学脉关系，四是学者个人思想的演变过程。关于黄宗羲考镜源流的业绩，贾润在其《〈明儒学案〉序》中指出：

> 盖明儒之学多门，有河东之派，有新会之派，有余姚之派，虽同师孔、孟，同谈性命，而途辙不同，其末流益歧以异，自有此书，而分支派别，条理粲然，其余诸儒也，先为叙传，以纪其行，后采语录，以列其言。其他崛起而无师承者，亦皆广为罗列，靡所遗失。论不主于一家，要使人人尽见其生平而后已。①

"分支派别，条理粲然"八个字，可以说高度概括了《明儒学案》在别源流方面的特点。黄宗羲在别源流的过程中，始终坚持两点，即兼综百家的包容性和兼顾优劣的公正性。尽管他是王门后学，但并不忽视其他学派的论述，这便是其巨大的包容性；而对于他最为看重的心学大师王阳明，既赞誉其"故无姚江，则古来之学脉绝矣"，同时又指出："然致良知一语，发自晚年，未及与学者深究其旨，后来门下各以意见掺合，说玄说妙，几同射覆，非复立言本意。"②以会合朱陆的方式纠正阳明及其后学的偏差，乃是刘宗周为学之核心，黄宗羲对阳明

---

① 黄宗羲：《明儒学案》，中华书局，1985年版，第12页。
② 黄宗羲：《明儒学案》，中华书局，1985年版，第179页。

的批评显然也受到其师刘宗周的影响,但同时也是他本人的真实看法与辨析源流的基本学术原则。

当然,学界也有对黄宗羲《明儒学案》的负面评价,比如钱穆就对黄宗羲在选取诸家言论的"取舍之未当"深致不满,并认为其"于每一家学术渊源,及其独特精神所在,指点未臻确切"。至于造成如此弊端之原因,钱穆则认为是黄宗羲"乃复时参以门户之见,义气之争。刘蕺山乃梨洲所亲授业,亦不免此病"①。至于《明儒学案》是否真的存在如钱穆所言缺陷,以及钱穆对黄宗羲之诟病是否恰当,均可进一步进行深入的讨论②。在此需要强调的是黄宗羲别源流的原则及其依据。

黄宗羲之所以重视"分其宗旨,别其源流",是他认为明代思想界最为独特的乃是学者之趋异倾向,也就是表达自我的真实见解与学术个性。他说:"有明事功文章,未必能越前代,至于讲学,余妄谓过之。诸先生学不一途,师门宗旨,或析之为数家,每久而一变。……诸先生不肯以懵懂精神冒人糟粕,虽浅深详略之不同,要不可谓无见于道者也。"③从横的一面,同一师门的宗旨可以分化为数家;从纵的一面,时间长了必然会发生变化。学术的活力就在于这种差异性和变动不居。这些不同派别与见解也许有"浅深详略之不

---

① 钱穆:《中国学术思想史论丛》卷七,安徽教育出版社,2004年版,第260页。

② 已有学者撰文指出,钱穆此论并不恰当,认为其原因在于:"由于钱穆的学术思想由'阳明学'逐渐转向'朱子学',其在晚年对阳明学多有指摘,故批评黄宗羲守阳明学门户,对《明儒学案》的评价由大加赞赏转向多有贬斥。"见张笑龙《钱穆对〈明儒学案〉评价之转变》,《广东社会科学》2013年第3期。

③ 黄宗羲:《明儒学案序》,《明儒学案》,中华书局,1985年版,第7页。

同",但其可贵之处在于不肯重复前人的陈词滥调而勇于表达自我对"道"的真知灼见。所以他反复强调:"羲为《明儒学案》,上下诸先生,深浅各得,醇疵互见,要皆功力所至,竭其心之万殊者,而后成家,未尝以懵懂精神冒人糟粕。"①何为"懵懂精神"?就是缺乏独立思考的能力而人云亦云,就是"倚门傍户,依样葫芦"的迷信盲从。只有那些"竭其心"的有得之言,尽管可能"醇疵互见",却足以成家。黄宗羲所要表彰的,正是这些所谓的"一偏之见""相反之论"。黄宗羲此种求真尚异的观念,是明代心学流行的必然结果,是学者崇尚自我和挑战权威精神的延续,所以他才会如此说:"古之君子宁凿五丁之间道,不假邯郸之野马,故其途亦不得不殊。奈何今之君子,必欲出于一途,使厥美灵根者,化为焦芽绝港。"②思想的创获来自艰辛的探索与思考,犹如开山凿道之不易。而如果使所有的学者均纳入同一模式的思想,就只能导致"焦芽绝港"的思想枯竭。学术的多样性乃是探索真理的必要性所决定的,因为"学术不同,正以见道体之无尽也"③。坚持思想探索,倡导独立精神,赞赏学术个性,鼓励流派纷争,这是黄宗羲留给我们最有价值的思想启示。

自黄宗羲之后,以学案体撰写学术史者虽然不少,但能够与其比肩者却绝无仅有。且不说清人徐世昌《清儒学案》和唐鉴《清学案小识》这类以堆积资料为目的的著作,它们既无宗旨之精炼提取,又无学脉之总体把握,即令是今人钱穆之《朱子新学案》、陆复初之《王船山学案》、杨向奎之《新编清儒学案》、张岂之《民国学案》等现代学

---

① 黄宗羲:《黄梨洲先生原序》,《明儒学案》,中华书局,1985年版,第10页。
② 黄宗羲:《黄梨洲先生原序》,《明儒学案》,中华书局,1985年版,第10页。
③ 黄宗羲:《明儒学案序》,《明儒学案》,中华书局,1985年版,第7页。

术史著作,虽在思想评说、范畴辨析、问题论述及资料编选诸方面各有优长,但在学脉梳理及论述深度上皆难以达到《明儒学案》的高度。

在文学领域的学术史研究中,有两套丛书近于学案体的特征,它们是陈平原主持的"20世纪中国学术文存"(湖北教育出版社)和陈文新主持的"中国学术档案大系"(武汉大学出版社)。前者共拟出版20种研究论集,自21世纪初至今已基本完成;后者动议于十年之前,如今也已出版有十余种。从编写目的看,二者都重视文献的保存,都以选择优秀成果作为主体部分,这可视为是对《明儒学案》原著摘编方式之继承。从编写体例上,"文存"由导论、文选和目录索引三个部分组成,"学术档案"则由导论、文选、论著提要和大事记四部分构成。导论相当于《明儒学案》的总论部分,但由于是针对一代学术而言,不如《明儒学案》的简要精炼。目录索引与大事记是受现代学术观念影响的结果,故可存而不论。至于论著提要则须视各书作者之学术眼光与概括能力而定,就本人所接触的几册看,大致以截取各书之内容提要而来。如果以黄宗羲的明宗旨与别源流的两个标准来衡量这两套丛书,它们显而易见是远远没有达到《明儒学案》的水平。因为文选部分尽管通过选优而保存了名家的代表作,却必须通过每位读者自己的阅读体味来了解其学术特色。"学术档案"的情况略有改变,其选文之后附有作者生平、学术背景、内容简介与评述、作者著述情况等,但大多是情况介绍而乏精深之论[1]。至于别源

---

[1] "学术档案"各书体例不甚统一,选文后有的是情况简介,有的则是对选文的学术评价,如王炜的《〈金瓶梅〉学术档案》的每篇选文之后都有一篇学术导读,就该文及学术思想、研究方法进行评价,应该说是基本达到了"明宗旨"的要求。

流更是这两套丛书的短板,就我所接触到的导论部分而言,只有王小盾在《词曲研究》的导论中简略提及了任二北的师承关系及台湾高校的注重师承传授,其他著作则盖付阙如,似乎别源流已经被置于学术史研究之外。当然,在此需说明两点:一是在此并没有责备丛书主持人和各书作者之意,因为其他的学术史著作也都没有关注此一问题;二是别源流的问题之所以被现代学术史研究所遮蔽,是因为学术研究中的师承观念与学派意识逐渐淡化,从而难以为学术史研究提供丰富的研究案例与内容。但又必须指出,学术研究中师承观念与学派意识的缺位并不能完全成为学界忽视该问题的借口,因为寻找研究中存在的问题与缺陷同样是学术史研究的重要组成部分。对此将留待下节展开论述。

三、学术史研究的三个层面:总结经验、寻找缺陷与提出新的学术增长点

黄宗羲是明清之际的大思想家,《明儒学案》是中国历史上的经典学术史著作,所以应该对其进行认真研究,从中受到有益的启示。但是,学案体毕竟是古代的产物,面对更为丰富复杂的研究对象,就不必从体例上再去刻意模仿这样的著作,而是要吸取其学术思想与撰写原则,从而弥补当今学界学术史研究之不足。就现代学术史研究看,我认为有三个层面的内容必须具备并对其内涵进行认真的辨析。

首先是总结经验。其实也就是通过对学术研究过程的清理使读者明白前人提出了何种观点,解决了哪些问题,运用了什么方法,取得过什么成就,存在过什么教训,等等。既然是学术史,就需要具备"史"的品格,也就是必须写出历史的真实内涵,包括历史现

象的真实反映和历史发展过程中关联性的揭示。其实,黄宗羲所归纳的明宗旨和别源流两个原则正是反映真实与揭示历史关联性的精炼表述。需要指出的是,《明儒学案》只是明代儒学发展的学术史,属于思想史的范畴,因此其主要目的便是总结提炼各家的主要思想创获以及学派之间的关系。而现代学术史所面对的研究对象要更加丰富,因而对其历史真实内涵的把握与关联性的揭示也更为复杂。

就现代学术史写作的一般情况看,学界大都采取纵向以时间为坐标而分期叙述,横向则以地域、学者或问题作为基本单元进行分类介绍。此种历史与逻辑相结合的结构方式乃是学术史写作的主要套路,基本能够承担学术经验总结的叙述功能。但也并非不存在问题,因为无论是以作者为基本单元还是以问题为基本单元,都需要经过作者的筛选与拣择,那么什么能够进入学术史的叙述框架就成为作者所操持的话语权力,不同立场、不同眼光、不同标准,甚至不同师承与学派,就会有理解判断的差异,争议的产生也就在所难免。于是,便有了学术编年史的出现。编年史的好处在于以编年的方式将与学术相关的内容巨细无遗地网罗其中,能够全面展示学术发展的过程。只不过这种学术编年史的写作目前还仅限于中国古代,而且也只有梅新林等人的《中国学术编年》这一部书。能否用编年史的方式进行现代学术史的写作,当然可以继续进行讨论与实验,但可以肯定的是,编年史无论如何也不能代替传统的学术史研究,因为突出重点几乎和展示全面同等的重要,否则黄宗羲以突出主要学脉的《明儒学案》也不会受到学界的广为赞誉了。

从总结经验的角度看,目前存在的最主要的问题不在于学术史的编写体例,而是对于明宗旨与别源流的把握是否到位。从明宗旨的角度,存在着一个突出主要特征与全面反映真实的问题。无论是一个历史时期、一个流派还是一位学者,其学术研究都会存在这样的矛盾。作为学术史研究,就既要抓住主要特征以显示其学术观念、研究方法及研究结论的独特贡献,又要照顾到其他方面以把握其完整面貌。比如在研究民国时期现代文学观念的形成时,人们自然会更多关注受西方文学理论与方法影响较深的那些学者,以探索中国现代学术史是如何从中国传统的文章观念而转向现代纯文学观念的学术操作的。但是同时又不能忽视,当时还有许多学者依然在运用传统的文章观进行研究。那时既有刘经庵只把诗歌、戏曲与小说作为研究对象的《中国纯文学史》,因为作者的文学观念是"单指描写人生,发表情感,且带有美的色彩,使读者能与之共鸣共感的作品"[①]。但也有陈柱收有骈文甚至八股文的《中国散文史》,因为作者的文学观念是"文学者治化学术之华实也"[②]。从当时的学术观念看,刘经庵是进步与时髦的,但从今天的学术观念看,陈柱也未必没有自己的道理。如果从提供历史经验上看,二者都有其学术价值;如果从展现历史真实上看,就更不能忽视非主流声音的存在。从别源流的角度,目前的学术史研究可能存在的问题更大。尽管现代学术史上真正形成学术流派的不多,但却不能忽视学术思想的传承与分化,甚至一个学者也会有学术思想形成、发展和变化的过程。学术思想的变化往往会导致其研究对象的选择、学术方法的使用以及学术立场的改变等等变化。只有把这些变化过程交代清楚了,才能从中总结学术研

[①] 刘经庵:《中国纯文学史》,江苏文艺出版社,2008年版,第1页。
[②] 陈柱:《中国散文史》,江苏文艺出版社,2008年版,第1页。

究与时代政治、环境风气、研究条件之间的复杂关系等历史经验,同时也才能把历史发展的过程性梳理清楚。无论是在所接受的学术训练的系统性上,还是所拥有的研究条件上,我们的时代都要更优于黄宗羲,理应在明宗旨和别源流上比他做得更好,但遗憾的是在许多方面黄宗羲依然是我们无法超越的楷模。

在总结历史经验上,目前的学术史研究还存在着一个更大的误区,这便是对于历史教训的忽视。几乎所有的学术史在写到"文革"十年时,都用了"空白"二字来概括本时期的特征,而内容上更是一笔带过。有不少学者甚至在处理建国后十七年的学术史时,也采取了类似的态度。从成果选优的角度,这样做当然有其道理,因为你无法在此时找到值得后人学习与参考的学术成果与学术方法。然而,学术史研究不同于学术研究,学术研究上没有价值的东西未必在历史经验的总结上也毫无价值。学术史研究中要淘汰和忽略的是大量平庸重复、缺乏创造力的书籍文章,也就是黄宗羲所说"倚门傍户""依样葫芦"的低劣制作,而不是缺陷和错误。因为从学理上讲,历史乃是一个连续不间断的时间链条所构成的,如果失去其中的一个链条,哪怕是一个有问题的链条,也将会破坏历史发展的连续性。一位新诗研究专家在谈到自己的研究经验时说:

> 在撰写《中国新诗编年史》过程中,我越来越感到,面对20世纪的新诗,只是从艺术和诗的角度进入会感到资源十分匮乏,像新民歌运动、"文革"诗歌等,20世纪很大一部分新诗作品并不是艺术或诗的,但如果站在问题的角度加以审视,其独特和复杂怕是中国诗歌史上任何一个时期都不能相比的。我力求这部编年史能更多地包含和揭示近一个世纪新诗发展过程中的问题

及问题的复杂性。①

这是就文学史研究而言的,其实学术史研究又何尝不是如此。站在学术价值的立场看"文革"或十七年,固然是研究史的低谷甚至"空白",但站在总结教训与探索问题的立场上,也许包含着繁荣期难以具备的研究价值。比如说建国后一直以极大的声势批判胡适的新红学,可是新红学所确立的自传说与两个版本系统的学术范式却始终左右着《红楼梦》研究界,最后反倒是新红学的主要成员俞平伯对新红学的研究范式提出了颠覆性的看法。这其中所包含的政治与学术研究的关系到底有何价值?又比如在所谓"浩劫"的年代,许多学者辍笔不作或跟风趋时,钱锺书却能沉潜学问,写出广征博引、新见时出的百余万言的《管锥编》,这是他个人例外呢,还是其他人定力不够?也是一个值得研究的问题。在人文学科研究中,闭门造车固然封闭保守,趋炎附势肯定丧失品格,那么在社会关怀与学术独立的关系中学者到底如何拿捏才是恰当?这些都是研究学术中的重大问题,也是至今学者必须面对的问题。从此一角度讲,对于历史教训研究的价值绝不低于对于研究成绩的表彰。可惜在这方面我们以前的关注实在太少。

其次是寻找缺陷。所谓寻找缺陷就是检点现代学术史研究中存在的不足,其中大到研究范式的运用、研究价值的定位、学术盲点的寻找,小到某个命题的把握、某一材料的安排、某一术语的使用等等。在目前的学术界,无论是对学术史的研究还是当今的学术批评,往往是赞赏多而批评少,总结经验多而寻找缺陷少。究其原因,其中既有

---

① 刘福春:《还原历史的丰富与复杂》,《文学评论》2014年第4期。

水平问题,也有学风问题。但是对于学术史研究来说,寻找缺陷的意义绝不低于总结经验,因为寻找不出缺陷就不能提出新的学术路径,也就不能进一步提升研究的水平。

其实在学术史研究中确实还存在着很多需要纠正的弊端与不足,就其大者而言便有以下数种。

(一)研究模式的缺陷。比如现代文学史的研究模式是建立在西方的学术理念与研究方法的学理基础上,从根本上说是西方近代以来理性主义思潮的产物。这种理性主义的研究范式以逻辑的思维与证据的原则作为其核心支撑,用中国古人的话说叫做言之成理与持之有故。没有这样的研究范式,中国的学术研究就不能从传统的评点鉴赏转向现代的理论思辨与逻辑论证,也就不能具备现代学术品格。然而,这种理性主义思潮基本是以自然科学为依托的,所以带有浓厚的科学色彩。其中有两点对现代学术研究具有根深蒂固的负面影响,这便是生物学上的进化论与物理学上的规律论。表现在历史研究中,就构成以文体创造为演进模式的"一代有一代之文学"的文学史理论,而表现在研究目的上则是寻找各种各样的文学史规律,诸如唐诗繁荣规律、《红楼梦》创作规律、旧文学衰亡规律等等。直至今日,这种研究模式依然在发挥巨大的影响力而左右着学者的思维方式。其实,自然科学的理论在进入人文学科领域时,是需要进行检验和调整的,否则就会伤害到学科自身。因为文学史研究不能以寻找规律为研究目的,他必须以总结历史上人们如何以审美的方式满足其精神需求作为探索的目标,然后才可能对当今的精神生活提供有益的历史经验。同理,"一代有一代之文学"的线性进化理论也不符合文学发展的实际,因为随着人类社会的发展,日益丰富的生活带来人们更为丰富的情感世界,于是也就需要更多的文学样式与方法来满足其精神需求,那么文学史的发展过程就只能呈现为文体如滚雪球般的日益复杂多样,而不是进化论式的相互替代。不改变这种研究范式,我们只能依然沿着冯沅君的老路,把诗歌史只写到宋代,而永远找不到明清诗文研究的合法性来。

（二）流派研究的缺失。学术史研究是对学术研究实践的描述与归纳,这乃是学界的常识。从此一角度说,现代学术史研究中流派观念的淡漠与研究的弱化似乎是必然的。黄宗羲《明儒学案》在别源流方面之所以做得足够出色,是因为明代思想界学派林立、论争激烈,从而保持了巨大的思维活力,黄宗羲面对如此活跃的学术实践,当然将流派研究作为自己的主要特色。清代缺乏这种思想活力,建国伊始便禁止文人结社讲学,当然也形不成学界的流派。研究清代的学术史,似乎也理所当然地写不出《明儒学案》那样的著作。那么,现代学术研究是否也可以因学术流派的缺少而走清人的老路,自动放弃流派的研究？这里又是一个误区。学术研究实践中流派的缺乏只能导致经验总结的缺位,因为没有这样的实践当然无法去归纳与描述。然而,正因为研究实践中缺乏流派的意识与现实,学术史研究才更应该去指出这种致命的缺陷。因为思想创造的动力来自于流派的竞争,学术研究的活力也来自于流派的论争,因此缺乏流派的学术研究是没有活力、没有个性的研究。作为学术史的研究,理应去发掘学术史上珍贵的流派史实,探讨流派缺失的原因,并强调形成新的学术流派之于学术研究的重要。就此而言,学术史研究不仅仅是学术实践经验的反映与总结,也应该肩负起纠正学术研究弊端的重要职责。

（三）人文精神的缺失。自现代学科建立以来,追求科学化与客观化一直成为学界的目标,这既与科学主义的影响有关,也与建国后政治时常干预学术的政治环境有关,更与研究手段的日益技术化有关。学术研究的这种科学化倾向也深深影响了学术史的研究,使得学术史研究不仅未能纠正此一缺陷,反而变本加厉地强化了这种倾向。其实,以人文学科的研究属性去追求科学性与客观性,本身就陷入一种尴尬的悖论。反思一下中国的历史,哪一种重要的思想流派不具备经国济世的人文关怀?拿最为后人所诟病的强调思辨性的程朱理学与偏于名物训诂考证的乾嘉汉学,其实也并不缺乏社会的使命感。理学固然重视修身,但《大学》的八条目依然从格物致知通向治国平天下的终极目标;乾嘉学派固然重视名物的考证,但其大前提依然是"反经"以崇尚实学的济世胸怀。从现代史学理论看,科学性与客观性受到日益巨大的挑战,正如美国史学理论家海登·怀特所言:"近来的'回归叙事'表明,史学家们承认需要一种更多地是'文学性'而非'科学性'的写作来对历史现象进行具体的历史学处理。"[1]无论从历史的事实还是学科的属性,人文学科的研究都应该拥有区别于自然科学与社会科学的特征。但是令人遗憾的是,面对20世纪以来日益严重的科学化与技术化倾向,学术史的研究并未能尽到自己的责任。尤其是在文学研究领域,本来是最具有情感内涵和人文精神的学科,如今却随着计算机技术的运用变成了靠数理统计与堆砌材料以显示其客观独立的冷学科。我曾经在《中国古代文学研究转型期的技术化倾向及其缺失》一文中说:"如果中国古代文学的研究既缺乏理性思辨的智慧之光,又没有打动人的人文精神,更没有流畅生动的阅读效果,而只是造就了一大批头脑僵硬的教授与

---

[1] 〔美〕海登·怀特著,陈新译:《元史学:十九世纪欧洲的历史想象》,译林出版社,2004年版,第5页。

目光呆滞的博士,这样的古代文学研究不要也罢。"①不过,要真正纠正这种人文精神的缺失,尚须整个学界的努力,尤其是学术史研究的努力。

以上三点只是作为例子来说明学术史研究中寻找缺陷的重要,至于更多更具体的研究缺陷,需要投入更多的精力。而重要的是学术史研究者需要具备挑剔的眼光与批评的勇气,将学术史研究视为推动学科发展的动力而不是表彰优秀分子的光荣榜。

其三是提出新的学术增长点。从近二十年所呈现的学术史研究成果来看,其主体部分大都是对已有成果的介绍与评价,一般也都会在最后有一部分文字表达对未来的瞻望,但对于现存问题的检讨就要明显薄弱一些。正是由于对现存问题的分析认识不够具体深入,因而对未来的瞻望也大多流于浮泛,更不要说提出新的学术增长点了。其实,未来瞻望与提出新的学术增长点并不是同一层面的内容。未来瞻望具有全局性与宏观性,表达了学术史研究者的一种愿望或理想;提出学术新增长点则是对下一步研究的观念、方法与路径的认真思考,因而必须与当前的研究紧密衔接。

就《文心雕龙》的研究看,目前已出版三部学术史著作,可以将其作为典型个案以讨论提出学术增长点的问题。张文勋《文心雕龙研究史》的导论部分设专节"《文心雕龙》的未来走向",提出了三点努力的方向:一是面向世界以弥补西方理论之不足,二是面向现代以建设新的文学理论并指导创作,三是面向群众普及以扩大影响②。这是典型的理想表达,基本都是在"实用"的层面,与专业研究存有

---

① 《文学遗产》2008年第1期。
② 张文勋:《文心雕龙研究史》,云南大学出版社,2001年版,第6—10页。

较大距离,也就未涉及学术增长点问题。张少康等人撰写的《文心雕龙研究史》在其结语"《文心雕龙》研究的未来展望"中,设有六个小节:1.发展史料与理论并重的研究;2.从文化史角度看《文心雕龙》;3.从中西比较的角度来研究《文心雕龙》;4.从理论联系实际的角度,用历史的比较的方法研究《文心雕龙》;5.让"龙学"研究走向世界;6.培养青年"龙学"家,扩大和加强《文心雕龙》的研究队伍[①]。在这六个小节中,前三个方面是对已有研究特点的总结与强调,后两个方面是一种希望的表达,真正属于新的学术增长点的乃是第四小节,作者要求《文心雕龙》范畴研究要与实际创作乃至其他艺术领域结合起来,不能就理论而研究理论。李平《文心雕龙研究史论》在其绪论部分的第四节"'龙学'研究存在的问题与发展前景",尽管所用文字不多,但在行文方式上却颇有特色,即作者已将学术增长点的提出与未来瞻望分两段文字写出。在学术研究方面提出三点建议:一是继续研究思想、理论上有争议的问题,二是做好总结性的工作,三是应加强对港台及海外《文心雕龙》研究成果的介绍和翻译工作。而在瞻望部分则提出:一要培养后续力量,二要更新理论方法,三要创造良好学风,四要加强国际合作交流。李平的好处是思路清晰,大致将学术建议与理想表达区分开来。其不足在于提出的建议较为浮泛,反不如张少康的意见更有针对性。之所以会出现思路清晰而建议浮泛的矛盾,乃是由于作者尚未发现研究中存在的深层问题,比如他认为《文心雕龙》研究现存问题是:1.成果数量减少;2.成果质量

[①] 张少康等:《文心雕龙研究史》,北京大学出版社,2001年版,第587—596页。

下降;3. 研究队伍后继乏人[①]。这些问题当然是真实存在的,但是却均属现象描述,并未深入至学术研究的学理层面,当然难以提出具体的解决办法了。

从以上这些学术史著作写作经验的总结中,可归纳出以下关于提出新的学术增长点的一些原则:第一,学术增长点的提出范围应该是专业的学术问题,而且必须有很强的现实针对性。所谓针对性,乃是建立在对前人学术研究中所存留问题的清醒认识之上的。没有对前人研究缺陷的发现与反思,就不可能提出有价值的学术增长点。第二,提出新的学术增长点必须对于当前的学术发展大势具有清醒的判断与认识,任何学术的进展与转型都不是孤立进行的。就拿《文心雕龙》研究来说,它理应与中国古代文论研究甚至中国古代文学研究的发展紧密关联。20世纪的中国古代文论研究,必须首先借鉴西方的理论方法才能建立起自己的体系,而西方理论方法也会留下与中国古代研究对象不能完全融合的弊端。因此,近二十年来的学术转型就是要回归中国文论本体,寻找到适合中国古代研究对象的理论方法。在《文心雕龙》研究中,几十年来一直运用西方的纯文学观念去解读归纳刘勰的文章观。如此研究,可能会导致越精细而距离刘勰越远的尴尬局面。从专业研究的层面讲,所谓国际化、世界化的提法都是与此学术转型背道而驰的。《文心雕龙》首先要解决的乃是学术理念与研究方法的问题,此一点不解决,《文心雕龙》研究不可能走出误区。第三,新的学术增长点的提出必须具有实际可操作性。对于那些无法实现或者过于高远的希望,最好不要在学术增长点里提出来,因为这无助于问题的解决和研究水平的提升。比

---

① 李平:《文心雕龙研究史论》,黄山书社,2009年版,第19—21页。

如要解决《文心雕龙》研究中以现代文学理论观念比附刘勰文章观的问题,仅仅倡导回归中国本体是远远不够的。我们更要提出回归的具体方法与路径。我曾经在《文体意识、创作经验与〈文心雕龙〉研究》一文中提出,对于像"神思"这一类谈创作构思的理论范畴,最好能够结合中国古代相关的文体和刘勰本人的创作经验进行讨论,方可能揭示其真实的内涵。我认为这是研究《文心雕龙》的基本路径,因为刘勰的理论观点是以其自我的创作经验和熟悉的文章体裁作为思考对象的,离开这些而妄加比附就会流于不着边际。如果用以上这些原则来衡量目前的学术史研究,可能大多数成果还不够尽如人意。

总结经验、寻找缺陷与提出新的学术增长点,这是学术史研究互为关联的三个基本层面。尽管由于学术史写作的目的、规模与专业的不同,或许会在三者的比例大小上多有出入,但如果缺乏任何一个层面,我认为就不能称得上是严肃的学术史研究,或者说就会成为对于推动学术研究发展起不到应有作用的学术史研究。

四、学术史研究者的基本条件:学术素养与研究经验

目前学界关于学术史的研究存在着两种流行的误解。一是认为学术史研究的价值低于专业问题的研究,二是认为学术史研究相对比较容易。而且二者互为因果,造成了许多学术的混乱。比如博士论文的选题,近年来许多人都选择了研究史、接受史及影响史方面的题目,其中原因固然复杂,但重要原因之一乃是认为学术史研究较之本体研究相对容易一些。就目前所呈现的成果而言,学术史类的博士学位论文的确显得较为浅显易做,很多人也以此取得了学位。但我认为博士学位论文的选题依然不宜选研究史方面的题目,原因便是其选题动机是建立在以上两点误解之上的。讨论学术史研究与专题研究价值的高低本身就是一个伪命题,因为不同性质的研究所体现的价值是完全无法放在同一层面比较高下的。专题研究从解决某领域的学术问题上是学术史研究无法相比的,而学术史研究对于学科的自觉、观念方法的总结与初学者的入门等方面,又是专题研究所无法做到的。从这一角度说,两类选题的难易程度也难以一概而论,专题研究需要的是研究深度,而学术史研究需要的是综合系统。因此,我一直认为博士论文选题不宜选择学术史方面的题目,原因就是博士生最重要的目标乃是对专业研究能力的培养,这种培养当然也离不开学术史的清理工作,但其主要精力要放在文献解读、问题发现、论题设计与系统论证上。而且博士生属于刚入学术门径阶段,他们无论专业修养还是学术眼界,都还缺乏驾驭全局的能力,使其无法写出真正合格的学术史论著。我想借此说明的是,学术史研究并不是什么人和什么学术阶段都可以随便涉足的,它需要具备应有的基本条件。这个条件包括学术素养与研究经验两个方面。

先说学术素养。所谓的学术素养简单地说就是学养,也就是长期的学术积累所形成的专业知识、认识能力、学术视野以及学术判断力等等。因为在从事学术史研究时,研究者必须要面对两类强劲的对手,一类是学术研究的对象,一类是学术实力雄厚的学界前辈或同仁。学术史研究者必须要具备与之接近的学养,才有资格与之进行学术对话并加以评说。所谓学术研究的对象,就是指历史上那些杰出的思想家、历史学家、文学家、批评家等等,他们无论在思想的深邃性、知识的丰富性乃至感觉的敏锐性上大都是一流的人物。如果学术研究者要判断其他学者对这些人物的研究评说是否合适到位,首先自身必须对这些历史人物有基本的理解与认识,否则便只能人云亦云。比如说《文心雕龙》一书,历来被称为体大思精的中国古代文论名著,研究这部著作的论文已有四千余篇,论著数百部,其中存在许多有争议的问题。如果要做《文心雕龙》的学术史研究,需要什么样的学养呢？这就要看作者刘勰拥有何种学养才能写出《文心雕龙》,我们又需要何种学养才能阅读和认识《文心雕龙》。罗宗强曾写过一篇《从〈文心雕龙〉看刘勰的知识积累》的文章,专门探讨刘勰读过什么书,构成了什么样的学养。文章认为,刘勰几乎读遍了他之前和同时的所有经、史、子、集的著作,并能够融汇贯通,从而形成了自己丰富的思想体系与敏锐的审美感受力,所以能够对前人的著作理解准确、评价精当。其中举了关于刘勰"折中"思想的例子,学界对此曾展开过学术争议,先后发表了周勋初的《刘勰的主要研究方法——"折中"说述评》①、张少康的《擘肌分理,惟务折中——论刘勰〈文心雕龙〉的研究方法》②、陶礼天《试论〈文心雕龙〉"折中"精神的主要体现》③、高华平《也谈"惟务折中"——刘勰〈文心雕龙〉的研究方法新论》④等论文,或言崇儒,或言重道,或言近佛,各执己见,难以归一。罗宗强在详细考察了刘勰的知识涉猎与思想构成后说:"我以为周先生的分析抓住了刘勰思想的核心。我是同意的。同时,我也注意到其他学者的分析在结论之外,实际上接触到思想发展过程中的复杂现象。诸种思想在刘勰知识积累的过程中不知不觉地交融形成了他自己的见解。正因为此一种交融,才为学术界对《文心》的

---

① 《古代文学理论研究》第十一辑,上海古籍出版社,1986年版。
② 《学术月刊》1986年第2期。
③ 《镇江师专学报》2000年第1期。
④ 《齐鲁学刊》2003年第1期。

许多理论观点做出不同的解读提供了可能。"①我想,如果没有深厚的文史修养,是无法对学界的不同观点做出这种圆融的评判的。中国历史上有不少这样的大家,像"读书破万卷,下笔如有神"的杜甫,儒释道兼通的苏轼,以及百科全书式的《红楼梦》等等,都不是可以轻易对其拥有发言权的。既然对研究对象没有发言权,那又有何权力对研究他们的学者说三道四呢!

学术史研究者除了要面对历史上的各种大家之外,他还必须同时要面对学界许多实力雄厚的一流学者。以一人之力要去理解、论述和评价众多学有专长的研究大家,其难度可想而知。在此一层面,不仅学术史研究者需要具备雄厚的专业基础,更需要具备现代的各种理论素养以及对于不同学派、不同领域以及不同研究方法的相关知识。要读懂一本著作,不仅需要弄懂其学术结论的创新程度与学术贡献,更需要了解其所运用的学术方法以及背后所支撑研究的学术理念。这就是学界常说的,阅读学术著作和论文,要具有看到纸的"背面"的能力。凡是真正做过研究的人都清楚,要真正了解掌握一种研究理论都不是一件容易的事情,更何况要去理解把握各种理论方法与学术流派?比如说,在现代学术史上对于胡适学术研究的评价争议甚大,除了其中的政治因素外,对其"大胆假设,小心求证"的学术思想的理解也有直接关系。胡适处于中西文化交流的时代大潮中,其学术观念与研究方法也试图将中国的乾嘉之学与西方的实证主义结合起来,并用之于研究实践中。陈维昭《红学通史》就专列一节谈"新红学"的知识谱系,认为胡适学术思想的核心是"以'科学精神'演述乾嘉学术方法,以'自然主义''自叙传'去演述传统的史学

---

① 罗宗强:《晚学集》,南开大学出版社,2009年版,第18页。

实录观念"。正是由于有了这样的认识,所以才会有如下评价:"胡适所演述的传统学术理念有二:一是实证,二是实录。实证以乾嘉学术为代表;实录则是传统史学的基本信念与学术信仰。实证的'重证据'的科学精神有其现代性。但是'实录'显然是一种违背现代史学精神的陈旧观念。"[1]这样的评价不能说可以被所有人所接受,但起码它是一种学理性的分析,是真正的学术史研究,比前人仅从意识形态角度的否定更令人信服。而要进行如此的评价,则不仅需要研究者具有古代小说专业研究的素养,而且还要具备中国古代史学史的修养以及把握当代史学理论的进展,同时还需要了解中国现代学术建立的具体过程。我们必须明白,凡是在学术上取得突出成就与影响巨大的学者,肯定有其独特的学术理念与研究方法,如果对其缺乏认知,则对他们的研究评论无异于隔靴搔痒。

学养是任何一个专业研究领域都需要具备的,但作为学术史研究的学者,需要更为宽广的知识背景与学术视野,因为他会面对更多的一流研究对象与一流学者,如果不能具备相应的学养,就缺乏与之进行交流的资格,更不要说去评价他们。可以毫不客气地说,没有一流的学养,就不会是一流的学术史研究者。也正是在此一角度,我认为刚进入学术门径的年轻学者不宜单独进行学术史的研究。

再说研究经验。所谓的研究经验,是指凡是要从事某个学术领域学术史研究的学者,应该对该领域具有较为丰富的专业研究体验及成果,尤其是对本领域的学术理念与学术进展有较为深切的把握与体会。研究经验与学术素养既有联系又有区别,学术素养是学术史研究的基础,主要体现为对于研究对象的理解能力与概括能力。

---

[1] 陈维昭:《红学通史》,上海人民出版社,2005年版,第144—146页。

研究经验则是对某研究领域的熟悉程度与参与过程，主要体现为对于本领域学术重点与研究难度的深刻认识，尤其是对于其学理性与前沿问题的把握。之所以要求学术史研究者拥有一定的研究经验，是由下面两个主要原因所决定的。

第一，只有拥有研究经验，才能将该领域中有创造性的成果与观点选择出来并作出恰当评价。比如唐代文学的研究，已经具有悠久的历史与大量的研究成果，而且依然会有大量的成果不断涌现。目前学术界最大的问题，也是学术史研究的最大难度，乃是对于重复平庸研究成果的淘汰，以及对于有创造性成果的推荐。这些工作都不是仅靠一般的材料是否可靠与文字论证水平的高低可以轻易识别的，而必须对该领域具有长期的沉潜研究的经验，才能沙里淘金般地识别出那些有贡献的优秀成果。这就是黄宗羲所说的明宗旨的环节，有无宗旨可以靠学养去提炼概括，而宗旨之有无独创性则要靠所拥有的学术前沿领域的研究经验来加以辨认。关于此一点，可以从目前学界名人写序这种现象中得到说明。现在的学术著作序言近于学术评价，可以视为是该书最早的学术史研究成果。但遗憾的是，真正评价恰当者却寥寥无几，溢美之词倒是比比皆是。更严重的是，在以后的学术史研究中，许多缺乏研究经验者又会以这些"学术大佬"的评价为依据，去为这些著作进行学术定位，从而造成积重难返的学术虚假评价。为什么会造成此种"谀序"的现象？其中除了人情因素之外，我认为作序者缺乏该领域的研究经验乃是主因。当年李贽曾讽刺其论争对手耿定向是"学问随着官位长"，现在则是学问随着职称长或者叫学问随着年龄长，以为成了博导和大佬就什么都懂，于是就到处写序。殊不知术业有专攻，每个人都有属于自己的专业领域，离开自己熟悉的专业领域而去评价其他学术著作，自然不能真正认识该书的学术创获。但"学术大佬"毕竟是有学养的,可以驾轻就熟地说一些虽不准确但又不大离谱的门面话,于是似是而非的序言也便就此诞生。缺乏研究经验的学术史研究就像名人作序一样,看似头头是道,实则言不及义。

第二,只有拥有研究经验,才能真正了解该领域的学术难点,并提出新的学术研究方向。按照上节所言的学术史研究的总结经验、寻找缺陷与提出新的学术增长点的三个层面,缺乏研究经验的学者在总结经验层面或许可以勉为其难地进行操作,但一旦进入第二、三层面,就会陷入茫然无知的境地。比如关于明代诗歌史的研究,明清两代学者始终处于如何复古的讨论之中,而进入现代学术史之后,依然在沿袭明清诗评家的传统思路,围绕复古与反复古的论题展开论述。岂不知明诗研究的最大问题是,几乎所有人都在按照一个凝固的标准也就是唐代诗歌的标准来衡量明诗创作,而忽视了自晚唐以来产生的性灵诗学的实践与理论,明清诗论家视性灵诗为野狐禅,而现代研究人员也深受《四库全书提要》以来传统观念的影响,只把性灵诗学观念作为反复古的一端加以肯定,而对其建设性的一面却多有忽视。其实,从中国诗歌发展的全过程来看,从中国古代诗歌与现代诗歌的关联性看,性灵诗学都是具有不可忽视的正面价值,是以后应该大力加强研究的学术空间。我想,只有真正从事过明代诗歌研究的人,才会具有这样的体验,才会提出这样的问题,才能开辟出新的学术研究空间。其实,岂但明诗研究如此,看一看目前的几部诗歌研究史,几乎都将叙述的重点集中在汉魏唐宋,而到了元明清的诗歌研究多是略而论之,草草了事。我们不能说这些学术史的作者缺乏学养,而是缺乏元明清诗歌史的研究经验。因为从来没有真正进入过这些领域从事专业的研究,所以无论是在对该时期诗歌史的价值判断,还是研究难度,都不甚了了,当然会作出大而化之的处理。因此,在我看来,要成为合格的学术史研究者,既要有足够的学养,又要有足够的研究经验,而且经验比学养更重要。

在目前的学术史研究中,情况相当复杂。从作者身份看,既有著名学者领衔的大型学术史写作,也有专题研究者在科研项目、学位论文研究中的学术史梳理,更有一些初学者无知者无畏的试笔之作;从成果形式看,既有多卷本的大型丛书,也有各领域的专门学术史论著,更有形形色色的综述、述略及史论的论文。这些研究除了低水平的重复之作外,应该说对于各领域的学术研究都有一定程度的贡献。但是,在我看来,我们真正需要的学术史是:研究者需要具有明确的学术原则与研究目的,他所提供的研究成果应对各领域的学术研究的学术观点、研究方法、学术贡献及发展过程作出了清晰的描述,对学术研究中存在的方向偏差、理论缺陷、不良学风及学术盲点进行了清楚的揭示,对将来的学术研究中可能解决的问题、采用的方法及拓展的新空间进行明确的预测,从而可以将当前的研究提升至一个新的层面。而要实现这样一种目标,学术史的研究者就必须拥有足够的学术素养与研究经验。

五、中国诗歌研究史:学术史写作的新实验

"中国诗歌研究史"是我们承担的教育部重点人文社会科学研究基地的重点项目,从2005年立项至今已有将近九年的时间。在此过程中,学界已经出版了余恕诚的《中国诗学研究》(2006)和黄霖主编、羊列荣撰写的《20世纪中国古代文学研究史(诗歌卷)》(2006),如今再推出这样一套诗歌研究史的著作,其意义何在?难道是因为它有220万字的巨大规模,从而对学术史的梳理更加细致而具体吗?

一部学术著作的价值与贡献，理应由读者和学界去评判，而不是由作者饶舌。但是，在此有两点还是有必要事先作出交代。

首先是本项目不是一个孤立的课题，而是互为补充的三个重点项目中的一个。它们是"中国诗歌通史"（国家社科基金重点项目）、"中国诗歌研究史"和"中国诗歌研究资料汇编"（教育部重点人文社会科学研究基地重点项目）。"中国诗歌通史"已由人民文学出版社于2012年出版，用11卷的篇幅描述了中国诗歌从先秦两汉至当代的发展过程，其中包括了少数民族的诗歌创作。"中国诗歌研究资料汇编"是选编20世纪的优秀诗歌研究成果以及全部学术成果的目录索引。"中国诗歌研究史"则是对于20世纪中国诗歌研究经验的总结，尤其是学理性的探讨。按照黄宗羲学术史的撰写原则与模式，"中国诗歌研究史"的重点在于"明宗旨"与"别源流"，即对20世纪中国诗歌研究的主要发展线索与重要研究成果进行比较详细的梳理与介绍，当时所设定的目标是："第一，结合时代变化和社会思想变化，以中国诗歌研究范式的演变为经，侧重于对学术理念、理论内涵与研究方法的发掘，整理出一条清晰的中国诗歌史的研究过程；第二，采取广义的诗歌概念，写出一部包括词曲等各种诗体在内的系统完整的中国诗歌研究史；第三，打通古今与中西，以最新的学术视野，站在21世纪的学术高度，从学理性上总结中国诗歌研究从古代走向现代、从单一封闭走向中西融合的历史进程。"至于是否实现了当初的设想，可由读者进行检验。三个项目中的"中国诗歌研究资料汇编"则相当于黄宗羲的论著言论摘编，其目的是保存20世纪中国诗歌研究的优秀成果与论著出版发表信息，同时读者也可以借此来检验诗歌研究史的提炼与评价是否准确。三个重点项目的完成既是首都师范大学中国诗歌研究中心一个阶段工作的小结，也是我们个人学术研究的阶段性交代。

其次是本书作者队伍的特殊情况与独特的编撰模式。正如上面所说,本项目是与另外两个项目互为支撑的,其中重要的一点就是它们是同一个作者群体。尽管在研究过程中也曾有个别的调整与变动,但其主体部分始终保持了完整与稳定。在此我要特别强调的是,这个作者群体是完全符合上述所言学养与经验这两项学术史研究者的必备资质的。从学养上看,几乎所有的撰写者与主持人都是目前活跃在学术研究前沿的成熟学者,其中许多人是各领域的国内一流学者,具有各自鲜明的学术思想、研究方法与学术背景,并都拥有丰富的研究成果。我想,这样的学养保证了他们的学术眼光与判断力,有资格对其研究对象的成果进行学术分析与评价。从研究经验上看,这个作者群体与《中国诗歌通史》几乎是完全一致的。他们的学术史研究乃是和相应历史段落的诗歌史研究交替进行的。从2004年"中国诗歌通史"立项到2012年最终完成,曾经召开过9次编写组的学术研讨会,每次都会对研究中存在的问题展开充分的讨论,同时也会对诗歌研究史的各种疑难问题进行讨论。应该说各卷负责人都具有丰富的研究经验,都始终处于各自研究领域的学术前沿,都对各自领域中的学术进展、难点所在及创新之处了然于胸。在诗歌通史的写作中,有过许多新的想法,也遇到过种种困难,更留下过些许遗憾,而所有这些都可以留待学术史的研究中去重新体味与总结。我想,此一群体所撰写的学术史,虽不敢说是人人认可的,但都应该是他们的真切体验与学术心得,会最大限度地避免空虚浮泛与隔靴搔痒。如果说在学术史研究中经验比学养更重要的话,广大读者不妨认真听一听这些学者的经验与体会,或许不至于空手而归。

在这将近十年的学术生涯中,尽管夜以继日地学习与工作,潜心地进行思考与研究,但数十人的劳动成果也就是这样三套著作,不免陡生白驹过隙的焦虑与感叹。作为个人,用了十年的时间思索,对于学术史研究才有了上述的点点体会,而且还很难说都有价值,真是令人有光阴虚度的感觉。

左东岭
2014年8月12日完稿于北京寓所

目　录

中国诗歌研究史
先秦卷

20世纪先秦诗歌研究综论 …………………………………（ 1 ）
第一章　20世纪前二十年：旧学新知交织的治诗阶段 …（ 9 ）
　第一节　20世纪前二十年治诗的格局及走势………（ 9 ）
　第二节　章太炎：古文经学治诗的历史终结 ………（ 17 ）
　第三节　刘师培：贯通经史子集的诗学新兆 ………（ 33 ）
　第四节　王国维：开创现代治诗理论的先驱 ………（ 44 ）
第二章　20世纪20年代：现代治诗范式确立之际的
　　　　奔突探索 ………………………………………（ 60 ）
　第一节　后经学初期：治诗的总体样态及走势 ……（ 60 ）
　第二节　梁启超、胡适：开创说诗新风的
　　　　　学府导师 ………………………………………（ 74 ）
　第三节　《古史辨》：一个学术交流平台的搭建 ……（ 91 ）
　第四节　俞平伯、刘大白：现代治诗范式的雏型 …（104）
　第五节　游国恩：醇正儒雅型现代
　　　　　治骚范式的确立 ………………………………（118）
第三章　20世纪三四十年代：现代治诗范式的确立 ……（133）

第一节　多个流派并存和40年代的转向 ………… (133)
　　第二节　姜亮夫:宏通博放的治骚风格 ………… (151)
　　第三节　闻一多:剖石取玉、龙颔探珠式的
　　　　　　治诗历程 ………………………………… (165)
　　第四节　刘永济:《屈赋通笺》的律宗法门 ……… (180)
第四章　20世纪五六十年代:社会学治诗的定型期 …… (197)
　　第一节　粗糙与精细:社会学治诗的两种样态 …… (197)
　　第二节　训诂考据与文献整理:绕行于社会学的
　　　　　　治诗理路 ………………………………… (217)
　　第三节　神话诗学:社会学治诗的旁枝别流 …… (229)
第五章　20世纪后二十年:先秦诗歌研究的复兴 …… (239)
　　第一节　鱼龙曼延:学术大潮中的浮游与沉潜 …… (239)
　　第二节　集大成之作:先秦诗歌研究的历史总结 … (252)
　　第三节　标志性成果:治诗解骚的创新型精品 …… (276)

20世纪先秦诗歌研究综论

20世纪的先秦诗歌研究,经历了由古典到现代、由经学治诗到文学治诗的历史转变。在此过程中,围绕着现代治诗范式的构建,有矛盾冲突,也有探索寻觅,出现许多前所未有的学术景观。进入20世纪后期,先秦诗歌研究又面临由现代向后现代的转型,再次出现学术上的激荡奔突,带着许多悬而未决的问题进入21世纪。

一、五个历史阶段

20世纪先秦诗歌研究,大体可划分为五个历史阶段。

第一阶段,从1900年到1919年,即20世纪的前二十年。这是20世纪先秦诗歌研究的奠基期,同时又呈现出由古典向现代过渡的征兆。以经学为本位的治诗方式虽然还作为主流而延续,但其内部已经开始发生变化,出现一些属于现代性的因素。

第二阶段,从1920年到1929年,即20世纪的第二个十年。这十年是先秦诗歌研究由古典型向现代型转变的过渡期,所出现的是现代治诗方式确立之前的学术奔突和探索。许多来自域外的方法、理念,在此期间纷纷在先秦诗歌研究中进行运用,加以试验,同时,清末今文的疑古思潮与进化论、实用主义等西方观念汇合,对传统治诗方式形成猛烈的冲击。从20年代中期开始,陆续出现一批具有现代治诗方式雏形性质的先秦诗歌研究著作,预示着新的治诗阶段即将到来。

第三阶段,从1930年到1949年,即20世纪中叶之前的二十年。这是先秦诗歌研究的繁荣昌盛期,也是现代治诗范式确立的历史阶段。按照现代的理念、方法研究先秦诗歌,在此阶段已经趋于成熟,并且推出一批代表性的成果。西学与中国传统文化的贯通,经学传统与现代性的融合,在此阶段变得水到渠成。这二十年是20世纪先秦诗歌研究的辉煌期,那些代表性著作所达到的历史高度,在20世纪后来几十年罕有超越其上者,是一批学术经典。从40年代后期开始,先秦诗歌研究明显地向社会学的研究方法靠拢,同时苏俄主流意识形态的有些理论,也开始运用于先秦诗歌研究领域。

第四阶段,从1950年到1978年。这个历史阶段较为漫长,是社会学方法治诗居于主导地位的阶段。从1966年到1976年的十年"文革"期间,先秦诗歌在中国大陆基本上无研究可言,处于冰封期。50年代到60年代中期的中国大陆先秦诗歌研究,社会学治诗方式是主流意识形态的组成部分,注重的是阶级分析、人民性、现实主义等问题的探讨,并在学术实践中加以贯彻。社会学治诗出现粗糙型和精细型两类,前者具有鲜明的庸俗社会学的特征。这个阶段真正把先秦诗歌研究向前推进的成员,是那些绕行于社会学治诗之外,专注于训诂考据和文献整理的学者。至于海峡两岸从神话切入研究先秦诗歌的流派,则属社会学治诗的旁枝别脉。

第五阶段,从1978年到1999年。这二十年是先秦诗歌研究的复兴期,由解冻而进入复苏。20世纪后二十年的先秦诗歌研究,出现的是前所未有的极其热闹的景象,研究队伍的规模、推出学术著作的数量,都扩大到前所未有的程度。各种方法争相登场亮相,新知旧学呈现为胶着状态。一方面,先秦诗歌研究向古典和现代治诗方式回归;另一方面,也经历着由现代向后现代转变的阵痛。先秦诗歌研究在此阶段推出的标志性成果,主要有两种类型。一类是带有集大成性质的学术巨著,或是为先秦诗歌研究作历史总结,或是对学术公案进行评判。另一类标志性成果是带有创新性的学术精品,把先秦诗歌研究推向更加深入的境地。同时,这二十多年也是学术泡沫频繁形成而又迅速破灭的时期。浮游于诗歌表面的走势,造成先秦诗歌研究格局的严重失衡。

先秦诗歌研究在20世纪的阶段划分,与朝代的更迭不存在整齐的对应关系,不是以改朝换代为主要标志。清朝灭亡于1911年,但是这一年没有成为划分先秦诗歌研究阶段的界标。第四阶段开始于中华人民共和国成立的1949年,不过是偶然巧合。在此之前的40年代后期,社会学的治诗方式已经崭露头角,与五六十年代先秦诗歌研究的主流派血脉相连。五个阶段的划分,其根据是百年先秦诗歌研究的历史进程,是它在不同时期所呈现的各异的走势和特点。

二、五代治诗学人

20世纪的先秦诗歌研究者,依其所处时代先后及在研究史上的地位、作用,可分为五代,是由五代学人薪火相传而组成的学术梯队。

20世纪第一代学人生于晚清,在20世纪初乃至更早就致力于先秦诗歌研究,代表人物是章太炎、刘师培和王国维。他们是20世纪先秦诗歌研究的奠基者,也是开风气之先的一代宗师。他们学术活动的巅峰期,与20世纪先秦诗歌研究的第一阶段相对应,先秦诗歌相关的研究成果,都是在20世纪前二十年推出。1910年,章太炎的《国故论衡》问世,他对先秦诗歌的研究基本未再持续。在此之后的十年,刘师培、王国维成为活跃在学术前沿的第一代学者的领军人物。第一代学人具有扎实的国学功底,均能继承清代朴学的治学传统,在训诂考据方面颇有建树。同时,他们又能放眼世界,吸收外来文化的因素,作为先秦诗歌研究的借鉴。章太炎所治的是古文经学,他的先秦诗歌研究,是古典经学治诗的历史终结。刘师培出入于今古文经学之间,继承并发扬清代扬州学派的治学传统,在体系、框架的构建方面,奠定了现代治诗方式的雏形。同时,对域外文化的借鉴,也显得更加自觉。王国维是由古典经学治诗向现代治诗方式转变的关键人物。他对出土文物、古文字的充分利用,他对西方理论的引进和消化吸收,在先秦诗歌研究领域都独领风骚,远远胜于前代。随着章太炎、王国维逐渐淡出先秦诗歌研究领域,以及刘师培的逝世,第一代学人的历史使命到1919年"五四"运动爆发时期已经完成。

20世纪第二代学人的代表是梁启超、胡适。梁氏生于19世纪后期,年齿与第一代学者相近,但他真正进入先秦诗歌研究领域,是在20世纪20年代。至于胡适,则是1917年从美国返回后,开始频繁接触先秦诗歌。梁启超、胡适主要从事先秦诗歌研究的时段,与先秦诗歌研究的第二阶段相对应,是这个时期引领学术风气的人物。两人都有游学海外的经历,学术视野更加开阔,加上"五四"新文化运动的推波助澜,使得他们担当起颠覆传统治诗方式,引领学界向建立现代治诗范式迈进的角色。1929年梁启超逝世,胡适的先秦诗歌研究此时也处于停滞不前的状态,这样一来,他们引领学术的时代也就随之结束。尽管这个历史时期只有短暂的十年,但是,现代治诗范式在20世纪30年代得以确立,梁、胡二人有鼓吹推动之功。

20世纪先秦诗歌研究的第三代学人,由一批大师级人物组成,主要有刘永济、刘大白、俞平伯、游国恩、姜亮夫、闻一多、朱自清、于省吾等。除刘永济、刘大白年齿稍长,其余均生于19世纪和20世纪之交,基本上与20世纪同龄。其中俞平伯、游国恩、姜亮夫、朱自清等,均与前两代学者存在师承关系,姜亮夫相继师事王国维、梁启超、章太炎。第三代学者是20世纪先秦诗歌研究的中坚和主力,是现代治诗范式的确立者,并且使之不断完善,最终走向成熟。这批学者镕旧学与新知于一炉,在前代学者的基础上开拓进取,均有自己的建树,推出一大批先秦诗歌研究的传世之作,其中有许多学术经典。第三代学人引领先秦诗歌研究的时段,从30年代中后期一直绵延到90年代,去掉中间的"文革"十年,仍然长达半个世纪之久。从70年代后期到世纪末的先秦诗歌研究的第五阶段,真正推出集大成之作和标志性研究成果,推动学术向纵深发展的成员,主要的仍然是第三代学者。他们在训诂考据、文献整理、体系建构等方面的成就,总体上不但超越前两代学者,也是第四、五代学人在20世纪末未能企及的。

20世纪先秦诗歌研究的第四代学人,多是20世纪50年代从大学毕业者。他们学术活动的主要时期,与先秦诗歌研究的第四、五两个阶段相对应。即从1950年到20世纪结束,中间十年因"文革"而中断。在20世纪先秦诗歌研究的梯队中,第四代学人所处的地位比较微妙。50年代到60年代中期,特殊的政治气候所造成的学术环境,使他们的学术空间受到挤压,很难有所作为。而20世纪后期的学术复兴,由于第三代学人在引领风气,再加上第五代学人的崛起,他们仍然缺少充当学术研究主角的机会。严格说来,第四代学人在20世纪诗歌研究中,所发挥的是桥梁作用。

20世纪先秦诗歌研究的第五代学人,出生在40年代到60年代期间,多数具有研究生学历。"文革"十年造成他们学养方面的早期欠缺,改革开放形势提供了弥补的机会,但在总体上仍然无法与前几代学人比肩而立。这代学人的先秦诗歌研究始于70年代末期,到90年代而达到高峰。他们中的一部分人继承已经确立的现代治诗范式,并力图对它进一步加以完善。而相当一部分成员所从事的研究,则是从现代向后现代转变的尝试。至于后现代治诗范式最终是怎样一种形态、应该通过什么途径、采用哪些方法加以运作,对于第五代学人而言,他们无法在20世纪结束之际给出答案。

三、两次思想解放

伴随时代的政治变迁,20世纪的先秦诗歌研究,经历过两次思想解放:第一次是"五四"新文化运动,第二次是始于70年代后期的改革开放。尽管这两次思想解放前后相距六十年,但是,对于先秦诗歌研究而言,它们所产生的效应却有某些一致的地方。

"五四"新文化运动的重要目标是推倒旧文化,建立新文化。《诗经》作为经学的重要典籍,成为主要的颠覆对象之一。当时学术新人提出的重要纲领,就是把作为经学典籍的《诗经》,还原成为文学作品,恢复它的历史本来面目。而要做到这一点,就必须去掉经学对《诗经》的曲解和掩蔽,毛《传》、郑《笺》首当其冲,遭到彻底否定。"五四"新文化运动对先秦诗歌研究所产生的一个正面效应,就是向文学本位的回归,从经学桎梏中解放出来。70年代后期开始的第二次思想解放,同样把向文学本位回归作为重要的目标。针对五六十年代社会学治诗的流弊,先秦诗歌研究在80年代出现向文学本位回归的走势,艺术分析的强化、审美理论的运用,都是坚持文学本位的具体表现。

"五四"新文化运动在先秦诗歌研究领域产生的另一个效应,就是多种研究方法的争相登场,尤以域外传入的方法影响最大。进化论在19世纪末已经传入中土,"五四"运动之后人们对它的接受更为自觉,运用得也愈加广泛。除此之外,杜威的实用主义、弗洛伊德的心理学、西方文化人类学,各种方法竞相运用于先秦诗歌研究领域,出现20世纪第一波方法论热潮。70年代后期开始的第二次思想解放,同样掀起方法论热的狂潮,在规模和声势上远远胜过第一次。不但与文学相关的结构主义、符号学、原型批评、文化人类学等方法运用于先秦诗歌研究,就是与文学相去甚远,根本不搭界的信息论、系统论、控制论等方法,也把先秦诗歌研究作为自己的试验场。这两波方法论都是对先前占主流研究方法的冲击和颠覆,"五四"时期方法论热要颠覆的是传统的经学治诗,70年代末兴起的方法论热潮则是要改变社会学治诗的一统天下。

两次思想解放对先秦诗歌研究所产生的效应,还体现在推动新的研究体系的建立。先秦诗歌研究的现代范式,它的雏形出现在20年代中后期,30年代则是现代治诗范式的确立期。为这一进程作出贡献的学者,几乎无一例外受到"五四"新文化运动的推引。第一波思想解放所引进和催生的新的理念、方法、体系,为现代治诗范式的形成和确立准备了充分的条件,使它得以实现从古典到现代的转型。70年代后期开始的改革开放,导致中国社会的转型,同时,这次思想解放也促进先秦诗歌研究的转型,即由现代型向后现代型转变。由社会学治诗方法的一统天下,变为各种研究方式竞相登台亮相的形势,表面上是研究格局的变化,实际上酝酿的是研究范式的转变,即由现代型向后现代型的过渡。先秦诗歌研究由古典型向现代型过渡,经历了三十年的时间,有三代学人参与其间。由第二波思想解放而引发的学术范式的转型,到20世纪末经历了二十余年,参与其间的也有三代学人。这个转型的真正实现,还需要较长的时间,尚要有几代学人的参与。

两次思想解放对先秦诗歌产生的效应,也有不尽相同之处。"五四"新文化运动所带来的思想解放,使得先秦诗歌研究在一段时间里通人泛论型著作剧增,而专精型学术著作偏少。第二波思想解放也产生了同样的效应,20世纪后二十年的先秦诗歌论著,通人泛论型依然占绝对优势。第一波思想解放导致通人泛论型著述剧增,但是,这种势头持续的时间很短,总共不超过十年。从20年代后期开始,先秦诗歌研究专精型著述逐渐居于主导地位,发挥引领学术风气的作用,从而使得现代治诗范式得以确立。第二波思想解放所催生的通人泛论型著述,在数量上远远超过20年代,并且经久不衰,愈演愈烈,绵延三十年而无消歇趋势。与此相应,专精型著述所占比例很低,尤其在第五代学人那里,拥有的份额更少。这种情况决定了后现代治诗范式的确立尚需时日,它必定姗姗来迟。

中国在20世纪出现的两次思想解放运动,都是以批判的方式发端,但是,它们对先秦诗歌研究所产生的效应并不相同。第一波思想解放带有疑古过猛的弊端,出现否定传统文化的偏向,甚至怀疑屈原其人在历史上是否真的存在。同时,这种怀疑精神也孕育出具有独立思想和追求真理的先秦诗歌研究者,产生一批学术大师,留下大量学术经典。第二波思想解放直接针对"文革"十年的文化浩劫,以及此前厚今薄古的倾向,由此而来,尊古信古取代了轻古疑古。先秦诗歌的研究者多是怀着敬畏的心理解读文本,而缺少前代学者的那种怀疑精神和问题意识,因此,学术上的因袭多于创新,缺乏内在的活力,从而使得先秦诗歌研究陷入停滞不前的困境。思想解放应是科学精神的发扬光大,对于先秦诗歌研究而言,需要的正是这种富有活力的科学精神。

第一章　20世纪前二十年：旧学新知交织的治诗阶段

20世纪前二十年，是该世纪先秦诗歌研究的第一个阶段，具体时段是1900—1919年。这个阶段先秦诗歌研究的几位代表人物，如章太炎、刘师培、王国维，他们严格意义的治诗活动都是始于世纪之交或世纪之初，正是20世纪先秦诗歌研究第一阶段的起步时期。

"五四"运动的发生，标志20世纪先秦诗歌研究第一阶段的结束。作为先秦诗歌研究代表人物章太炎、王国维，他们先秦诗歌研究的主要成果，均已在"五四"运动之前问世，到了1919年，他们作为学术领军人物的时代已经基本结束。至于另一位先秦诗歌研究的代表人物刘师培，则于1919年故去。清末民初的这二十年，作为历史阶段有其特殊性，在此期间所开展的先秦诗歌研究，同样有它的特征，那就是旧学与新知的交织。

第一节　20世纪前二十年治诗的格局及走势

20世纪前二十年，正值清末民初，前十一年是清末，后九年是民初，基本是各占一半。虽然在此期间经历了辛亥革命，有些治诗学者在政治理念乃至社会实践上有维护帝制还是主张共和、改良还是革命的不同取向,但是,清末民初的先秦诗歌研究,并没有因时局的变化而前后迥异。20世纪肇始阶段所呈现的治诗格局、走势,一直保持到这个世纪的20年代到来之前。就整个先秦诗歌研究领域而言,这二十年无法作出明确的阶段划分,治诗的基本格局、走势,在此阶段大体是一致的。

一、经学治诗的夕阳晚霞

20世纪前二十年,是经学治诗的最后历史阶段。在此期间,以经学为本位研究先秦诗歌,出现的是夕阳晚霞般的学术景观,可以说是经学治诗的回光返照。其中最引人注目者,就是今文经和古文经治诗的两个阵营并存,齐诗派和毛诗派双峰对峙。

清代经学研治《诗经》者,明显分为古文经和今文经两派,"胡承珙《毛诗后笺》、陈奂《毛诗传疏》,专宗毛诗;迮鹤寿《齐诗翼奉学》发明齐诗"[1]。清代研究《诗经》的古文经和今文经两派,分别治毛诗和齐诗。清末民初对先秦诗歌的研究,沿袭清代经学治诗的余绪,也明显分为毛诗派和齐诗派两个阵营。

这个阶段的毛诗学派的代表人物是章太炎,他在1910年初版的《国故论衡》中写道:

> 汉世古文家,惟《周礼》杜、郑,《诗》毛公,契合法制,又无神怪之说。郑君笺注,则已凌杂纬候。[2]

章太炎研治《诗经》,确实专宗毛《传》,选择的是清人陈奂《毛诗传

---

[1] 皮锡瑞著,周予同注释:《经学历史》,中华书局,1981年版,第320页。
[2] 章太炎:《国故论衡》,上海古籍出版社,2003年版,第65页。

疏》的路数，不但排斥今文经诗说，就连郑玄《笺》也不时地被修正或舍弃。章太炎身体力行，专宗毛诗，这无异于树立起一面旗帜，对于当时的先秦诗歌研究具有引领作用。从1900年到1919年，毛诗学派的论文撰写者除章太炎外，还有刘师培、黄侃、邓实、江慎中、陈潮、陈庆麟等①。除此之外，马其昶的《诗毛氏学》②著作也在此期间问世。20世纪初期以古文经毛诗为本位的《诗经》研究，在规模上颇为可观。

清代今文经学研究《诗经》的代表人物是迮鹤龄，他所研治的是齐诗。清末民初今文学派在研治《诗经》时，重点关注的也是齐诗，代表人物是廖平。他于1904年完成《诗经新解》③，即题为《齐诗学》。1906年之后，他认为齐诗多纬候，转而研治诗纬，是对齐诗的进一步扩充，相继推出《诗学质疑》《诗纬搜遗》《诗纬新解》三书④，他的齐诗研究已经自成系列。廖平曾与刘师培等人共同发起成立四川国学会，刘师培在此期间也有一系列关于齐诗的论文问世⑤，虽然和廖平的取向不同，但亦构成呼应。

清末民初的先秦诗歌研究，毛诗、齐诗均成为显学。而与齐诗同为今文经的鲁诗和韩诗，却很少有人专门探索。这种研究格局的形成，是直接继承清代经学传统的结果，是清代今古文经学治诗的延续。

---

① 参见寇淑慧编：《20世纪诗经研究文献目录》，学苑出版社，2001年版，第97、242—243页。
② 京氏第一监狱铅印本，1916年；上海聚珍仿宋印书局铅印本，1918年。
③ 收录于《六译馆丛书》，四川存古书局，1921年刊印。
④ 三书均为四川存古书局1918年刊本。
⑤ 参见本章第三节"出入于今古文经纬的治诗实践"有关刘师培的论述。

二、经学治诗内部的整合会通及偏执虚妄

清末民初的经学治诗有今古文之分,同时,经学治诗又出现两种明显的趋向:一是经学内部各派在治诗过程中进行整合、兼收并蓄,而不再专主一家之说;二是片面发展的倾向,把经学治诗的流弊推向极端。前一种趋向的代表人物是王先谦和马其昶,后一种倾向的代表人物是廖平。

王先谦是清代今文经学大家,他的许多著述都带有集大成的性质。他的《诗三家义集疏》初刊于1915年,以虚受堂家刻本行世。该书点校者写道:

> 王氏虽宗今文经学,以整理三家《诗》为己任,但对专治《毛诗》或今古文兼通的学者如陈启源《毛诗稽古编》、陈奂《诗毛氏传疏》、马瑞辰《毛诗传笺通释》、胡承珙《毛诗后笺》等作,亦折衷异同,多所称述,使内容更为充实。①

王先谦的《诗三家义集疏》像他另外许多著作一样,体现的是经学内部不同流派的整合,具有兼容性。

马其昶是桐城派学者,桐城派创始人方苞"兼通三礼,多信宋而疑汉"②,属于宋学派,马其昶作为桐城派的后期成员而撰写《诗毛氏学》,明显是以毛诗为宗,不再排斥古文经学。他的《屈赋微》③对于相传出自屈原之手的25篇作品加以解题、注释、韵脚注音,引用诸家之说颇多。每篇的按语多是阐发作品的内容及章次结构,具有桐城派学者的特点。马其昶著作所体现的是汉学与宋学、古文经与今文

---

① 吴格:《诗三家义集疏·点校说明》,中华书局,1987年版,第4页。
② 皮锡瑞著,周予同注释:《经学历史》,中华书局,1981年版,第306页。
③ 《集虚草堂丛书》合肥李国松1906年刊本。

经的整合会通。其后人马茂元研治《楚辞》,与《屈赋微》一书密切相关,继承的是家学。

清末民初经学治诗的另一个趋向是片面发展,这主要体现在以今文经治诗的廖平身上。今文经说本多牵强附会之说,到廖平那里又急剧膨胀,把它推向极端。廖氏沉迷于他所说的天学,多用纬候解诗。他的《诗学质疑》①按照阴阳八卦之说,以天星有十二诸侯,纬以律吕配十二风,以此来解释《邶风》的编排结构,以首五篇为五帝,末三篇为三皇,中十二篇为四风十二诸侯,《邶风》本是19篇,廖氏为构造体系而强行凑足20篇之数。他还将这种解说方式推广到整部《诗经》,牵强附会达到无以复加的程度。

廖氏解《楚辞》,同样采用牵强附会的解说方式,把《楚辞》纳入他所谓的天学之内。他的《经学四变记》写道:

> 《楚辞》为《诗》之支流,其师说见于《上古天真论》,专为天学,详于六合以外。②

说《楚辞》是《诗经》的支流,这是经学家的老生常谈,也有一定的道理。至于说《楚辞》的思想本于《黄帝内经素问·上古天真论》,在时间上就无法落到实处。二者孰先孰后,至今尚无定论。把《楚辞》说成是脱胎于医书《上古天真论》,并且把它归入道家与神仙家著述的系列,《楚辞》被纳入了所谓的天学。

在此基础上,廖平又进一步断定,《楚辞》许多作品并非屈原所作,他的《楚辞讲义序》中写道:

---

① 四川存古书局1918年刊本,此前刊于《国学荟编》1915年第1期。
② 《六译馆丛书》,四川存古书局,1921年版,第1函,第8页。

>《秦本纪》始皇三十六年,使博士为《仙真人诗》,即《楚辞》也。《楚辞》即《九章》《远游》《卜居》《渔父》《大招》诸篇。著录多人,故词重义复,工拙不一,知非屈子一人所作。当日始皇有博士七十人,命题之后,各有呈撰,年湮岁远,遗佚姓氏。及史公立传,后人附会改挽,多不可通。又仅缀拾《渔父》《怀沙》二篇,而《远游》《卜居》《大招》悉未登述。可知《远游》《卜居》《大招》诸什非屈子一人撰。……《橘颂》章云:"受命诏以昭诗",即序始皇使为《仙真人诗》之意。①

关于《楚辞》作品的归属,历来存有争论。尤其是《远游》《大招》《卜居》《渔父》诸篇是否出自屈原之手,至今没有定论。廖氏对此表示怀疑亦属正常。至于把相当数量的《楚辞》作品说成是秦博士所作的《仙真人诗》,则实属臆想和猜测。文中所引"受命诏以昭诗"之语,出自《九章·惜往日》,把它说成是秦博士受诏而作《仙真人诗》,显得更加离谱。

对于屈原的代表作品《离骚》,廖氏也否定是屈原所作。《楚辞讲义》第十课写道:

>此书解者无虑数十百家,无一人能通全篇文义者。……今故据《秦本纪》以为始皇博士作,皆言求仙魂游事。又博士七十余人各有撰述,题目则同,所以如此重犯。汇集诸博士之作成此一书,如学堂课卷,则不厌雷同。②

廖氏不但断定《离骚》是秦博士所作,而且设想出当时写作的具体场

---

① 《六译馆丛书》,四川存古书局,1921年版,第7函,第1页。
② 《六译馆丛书》,四川存古书局,1921年版,第7函,第15页。

景,文中还断定《离骚》"为九所人作,合为一大篇"。这种想象确实很大胆,也很丰富,却无法得到实证。

廖氏用所谓的天学解读《诗经》《楚辞》,不但把今文经学的牵强附会发展到登峰造极的地步,而且受清代疑古思潮的影响,表现出虚妄的态度。由牵强附会而走向虚妄,是今文经学的通病。龚自珍治《公羊》,师法今文经学派的庄存与、魏源,对毛诗大加非议。其子龚橙则重订《诗经》,百般排黜。廖氏解诗的牵强和虚妄,有其历史渊源,他的导师王闿运就是用今文经学的《公羊》义解说《诗经》。与廖氏处于同一时代的章太炎写道:"今文学家的后起,王闿运、廖平、康有为辈,一无足取,今文学家因此大衰了。"[1]以今文经学为本位治诗的历史阶段到廖平那里是其终结,廖氏解诗留给后代的主要遗产是牵强附会的做法和大胆而虚幻的想象,后来许多学者像廖氏一样陷入这两个怪圈而无法自拔,成为20世纪诗歌研究的误区和迷障。

三、旧知与新学错杂的诸种形态

清末民初的二十年,犹如一年之中的晚冬早春交替的季节,反映在先秦诗歌研究领域,呈现的是旧知与新学的多种形态的错杂。

第一,诗歌研究人员本身旧知与新学的错杂。

清末民初二十年间,研治先秦诗歌的学者均以经学为本位,绝大多数具有扎实的国学功底。鸦片战争之后清王朝的闭关锁国被打破,西学东渐、国际间的文化交往,使得许多人的知识结构、治诗理念都程度不同地渗入域外文化的因素。作为这个阶段研究先秦诗歌的三位代表人物章太炎、刘师培和王国维,都有东渡日本的经历。章太

---

[1] 章太炎著,曹聚仁整理:《国学概论》,上海古籍出版社,2000年版,第29页。

炎、刘师培诗歌研究方面的著述,对西方理论时有援引和参照。至于王国维,对西方哲学、美学已有精深的造诣,并且运用自如。即以本土文化而言,也出现旧学与新知相错杂的情况。孙诒让,字仲容,是清末的著名学者,在此期间曾刊过论文《诗不殄不瑕义》[1]和《毛诗鲁颂駉传诸侯马种物义》[2],两篇论文是他去世第二年刊发。他的《契文举例》是考释甲骨文的最早著作,《名原》《古籀拾遗》《古籀余论》则是研究金文的著作。他的知识结构已与传统的经学家有所不同,最明显的是增加了甲骨文方面的内容,已经具备运用甲骨文治诗的潜能,这是旧学,也是新知,是二者的交织。王国维正是以兼有旧学新知属性的金甲文治诗,取得突破性进展。

第二,著述形态的旧学与新知的错杂。

这个时期推出的先秦诗歌论著,以札记、考据居多,是传统的章句之学占主导地位。与此同时,新的论著形态也开始出现。钱荣国《诗经白话注》[3]是最早出现的《诗经》白话注本。陈直的《楚辞拾遗》[4]则融汇古文字学、器物学、考古学和文献学为一炉,采取的是综合研究的方法。章太炎的《訄书》[5]重订本《订文》《检论·诗说》[6],以及刘师培《宗骚》[7]都已经自成体系。至于王国维的《文学小言》[8],

---

[1] 初刊于《国粹学报》总第57期,1909年7月。
[2] 初刊于《国粹学报》总第57期,1909年7月。
[3] 初刊于江阴礼延高等小学堂,1908年。
[4] 初刊于《摩庐丛著·三种》第2册,1912年石印本。
[5] 初刊于日本东京翔鸾社,1904年铅印本。
[6] 浙江图书馆木刻大字本《章氏丛书》,1919年刊行。
[7] 初刊于《国粹学报》第2卷第3期,1906年。
[8] 初刊于《教育世界》1906年第23期,总第139号。

则是以全新的面目出现。而章、刘的多数论著,则更多地保留了传统治诗著作的属性和特征。

第三,学术成果载体的新旧错杂。

这个时期登载先秦诗歌研究论文的刊物,主要是《国粹学报》《国故月刊》,以及《四川国学杂志》《国学丛选》《中国学报》等。这些刊物多冠以国学、国故,带有明显的旧学印记。较为例外的是王国维的《文学小言》《屈子文学之精神》刊发于《教育世界》,这两篇论文给人耳目一新之感,作为论文载体的刊物《教育世界》,从名称上就显示出新知的属性。尽管这类刊物在当时还为数不多,但已经预示未来的发展前景。

第二节　章太炎:古文经学治诗的历史终结

章太炎是20世纪初期引领学界风气的一代宗师,在他构建的国学体系中,先秦诗歌研究是一个重要的组成部分。他继承古文经学的传统,同时又能融会旧学新知,标志着近代学术转型的即将开始。章太炎学问渊博,经史子集皆有涉猎。他全史在胸,又精通文字声韵,从而形成以缜密精深为特征的博雅型治诗体系。他对先秦诗歌所作的研究,散见于几部主要著作中。这些著作成为划分章太炎研究先秦诗歌的几座界碑,从中可以看出20世纪初期这位古文经学大师治诗的历程。同时,章太炎研治先秦诗歌的论著,又是古文经学治诗的历史终结。尽管在他之后仍然有人以古文经学为本位研究先秦诗歌,但作为历史阶段,已经属于过去的时代,不再是学术的主潮。

一、《膏兰室札记》:古文经学治诗的早年尝试

1891年至1893年,章太炎在杭州诂经精舍师从经学家俞樾,《膏兰室札记》就是在此期间所作的笔记。膏,照明用的灯油,古时学校、书院发给学生的津贴费用亦称膏火。兰,谓兰膏,亦为点灯用的燃料。顾名思义,《膏兰室札记》是焚膏继晷、刻苦攻读期间的心得笔记。这部札记有些条目涉及《诗经》,反映出章氏在治学初期诗歌研究的基本取向,为后来的诗歌研究奠定了基础。

俞樾是清朝末期著名的古文经学家,章氏师从俞樾,研治《诗经》亦以古文经为圭臬,力挺毛诗,主要体现在以下几个方面:

第一,承认孔子删诗之说的可信。

有清一代,否认孔子删诗的说法颇为盛行,从朱彝尊到魏源都是如此。章太炎根据《华阳国志》所载周诗提供的线索判断,该诗作于周武王初封巴子之时,他在《删诗申义》中写道:

> 若夫不删诗,则平王以后之诗,尚附录《召南》(三家说《何彼襛矣》诗如此),岂武王时巴国之诗,不可附录耶?若云毛《诗》遗脱,可云祭祀之诗、好古乐道之诗,数篇皆脱耶?……不删诗之说,本不足据。因读《华阳国志》而有感,为推论如此。①

《华阳国志》所载的巴地诗歌,如果按地域划分,应该收入《召南》,可是《召南》并未收录。这几首诗或是与祭祀有关,或是好古乐道,属于正风之列,如果原来已经编入《诗经》,不可能遗失脱落。章氏据此推断,《诗经》结集前曾经被删减。至于究竟是谁所删,他没有具体指明,所持的态度颇为谨慎。他所援引的《华阳国志》的材料,是

---

① 《章太炎全集》(一),上海人民出版社,1982年版,第166页。

前人所未曾涉及,有重要的参考价值。

第二,断定《商颂》是商代作品。

《商颂》的创作时段,是《诗经》研究史上的一大悬案。章氏在论述这个问题时,引《汉书·礼乐志》及《艺文志》的记载,指出班固作为齐诗学者也认为《商颂》作于商代。文中写道:

> 则知齐诗家之说《商颂》,亦谓商人所作,与毛《诗》同。非如鲁、韩二家以《商颂》为美襄公,及《商颂》为正考父所作也。①

章氏对于《商颂》创作年代的看法,赞同毛诗和齐诗,而不同意鲁诗和韩诗的认定。他所援引的《汉书》的论述,是班固所持的观点。这两条材料比较重要,因为作为史学家的班固向来以行文严谨著称。

第三,维护毛《传》注释的权威性。

《膏兰室札记》涉及《诗经》的条目共九则,其中只要涉及毛《传》,章氏都持赞同的态度,极力维护它的权威性,而对郑玄的《笺》、孔颖达的《正义》,以及清人马瑞辰的《毛诗传笺通释》,却是时有批评之语。清人陈奂《诗毛氏传疏》以毛《传》为宗,而对郑《笺》则斟酌取舍,就此而论,章太炎继承的是陈奂的观点。

章氏秉持古文经学的理念、方法研治《诗经》,以毛诗为宗。同时由于他所师从的俞樾长于词义辨析,章氏在维护毛《传》权威性的同时,又能有所发明,对有些字句的解释更加具体、确切,札记有如下一则:

> 《小雅·黍苗》:我行既集,盖云归哉。案哉当借为载。下章云:盖云归处,则此章不宜虚用语词。《晋语》云:子余使公子

---

① 《章太炎全集》(一),上海人民出版社,1982年版,第166页。

赋《黍苗》。下云：重耳若获集德而归载。此即本《诗》词为言，集德即我行既集之集，归载即归哉也。载亦训处，《老子》：载营魄抱一。王弼《注》：载犹处也。是也。……至载哉之通，则犹陈锡哉周作陈锡载周也。①

这段论述集中考辨"盖云归哉"应为"盖云归载"，哉与载通用。其中列举的既有作品本身的内证，又有春秋早期赋诗的旁证，立论极其坚牢。末尾所引"陈锡哉周"之语出自《大雅·文王》，鲁诗、韩诗皆作"陈锡载周"，有力地支撑了章氏的说法。再如对《商颂·长发》中"受小共大共，为下国骏厖"所作的辨析，释骏厖为共玉②，较之毛《传》更加深入具体，可与王先谦在《诗三家义集疏》中所作的辨析相互印证③，皆为不可移易的精当之论。

章氏解《诗经》宗毛《传》，但是，《毛传》也难免有讹误之处。由此而来，章氏对《诗经》某些词语的解释也就失之于牵强。"周行"一词在《诗经》中出现三次，分别见于《召南·卷耳》《小雅·鹿鸣》和《大东》。《卷耳》毛《传》释"置于周行"为"置周之列位"。《小雅·鹿鸣》毛《传》释"示我周行"："周，至。行，道也。"按照这种解释，"周"不是指周王朝，而是指普遍，鲁诗、韩诗亦持此说。马瑞辰的《毛诗传笺通释》进一步伸张这种说法④，章氏表示赞同，并且做了发挥⑤。仅从上述三首诗来看，毛《传》对"周行"所作的解释虽然勉强

---

① 《章太炎全集》（一），上海人民出版社，1982年版，第219页。
② 《章太炎全集》（一），上海人民出版社，1982年版，第133页。
③ 王先谦：《诗三家义集疏》，中华书局，1987年版，第1111—1112页。
④ 马瑞辰：《毛诗传笺通释》，中华书局，1998年《清人注疏十三经》（一），第15页。
⑤ 《章太炎全集》（一），上海人民出版社，1982年版，第129页。

可通，但已颇为不畅。如果从整部《诗经》来考察，毛《传》显然无法成立。《诗经》中与"周行"属于同类的词有"周京"，见于《曹风·下泉》；有"周道"，见于《小雅·四牡》及《何草不黄》；有"周宗"，见于《小雅·雨无正》。在这些诗句中，"周"字无一例外指周王朝、周地。既然如此，"周行"理应指通往周王朝国都的道路，即所谓的周道，就是当今所说的国道。

综上所述，《膏兰室札记》作为章氏的学习笔记，是他研治先秦诗歌的初试锋芒之作，显示出鲜明的古文经学治诗的风格。其中有功底扎实的考据，也有度越古注的新见，在治学的专精方面已经奠定基础。不过，章氏真正成为博雅的国学大师，是在进入20世纪之后。

二、《訄书》：诗歌研究由专精到系统的桥梁

章太炎的《訄书》初刻本行于1900年，是作者第一部自选集。其中涉及先秦诗歌的内容很少，只有《独圣》篇提到《大雅·生民》和《订文》篇提到楚辞《天问》，后者尤其值得重视。文中写道：

> 吾闻斯宾塞尔之言曰：有言语，然后有文字；文字与绘画，故非有二也，皆昉乎营造宫室而有斯制；营造之始，则昉乎神治，有神治，然后有王治。故曰："五世之庙，可以观怪。"禹之铸鼎而为螭魅，屈原之观楚庙而作《天问》，古之中国尝有是矣。[①]

章氏上述文字是把文学与绘画相沟通。禹铸九鼎的传说见于《左传·宣公三年》和《墨子·耕柱》篇，他把这个传说与楚国宗庙的壁

[①] 《章太炎全集》（三），上海人民出版社，1984年版，第45页。

画相联系,用以解说《天问》的创作缘起,是以史证骚。他还把《天问》是屈原呵壁而作这个案例放到古代世界文化背景下加以观照,并援引斯宾塞的说法作为理论依据。这种解骚方式已经冲破传统的国学樊篱,开启后来兴起的比较文学的先河。

《訄书》重订本初版于1904年,由日本翔鸾社铅印刊行。章氏在进行重订过程中,在《订文》部分增添了许多初刻本所没有的内容,其中有如下一段:

> 若《诗》"言告师氏""言告言归""受言藏之"之辈,以今观之,皆可训"间",而《传》皆训我,《笺》则"言"训"我"者,凡十七见。近人率以诘诎不通病之。……夫绝代方言,或在异域。日本与我隔海而近,周秦之际,往者云属,故其言有可以证古语者。彼凡涉人事之辞,语末率加"事"字者,……往往而有,如"事采"辈,特以事字居前,其排列稍异东方,而"言告""言藏"之训"我",则正与东方一致。以今观古,觉其诘诎,犹以汉观和尔,在彼则调达如簧矣。①

章氏还是秉承古文经学的传统,对于诗歌的解读重视词语的考释。这里讨论的是间语问题,也就是所谓的发语词。其中涉及的语料均取自《诗经》,包括《卷耳》的"采采",《载驰》的"载驰载驱",以及与"言"字相关的诗句。章氏曾东渡日本,并在那里驻留较长时间。他把日语相关表述方式与《诗经》中的间语相对照,指出二者的相通之处。只是《诗经》把发语词置于前面,日语则置于语末。这是以宏阔开放的视野观照《诗经》的间语,把先秦诗歌的发语词与日语相沟

---

① 《章太炎全集》(三),上海人民出版社,1984年版,第222页。

通,解决了《诗经》词语训诂的一个难题。

章氏在做了上述对比之后,又有如下论述:

> 当高邮时,斯二事尚未大著,故必更易旧训,然后词义就部,是亦千虑之一失乎? 疏通古文,发为凡例,故来者之任也。①

高邮,指高邮王念孙、王引之父子。王氏父子重视古文词语的训诂,王念孙的《读书杂志》、王引之的《经传释词》《经义述闻》,都是这方面的经典著作。章氏的业师俞樾,走的也是高邮王氏父子的治学之路,他的《古书疑义举例》,则已经超越王氏父子,由个别案例的梳理提升为对规律的探讨。章氏颇得俞樾的真传,对字义的训诂也开始从具体案例的处理提升到对"凡例"的发掘,而所谓的凡例,指的就是某些带有普遍性的语言规律。章氏治诗这种主动的自我提升,与他宏阔的视野,沟通中外的研究方法直接相关。章氏治诗从专精走向系统,固然是学术发展的规律,同时很大程度上得益于开放的学术胸怀。《订文》中的许多论述,已经带有明显的系统化色彩,如下面一段论述:

> 世言希腊文学,自然发达,观其秩序,如一岁气候,梅华先发,次及樱华;桃华先实,次及柿实;故韵文完具而后有笔语,史诗功善而后有舞诗(涩江保《希腊罗马文学史》)。……盖古者文字未兴,口耳之传,渐则忘失,缀以韵文,斯便吟咏,而易记忆。意者仓、沮以前,亦直有史诗而已。下及勋、华,简、篇已具,故帝典虽言皆有韵,而文句参差,恣其修短,与诗殊流矣。其体废于史官,其业存于矇瞍,由于二《雅》踵起,藉歌时政,(《诗序》:"雅者,

---

① 《章太炎全集》(三),上海人民出版社,1984年版,第222页。

正也,言王政之所有兴废也。")同波异澜,斯各为派别焉。①

这是以古希腊文学为参照,追溯中国古代早期文学的起源及发展演变,把诗歌视为最早出现的文学样式。到了《诗经》所产生的时代,诗歌已经与散文分流。这种比较系统地描述早期诗歌的生成、发展过程的做法,无疑是对外来新知识加以借鉴的结果。

《訄书》重订本所反映的章氏之学由精深到系统的演变,还通过具体案例体现出来,《官统》中写道:

> 屈原称其君曰"灵修",此非诡辞也。古铜器以"灵修"为"令终"。而《楚辞》传自淮南,(《楚辞》传本非一,然淮南王安为《离骚传》,则知是本出于淮南。)以父讳更"长"曰"修",其本令长也。秦之县,万户以上为令,减万户为长。此其名本诸近古。楚相曰"令尹",上比国君(尹即古君字。故《左传春秋》"君氏",《公羊》作"尹氏"。上世家族政体,君父同尊。父从又持杖,君亦从又持杖。《丧服传》曰:"杖者,爵也。");其君曰"令长",下比百僚(楚官有"莫敖",其君早殇及弑者亦曰"某敖"。敖本酋豪字,犹西旅献豪,今作"獒"也。此亦君号同臣之一事)。南国之法章,君臣犹以官位辨高下,故参用亲羁而无世卿。②

以上考证对于《楚辞》研究一直悬而未决的三个问题给出了确切的回答,即屈原作品中反复出现的"灵修"指的是什么?楚国的相为什么称为令尹?为什么楚国早殇及被弑之君,还有贵族之家的称谓都

---

① 《章太炎全集》(三),上海人民出版社,1984年版,第226页。
② 《章太炎全集》(三),上海人民出版社,1984年版,第255页。

有"敖"字？这三个问题对于《楚辞》研究至关重要，千百年来成为许多学者无法逾越的障碍。章氏的论述则使这些疑难问题涣然冰释，并且是运用一以贯之方法解决连环难题。上面列举的考辨兼顾词语音、形、义三个方面，有音训、有形训、也有义训，正因为如此，显得立论坚牢，经得起反复推敲。从小学入手解读《楚辞》，章氏虽然涉及的案例有限，却是开20世纪《楚辞》研究风气之先。整个20世纪真正推动《楚辞》研究深化的力作，无不以扎实的小学功底为支撑。

章氏在《訄书》重订本中，一方面保持早年治学的专精扎实，另一方面又比较重视系统性。他所追求的系统性，不是简单地对某些表面现象加以联缀，而是有着明确的类别区分。《订文》中写道：

> 是故其后人新曲，往往袭用古辞，义实去以千里。若《吕氏春秋·古乐》曰："汤命伊尹，作为《大护》，歌《晨露》，修《九招》《六列》以见其善。"古"晨露"为义，大氏如《小雅》所言"匪阳不晞"者也，而音谐语变，则遂为"振鹭"。《周颂》云"振鹭于飞，于彼西雝"，是以名篇；《鲁颂·有駜》亦云"振振鹭，鹭于下"，皆自此流变者也。……亦有义训相近，而取舍殊绝者。若《吕氏·古乐》所载有娀氏二女作歌曰"燕燕往飞"，而《邶风》曰"燕燕于飞"；涂山作歌曰"候人兮猗"，而《曹风》曰"彼候人兮"。孔甲作《破斧之歌》，而《豳风》亦有《破斧》。寻其事指，绝非一揆，而文句相同，义训亦近。斯皆所谓音节谐熟，天纵其声者也。必欲彼此互证，岂非陷于两伤者乎？①

以上论断对于诗歌研究在方法上具有指导意义。追求系统性必然要

---

① 《章太炎全集》（三），上海人民出版社，1984年版，第225页。

连类相次,可是,许多诗歌往往只是表面现象相似,而本质上相去甚远。也有形神俱似者,但具体指向却差别很大。章氏所列举的"晨露"与"振鹭"案例不够恰切,后面几例则很有代表性。追求系统性而又要有严密的分类,这种治学理念强调的是学术规范、操作原则,有很强的针对性。

《訄书》重订本增加了对楚文化论述方面的内容,表现出明显的张扬楚文化的倾向。

章氏从所属族类上论证楚夏同族。《方言》中写道:"质验之以水,沔、汉之川,下流入荆州,而命之曰夏水,其国曰楚。若然,夏楚者,同音而互称。"[1]章氏从多方面论证夏、楚同源同族,此为其中一项。既然确认楚、夏同族,于是,把楚文化说成华夏文化的正宗、主流也就有了更充分的理由。文中还进一步指出:"南音独进化完具","齐州之音,以夏楚为正","故二雅者,夏楚之谓也"[2]。章氏从族属、语音、诗歌等各方面确认楚文化的正统和主流地位,可以说是全方位地张楚。

章氏的张楚之论首见于《訄书》重订本的《方言》,而《訄书》初刻本没有这方面的论述。《訄书》重订本初刊于1904年6月,在此前一年,章太炎与《革命军》作者邹容因从事反清活动而同入上海西牢。《訄书》的重订是作者从事反清活动期间完成的,增入了张楚的内容。到了十年之后,当他再次修订《訄书》,在张楚方面又得到进一步强化。近代学术因政治驱动而偏离正常轨道的倾向,在《訄书》重订本已初见端倪。当时刘师培就已指出,他在《南北文学不同论》

---

[1] 《章太炎全集》(三),上海人民出版社,1984年版,第204页。
[2] 《章太炎全集》(三),上海人民出版社,1984年版,第204页。

中写道:"余杭章氏谓'夏音即楚音'。不知夏音乃华夏之音。……不得以楚有夏水,而夏楚音近,遂以夏音即楚音也。章说非是。"①刘氏的批评是有道理的。

三、《国故论衡》《检论》:博雅型治诗体系的建立

《国故论衡》是章太炎代表性的著作,1910年初刊于日本。《检论》是对《訄书》的再次增删,完成于1914—1915年,后收入作者手定的《章氏丛书》,1919年浙江图书馆刊行的木刻大字本校勘较精审。从1910年到1915年,是章氏博雅型治诗体系最终建立阶段,也是他先秦诗歌研究的高峰期。

章太炎在这个阶段对《诗经》涉及较多,他继续力挺毛《传》,而对郑玄《笺》及三家诗均有微词。《国故论衡》中卷是《文学七篇》,在《文学总略》中写道:

> 汉世古文家,惟《周礼》杜、郑,《诗》毛公,契合法制,又无神怪之说。郑君笺注,则已凌杂纬候。②

这是明显地扬毛而抑郑,认为郑《笺》不是纯取古文经,而是参杂一些谶纬和占验之说。是否有虚妄之论,乃章氏判定古文经纯粹与否的重要标志。

章氏秉持正统的古文经学观念研治《诗经》,并且在这个领域把《诗经》研究推进了一大步,提出一些自己的创见。

《诗经》的六义,又称六诗,是传统《诗经》学的重要议题。章氏

---

① 《刘师培全集》(一),中共中央党校出版社,1997年版,第557页。
② 章太炎:《国故论衡》,上海古籍出版社,2003年版,第65页。

对此用力颇著,提出的看法也很独到。他的《大雅小雅》论文初刊于《国粹学报》5 册 1—3 号,具体时间是 1910 年 1—3 月。还有《小疋大疋说》,初刊于《食货期刊》,也是这个阶段的代表作,后者收入《太炎文录初编》中《文录》卷一。他的《六诗说》初刊于《国粹学报》总第 52 期,时间是在 1909 年 2 月,后收入《检论》,在《国故论衡·辨诗》中提到这篇论文。

章氏在《检论·诗说》中对赋、比、兴逐一作了考索,得出的结论与传统说法迥异:"故周乐与三百篇,皆无赋矣。"①他认为赋指的是"文繁而不可被管弦",故否认《诗经》中赋的存在。他又写道:"比者,辨也。……其文亦肆,不被管弦,与赋同。故周乐与三百篇,皆无比矣。"②关于兴,他认为其文体与诔相似,"古者读诔观象,皆太史之守,故其文通曰兴。观象者既不可歌,王侯众多,仍世诔述,篇第填委,不可遍观,又亦不益于教化。故周乐与三百篇,皆无兴矣"③。在赋、比、兴三者中,古人对于兴尤为关注,故章氏的考辨亦颇为详尽。他否认《诗经》存在赋、比、兴三体,而在《毛诗序》中,虽然提出了赋、比、兴,却没有作任何解释,这就使得章氏具有发挥的空间。既然否认《诗经》中存在赋、比、兴,也在很大程度上否定了《毛诗序》的权威性。

《毛诗序》对于风、雅、颂的含义均有界定,章氏对此基本赞同,同时对大雅、小雅的由来作了探讨。《大疋小疋说下》写道:

　　《诗谱》云:"迄及商王,不风不雅。"然则称雅者放自周,周

---

① 《章太炎全集》(三),上海人民出版社,1984 年版,第 390—391 页。
② 《章太炎全集》(三),上海人民出版社,1984 年版,第 392 页。
③ 《章太炎全集》(三),上海人民出版社,1984 年版,第 392 页。

秦同地。李斯曰:"击瓮叩缶,弹筝搏髀,而呼乌乌快耳者,真秦声也。"杨恽曰:"家本秦也,能为秦声,酒后耳热,仰天拊缶,而呼乌乌。"《说文》:"雅,楚乌也。"雅、乌古同声(徐铉切雅字,一作乌加。古在鱼模,则正如乌)。若雁与鴈,凫与鹜矣。大小疋者,其初秦声乌乌,虽文以节族,不变其名,作疋者非其本也。①

《说文》:"疋,足也。……古文以为《诗》'大雅'字。"段玉裁注:"此谓古文假借疋为雅字。"②章氏以《说文》为依据,进而追溯雅诗的得名出自秦声。他的《诗经》无赋、比、兴三体和雅诗得名出自秦声两种说法,在当时学界所产生的反响很大。前者近乎惊世骇俗,后者则带有石破天惊的性质。

章太炎在这个阶段的诗歌研究,有许多经验教训可供借鉴。

章氏治《诗经》力挺毛《传》,《国故论衡·文学七篇》设有《明解故》专章,其中援引大量毛《传》案例,并且加以概括总结:"此所谓曲而中,肆而隐。""此皆名义相扶,所谓展转赇易,动变无方者也。""此所谓古诗辞少异于今。"③这些概括总结虽然未必都很恰切,但对于解读毛诗确实大有裨益。

章氏《国故论衡》构建的是国学体系,上卷《小学十篇》列有《成均图》专章,探讨声韵的运用,所举例证多数出自《诗经》,其中提到旁转、对转、交钮转等多种类型。除此之外,《一字重音说》《古今音损益说》《古双声说》,也对《诗经》多有涉及。章氏在声韵方面的精深造诣,使对《诗经》的解读进入更加深层的领域,而这种专精的功

---

① 《章太炎全集》(四),上海人民出版社,1985年版,第14页。
② 段玉裁:《说文解字注》,上海古籍出版社,1981年版,第84页。
③ 章太炎:《国故论衡》,上海古籍出版社,2003年版,第72页。

夫,近代几乎成为绝学,先秦诗歌研究在这方面显得尤为薄弱。

章氏治诗力挺毛《传》,由此带来排斥神话传说的局限。《国故论衡·文学总略》写道:

> 其在今文,《易》京氏、《书》大小夏侯、《诗》辕固、《春秋》公羊氏,妖妄之说最多。《鲁诗》《韩诗》虽无其迹,然《异义》言《诗》齐、鲁、韩皆谓圣人感天而生,则亦有瑕疵者也。[①]

这段论述主要涉及《大雅·生民》和《商颂·玄鸟》有关感生传说的解释,章氏认同毛《传》因为不涉神话,"斯其所以独异",而三家诗及郑《笺》则以神话释感生,故流于虚幻。章氏治诗而疾虚妄,这是他的长处,也由此带来局限。

章太炎所处的20世纪初期,正是甲骨卜辞陆续出土阶段。对于它的可信性,章氏表示怀疑,他先是称钟鼎铭文的运用,"必令数器互雠,文皆同体"达到确然无疑的程度。接着又谈到甲骨文:

> 又近有掊得龟甲者,文如鸟虫,又与彝器小异。其人盖欺世豫贾之徒,国土可鬻,何有文字?而一二贤儒,信以为质,斯亦通人之蔽。[②]

章太炎对甲骨文和金文持谨慎的态度,有其合理性。毋庸讳言,甲骨文早期的鉴定和收藏者王懿荣、刘鹗、罗振玉等人确实存在想以甲骨文谋利的想法,有的人还有政治污点,但以此否定甲骨文的可信性,在一定程度上是因人废文字,这也妨碍了章氏本人学术的进一步拓展。

---

① 章太炎:《国故论衡》,上海古籍出版社,2003年版,第65页。
② 章太炎:《国故论衡》,上海古籍出版社,2003年版,第43页。

第一章　20世纪前二十年:旧学新知交织的治诗阶段

章太炎在《訄书》重订本所体现的过分张扬楚文化的倾向,到了再次修订《訄书》而成的《检论》中,得到进一步强化。

章氏把楚文化说成华夏文化的中心和主流,因此,在解读先秦诗歌过程中往往以楚文化为中心线索。《史记·殷本纪》记载:"九侯有好女,入之纣。九侯女不喜淫,纣怒,杀之,而醢九侯。"对《诗经·国风》排在前面的《关雎》《葛覃》《卷耳》,章氏都以九侯女被杀一事加以解说。他在《关雎故言》中还写道:

> 又自鬼侯女不见容,三公由是脯醢幽囚。纣卒踣殷,而周王业遂隆。录诗《国风》之端,见微知著,其是之谓也。下逮《楚辞·招魂》犹以九侯淑女为称,知其风流著于南国,远矣。①

《楚辞·招魂》云:"九侯淑女,多迅众些。"王逸注云:"言复有九国诸侯好善之女",洪兴祖补注:"九侯,谓九服之诸侯也。"②《招魂》这两句诗渲染宫中美女的众多,九侯指多个地域的君主。而按照章氏说法,九侯之女本指出自楚地而被殷纣王杀害的那位不幸的女子,这里则指像她那样有美德懿行的善女,《招魂》是楚人之作,取材又以楚地的女性为原型。

章氏在论述楚文化过程中,表现出明显的张楚倾向。他称"《诗》之张楚",实际是他本人在张楚。他对《关雎》等三首诗的解释,以鬼侯女被杀一事相附会,其牵强程度远远超过历史上的古文经学。

---

① 《章太炎全集》(三),上海人民出版社,1984年版,第395页。
② 洪兴祖:《楚辞补注》,中华书局,1983年版,第205页。

从《国故论衡》到《检论》，是章太炎博雅型诗歌研究体系已经建立的标志。在此之后，他的治诗成果散见于晚年所著的《菿汉闲话》。

这部著作时而可见对治诗方法的思索，主要是针对王念孙、王引之父子对《诗经》的解释而发。文中称："高邮王氏父子，首明辞例，亦往往入于破碎。"①他列举王引之在《经义述闻》中对《秦风·终南》《商颂·长发》所作的阐释，对此加以印证。这类针对王氏父子所作的辩驳共三则，前后相次，均立论坚牢。

研治《楚辞》的一个难点是名物考证，许多名物从《楚辞》本身无法找到答案，须要到国学的其他领域去进行印证、比照。章太炎对《离骚》中"蹇脩"一词所作的考证，就是以经治骚的一个成功例证。他在《菿汉闲话》中写道：

> 《楚辞·离骚》："吾令丰隆乘云兮，求宓妃之所在。解佩纕以结言兮，吾令蹇脩以为理。"注："蹇脩，伏羲氏之臣也。"案上古人物，略具《古今人表》，不见有蹇脩者。此盖以上有宓妃，故附会此言耳。今谓蹇脩为理者，谓以声乐为使。如《司马相如传》所谓以琴心挑之。《释乐》徒鼓钟谓之修，徒鼓磬谓之蹇，则此蹇脩之义也。古人知音者多，荷蒉野人闻击磬而叹有心。钟磬可以喻意明矣。②

章氏首先采用以史证骚的方式推倒王逸注，《汉书·古今人表》不见蹇脩之名，王逸注无法落实。释蹇脩为声乐最有力的证据是《尔

---

① 《章太炎全集》(五)，上海人民出版社，1985年版，第111页。
② 《章太炎全集》(五)，上海人民出版社，1985年版，第113页。

雅·释乐》的记载,这个证据非常坚牢,无懈可击。郝懿行的《尔雅义疏》是解释这部字书的扛鼎之作,尽管他对《释乐》的上述记载作了充分的辨析,却没有和《离骚》的謇脩联系在一起,可谓失之交臂。章氏则是独具慧眼,以《尔雅·释乐》解骚,解决了两千年来的一个悬案。他还援引《论语·宪问》有关"子击磬于卫,有荷蒉而过孔氏之门者"的记载,以及司马相如对卓文君以琴声相诱的故事,继续以经证骚、以史证骚。章氏所得出的这个结论,得到楚辞学者的赞誉。姜亮夫称"此说最为有致"①,他虽然对《尔雅·释乐》的记载持怀疑态度,又对謇脩以通假释之,但他仍承认章氏之说的高明。汤炳正系章氏后期弟子,对其先师此说确信不疑,并在《屈赋修辞举隅》中加以重申:

> 先生根据《尔雅·释乐》释"謇脩"为钟磬乐声。以屈赋修辞的"拟人"惯例来看,当为不易之论。②

章氏师生所作的认定,实是以国学治骚的一大创获,遗憾的是他们的结论未能得到广泛传播,知之者较少。

章太炎博雅型诗歌研究体系的建立,具有双重意义:既是中国古代古文经学治诗历史阶段的终结,又为现代的先秦诗歌研究奠基。

第三节　刘师培:贯通经史子集的诗学新兆

刘师培与章太炎处于同一历史阶段,并且早年交往颇多。他们

---

① 姜亮夫:《楚辞通故》(四),云南人民出版社,2000年版,第717页。
② 汤炳正:《屈赋新探》,齐鲁书社,1984年版,第331页。

主要的学术研究都集中在20世纪的前二十年,在当时是比肩而立的两位大师。刘师培的学术理路受清代学者戴东原的影响较深,同时兼取清代浙东学派追溯源流的治学风格。刘氏论著对体系多有构建,其中包括经学体系、理学体系等,先秦诗歌研究是国学体系的重要组成部分。刘氏研治先秦诗歌,既有文字声韵方面的考辨,又有条分缕析的系统梳理,后者体现出超越传统经学的某些迹象。章太炎的先秦诗歌研究是古文经学治诗的历史终结,刘师培贯通经史子集的治诗理路,则是古代诗歌研究向现代诗学演变的初期征兆。

一、出入于今古文经纬的治诗实践

刘师培出身于经学世家,有深厚的家学渊源。其曾祖父刘淇、祖父刘毓崧、伯父刘寿曾,都是乾嘉学派的著名学者,且以三代相续共注《左氏春秋》而成为美谈。刘氏家学属于古文经学派,他继承家学传统,对《诗经》和《楚辞》的研究重视文字的训诂考据,留下了一系列这方面的论著。

刘氏运用古文经学的方法研治《诗经》的主要论著有《毛诗考》[①]、《毛诗词例举要》[②]、《毛诗故训传国风残卷》[③]等。《毛诗词例举要》有详本和略本两种,略本刊发于1919年,所考毛诗传释义例涉及连类、举类、增字等。这些论著都是以扎实的小学功夫治诗,发明颇多。

---

① 《国粹学报》总第12期,1905年12月。
② 略本初刊于《国故》第1卷第2期,1919年3月。
③ 初刊于《国粹学报》总第75期,1911年1月。

刘氏运用古文经学的方法研究《楚辞》，主要论著有《楚辞考异》[①]和《古历管窥》[②]。其中《楚辞考异》按条目缀列异文，多达675条，《离骚》《九歌》各77条，《九章》79条，《天问》56条，《招魂》60条，《九辩》58条，《远游》42条。作者用以校勘的文献取自《文选》《尔雅》《一切经音义》《太平御览》以及汉代的史书等。通过比照，指出其文字异同，时而以己意断之，所付精力甚多。而《古历管窥》以夏历推算，屈原的出生日期是在楚宣王二十七年（前343）正月二十一日庚寅。在此之前，陈旸所作《屈子生卒年考》以周历推算，屈原出生于同年的正月二十二日。

刘氏还有些治诗论著，并不是继承古文经学的传统，而是对今文经学及纬书的一些记载进行阐释，这些论著收录在《群经大义相通论》[③]这组论文中。其中《毛诗荀子相通考》刊于1905年出版的《国粹学报》总第12期，署名刘光汉，是刘氏一度改名所用。这篇论文采录《荀子》论《诗》条目二十余则，以证明毛诗出自荀子，属于古文经方面的论文。《群经大义相通论》的另外几篇论文，则明显与今文经学和纬书密切相关。《公羊与齐诗相通考》亦署名刘光汉，初刊于1905年《国粹学报》第11期。这篇论文搜罗《汉书》《后汉书》所载齐诗说，把它们与《公羊》学派的微言大义相互印证，明显对今文经学进行阐释，研究重点转向齐诗。

刘氏集中阐释齐诗的论著还有《易卦应齐诗三基说》[④]，内附《三基应历说》《齐诗历用颛顼说》《连鹤寿齐诗翼氏学书后》。《齐诗历

---

① 初刊于《中国学报》第2—5期，1912—1913年。
② 初刊于《国粹学报》第74、75期，1911年1月。
③ 初刊于《国粹学报》第11、12、13、14、16、18、31期，1905—1906年。
④ 初刊于《中国学报》第3册经类，1916年3月。

用颛顼说》根据《汉书·翼奉传》的记载,考订齐诗所用的是颛顼历。《连鹤寿齐诗翼氏学书后》则列举四条证据,指出今文诗说认为孔子删诗只取305篇,并无所谓笙诗之说。

刘师培论述齐诗的部分篇什,是在他逝世之后刊出。《齐诗国风分主八节说》《齐诗大小雅分主八节说》①,属于这类论文。这两篇论文所据主要取自《太平广记》《初学记》收录的有关纬书的材料,用以证明《诗纬》以《国风》《大小雅》的八节与八个时段、八个方位相配的体系,是对《诗纬》加以还原和解说。

刘氏在成都期间,曾与廖平、谢无量、吴虞等共同发起成立四川国学会,致力于经学考辨、古义钩沉。上述有关今文经及纬书的论述,多是在此期间与廖平相研讨的产物。虽然齐诗和《诗纬》是刘氏和廖平共同感兴趣的话题,但刘氏诸文重在文献考据,只是对齐诗和《诗纬》进行阐释,并没有陷入它们的窠臼。

刘氏运用古文经方法研治《诗经》《楚辞》的论著,初刊于1911—1919年期间。他生前刊发的有关齐诗的论文,则是在1911年到1916年阶段,二者所处的时段基本是重合的。刘氏在此期间的诗歌研究,是出入于今古文经纬之间,但所秉持的理念、方法,基本是古文经学的。

刘师培的《经学教科书》初刊于光绪三十一年(1905),由上海国学保存会出版。这部经学著作涉及《诗经》的章节,都是沿袭古文经学的看法。他相信孔子定《六经》的说法,并称孔子"删殷、周之《诗》,定为三百一十篇","复返鲁正乐,播以弦歌"。他还对《诗经》与音乐的关系作了明确的解说:"《诗经》者,唱歌之课本也。……

---

① 二文初刊于《唯是》第1期,1920年5月。

《乐经》者,唱歌课本及体操之模范也。"①这种解说是对古文经学一脉相传理念的具体阐释。《经学教科书》还对《诗经》传承谱系加以确认,把鲁诗、毛诗的传授上溯到荀子、子夏和孔子。《经学教科书》是以古文经学为基础编纂而成,表明了刘氏对古文经学的持守。

二、研治《楚辞》的宏阔视野和体系构建

刘师培出入于今古文经纬研治先秦诗歌,主要涉及的是《诗经》。《诗经》本身就是六经之一,刘氏对它的研治采用传统经学的方法和理念,有其内在的必然性。《楚辞》属于集部,不属于经部,刘师培对先秦《楚辞》的研究往往能超越经学的樊篱,并且立足文学本位,显示出宏阔的视野和变通的理路。

《宗骚》是刘师培所著《文说》的一个组成部分,其中对先秦《楚辞》作了全方位、多角度的论述。

第一,他把《楚辞》的源头追溯到六经。称《楚辞》是"《易》教之支流""《书》教之微言""《诗》教之正传""《礼》教之遗制""《乐》教之遗意"②。六经为源,《楚辞》为流,所持的是传统的国学观念。

第二,他指出《楚辞》在思想倾向和文体风格上的兼容并包属性。针对具体作品,分别作出结论"其源出于儒家""其源出于道家""其源出于墨家""其词近于纵横家""其旨流为法家""其说近于小说家",最后得出结论:"是知《楚辞》一书,隐括众体。"③道出了《楚

---

① 刘师培著,陈居渊注:《经学教科书》,上海古籍出版社,2006年版,第19页。
② 《刘师培全集》(二),中共中央党校出版社,1997年版,第79页。
③ 《刘师培全集》(二),中共中央党校出版社,1997年版,第80页。

辞》的丰富性、复杂性。

第三,肯定《楚辞》的艺术原型作用。他列举汉代众多辞赋作品,分别和先秦楚辞的具体篇目挂钩,指出先秦楚辞是后代同类作品的生成母体,归属于屈原、宋玉名下的楚辞作品,都作为艺术原型看待,并且指出:"渊源有自,岂可诬乎?"[①]

第四,指出《楚辞》的多方面价值,以及研治《楚辞》的多种方法和路数。针对先秦楚辞的不同篇目,分别下以各异的断语:"此则有资于读史""此则有资于考地""亦复有资于多识""此则考名物者所当稽也""此又训诂者所当辨也"[②]。后来兴起的文化学研究方法,和刘氏所倡多有类似。

刘氏上述宏论,远承刘勰《文心雕龙·辨骚》,近绍清代阮元、章学诚的余绪。他本人也称:"阮氏《文言说》所言,诚不诬矣。"[③]在以国学治骚构建体系方面,刘氏奠定了基本的框架。

《宗骚》作为单篇论文初刊于《国粹学报》第 2 卷第 3 期,时当 1906 年。《文说》是刘氏模仿《文心雕龙》的体例而作,分为《析字》《记事》《和声》《耀采》《宗骚》六个专题,其中《和声》部分对《诗经》的叶韵、双声叠韵、发音等往往有所涉及。《文说》是刘氏古代文学研究体系基本形成的标志,《宗骚》则是先秦楚辞研究比较完整的架构。

刘氏研究《楚辞》的宏阔视野,还见于他的《南北文学不同论》,文中写道:

---

① 《刘师培全集》(二),中共中央党校出版社,1997 年版,第 83 页。
② 《刘师培全集》(二),中共中央党校出版社,1997 年版,第 80 页。
③ 《刘师培全集》(二),中共中央党校出版社,1997 年版,第 84 页。

第一章 20世纪前二十年:旧学新知交织的治诗阶段

> 大抵北方之地,土厚水深,民生其间,多尚实际;南方之地,水势浩洋,民生其间,多尚虚无。民崇实际,故所著之文不外记事、析理二端;民尚虚无,故所作之文或为言志、抒情之体。[①]

刘师培抛开历史、政治等社会因素,而纯从自然生态的角度论述南北民性的差异,把陆缘文化、水缘文化分别与民性崇尚的实与虚相对应。他对《楚辞》所作的观照,就是置于这样的文化背景之下。文中继续写道:

> 故二《南》之诗,感物兴怀,引辞表旨,譬物连类,比兴二体,厥制益繁,构造虚词,不标实迹,与二《雅》迥殊。至于哀窈窕而思贤才,咏汉广而思游女,屈宋之作于此起源。[②]

刘氏把《诗经》的《周南》《召南》纳入南方文学系统,指出它的尚虚体现在言志抒情和频繁运用比兴,这是先秦楚辞直接的文学源头。刘氏之论为后来的楚辞学者所继承,并写入多部文学史著作。

《南北文学不同论》还有专论屈原的段落:

> 屈平之文,音涉哀思,矢耿介,慕灵修,芳草美人,托词喻物,志洁行芳,符于二《南》之比兴(观《离骚经》《九章》诸篇,皆以虚词喻实义,与二《雅》殊),而叙事纪游,遗尘超物,荒唐谲怪,复与庄、列相同。……南方之文,此其选矣。[③]

刘氏把对《楚辞》的尚虚之风的考察深入到词汇的运用,并把屈原作品与属于南方作品的《庄子》《列子》相沟通,使这类作品成为一个

---

① 《刘师培全集》(一),中共中央党校出版社,1997年版,第557页。
② 《刘师培全集》(一),中共中央党校出版社,1997年版,第557页。
③ 《刘师培全集》(一),中共中央党校出版社,1997年版,第557页。

系列。

刘师培此文写于章太炎《訄书》重订本刊行之后,故在文中对章氏提出的夏音即楚音的观点予以反驳。刘氏《南北文学不同论》,与王国维《屈子文学之精神》,堪称近代论南北文学的双璧,得到学术界的普遍认可,成为学术经典。

刘师培对《楚辞》及楚文化的观照显示出宏阔的视野,这固然与观照对象的属性有关,同时,也是刘氏治学特点所致。他所承续的是清代扬州学派的治学理路,这个学派的特点是阔大博通,刘氏治学亦长于爬梳条贯。当这种治诗方式达到一定的程度,就会冲破传统经学的外壳,进行新的体系构建。这是诗歌研究由经学时代向现代过渡之初所呈现的新兆,是由旧体系蜕变出新体系的必由之路。

三、双声叠韵和通假理论的实际运用

刘师培有深厚的家学渊源,1919年年初与黄侃、马叙伦、梁漱溟等人成立"国故月刊"社,成为国粹派。刘师培亦致力于经学考辨、古义钩沉。刘师培采用小学的训诂方法,特别关注的是文字的声韵。他的《文说》专列《和声》一节,对《诗经》《楚辞》等作品从声韵方面进行探讨。

刘氏进行声训的一个基本概念,就是双声叠韵之字不能拆解开来进行训诂。他在《古文疑义举例补》一文中明确提出这种看法,并且专设"两字并列系双声叠韵之字而后人分析解之之例"一栏,集中对一系列双声叠韵词进行辨析。刘氏所提出的双声叠韵词语不能拆解的观点,在学术界影响很大,成为一个世纪以来被人们普遍恪守的金科玉律,当今的语言学、古汉语及古代文学诸领域,仍然遵循着这个规则。

刘氏提出这个观点,首先针对《毛诗》发难,他写道:

> 《诗·关雎》篇云:"窈窕淑女,君子好逑。"《毛传》云:"善心曰窈,善容曰窕。"案:窈窕二字,乃叠韵字之表象者也。以善心善容分训之,未免迂拘。《毛传》解诗,类此者甚多,学者不必笃信也。①

《关雎》是《诗经》的首篇,刘氏以这首诗的训诂为例,用以表明自己的观点,自然会产生很大的影响。不过,刘氏所引"善心曰窈,善容曰窕",并不是《毛传》的话语,而是陆德明《经典释文》援引王肃对《关雎》所作的解释,王肃对窈窕所下的定义则取自扬雄的《方言》。问题的关键是窈窕一词是否可以拆解开来?这个问题在清代国学大家那里没有出现争议,经常拆解开来加以训释。《说文解字·穴部》:"窈,深远也。""窕,深肆极也。"段玉裁注:

> 《周南·毛传》曰:"窈窕,幽闲也。"以幽释窈,以闲释窕。《方言》曰:"美心为窈,美状为窕。"②

段玉裁赞同《毛传》对窈窕分开训释的做法,他还列举大量例句证明,"凡此皆可证窕之训宽肆"。段玉裁是正统的古文字学家,他认为窈窕作为叠韵之字,可以而且应该拆解开来分别加以训释,二者各有自己的含义。陈奂是清代治《诗经》成就卓越者,他认为对窈窕一词的解释"浑言析言,义并相通"③,陈奂认为对窈窕一词可以作总体概括的解释,也可以拆开进行训释,他没有认为这个词组不可拆解。

---

① 《刘师培全集》(一),中共中央党校出版社,1997年版,第414页。
② 段玉裁:《说文解字注》,上海古籍出版社,1981年版,第346页。
③ 陈奂:《诗毛氏传疏》,中国书店,1984年据漱芳斋1851年版影印本。

王先谦的《诗三家义集疏》是集大成之作。王先谦综合诸家之说,对窈窕一词作了如下解释:"析言则'窈''窕'义分,浑言之但曰'好'也。"①王先谦的解释极其精当。窈窕一词浑沦而言只能释为美好,拆解开来则可以释为幽静闲雅,或曰端庄大方。

综上所述,从段玉裁、陈奂,再到王先谦,清代几位具有代表性的国学权威都认为窈窕作为叠韵词可以拆解开来训释,并未提出双声叠韵之字不可拆分的观点。刘师培所继承的是清人马瑞辰在《毛诗传笺通释》中经常采用的方法,不过马瑞辰也未明确提出双声叠韵字不可拆解的看法。

刘师培认为双声叠韵字不能拆解,并运用这个理论训释《楚辞》,他在《古书疑义举例补》中写道:

> 《楚辞·离骚经》云:"曾歔欷余郁邑兮",王逸注云:"郁邑,忧也。"均与《左传》之"郁湮"同意。"郁湮"二字为双声,且系表象之词,以滞塞之义训之,固亦可通,惟不当分训某字为滞,某字为塞耳。②

刘氏的主张很明确,《离骚》中的"郁邑",《左传·昭公二十九年》的"郁湮",二者意义相通,并且都是双声,不能拆解开来训释。这样一来,《离骚》中出现两次的"郁邑"之语,只能训为忧、训为滞塞,而不能对两个字分别加以解释。认为双声叠韵词语不能拆解开来分释,与刘师培处于同一时段的王国维也持这种观点,他在《肃霜涤场说》中写道:"肃霜、涤场,皆互为双声,乃古之联绵字,不容分别释之。"③

---

① 王先谦:《诗三家义集疏》,中华书局,1987年版,第10页。
② 《刘师培全集》(一),中共中央党校出版社,1997年版,第414页。
③ 王国维著,彭林整理:《观堂集林》,河北教育出版社,2003年版,第30页。

这种说法与刘师培的观点同出一辙,在当时的影响很大。

后代有些双声叠韵确实无法拆解,也不应该进行拆解。但是,古代早期的情况并非如此,《诗经》《楚辞》所属的先秦时期,这类词语的拆解不应成为禁忌。

刘师培以小学的方法解《楚辞》过分倚重声训,出现的另一个弊端是通假的泛化,不该通假的也按通假进行处理。他在《古书疑义举例补》中写道:

> 扬雄《方言》云:"娥、嬴,好也。秦曰娥,宋、魏之间谓之嬴,秦、晋之间,凡好而轻者谓之娥;自关而东,河济之间谓之媌。"郭注云:"今关西亦呼好为媌。"又《说文》云:"媌,目里好也。"《列子·周穆王》篇云:"简郑、卫之处子,娥媌靡曼者。"张湛注云:"娥媌,姣好也。"是娥媌二字,为形容貌美之词。《诗·卫风·硕人》云:"螓首娥眉",娥眉螓首,非并列之词也。蛾眉二字,即系娥媌之异文,眉媌又一声之转,所以形容女首之美也。《楚辞·离骚经》云:"众女嫉予之蛾眉兮",蛾,或作娥。王逸注训为好貌,则亦以娥媌之义解蛾眉矣。又景差《大招》云:"蛾眉曼兮",扬雄赋云:"虑妃曾不能施其蛾眉",均与《离骚经》蛾眉之义同。至于魏晋之时,始以眉为眉目之眉。①

刘氏旁征博引,用以证明《诗经》《楚辞》中的蛾眉指的是娥媌,其中所引扬雄之语实是司马相如《大人赋》中的句子。刘氏把古音通假泛化,此为典型案例,陆侃如、冯沅君的《中国诗史》已经指出其牵强讹误。《诗经·卫风·硕人》的"螓首蛾眉",本是两个偏正词组相并

---

① 《刘师培全集》(一),中共中央党校出版社,1997年版,第415页。

列,用以形容庄姜的美貌,意谓蝉那样的宽额,蚕蛾般细长的眉毛。《楚辞》中出现的蛾眉,均取此义。刘氏为了训蛾眉为蛾媌,采用的是析言破句的手法,对原有诗句的结构进行颠覆,实不足取。这种以通假训释的结果,是把诗句原有的形象性、美感都稀释淡化,蚕蛾般的眉毛变成笼统的"姣好""美好"之义。至于刘氏称"至于魏晋之时,始以眉为眉目之眉",更是臆断。《左传·昭公二十六年》记载齐鲁炊鼻之战,对于齐国将领陈武子的描写就有"白皙鬒须眉"之语,意谓肤色白而胡须、眉毛黑且密。眉,显然指眉毛。除此之外,《诗经·豳风·七月》中的"眉寿",《庄子·庚桑楚》篇、《韩非子·用人》篇的"眉睫",其中的"眉"字,无一不是指眉毛。至于《汉书·张敞传》所载张敞为妇画眉的故事,更是广为流传的趣闻。

通假的泛化,清人已经开其肇端,刘师培承其余绪而已。近百年来,采用小学方法解读《楚辞》及其他文学典籍者,滥用通假成为一个公害,这种风气至今仍在学界蔓延,并且有愈演愈烈之势。刘氏在这方面已有的前车之鉴,应该发挥出它的警示作用。

第四节　王国维:开创现代治诗理论的先驱

在20世纪先秦诗歌研究史上,王国维的出现具有划时代的意义,他的研究成果成为一座高耸入云的界碑,标示着一个新的学术世纪的真正开始。

王国维和章太炎、刘师培基本处于同一历史阶段。王国维和章太炎、刘师培一样,具有深厚的国学功底,可是,他没有章、刘两人那种经学传承的负荷,而是在传统经学之外另辟蹊径,有充分的学术自由,有广阔的学术空间。章、刘二人皆能放眼世界,研治先秦诗歌时对近代西方理论时有借鉴;王国维对西方文化的了解和把握,在深度和广度上远远超过章、刘及同时代其他学者,对西方理论的运用已经达到驾轻就熟的程度。章太炎对金文的态度极为谨慎,对甲骨文则持排斥态度。刘师培在这方面也显得疏远、冷淡。王国维却对甲骨文和金文有精深的造诣,并且运用起来得心应手。诸种因素使王国维成为那个时代的学术巨擘,在先秦诗歌研究领域取得全方位的突破,从学术理念到治学路数,都开创风气之先,是现代诗歌研究的前驱和奠基人。

一、以近代的西方理论观照《诗》《骚》

王国维早期的学术论著,多是取外来观念与中国古代固有的材料相互印证。对于先秦诗歌的研究,他是以近代的西方理论观照《诗经》和《楚辞》。这方面的成果主要反映在《文学小言》[①]和《屈子文学之精神》[②]两文中,这两篇论文写作、刊发的时间前后相次,在具体内容上也相互关联。

《文学小言》是王国维观照文学的纲领,主要观点取自叔本华和康德。文中首先提出作为批判对象的三种文学,即物质功利的铺餟的文学,追求名声的文绣文学,没有创造性的模仿文学。在这样一个理论框架之下,对屈原给予极高的评价:

> 三代以下之诗人,无过于屈子、渊明、子美、子瞻者。此四子者苟无文学之天才,其人格亦自足千古。故无高尚伟大之人格,而有高尚伟大文章者,殆未之有也。(六)

---

① 初刊于《教育世界》1906年第23期,总第139号。
② 初刊于《教育世界》1906年第24期,总第140号。

>　　天才者,或数十年而一出,或数百年而一出,而又须济之以学问,助之以德性,始能产真正之大文学。此屈子、渊明、子美、子瞻等所以旷世而不一遇也。(七)
>　　屈子,感自己之感,言自己之言者也。宋玉、景差,感屈子之所感,而言其所言;然亲见屈子之境遇,与屈子之人格,故其言,亦殆与言自己之言无异。贾谊、刘向,其遇略与屈子同,而才则逊矣。王叔师以下,但袭其貌,而无其情以济之。此后人之所以不复为楚人之词者也。(十)①

王国维最推崇的中国古代四位作家,屈原列在首位。这四位作家之所以得到王氏的高度赞赏,就在于王氏把他们的作品与铺锻文学、文绣文学和模仿文学严格区别开来。王氏所运用的理论取自西方,但在具体论述过程中,并没有机械地照搬康德、叔本华等人的观念,而是融入中国古代传统的文学理念。王氏充分肯定屈原等高尚的人格,所持的是传统的"文如其人"理念。他承认文学创作需要天才,屈原等属于天才诗人,同时又强调学问、德性对天才所起的辅助作用。这与康德、叔本华等人对于文学的论述存在明显的差异,而带有鲜明的民族特色。王氏将先秦到东汉的楚辞创作分为四期,也是从高到低的四个档次,他所欣赏的是具有独创性、有真情实感的作品,同时也肯定作家才气所起的作用。

《文学小言》涉及先秦诗歌的段落,主要是论述屈原和《楚辞》,同时也提到《诗经》:

>　　"燕燕于飞,差池其羽","燕燕于飞,颉之颃之","眅睆黄

---

① 王国维:《静庵文集》,辽宁教育出版社,1997年版,第168—169页。

鸟,载好其音","昔我往矣,杨柳依依"。诗人体物之妙,侔于造化,然皆出于离人、孽子、征夫之口,故知感情真者,其观物亦真。(八)

"驾彼四牡,四牡项领。我瞻四方,蹙蹙靡所骋",以《离骚》《远游》数千言言之而不足者,独以十七字尽之,岂不诡哉?然以讥屈子之文胜,则亦非知言者也。(九)[1]

第八则所引的诗句依次出自《邶风·燕燕》《邶风·凯风》《小雅·采薇》。第九则所引诗句出自《小雅·节南山》。王氏评论上述诗句,一是赞赏它们所表达的真情实感,二是肯定《节南山》这几句诗的凝练。《诗经》是古代六经之一,王氏评论《诗经》,已经摆脱传统的经学框架,而是立足于文学本位,完全从审美的角度进行审视,这得益于他借鉴的西方理论。在传统观念中,《诗经》是《楚辞》的源头,并且用《诗经》的体制去衡量《楚辞》,批评《离骚》《远游》等作品的铺陈写法。王氏不再用宗经的理念去看待二者,而是从文学创作的规律方面进行思索,所得出的结论是审美体验。

《文学小言》从第六则到第十则,论述的重点是屈原和《楚辞》,其次是《诗经》。这几章集中编排,是专门研究先秦诗歌的结构板块。

《屈子文学之精神》以论述屈原及《楚辞》为主,却是以《诗经》为重要的参照系,自然也有对《诗经》所作的评价。

王氏把古代春秋以前的道德政治思想划分为两派:一者是帝王派、近古学派、贵族派、入世派、热情派、国家派、北方派,一者为非帝

---

[1] 王国维:《静庵文集》,辽宁教育出版社,1997年版,第168页。

王派、远古学派、平民派、遁世派、冷性派、个人派、南方派，对于代表南北文学的《诗经》《楚辞》，分别置于这个大背景下加以审视。文中写道：

> 《诗》三百篇，大抵表北方学派之思想者也。虽其中如《考槃》《衡门》等篇，略近南方之思想。然北方学者所谓"用之则行，舍之则藏"，"有道则见，无道则隐"者，亦岂有异于是哉?[1]

按照王氏所作的划分，《诗经》所代表的北方文学，在思想上属于帝王派、近古派、入世派、热情派、国家派，而《老子》《庄子》等南方道家文学，则属于另一派。尽管如此，王氏并没有把《诗经》完全视为北方文学的结晶，而是指出其中带有隐遁倾向的作品，如《卫风·考槃》《陈风·衡门》，乃是南北文学所共有的因素。

对屈原的作品，王氏亦以二分法观之，文中写道：

> 屈子南人，而学北方之学者也。南方学派之思想，本与当时封建贵族之制度不能相容。故虽南方之贵族，亦当奉北方之思想焉。观屈子之文，可以征之。[2]

他列举屈原作品中提到的圣君、贤臣、高士以及暴君，"皆北方学者之所常道，而于南方学者所称黄帝、广成等不一及焉"。王氏据此得出结论，屈原所秉持的是彻头彻尾的北方思想。文中还写道：

> 屈子之自赞曰："廉贞"。余谓屈子之性格，此二字尽之矣。其廉固南方学者之所优为，其贞则其所不屑为，亦不能为者也。女嬃之詈，巫咸之占，渔父之歌，皆代表南方学者之思想，然皆不

---

[1] 王国维：《静庵文集》，辽宁教育出版社，1997年版，第170—171页。
[2] 王国维：《静庵文集》，辽宁教育出版社，1997年版，第172页。

足以动屈子。而知屈子者,唯詹尹一人。①

王氏通过对《离骚》及《渔父》《卜居》的解读,从中抽绎出南北两派的思想冲突,而把屈原划入北方派。同时也承认屈原所持守的节操,亦有南方派所激赏者。这种解析独辟蹊径,也独具慧眼。文中继续写道:

>然就屈子文学之形式言之,则所负于南方学派者,抑又不少。彼之丰富之想象力,实与庄、列为近。《天问》《远游》,凿空之谈,求女谬悠之语,庄语之不足,而继之以谐,于是思想之游戏更为自由矣。变三百篇之体而为长句,变短什而为长篇,于是感情之发表更为婉转矣。此皆古代北方文学之所未有,而其端自屈子开之。然所以驱此想象而成此大文学者,实由其北方之胚挚的性格。②

王氏对屈原及其作品采用两分法进行分析:就屈原的思想性格而言,属于北方学派;就其丰富的想象力、浪漫的风格而言,属于南方学派。北方学派的执着诚挚,又成为浪漫想象的驱动力。王氏在《文学小言》中称:"文学者,游戏的事业也。"③这是借鉴西方的艺术起源理论。在评价屈原作品时成功地运用了这个理论,称其谐语为"思想之游戏,更为自由矣"。这种理论在《屈子文学之精神》一文中得到运用:

>故彼之视社会也,一时以为寇,一时以为亲,如此循环,而遂生欧穆亚(Humour)之人生观。《小雅》之杰作,皆此种竞争之

---

① 王国维:《静庵文集》,辽宁教育出版社,1997年版,第173页。
② 王国维:《静庵文集》,辽宁教育出版社,1997年版,第173页。
③ 王国维:《静庵文集》,辽宁教育出版社,1997年版,第167页。

产物也。①

　　盖屈子之于楚,亲则肺腑,尊则大夫,又尝管内政外交上之大事矣。其于国家,既同累世之休戚;其于怀王,又有一日之知遇。一疏再放,而终不能易其志,于是其性格与境遇相待而使之成一种欧穆亚,《离骚》以下诸作,实此欧穆亚所发表者也。②

王氏所说的欧穆亚,指的是虽处困境而仍然坚持自己的理想与追求,并且进行抗争,兼有喜剧和悲剧精神。他认为《小雅》和屈原的作品都有这种情感,这与《文学小言》所说的"精神势力的发泄"是相通的。在运用西方理论解读《诗》《骚》方面,王氏近于水到渠成的地步。

　　王国维的《人间词话》③对先秦也有所涉及。《文体始盛终衰》称:"四言敝而有楚辞,楚辞敝而有五言。"④这是说诗体随着时间推移而更迭,由四言到楚辞具有历史必然性,体现的是一代有一代之文学的理念。《诗词工拙》中写道:

　　《沧浪》《凤兮》二歌,已开楚辞体格。然楚辞之最上者,推屈原、宋玉,而后此之王褒、刘向之词不与焉。⑤

王氏把《孟子·离娄上》所载的《沧浪歌》与《论语·微子》所载楚狂接舆所唱的《凤歌》视为楚辞体的来源,这种观点得到普遍认可,后

---

① 王国维:《静庵文集》,辽宁教育出版社,1997年版,第171页。
② 王国维:《静庵文集》,辽宁教育出版社,1997年版,第173页。
③ 初刊于《国粹学报》第47、49、50期,1908年11月、1909年1月、1909年2月。
④ 唐圭璋编:《词话丛编》第五册,中华书局,1986年版,第4252页。
⑤ 唐圭璋编:《词话丛编》第五册,中华书局,1986年版,第4264页。

来治楚辞者多宗其说。他对楚辞作家所作的评价,可与《文学小言》中的有关论述相互印证。

王氏还把《诗经》《楚辞》与后代的诗词作品加以对比,指出它们之间的相通或相似之处。《晏词意近〈诗·蒹葭〉》写道:

> 《诗·蒹葭》一篇,最得风人之致,晏同叔之"昨夜西风凋碧树,独上高楼,望尽天涯路",意颇近之,但一洒落,一悲壮耳。①

王氏之所以把《秦风·蒹葭》与晏殊的《鹊踏枝》相对比,在于二者所写的都是秋景。渲染秋天的冷清是二者的共同之处,但情调有洒落与悲壮的差异。王氏在《人间词话》中把先秦诗歌与后代诗歌相贯通,关注它们在格调、气象等方面的同异,并且注意到彼此之间的可比性,时有警策之语,精辟之论,是从审美的角度所作的评论。这些论述上承古代诗话词话评点、感悟的特点,同时被纳入新的诗学体系,又具有现代诗学、比较诗学的属性。

二、以出土文物印证《诗》《骚》

王国维的《宋元戏曲考》成书于1912年,这部著作标志着王国维学术趋向的转变,即由沟通中外文学转向中国古代的通俗文学。这部著作在追溯上古至五代的戏剧时写道:"歌舞之兴,其始于古之巫乎?巫之兴也,盖在上古之世。……是古代之巫,实以歌舞为职,以乐神人者也。"②王氏列举大量古代原典,用以证明古代歌舞确实

---

① 唐圭璋编:《词话丛编》第五册,中华书局,1986年版,第4244页。
② 《王国维文学论著三种》,商务印书馆,2001年版,第58页。

兴起于巫术。艺术起源于巫术,是西方重要的理论之一,王氏的上述论断,对西方理论有所借鉴,但论述的重点已不再是贯通中外,而是致力于对中国古代歌舞与巫术关联的考证,这是学术趋向转变的重要标志。文中写道:

> 《楚辞》之灵,殆以巫而兼尸之用者也。其词谓巫曰灵,谓神亦曰灵。盖群巫之中必有像神之衣服形貌动作者,而视为神之所冯依,故谓之曰灵,或谓之灵保。……余疑《楚辞》之灵保与《诗》之神保,皆尸之异名。①

对于《诗经》中的"神保",《楚辞》中的"灵保",毛《传》、王逸均释"保"为"安",王氏对此提出异议,认为灵保、神保所指的都是代神受祭的尸。王氏的结论有大量文献作支撑,显示出在词语训诂方面的精深造诣。

王国维的《观堂集林》初版是在1923年,由乌程蒋汝藻在上海排印。这部著作初稿成于1921年,后来陆续有所增补,但所反映的主要是1912—1921年期间王国维的研究成果,集中在文字声韵及古代制度方面。尤其是对金文、甲骨文等出土文物的充分利用,解决了许多重大难题,成为王氏治学的一大特色。

《观堂集林·与友人论〈诗〉〈书〉成语二》又提到《诗经》中的"神保"、《楚辞》中的"灵保":

> 《楚茨》云:"先祖是皇,神保是飨",又云"神保是格",又云"钟鼓送尸,神保聿归",传、笺皆训"保"为安,不以"神保"为一语。朱子始引《楚辞》"灵保"以正之。今案:克鼎云"㽙念厥圣

---

① 《王国维文学论著三种》,商务印书馆,2001年版,第59页。

保祖师橐父",是"神保""圣保"皆祖考之异名。①

王氏以克鼎铭文的"圣保"与《小雅·楚茨》的"神保"相印证,以此说明神保即神灵,具体指祖先神。依此类推,《楚辞》中的灵保,当然指的是所祭神灵,以及代替神受祭的尸。王氏在《宋元戏曲考》中对神保、灵保所作的考辨已经比较深入,但毕竟还未最后定案。这里援引鼎铭加以印证,遂使千载悬案最终破解。《与友人论〈诗〉〈书〉成语书二》还有如下论述:

> 《鲁颂》:"鲁邦是常。"笺云:"常,守也。"《商颂》:"曰商是常。"笺云:"成汤之时,乃氐羌远夷之国来献来见,曰是我常君也。"实则"常"当读为"尚"。《大雅》:"肆皇天弗尚",《墨子·非命下》引去发曰:"……上帝不常,九有以亡。""上帝不常",即"上帝弗尚"。陈侯因资敦"永为典尚","典尚"即"典常",古常、尚二字通用,尚之言右也。此皆可由《诗》《书》比较知之者矣。②

"常"字在《诗经》中出现的频率较高,毛《传》、郑《笺》的解释均带有随意性,未能一以贯之。王氏以《墨子》及铜器铭文为依据,认为古代"常"与"尚"通用。这个结论可以在《说文》那里得到印证:"常,下裙也。从巾,尚声。"③王氏的考证进一步表明,"常"字不但读音从"尚",而且含义也与"尚"相通。明乎此,《诗经》中出现的"常"在解释上就可以一以贯之,而不会因作品不同而差异甚大。王氏这类辨析都带有举一反三的性质,可以连类相次解决许多作品的难点问题。

---

① 王国维著,彭林整理:《观堂集林》,河北教育出版社,2003年版,第35页。
② 王国维著,彭林整理:《观堂集林》,河北教育出版社,2003年版,第34页。
③ 段玉裁:《说文解字注》,上海古籍出版社,1981年版,第358页。

王氏运用铜器铭文的研究成果与《诗经》互证,解决字句训诂的难题,具体案例集中编在《与友人论〈诗〉〈书〉成语书二》这篇论文中,这是一篇颇能体现王氏以金文解《诗经》取得重大突破的力作。

王氏运用金文解决《诗经》研究的难题,不仅体现于字句训诂,而且还扩展到历史地理领域,《鬼方昆夷玁狁考》是这方面的代表作。

《大雅·荡》提到鬼方,王氏根据大、小盂鼎的出土地点,以及盂鼎和梁伯戈上的铭文,得出如下结论:"由是观之,鬼方地在汧、陇之间,或更在其西,盖无疑义。"①《大雅·绵》有"混夷兊矣"之语,《小雅·出车》又称:"赫赫南仲,玁狁于襄。"王氏通过音韵方面的考证得出结论:"故鬼方、昆夷、薰育、玁狁,自系一语之变,亦即一族之称,自音韵学上证之有余矣。"②但是,王氏的考索并没有到此结束,他又根据出土铜器的地点及铭文,进一步论证属于鬼方一系的活动地域。在对西周时期鬼方所属族类、地域、活动时段的考证过程中,王氏始终把出土文物作为重要的参照座标,解决了《诗经》研究的重要难题。

王国维在《楚辞》研究领域取得的成就,主要是运用甲骨文的研究成果。他通过对殷墟甲骨卜辞的研究,破译了殷商祖先谱系中一些历史之谜。他明确指出,卜辞中的王亥,就是《楚辞·天问》中的王该。接着又发现《天问》中提到的王恒,也在卜辞中有记载。他参考罗振玉的看法,梳理出殷商从王季到王亥、王恒,再到上甲微,三代四王的谱系。这项成果获得的始末以及具体考证,载录于《殷卜辞

---

① 王国维著,彭林整理:《观堂集林》,河北教育出版社,2003年版,第297页。
② 王国维著,彭林整理:《观堂集林》,河北教育出版社,2003年版,第301页。

所见先公先王考》一文中。王氏充分利用这个重大发现,对于《天问》中与此相关的难点问题,逐一给出明确的答案。文中写道:

> 其云"有扈牧竖,云何而逢,击床先出,其命何从"者,似记王亥被杀之事。其云"恒秉季德,焉得夫朴牛"者,恒盖该弟,与该同秉季德,复得该所失服牛也。所云"昏微遵迹,有狄不宁"者,谓上甲微能率循其先人之迹,有易与之有杀父之仇,故为之不宁也。①

《天问》对殷商往事的追问,以王氏所列举的诗句最为难解,以至于众说纷纭,成为千古疑案。王氏的解说句句都能落到实处,而且与《天问》的叙事脉络完全相合,是一个世纪以来楚辞研究所取得的最重大的进展。

王国维在运用金甲文提供的证据解读先秦诗歌的同时,也采用传统的训诂方法解诗,并且多有发明。如《与友人论〈诗〉〈书〉成语书》一文,所涉案例具有典型意义,给出的结论也时有振聋发聩之语。不过,在运用传统训诂方法治诗过程中,时而出现通假过泛的瑕疵,较有代表性的是《肃霜涤场说》一文。该文开头写道:

> 《诗·豳风》:"九月肃霜,十月涤场。"传:"肃,缩也。霜降而收缩万物。涤,扫也。场工毕入也。"案:此二句乃与"一之日觱发,二之日栗烈"同例,而不与"七月流火,九月授衣"同例。肃霜、涤场,皆互为双声,乃古之联绵字,不容分别释之。肃霜犹言肃爽,涤场犹言涤荡也。②

---

① 王国维著,彭林整理:《观堂集林》,河北教育出版社,2003年版,第215页。
② 王国维著,彭林整理:《观堂集林》,河北教育出版社,2003年版,第30页。

释肃霜为肃爽,涤场为涤荡,皆是改字训释。其实,不必用通假,这两句诗也完全能够解释得很顺畅。肃霜,指迅速降霜。肃,指迅速,《诗经》往往用它的这种含义,《召南·小星》的"肃肃宵征"即是其例。至于涤场,本指农事活动,也没有改字别释的必要。这类情况在王氏解释过程中并不多见,当然也无妨自立一说。

王国维还对毛诗的解诂依据作了考证,《书〈毛诗故训传〉后》就是这方面的研究成果。王氏发现毛诗专言典制义理者多用《周官》,亦即《周礼》,而《周礼》一书得自西汉河间献王刘德,大毛公生于周秦之际,无缘得见。于是,对《毛诗故训传》给出如下结论:

> 凡出《周官》者二十七条,盖小毛公为河间献王博士,得见《周官》,因取以传《诗》,附诸故训之后。虽《诗序》之中,亦有为小毛公增益者,如《周南·关雎序》说诗有六义,语本《春官·太师》。①

王氏由《毛诗故训传》对《周礼》的取用情况,推断出毛亨、毛苌在成书过程中所起的作用,把毛诗的研究引向深入,采用的方法是科学的。

三、从礼仪层面梳理和认定诗乐文献

先秦诗歌多数是以诗、歌、舞三位一体的形态出现,诗歌还没有脱离综合艺术的母体。诗歌和音乐的关联,是王国维关注的焦点之一。他从礼仪层面对于先秦诗歌与音乐相关联的文献加以梳理,并且进行认定,在从文献学切入进行治诗方面亦多有建树,这些成果主要收录在《观堂集林》中。

---

① 王国维著,彭林整理:《观堂集林》,河北教育出版社,2003年版,第611页。

第一章　20世纪前二十年：旧学新知交织的治诗阶段

第一，他对西周《大武》乐章的篇目和编次作了考证。《周〈大武〉乐章考》一文指出，《大武》乐章六篇歌诗，都收录在《周颂》中，依次是：《昊天有成命》《武》《酌》《桓》《赉》《般》，并根据《礼记·乐记》的记载，分别标出所象之事、舞容。他认为《昊天有成命》就是《大武》歌诗的《武宿夜》，理由是该诗有"夙夜基命宥密"之语，"宿，古夙字"①。且该诗所述又涉及文王、武王。王氏所作的认定虽非定论，但为近代《大武》歌诗的研究奠定了基础。

第二，他的《释乐次》一文梳理各种礼仪用乐的情况，并列出《天子诸侯大夫士用乐表》②，各种礼仪所演唱的歌诗及表演程序，基本囊括其中。其中绝大多数材料来自先秦典籍，也有的是文献所阙而王氏以意断之，对前代的说法有所补充和订正。

第三，《汉以后所传周乐考》提出先秦《诗》、乐传播于后世的两条渠道：

> 此《诗》、乐二家，春秋之季，已自分途。《诗》家习其义，出于古师儒。……其流为齐、鲁、韩、毛四家。乐家传其声，出于古太师氏，子贡所问于师乙者，专以其声言之，其流为制氏诸家。③

这种《诗》、乐分途传播的说法，可以合理地解释，何以到了汉代《诗经》文本具存，而演唱歌诗的雅乐却所剩无几。王氏对此所作的解说合乎历史的实际，颇有说服力。

第四，对商、周两族的宗庙歌诗，分别从断代和音乐风格方面作出认定。

---

① 王国维著，彭林整理：《观堂集林》，河北教育出版社，2003年版，第48页。
② 王国维著，彭林整理：《观堂集林》，河北教育出版社，2003年版，第47页。
③ 王国维著，彭林整理：《观堂集林》，河北教育出版社，2003年版，第57页。

《商颂》的作者及创作年代,汉代四家诗就有不同的说法。王国维的《说〈商颂〉上》通过对相关文献的辨析得出结论:"可知闵马父以《那》为先圣王之诗,而非考父自作也。《韩诗》以为考父所作,盖无所据矣。"[①]否定《商颂》是春秋时期宋国大夫正考夫所作。《说〈商颂〉下》根据《商颂》提供的内证,并与甲骨卜辞对校,认为它不可能作于商代。最后得出结论:"由是言之,则《商颂》盖宗周中叶宋人所作以其祀先王。"[②]王氏列举的证据颇为充分,推理也甚为严密。他的结论不受今、古文的左右,从作品本身找内证,与多种文献相参照,在没有发现与此相关的新证据之前,这个结论是无法推翻的。

在《说〈周颂〉》一文中,他对《周颂》的音乐风格作了如下概括:

窃谓《风》《雅》《颂》之别,当于声求之。《颂》之所以异于《风》《雅》者,虽不可得而知,今就其著者言之,则《颂》之较《风》《雅》为缓也。[③]

接着,王氏从四个方面证明自己的结论:《风》《雅》有韵而《颂》多无韵;《风》《雅》分章叠句,而《颂》不分章、不叠句;《风》《雅》篇幅长而《颂》篇幅短;《颂》的演唱礼文繁复、声缓可知。以上论证极其充分,所得出的结论可以与《礼记·乐记》有关表演《周颂·清庙》的记载相印证。王氏对《周颂》音乐属性所作的概括,得到后代学者的普遍认可,成为学术共识。

王国维的《观堂集林》,是他晚年学术成果的结集,在先秦诗歌

---

① 王国维著,彭林整理:《观堂集林》,河北教育出版社,2003年版,第54页。
② 王国维著,彭林整理:《观堂集林》,河北教育出版社,2003年版,第55页。
③ 王国维著,彭林整理:《观堂集林》,河北教育出版社,2003年版,第52页。

研究的众多建树,尽收其中。王氏的先秦诗歌研究,由《文学小言》和《屈子文学之精神》发轫,中间以《人间词话》和《宋元戏曲考》为过渡,最后到《观堂集林》而臻于学术峰巅,走过的是一条由博返约、约而能博的治诗之路。

第二章　20世纪20年代:现代治诗范式确立之际的奔突探索

20世纪第三个十年,即从1920到1929年,正值现代治诗体系走向确立之际。1919年,作为新文化运动标志的"五四"运动爆发,以经学治诗的刘师培也于同年逝世。"五四"运动对中国文化所产生的影响,远远胜于民国取代清朝的政治更替。从20年代开始,先秦诗歌研究迈入现代治诗阶段,朝着建立新的治诗范式的目标推进,并最终得以初步实现。引领当时学术风尚的不再是长袍马褂的前清遗老,而是在新文化运动中涌现出的一批青年学者,其中不乏西装革履的海归派。在构建现代治诗范式的过程中,围绕先秦诗歌的研究出现许多前所未有的新气象,发生过争论,出现过偏差,在奔突和探索中向着现代治诗范式逐渐趋近,为它的最终确立奠定了基础。

第一节　后经学初期:治诗的总体样态及走势

20世纪第三个十年,是从经学治诗终结时代开始的,可称为后经学时代的初期。由于"五四"运动对传统文化的扫荡,这个时期先秦诗歌的研究,总体上已经脱离经学的轨道,而以全新的面貌出现。在此期间出现的学术景象颇为壮观,是先秦诗歌研究的繁荣期。同时,通过对学术研究内部各种矛盾的解决,多种学术资源的整合,把先秦诗歌的研究推向30年代的昌盛期。

一、繁荣的景象与失调的格局

20世纪20年代先秦诗歌研究出现的繁荣景象,仅从数量就可以得到证明。20世纪前二十年,所推出的先秦诗歌研究论著,无论著作还是论文,基本上能以个位数计算,总数都在二十以内。而20年代的十年,这方面的论著则要以十位数计算,如果按年份平均计算,增长速度在十倍左右,数量相当可观。

20世纪前二十年,先秦诗歌的研究论文主要登载在冠以国学名号或是与经学密切相关的刊物上,发表成果的阵地极其有限。"五四"运动的爆发,使得作为新文化载体的各种报刊杂志,如同雨后春笋般地涌现出来,为学术成果的问世提供了极大的方便。不但有许多专门的学术杂志,而且报纸的增刊也接纳这方面的论文,从而使得论文问世的周期大为缩短,能以较快的速度与读者见面。

20年代先秦诗歌研究的繁荣景象,还体现在学术争论的自由、诗歌研究者兼容并包的博大胸怀。不但新派、旧派学者之间的交锋在平和的气氛中进行,就是师生之间不同的学术见解,也可以公开坦诚地交流。研究队伍除了有新、旧的分别之外,绝大多数成员都没有结成门派,不再有师承家法的束缚。特别值得一提的是《古史辨》的编辑出版,它是那个时代学术民主的充分体现,为学术交流搭建起一个各抒己见的平台。

20年代的先秦诗歌研究是繁荣的,然而,繁荣景象下出现的是失衡的学术格局,主要体现在以下三方面:

第一,泛论型与专精型著述在比例上的失衡。

这个时期推出的先秦诗歌研究著作,主要是《诗经》和楚辞两个系列。这两个系列均出现比例失衡的现象,即泛论型过多而专精型很少。

据寇淑慧《20世纪诗经研究文献目录》①的著录,把20年代各个栏目下研究《诗经》的著作加以统计,共25部,其中今注今译类7部,泛论类10部,属于专精型的考释类著作只有8部,不足总数的三分之一。白铭编著的《20世纪楚辞研究文献目录》②所著录的20年代楚辞研究著作9种,加上该书遗漏的蒋善国的《楚辞》、王树耕的《离骚注》、沈雁冰的《楚辞》,共计12种。其中真正属于专精型的只有李翘的《屈宋方言考》、魏元旷的《离骚逆志》、傅熊湘的《离骚章义》、蒋善国的《楚辞》、游国恩的《楚辞概论》,不到总数的二分之一。《诗经》、楚辞在这个阶段专精型著作只占三分之一和不到一半,引领学术的是那些概论泛说。而专精型著作绝大多数都出自旧派学者,新派学者所占的比例很低。

第二,《诗经》和楚辞研究在比例上失衡。

从上面的统计可知,该阶段《诗经》方面的著作共25部,楚辞类则只有12部,不足前者的一半。《20世纪楚辞研究文献目录》提供的信息,这个十年共刊发楚辞研究论文55篇。而《20世纪诗经研究文献目录》的著录,该阶段所刊出的总论《诗经》的论文16篇,讨论孔子是否删诗的7篇,讨论字词语法的10篇,讨论《卷耳》的7篇,讨论《静女》的12篇,讨论《关雎》的5篇,仅这几项就与楚辞方面的论文相当。在论文总数方面,《诗经》仍然远远高于楚辞。

第三,《诗经》研究中《国风》与《雅》《颂》比例失调。

---

① 学苑出版社,2001年版。
② 学苑出版社,2008年版。

该时期推出的《诗经》研究论文应在百篇以上,其中涉及《雅》《颂》者只有11篇,只占论文总数的十分之一。重《国风》而轻《雅》《颂》的倾向极其明显。

出现上述比例失衡的现象,是由多方面的原因造成的。"五四"新文化运动的重要指向之一是颠覆传统的儒家经典,《诗经》属经部,自然首当其冲,整体上作为颠覆对象看待。而楚辞列在集部,不属于儒家经典,这就是为什么20年代先秦诗歌研究出现《诗经》热而楚辞冷的失衡现象。再从新派学者对《诗经》内部的区分来看,他们把《国风》定位为民歌,从而和作为庙堂之乐的《雅》《颂》区别开来。新文化运动的重要关注点之一是民歌,于是,《国风》遂成为人们的聚焦点。《雅》《颂》和《楚辞》的研究相对冷清,还和文本解读的难度直接相关,许多人采取的是知难而退的态度。至于泛论型著作多而专精类成果匮乏,则与时代风尚和研究者的学养密不可分。那是一个躁动的年代,人们所想的是怎样迅速地、极大限度地释放自己的学术能量,而对这种能量所造出成果的品位高低,往往无暇顾及。再加上这个时期的学术主力多是年轻的学人,先前的学术积累制约着他们,很难在当时推出学术精品。

二、体系构建与内在的危机

20年代的先秦诗歌研究,主要从三个方面构造体系,这三个体系本身从构建之日起就存在深刻的危机。

一是文学启蒙的体系。"五四"运动带有鲜明的启蒙性质,与此相应,这个时期的先秦诗歌研究,许多学者也以启蒙导师的角色出现,把研究成果作为开发民智的教材看待。梁启超著《要籍解题及其读法》①,共介绍11部要籍,《楚辞》是其中的一部。全书分四部分:《楚辞》之编撰及其篇目、屈原赋二十五篇、屈原之行历及性格、《楚辞》注释书及其读法。从标题就可以看出,这是一部关于《楚辞》的读书指南,可以作为阅读的入门向导,介绍的多是关于《楚辞》的常识。梁启超另有《屈原研究》②一书,专门论述屈原,内容较之前书相对集中。全书共七部分,除第一部分对屈原的生平经历有所考释外,其余各节基本上是以论述为主。该书可读性很强,且立意颇为新颖,确实是一部较好的启蒙教材。但是,这部著作疏漏颇多,有不少知识上的错误。刘永济写道:"但梁氏此文有一大误,以古本释文为陆德明《经典释文》。陆氏《释文》,诸经外有老庄书,并无《楚辞》,梁氏殆未一检陆氏书也。"③梁氏把洪兴祖《楚辞补注》所引的《释文》,误认为是陆德明的《经典释文》,其实是另外一部有关楚辞的《释文》,可能出自南唐王勉之手④。除此之外,对有些地名的认定也明显有误。

谢无量也是这个时期先秦诗歌研究的启蒙型学者,相继推出《诗经研究》⑤、《楚辞新论》⑥两部著作。前书分五章,依次是《诗经》总论、《诗经》与当时社会之情势、《诗经》的历史上考证、《诗经》的道德观、《诗经》的文艺观。各章又分若干节,体系的构建颇为完整。可是,涉及具体问题,基本是蜻蜓点水,一带而过,并且往往有不够准

---

① 《饮冰室合集·专集》第73种,上海中华书局,1941年刊行。
② 《饮冰室文集》第十四册,中华书局,1926年版。
③ 刘永济:《屈赋通笺 笺屈余义》,中华书局,2007年版,第251页。
④ 余嘉锡:《四库提要辨证》,中华书局,1980年版,第1228—1229页。
⑤ 1923年初刊于上海商务印书馆。
⑥ 1923年初刊于上海商务印书馆。

第二章 20世纪20年代:现代治诗范式确立之际的奔突探索

确之处。如第二章介绍《诗经》反映祭祀题材的作品,援引的是《小雅·伐木》,并且写道:"盖祭祀已毕,必令亲戚故旧,食其馂余。"①综观《小雅·伐木》一诗,无一句言及祭祀,并且写道:"既有肥牡,以速诸舅。"古代祭祀以同姓家族为单位,哪里能请异姓的舅舅前来参加本族祭祀之后的聚餐。书中类似随意的解说经常可见,经不起推敲。谢氏的《楚辞新论》共六章,依次是:绪论、屈原历史的研究、《楚辞》的篇目、《离骚经》新释、屈原的思想及其影响、《楚辞》评论家之评论。全书的结构框架与《诗经研究》大同小异,并且同时推出。

文学启蒙体系的论著,本身存在着无法解决的矛盾。既然启蒙是开发民智,所传授的知识应该是科学的、合乎客观实际。可是,这类泛论型著述往往出现知识性的错误,很容易以讹传讹,达不到启蒙的目的。正像当时某些新派学者把《国风》全说成是民歌一样,误导学术界近一个世纪,至今仍有影响。另外,文学启蒙不能完全等同于通俗化,该时期另外一些有关先秦诗歌的翻译、注释,则出现明显的为追求通俗而降低学术含量的倾向,同样造成启蒙过程中的误导。

这个时期先秦诗歌研究构建的第二个体系,是进化论体系。清朝末期的1898年,英国学者赫胥黎所著的《进化论与伦理学》的前两章,由严复译成中文出版,书名为《天演论》,从而把西方进化论正式引进中国,产生了巨大的影响。20世纪20年代的诗歌研究也构建了一个进化论的体系,首倡者当推胡适。他在《读楚辞》一文中写道:"《九歌》与屈原的传说绝无关系,细看内容,这九篇大概是最古之作,是当时湘江民族的宗教歌舞。"②胡适怀疑屈原的历史记载是

---

① 谢无量:《诗经研究》,上海商务印书馆,1923年版,第70页。
② 《胡适文存二集》第一卷,上海亚东图书馆,1922年版,第144页。

否真实,又根据《九歌》的样态断定它是《楚辞》中最早的一组作品。至于具体理由,陆侃如作了如下记述:

> (一)若《九歌》也是屈原作的,则"楚辞"的来源便找不出,文学史便变成神异记了。
>
> (二)《九歌》显然是《离骚》等篇的前驱,我们与其把这种进化归于屈原一人,宁可归于"楚辞"本身。①

胡氏说得很清楚,他认定《九歌》的出现在《楚辞》其他作品之前,其所依据的是进化的理念。陆侃如赞成胡适的看法,并且作了进一步的发挥:

> 我们只消把《楚辞》约略研究一下,便可知《离骚》等篇确是从《九歌》演化来的。篇幅的扩张,内容的丰富,艺术的进步,都是显然易见的事实。我们若懂得一点文学进化的情形,便知这个历程决不是一个人在十年二十年中所能经历过的。……至于他们的时代,大约在前五世纪;因为在形式上看来,他们显然是楚古语与《离骚》间的过渡作品。②

陆侃如对于胡适的观点作了具体说明,从进化论的理念出发,根据作品形态判断《九歌》作于《离骚》之前。而学术界普遍的看法是《离骚》在前,《九歌》在后。这个以进化论为依托建立的楚辞研究体系,遇到一个棘手的难题,那就是他们所秉持的进化论的理念,与普遍认可的文学发展过程相冲突。

先秦诗歌的实际状况与研究者所持进化论的理念出现矛盾,在

---

① 陆侃如:《屈原》,上海亚东图书馆,1923年版,第121页。
② 陆侃如:《屈原》,上海亚东图书馆,1923年版,第121页。

傅斯年那里也遇到过。他在《诗经讲义稿》中写道："《诗》中可疑为鲁者,为《豳风》。我一向相信豳应在岐周,但现在有三事使我不得不改信《豳风》是鲁传出。……则《豳风》非出于豳,乃出于宗周在东方殖民之新豳,当是可以成立的了。"① 傅氏的《诗经讲义稿》写就于1928年底,次年初稍有补充,他断定《豳风》不是出自岐周,而是出自鲁地。至于他为什么会改变原来的想法,书中作了进一步说明：

《豳风》虽涉周公事,然决非周公时诗之原面目,恐口头流传二三百年而为此言语。其源虽始于周公时,其文乃递变而成于后也。不然,《周颂》一部分如彼之简单,《豳风》如此之晓畅,若同一世,于理不允。②

《周颂》全部作于西周,这在学术界已成定论。《豳风》也作于西周,其中提供了许多内证。可是,同是作于西周的这两组诗,在风格上却差异甚大,《豳风》的文学性远远高于《周颂》多数作品。傅斯年所持的是进化论的理念,他认为产生在同一历史阶段的作品应该具有相同的风格,而不应该大相径庭。于是,他把《豳风》说成出自鲁地,又经过二三百年的口头流传,艺术性不断得到提高,于是与《周颂》呈现出不同的风格。傅氏所采取的做法和胡适、陆侃如一样,采取的都是强牵古人以就我的方式,以便使自己认定的诗歌发展脉络与进化论相符。

不可否认,对于古代文学研究来说,进化论如果运用得恰当,不失为构建体系的一个依托。王国维关于"一代有一代之文学"的命

---

① 傅斯年:《诗经讲义稿》,中国人民大学出版社,2004年版,第33页。
② 傅斯年:《诗经讲义稿》,中国人民大学出版社,2004年版,第70页。

题,就带有鲜明的进化论色彩,但得到普遍的认可,因为它符合中国古代文学的发展实际。胡适、陆侃如、傅斯年运用进化论构建研究体系,则流于表面现象,失之于机械牵强。在他们看来,诗歌的篇幅应该是由短向长进化,可是,早期出现的史诗篇幅远远长于《九歌》。另外,《九歌》是一组歌诗,把各篇整合在一起,同样也是篇幅宏大的作品。至于《周颂》与《豳风》的差异,则应该从功用方面去寻找。《周颂》用于祭祀,不需要写得过于华美,《豳风》则是叙事抒情的豳地歌诗,当然可以多些藻饰。进化论诗歌研究体系的构建,面临着深刻的矛盾,而为了解决它,胡适等人只好采用大胆假设的方式,从而使这个体系从一开始就处于危机之中。

这个历史阶段构建的第三个治诗体系,是实用主义哲学的体系。胡适师从美国实用主义哲学家杜威,他的大胆假设、小心求证的治诗理路,就是实用主义哲学的实际运用。由他倡导的这种治学体系,同样存在着他们无法解决的矛盾,主要体现在以下几个方面。

第一,这个体系作为依托的双方,处于无法兼容的状态,从而使得这个体系根基不稳固。

胡适的《〈诗经〉的研究》是1921年4月27日为读书会所作的讲演,其中对于研治《诗经》的路数提出六个要点,第二、三要点如下:

(2)关于三百篇道的见解,在破坏方面,应打破一切旧说;在历史的方面,当以朱熹的《诗集传》为最佳,清代姚际恒(《诗经通论》)、崔述(《读风偶识》)、龚橙(《诗本谊》)、方玉润(《诗经原始》)四家都有可取。但这五家却不彻底。

(3)关于训诂方面,当用陈奂、胡承珙、马瑞辰三家的书作

第二章　20世纪20年代：现代治诗范式确立之际的奔突探索

起点,参用今文各家的异文作参考。①

胡氏提到的姚际恒等四家,都是清代的今文学派,并且把疑古精神发展到极端。其中龚橙系龚自珍之子,对《诗经》持排抑态度。正如刘师培在《南北文学不同论》所言:"龚橙复重订《诗经》,排黜《诗经》,并改订各字书,尤点窜无伦绪。"②这几位清代今文学者,对《诗经》的怀疑已经达到前无古人的程度,可是,胡适还嫌他们在破坏性方面不彻底,还要进一步强化,这当然只能走向虚幻。而胡氏提到的胡承珙、陈奂、马瑞辰,则是清代的古文学家,他们发扬朴学的求真精神,对《诗经》的词语训诂、名物考证多有建树。胡氏构建实用主义治诗体系所依托的两翼,根本无法兼容,求真和务虚的取向针锋相对。以此作为依托,这个体系从建立伊始必然处于摇晃状态,难以立稳。

第二,大胆假设的不合理,导致无法进行求证。

傅斯年曾这样大胆地设想:"我想《周颂》原来并非不分章,自汉以来见其所以不分章者,乃是旧章乱了,传经者整齐不来,所以才有现在这一面目。"③这一假设确实很大胆,虽然后面援引《左传·宣公十二年》《尚书·顾命》以及《鲁颂》《商颂》加以求证,但根本没有说服力。那么,《周颂》为什么会由分章变成不分章呢？傅氏又推测:"西周之时,大约是把文物亡得几乎光光净净"④,从而导致《周颂》原章错乱,最后只好不分章。这是把大胆假设提出的命题,再用大胆的

---

① 胡适著,沈寂编:《胡适学术文集·语言文字研究》,中华书局,1998年版,第137页。

② 刘师培著,劳舒编:《刘师培学术论著》,浙江人民出版社,1998年版,第158页。

③ 傅斯年:《诗经讲义稿》,中国人民大学出版社,2004年版,第17页。

④ 傅斯年:《诗经讲义稿》,中国人民大学出版社,2004年版,第26页。

假设去说明其原因。西周末年的动乱导致《周颂》亡失错乱,没有任何证据可寻。而学界的普遍共识是,用于宗庙祭祀的歌诗往往保存得最完整。这个治学体系的内在矛盾和危机,往往以傅氏的这种方式体现出来。

第三,大胆地假设具有合理性,但具体求证过于简单、草率。

顾颉刚在《与钱玄同先生论古史书》[①]中提出"层累地造成的中国古史"[②]的命题,这种假设本来有其合理因素。但是,他运用这种理论去研究先秦诗歌,对相关案例的处理因简单、草率而引来不少批评。实用主义哲学的治诗体系,多数失误都出在实际操作层面。

文学启蒙体系、进化论体系、实用主义体系,是20世纪20年代先秦诗歌研究的三个体系。这三个体系有时彼此贯通,相互融汇。文学启蒙体系的构建者,既有旧派学者,也有新派成员。而后两个体系的建构,基本都是新派学人。

20年代是先秦诗歌研究构建体系的历史阶段。任何体系在构建初期都不可能完满无缺,在合理性、严密性上难免存在疏漏。这三个体系的基本构架并非一无可取,而是多有可供借鉴之处。它们共同的缺陷是涉及的具体案例不足,没有坚实深入的考据作支撑。一旦克服掉这些欠缺,那么,真正具有现代意义的治诗范式就会确立。

三、从通人泛论复返专精博雅的走势

古典经学治诗时代的终结,以章太炎博雅精深的诗歌研究框架

---

① 初刊于《努力周报》增刊《读书杂志》第9期,1923年5月6日。
② 顾颉刚:《古史辨自序》,河北教育出版社,2003年版,第5页。

第二章 20世纪20年代：现代治诗范式确立之际的奔突探索

的确立为标志。20世纪20年代的治诗理路，以通人泛论型为主导。同时，在构建体系的时代大潮的下面，有一股强劲的潜流在涌动，这就是由通人泛论型复返专精博雅的治诗走势。不过，这种复返不是再回到古典的经学治诗，而是向建立现代的治诗范式迈进。

专精博雅治诗方式的复归，是从对个案的处理开始的。通过对相关文学案例的具体剖析，从而把诗歌研究推向更广阔的领域和更加深入的境地。

这个时期先秦诗歌研究向博雅精深型回归，一个重要的迹象是从历史和文学的角度把《诗经》与《周易》相沟通，顾颉刚、李镜池在这个领域开风气之先。

《周易·泰》卦和《归妹》卦六五爻辞都有"帝乙归妹"之语，对此，顾颉刚在《〈周易卦爻辞〉的故事》[①]中写道：

> 帝乙嫁女，嫁到哪里去呢？这一件事为什么会得成为一种传说呢？此等问题历来无人讨究，这个故事也早已失传，除《易爻辞》外任何地方都看不见了。
>
> 但是，我认为这个故事还可以从《诗·大明》中钩索出来。[②]

顾氏对这两条相同的爻辞表现出强烈的问题意识，并且发现了解决问题的线索。紧接着，他通过对《大明》一诗的深入考证，最后得出结论：

> 恐此诗所谓"大邦"，也是指的殷商。至"倪天之妹"，更与"帝乙归妹"一语意义相符。文王与帝乙及纣同时，在他的"初

[①] 初刊于《燕京学报》第6期，1929年12月。
[②] 顾颉刚编：《古史辨》第三册，上海古籍出版社，1982年版，第12页。

载",帝乙嫁女与他,时代恰合,这件事是很可能的。①
顾氏在具体考证的过程中,援引《说文》对"俔"字所作的解释。又根据文王时期殷周两族的关系,及周人对殷商及本族称谓的差异,最终得出结论。这个案例是20世纪先秦诗歌研究诗史互证的一个典范,体现出博雅专精的治诗特色。

李镜池的《〈周易〉筮辞考》,则从另一个层面把《诗经》与《周易》相沟通。《周易·明夷》初九爻辞有"明夷于飞,垂其翼"之语,《中孚》九二爻辞有"鸣鹤在阴"之语,对此,李氏写道:

> 若果把"鸳鸯在梁"换了个鸟名说,"维鹈在梁,戢其左翼",岂不与"明夷于飞,垂其翼",很相像吗?"鸣鹈于飞",岂不是与"鸣鹤在阴"的句法又是一路吗?……这里没有什么意义教训隐藏在内,只是诗歌的一种"起兴"。②

"鸳鸯在梁,戢其左翼",出自《小雅·鸳鸯》和《白华》,"维鹈在梁,戢其左翼",是李氏用鹈置换鸳鸯。李氏把《周易》和《诗经》的同类物象加以对比,从而为在艺术表现上把《诗》和《易》相沟通开创了先例。他还进一步论述《周易》卦爻辞和《雅》《颂》作于西周初叶诗歌相同的艺术背景,从而把《诗》《易》互证扩大到更为广阔的领域。

《古史辨》曾经就《诗经》重章叠句展开热烈的讨论,引发出许多精彩的见解。魏建功《歌谣表现方法之最紧要者——重奏复沓》③一文,援引《诗经》及当时出版的《歌谣周刊》中的大量作品,最后得出

---

① 顾颉刚编:《古史辨》第三册,上海古籍出版社,1982年版,第13页。
② 顾颉刚编:《古史辨》第三册,上海古籍出版社,1982年版,第221页。
③ 初刊于《歌谣周刊》第41号,1924年1月13日。

如下结论：

> 至于改换一二字而复奏的，在我们最明显的发觉自是"声音的不同"。然而意义上的关系多少也总有程度的深浅或次序的进退；就是没有分别，而作者以声音改换的复奏，不能不说是他内心非再三咏叹不足以写怀的缘故，顾先生引的《月出》就是。①

魏氏把歌谣看作是人的生命的呐喊，因此，他强调人所发出的声音对于歌谣反复咏叹所起的重要作用。他是以《诗经》作品和那个时代所搜集的歌谣为例证，得出的结论颇为新颖，很能启发人。

张天庐的《古代歌谣与舞踏》②一文，则是从舞蹈动作与歌谣的关系方面进行论述："古代的歌与舞有密切关系，歌声因协合舞的转动踏起，徒歌很有回环复沓的可能。"③《诗经》在先秦时期是以诗、歌、舞三位一体的综合艺术的形态存在，魏氏强调声音的作用，张氏关注舞蹈的功能，它们确实都与歌诗的重叠复沓直接相关。

钟敬文也参与了这场讨论，他在《关于〈诗经〉中章段复叠之诗篇的一点意见》④中写道：

> 我于诗便想到《诗经》中章段复叠的问题，而怀疑它也是当时民间多人合唱而成的歌词。现在且举出我两个小小的理由于下：
>
> 1.《诗经》一部分的歌词，是当时采风的使者从民间把它收

---

① 顾颉刚编：《古史辨》第三册，上海古籍出版社，1982年版，第594页。
② 初刊于《世界日报》副刊第1卷第9—14号，1926年7月9—14日。
③ 顾颉刚编：《古史辨》第三册，上海古籍出版社，1982年版，第667页。
④ 初刊于《文学周报》第5卷第10号，1927年10月9日。

集来的,其时民间文化的程度和现在客家疍族等差不多,那末,这个事实是很有成立的可能的。

2.……因为有许多复沓的章段中是很有意思和艺术的,与其说是乐工随意所增益,似不如说是多人兴高采烈时所唱和而成的,更来得比较确当点。①

钟氏在文中列举大量水居疍民的歌谣,用以印证《诗经》中复沓的章段是在那个特定的历史时期,由集体歌舞的特点所决定的。他的论述运用民族、民俗学的材料,又注意历史时段的对应性,把古代集体歌舞与《诗经》重叠复沓的篇章结构的由来,作了透彻的论证。

关注歌谣与先秦诗歌之间的联系,是这个时期研治诗歌的一个重要特点。上述所引的段落,从一个侧面反映出对这个问题的探索所达到的深度。尤其是魏建功和钟敬文的见解,都属于确乎不拔之论,反映出他们治学的专精和扎实。这两位学者的研究工作都始于专精而渐趋博雅,最后在学术上终成大器。处于同一时期的俞平伯、刘大白也是从具体案例入手治诗,并在严密考据基础上进行理论阐释,使得现代的专精博雅型治诗范式初具规模。游国恩的出现,则使得这种范式得以初步确立,实现了专精博雅型治诗范式由古典到现代的转变。

第二节　梁启超、胡适:开创说诗新风的学府导师

20世纪20年代的先秦诗歌研究,梁启超、胡适是两位引领学术

---

① 顾颉刚编:《古史辨》第三册,上海古籍出版社,1982年版,第671页。

第二章 20世纪20年代：现代治诗范式确立之际的奔突探索

风气的人物。他们分别执教于清华和北大，以高等学府导师的身份出现，影响了一代学人。尽管他们研究先秦诗歌的路数、理念不尽相同，但在开创说诗新风方面，所发挥的作用却在伯仲之间。

一、梁启超的说诗论骚

梁启超对先秦诗歌所作的研究和论述，主要在三个方面发挥出了引领时代风气的作用。

第一，对歌谣的高度重视和深入论述。

把中国诗歌的源头追溯到原始歌谣，这个传统在先秦时期已经确立，《吕氏春秋》的《古乐》《音初》就是如此。到了《文心雕龙·乐府》篇，则更加明确地把原始歌谣说成是古代诗歌的源头。清代沈德潜所编的《古诗源》，所录皆为古代歌谣，还是把歌谣作为诗歌的源头看待。20世纪的先秦诗歌研究，从发轫伊始就对远古歌谣予以关注，章太炎、刘师培、王国维等均有论述，其中刘师培在《文说·和声》中写道：

> 太古之文，有音无字。谣谚二体，起源最先。谣训"徒歌"，谚训"传言"。盖言出于口，声音以成。是为有韵之文，咸合自然之节，则古人之文，以音为主。[1]

上面的论述把歌谣和谚语视为诗歌的源头，指出它们都以声音为媒介，并且具有节奏和韵律，对歌谣作了明确的界定。

梁启超的《中国之美文及其历史》[2]作于1922年，在《古歌谣及

---

[1] 刘师培著，洪志刚主编：《刘师培经典文存》，上海大学出版社，2004年版，第230页。

[2] 中华书局，1936年初版。

乐府序论》中有如下论述：

> 韵文之兴，当以民间歌谣为最先。歌谣是不会做诗的人（最少也不是专门诗家的人）将自己一瞬间的情感，用极简短极自然的音节表现出来，并无意要他流传。因为这种天籁与人类好美性最相契合，所以好的歌谣，能令人传诵历几千年不废。其感人之深，有时还驾专门诗家的诗而上之。
>
> 诗和歌谣最显著的分别，……简单说，好歌谣纯属自然美，好诗便要加上人工的美。①

把歌谣说成是纯粹出于自然的音节，刘师培也持同样的看法，他的《论文杂记》提及歌谣时写道："谣谚二体，皆为韵语。……盖古人作诗，循天籁之自然，有音无字，故起源甚古。"②刘师培和梁启超都认定歌谣出于自然，是天籁之音，这是二者的相同之处。不过，他们对歌谣的论述，也存在着明显的差异。对于歌谣的作者，刘氏没有作明确的界定，而梁氏所指的歌谣主要指来自民间，带有鲜明的民间文学色彩，即通常所说的民歌。因此，梁氏对于《尚书·皋陶谟》所载的《赓歌》，《尚书大传》所载的《卿云歌》《八伯歌》《帝载歌》，或是否定其价值，或是怀疑它们的真实性，没有列入他所确定的歌谣范围之内。梁氏在承认歌谣是自然声调的同时，还把它和诗作了对比，用自然美和人工美加以解说，这显然是借鉴西方美学理论的结果。刘师培论歌谣，虽然没有受到经学的束缚，但其中仍有对传统国学的依

---

① 梁启超著，陈引驰编：《梁启超学术论著集（文学卷）》，华东师范大学出版社，1998年版，第3页。

② 刘师培著，洪志刚主编：《刘师培经典文存》，上海大学出版社，2004年版，第249页。

傍;梁启超对歌谣所作的论述,则是以全新的理论形态出现,传统文化的投影已经极其淡薄,以至于使人很难察觉。

第二,坚持文学本位,发掘先秦诗歌的审美价值。

梁启超的《中国韵文里头所表现的情感》①,专门从艺术表现方面论述先秦诗歌的特质,在当时同样是别开生面。他将先秦诗歌的表现方式分为"奔迸""回荡""含蓄蕴藉"三大类,在回荡类里又分为螺旋式、引曼式、堆垒式、吞咽式四种;在含蓄蕴藉里也分为四种。梁氏对于先秦诗歌艺术表现形式所作的多种类型的划分,在精细程度方面超越前人,带有鲜明的时代气息,出现的是一个初具规模的审美观照体系,且不乏精彩独到的见解。他对含蓄蕴藉的表现方式作了如下概括:

> 这种表情法,向来批评家认为是文学正宗,或者可以说是中华民族特性的最真表现。这种表情法,和前两种不同。前两种是热的,这种是温的;前两种是有光芒的火焰,这种是拿灰盖着的炉炭。②

梁氏把先秦诗歌含蓄蕴藉的表现方式视为中华民族特性的反映,对于古代温柔敦厚的诗教观表示认同。他把含蓄蕴藉的表现方式与奔迸型、回荡型表现方式加以对比,用生动形象的比喻揭示它们之间的差异,具有较大的理论深度。接着所作的对比更为精彩:

> 拿这类诗和前头几回所引的相比较,前头的像外国人吃咖

---

① 此文作于1922年,是根据在清华大学文学社的系列讲演整理而成。
② 梁启超著,陈引驰编:《梁启超学术论著集(文学卷)》,华东师范大学出版社,1998年版,第205页。

啡,炖到极浓,还换上白糖牛奶;这类诗像用虎跑泉泡出的雨前龙井,望过去连颜色也没有,但吃下去几点钟,还有余香留在舌上。[1]
梁氏以品茶的方式论诗,妙语连珠,意趣横生。这对于当时的诗歌研究而言,无异是一股清风,一场绵绵春雨,呈现的是新型的治诗方式和理念,同时融汇了古典诗学重体验、感悟的属性。

梁启超研究先秦诗歌,还成功地借鉴西方文学理论,用以阐释一些重要的文学现象。文中写道:"纯象征派之成立,起自《楚辞》,篇中许多美人香草,纯属代数上的符号,他意思别有所指。"[2]梁氏承认《诗经》某些作品采用象征手法,但数量很少。他把《楚辞》说成纯象征派的初次确立,这个评语合乎先秦诗歌的实际。《楚辞》香草美人所寓含的寄托,古代学者予以反复论述。梁氏用象征派加以概括,实现了古代文论的现代转换。

梁启超还运用西方有关浪漫派和写实派的理论,用以解说《诗经》和《楚辞》的差异:"三百篇可以说是代表诸夏民族平实的性质,凡涉及空想的一切没有。我们文学含有浪漫性的自《楚辞》始。"[3]梁氏把《诗经》划入写实文学,把《楚辞》划为浪漫文学,20世纪50年代所讨论的现实主义与浪漫主义文学话题,在这里已经开启肇端。梁氏还对《远游》《招魂》《山鬼》所采用的浪漫手法,分别作出具体分析,并且指出《诗经》的写实笔法不具有典型意义。梁氏的上面论

---

[1] 梁启超著,陈引驰编:《梁启超学术论著集(文学卷)》,华东师范大学出版社,1998年版,第205页。
[2] 梁启超著,陈引驰编:《梁启超学术论著集(文学卷)》,华东师范大学出版社,1998年版,第213页。
[3] 梁启超著,陈引驰编:《梁启超学术论著集(文学卷)》,华东师范大学出版社,1998年版,第222页。

述，都是立足于文学本位，注意发掘作品的审美价值，以崭新的理论形态出现，在当时的诗歌研究领域具有启蒙作用。

第三，用宏阔的文化视野观照《楚辞》。

梁启超是博学宏通的学者，他知识广博，视野开阔，一方面立足于文学本位，同时又在大文化的背景下审视先秦诗歌。他对《楚辞》所作的思索在这方面体现得尤为明显，《屈原研究》[①]是这种治诗方式的代表作。文中有如下一段：

> 依我的观察，我们这华夏民族，每经一次同化作用之后，文学界必放异彩。楚国当春秋初年，纯是一种蛮夷。春秋中叶以后，才逐渐的同化为"诸夏"。……从前楚国人，本来是最信巫鬼的民族，很含些神秘的意识和虚无思想，像小孩子喜欢幻构的童话。到了与中原旧民族之现实的伦理的文化相接触，自然会发生出新东西来。这种新东西之体现者，便是文学。[②]

梁启超先是从战国中期文化昌盛方面解释楚辞文学的出现，接着从文化同化的角度阐释楚辞为什么出现在楚国，最后又从屈原的出身、经历、性格诸方面说明他何以成为中国古代第一位大诗人。这里对与屈原及楚辞相关的主要方面均有涉及，成为后来学者构建《楚辞》研究体系的基础。用文化同化的观点解说《楚辞》的产生，还见于梁氏《中国韵文里头所表现的情感》一文，二者立论角度相同。

梁氏还把楚辞放到世界文化的背景下加以审视，作出相应的判

[①] 初刊于《文哲学报》1921年3期，又刊于《晨报·副刊》1922年11月19—23日，《学灯》1922年11月，1922年11月3日以此为题为东南大学文哲会作讲演。

[②] 梁启超著，陈引驰编：《梁启超学术论著集（文学卷）》，华东师范大学出版社，1998年版，第249页。

断。文中写道：

> 易卜生最喜欢讲的一句话：All nothing。（要整个，不然宁可什么也没有。）屈原正是这种见解。"异道相安"，他认为和方圆相周一样，是绝对不可能的事。中国人爱讲调和，屈原不然，他只有极端。"我决定要打胜他们，打不胜我就死。"这是屈原人格的立脚点。①

梁氏认为屈原的人生哲学，与易卜生的主张相通，而与中国古代传统的处世哲学相悖。文中还写道：

> 他作品中最表现想象力者，莫如《天问》《招魂》《远游》三篇。……想象力丰富瑰玮到这样，何止中国，在世界文学作品中，除了但丁《神曲》外，恐怕还没有几家够得上比较哩！②

这是专就作品的想象力方面进行中外对比，属于同类相比，由此确定屈原作品在世界文学大格局中的地位。把先秦诗歌与西方文学进行参照对比，章太炎、刘师培、王国维等都有过初步的尝试，梁启超则在此基础上把这项工作向前推进了一大步，是中国近代比较文学的先驱之一。

梁启超的先秦诗歌研究，代表了20世纪20年代的诗学新潮，也是20世纪治诗体系确立前的大胆探索。由于刚刚迈进新文化占主导地位的阶段，梁氏的先秦诗歌研究也难免存在局限和疏漏。

---

① 梁启超著，陈引驰编：《梁启超学术论著集（文学卷）》，华东师范大学出版社，1998年版，第249页。
② 梁启超著，陈引驰编：《梁启超学术论著集（文学卷）》，华东师范大学出版社，1998年版，第255页。

第二章 20世纪20年代:现代治诗范式确立之际的奔突探索

梁启超把歌谣看作诗的前驱,认为这是普遍的规律,无疑是正确的,得到广泛的认可。然而,由于他把歌谣的性质界定为民间的,从而使得他对先秦诗歌与歌谣关系的论述与自己的命题相矛盾。他认为,"中国含有美术性的歌谣,自殷末周初,始有流传作品"[①]。这样一来,中国诗歌的出现,就只能是在进入周代以后,显然有违于历史事实。他把歌谣界定为民间的,从而限制了研究的深入,他所考察的歌谣数量过少,不足以代表先秦歌谣的基本风貌。如果进一步扩充考察范围,他对歌谣所定的民间属性必然受到质疑。

梁启超的先秦诗歌研究,以宏论居多,而缺乏深入细致的考据,这就使得有些立论不够坚牢,甚至出现明显的讹误。《屈原研究》一文中就不止一次出现知识性的错误。如以下段落:

> 内中说郢都、说江夏,是他原住的地方。……
> 《招魂》说"路贯庐江兮左长薄"。像江西庐山一带,也曾到过。……
> 他所说的"峻高""蔽日""霰雪""无垠"的山,大概是衡岳最高处了。他的作品中,像"幽独处乎山中","山中人兮芳杜若"。这一类话很多,我想他独自一个人在衡山上过活了好些日子。[②]

上面所引述的文字,涉及的作品有《哀郢》《招魂》《涉江》《山鬼》。除了说郢都是屈原住的地方合乎历史事实外,对另外几处地名所作

[①] 梁启超著,陈引驰编:《梁启超学术论著集(文学卷)》,华东师范大学出版社,1998年版,第15页。

[②] 梁启超著,陈引驰编:《梁启超学术论著集(文学卷)》,华东师范大学出版社,1998年版,第239—240页。

的认定都是错误的。有的出于误解,有的则是附会。这是梁氏治诗的突出弱点之一,即缺乏实证而流于任意,未能严格遵循学术规范。刘永济称:"梁氏为近代学人中博闻之士,其于屈赋,特就其平日阅读所感者,火急著书未暇详考,不足为定论也。"①刘氏对梁启超治楚辞所下的结论,道出了这位博学之士治诗的浮躁之弊。

二、胡适治诗的理论纲领和实际操作

胡适对先秦诗歌的研究,可以追溯到他在美国留学期间。现今所能见到的胡适研究先秦诗歌的论文,最早的一篇是《〈诗经〉言字解》②,他通过对《诗经》中"言"字的解析,提出如下看法:

> 是在今日吾国青年之通晓西文法者,能以西方文法施诸吾国古籍,审思明辨,以成一成文之法,俾后之学子能以文法读书,以文法作文,则神州之古学庶有昌大之一日。③

胡适之前,清人马建忠所著《马氏文通》,参考拉丁语研究古代汉语的结构规律。胡适文中提到这部书,并且加以借鉴。胡适主张用西方语法来研读古籍,其中包括先秦诗歌,这篇论文对此作了初步尝试。

胡适的《中国哲学史大纲》④大量援引《诗经》,把它作为研究古代哲学的史料加以运用,所采用的是历史学、社会学的研究方法。从他的首篇《诗经》论文到《中国哲学史大纲》,是胡适研究先秦诗歌的

---

① 刘永济:《屈赋通笺 笺屈余义》,中华书局,2007年版,第252页。
② 此文作于1911年5月,原载《留美学生报》1913年1月。
③ 顾颉刚编:《古史辨》第三册,上海古籍出版社,1982年版,第576页。
④ 《中国哲学史大纲》成书于1918年,1919年初刊于商务印书馆。

尝试阶段。

胡适提出系统的研究先秦诗歌的理论纲领,是在他从美国返回,执教于北京大学之后。他在《〈诗经〉的研究》中写道:

(2)关于三百篇道的见解,在破坏方面,应打破一切旧说;在历史的方面,当以朱熹的《诗集传》为最佳,清代姚际恒(《诗经通论》)、崔述(《读风偶识》)、龚橙(《诗本谊》)、方玉润(《诗经原始》)四家都有可取。但这五家却不彻底。

(3)关于训诂方面,当用陈奂、胡承珙、马瑞辰三家的书作起点,参用今文各家的异文作参考。

(4)当注重文法的研究,用归纳的方法,求出《诗》的文法。

(5)当利用清代古音学的结果,研究《诗》的音韵。

(6)既已懂得《诗》的声音、训诂、文法三项了,然后可以求出三百篇的真意,作为《诗》的"新序"。①

1921年4月27日,胡适到读书会作《〈诗经〉的研究》的讲演,提出六个要点。除了第一点是关于风、雅、颂的区别,其余五点谈的都是研究方法。这是胡适当时拟定的《诗经》研究的纲领,从具体内容来看,并没有更多的新意,还没有脱离经学的传统,只不过是对今文经和古文经的学术成果兼收并蓄。不过,这个研究纲领也体现出他的基本取向:今文经体现的是大胆假设,古文经则用于小心地求证。

上距到读书会讲演整一年,1922年4月26日,胡适到平民大学讲演,还是谈《诗经》研究,与一年前的讲演相比,增加了以下内容:

---

① 胡适著,沈寂编:《胡适学术文集·语言文字研究》,中华书局,1998年版,第137页。

（1）须用歌谣（中国的、东西洋的）做比较的材料，可得许多暗示。……

（2）须用社会学与人类学的知识来帮助解释。……

（3）总之，用文学的眼光来读《诗》。没有文学的赏鉴力与想象力的人，不能读《诗》。①

以上内容见于胡适讲演当天所作的日记，他承认这次提出的结论"略与前不同"，增加了新的内容，强调的重点更突出新文化方面的因素。

从以上两次讲演所提出的观点来看，胡适研究先秦诗歌的纲领在一定程度上是可行的，如果能够兼顾各个要点加以实行，确实可以取得成效。问题出在胡适的具体操作实践出现偏颇，致使他的先秦诗歌研究走入歧途和困境。

胡适在治诗理念上秉承的是清代今文学派和疑古思潮的传统，并且与杜威的实用主义哲学相结合，采取的是大胆地假设、小心地求证的研究理路。这种理路并非毫无道理，关键在于能否将二者紧密地结合起来。胡适对先秦诗歌研究的失误，不在于提出这种研究方法，而是他未能运用好。具体而言，他确实大胆地假设、怀疑，但在小心地求证方面做得并不成功，有的案例处理甚至是失败的。

大胆地假设之一：屈原是一个"箭垛式"的人物，具体论述见于《读〈楚辞〉》②一文，其中写道：

依我看来，屈原是一种复合物，是一种"箭垛式"的人物，与黄帝、周公同类，与希腊的荷马同类。怎么叫做"箭垛式"的人

---

① 胡适著，曹伯言编：《胡适学术文集·中国文学史（上）》，中华书局，1998年版，第411页。

② 初刊于《努力周报》增刊《读书杂志》第1期，1922年9月3日。

第二章 20世纪20年代：现代治诗范式确立之际的奔突探索

物呢？古代有许多东西是一般无名的小百姓发明的，但后人感恩图报，或是为便利起见，往往把许多发明都记到一两个有名的人物的功德簿上去。……那一小部分的南方文学，也就归到屈原、宋玉（宋玉也是一个假名）几个人身上去。……譬如诸葛亮借箭时用的草人，可以收到无数箭，故我叫他们做"箭垛"。①

胡适此文1922年8月28日改定，几个月之后，1923年4月27日，胡适的弟子顾颉刚在《与钱玄同先生论古史书》中称："我很想作一篇《层累地造成的中国古史》，把传说中的古史的经历详细一说。"②顾颉刚所谓的层累造史说，与胡适称屈原是箭垛式人物，所持的理念是一脉相承，都是否定历史记载的真实性。

胡适认定屈原是一种复合物、箭垛式的人物，这个假设确实很大胆，但是，他对此所作的求证却不是小心地进行，而是带有任意性。文中写道："《史记》本来不很可靠，而《屈原贾生列传》尤其不可靠。"对此，列举的首条理由如下：

《传》末有云："及孝文崩，孝武皇帝立，举贾生之孙二人至郡守，而贾嘉最好学，世其家，与余通书。至孝昭时，列为九卿。"司马迁何以知孝昭的谥法？一可疑。孝文之后为景帝，如何可说："及孝文崩，孝武皇帝立"，二可疑。③

这是胡适对自己大胆假设所作的首条求证。关于司马迁的卒年有在

---

① 胡适著，曹伯言编：《胡适学术文集·中国文学史（上）》，中华书局，1998年版，第415—416页。
② 顾颉刚编：《古史辨》第一册，上海古籍出版社，1982年版，第60页。
③ 胡适著，曹伯言编：《胡适学术文集·中国文学史（上）》，中华书局，1998年版，第415页。

武帝时期和武帝之后两种说法①。如果司马迁卒于武帝时期之后，那么，他得知孝昭谥号并不是没有可能，因为昭帝之世只有12年。即使司马迁卒于武帝之世，关于昭帝之世的话语是后人所加，也不损害记事的真实性。至于传记中没有提到景帝，那是因为这位天子与贾氏家族没有什么关联，故可略去。

《读〈楚辞〉》一文还写道：

> "屈原"明明是一个理想的忠臣，但这种忠臣在汉以前是不会发生的，因为战国时代不会有这种奇怪的君臣观念。我这个见解，虽然很空泛，但我想很可以成立。②

这是以假设去论证假设，是从观念出发，而不是从历史事实出发。其实，最迟在殷商后期，屈原似的忠臣已经出现。至于屈原所处的战国时期，也不乏此类忠臣。《史记·田单列传》记载，燕军入齐，派人游说齐地高士王蠋，想要封他为将军，食邑万户。王蠋坚定地拒绝，理由是"忠臣不事二君"③，最后自经而死。燕军入齐，正值楚怀王、襄王之际，恰好是屈原所处的时段。类似屈原这样的忠臣在战国时期大有人在，并非不可能出现。

胡适大胆假设之二：《诗经》不是经典。1925年9月，胡适以《谈谈〈诗经〉》④为题，在武昌大学作讲演。其中有如下一段：

> 《诗经》不是一部经典。从前的人把这部《诗经》都看得非

---

① 参见程金造：《史记管窥》，陕西人民出版社，1995年版，第105—123页。
② 胡适著，曹伯言编：《胡适学术文集·中国文学史（上）》，中华书局，1998年版，第415页。
③ 司马迁：《史记》，中华书局，1998年版，第2457页。
④ 初刊于上海《时事新报·学灯副刊》，1925年10月16、17日。

第二章 20世纪20年代：现代治诗范式确立之际的奔突探索

常神圣，说它是一部经典，我们现在要打破这个观念；假如这个观念不能打破，《诗经》简直可以不研究了。①

《诗经》是不是经典，这不是单独个人所能敲定的，而是要看它在历史上所起的作用，社会对它的认可程度。《诗经》在古代是经学的经典，在当今是文学的经典。它未必像经学所说的那样神圣，但这并不妨碍它成为经典。胡氏的本意是要去掉古人对《诗经》牵强附会的解说，却走上了颠覆《诗经》本身经典地位的误区。他对这个假设没有小心地求证，也无法求证。

胡适大胆假设之三：《诗经》《楚辞》是平民文学。他在《国语文学史大要》②中写道：

> 白话的文学，完全是平民情感自然流露出的描写，绝没有去模仿什么古人。记这种平民文学的古书，第一部当然是《诗经》。这部书里面所收集的，都是真能代表匹夫匹妇的情绪的歌谣，如《郑风》《秦风》等。后来南方又出一部《楚辞》，这一部书里如《九歌》等篇，都能够代表当时民众的真正情感。③

把《诗经》及《九歌》说成是平民文学，也就是民间歌谣，这种假设在《诗经》中无法得到证明。即使《国风》，也不全是民歌，而是有许多反映贵族生活，乃至出自贵族之手的作品。《郑风》《秦风》也不例外。对于上述假设，胡氏同样没有小心地求证，如果真是小心地求证，势必导致其假设的无法成立。

---

① 顾颉刚编：《古史辨》第三册，上海古籍出版社，1982年版，第577页。
② 初刊于《国学月刊》第2卷第2期，1924年9月。
③ 胡适著，曹伯言编：《胡适学术文集·中国文学史（上）》，中华书局，1998年版，第438页。

针对胡适诸种大胆的假设,当时的学者就提出过批评。周作人《谈〈谈谈诗经〉》①是在读过胡适的论文之后所写,文中有如下一段:

> 守旧的固然是武断,过于求新者也容易流为别的武断。我愿引英国民间故事中"狐先生"(Mr·Fox)榜门的一行文句,以警世人:"要大胆,要大胆,但是不可太大胆!"②

周氏的批评带有调侃的味道,但确实切中要害,胡氏大胆的假设往往是以新的武断代替旧的武断,是从一个误区跃到另一个误区。

胡适治诗主张小心地求证,他在这方面确实有所实践,并且也取得一些进展。比如,他对《诗经·国风·召南》作了如下解说:

> 这明是古代男子对女子求婚的一个方法。美洲土人尚有此俗,男子欲求婚于女子,必须射杀一个野兽,把死野兽置在他心爱的女子的门口。在中国古时,必也有同类的风俗。古婚礼纳采用雁,纳吉用雁,纳征用俪皮(两鹿皮),请期用雁(《士昏礼》),都是猎品。……用此俗来讲此篇,便没有困难了。③

胡适在这里是用社会学、人类学的方法解诗,与作品的原意相符。不过,这类成功的范例在胡氏的先秦诗歌研究中屈指可数,而误读错解之处却所在多有。

胡氏治《诗经》从解释"言"字开始,确实是一条正路。在字句训

---

① 初刊于《京报周刊》1925年12月。
② 顾颉刚编:《古史辨》第三册,上海古籍出版社,1982年版,第589页。
③ 胡适著,曹伯言编:《胡适学术文集·中国文学史(上)》,中华书局,1998年版,第411页。

第二章　20世纪20年代：现代治诗范式确立之际的奔突探索

诂方面,他也投放许多精力,并且深知其中甘苦,这从他1922年8—9月间的日记①中看得很清楚。可是,他对《诗经》的解读往往出现偏差,追究其原因,主要有以下两方面：

第一,注意的是词语的普遍意义,而忽视它的特殊用法。比如,《国风·周南·葛覃》有"薄污我私"之语,胡氏在《周南新解》②中写道：

> 污,即是垢污。此字与下文"浣"字相对,颇引起疑问。所以郑玄训为"烦撋之",朱熹沿郑说,谓"烦撋之以去其污,犹治乱而曰乱也"。我以为此字本无问题,下文云："害浣,害否",正是一浣一污,何必强为曲说？③

郑玄、朱熹释污为烦撋之,即反复用手揉搓,在字义上找不到根据,属于误解。胡氏释污为垢污,是用污的普遍意义解之,同样是误读。污,在这里用它的特殊含义,即由其水坑、水池本义引申出的浸泡之义。"薄污我私",即匆忙把贴身衣服浸泡在水中,以便进行洗濯。再如,胡氏反复提到《召南·小星》一诗中"肃肃宵征,抱衾与裯"情节,1922年4月26日他在平民大学的讲演中说道："颉刚谓此是娼妓之诗,此说极是。会读《老残游记》的人,亦可得此种联想。"④把《召南·小星》说成娼妓诗,顾颉刚是首倡,胡适表示赞同。事过三

---

① 胡适著,曹伯言编：《胡适学术文集·中国文学史（上）》,中华书局,1998年版,第143页。
② 初刊于《新青年》第1卷第4期,1931年6月。
③ 胡适著,曹伯言编：《胡适学术文集·中国文学史（上）》,中华书局,1998年版,第552页。
④ 胡适著,曹伯言编：《胡适学术文集·中国文学史（上）》,中华书局,1998年版,第411页。

年之后,1925年9月,胡适在武昌大学讲演,再次提到这首诗:

> "嘒彼小星"一诗,是写妓女生活的最古记载。我们试看《老残游记》,可见黄河流域的妓女送铺盖上店陪客人的情形。……我们看她抱衾裯以宵征,就可知道她为的是何事了。①

胡适此说在当时引起很大反响,也是他误解《诗经》的一个典型案例。《召南·小星》叙述的是征夫的辛苦劳顿,其中的"抱衾与裯"不是指怀抱被子和床帐,而是抛离被子床帐,在清晨急急赶路。钱大昕《声类》讲:抱,指抛开,《史记·三代世表》:"抱之山中,山者养之。"《淮南子·主术训》:"扬堁而弭尘,抱薪以救火",其中的抱字,均指抛弃。胡氏不明抱字的特殊用法,遂把"抱衾与裯"说成妓女抱着铺盖前往店里伴客,与郑玄所说:"诸妾夜行,抱衾与床帐,待进御之次序。"②二者大同小异,没有走出误区。

第二,胡氏对《诗经》词语的误读,还在于有时用现代汉语去附会古代词汇。对于《周南·葛覃》中的"维叶萋萋",他对维字作了如下解说:

> "维"是一种感叹词,略同今人说"啊""哦"。……此字往往用在诗中,凑足音节,无甚意义。读时把此字作一个小顿。"维,叶萋萋",犹我们今日说,"叶子多密啊"。③

把置于句首的维字说成感叹词,并用现代汉语加以印证。这种解说

---

① 顾颉刚编:《古史辨》第三册,上海古籍出版社,1982年版,第585页。
② 王先谦:《诗三家义集疏》,中华书局,1987年版,第106页。
③ 胡适著,曹伯言编:《胡适学术文集·中国文学史(上)》,中华书局,1998年版,第550页。

实在很现代,却与古义相去甚远。他在《论〈诗经〉答刘大白》中称:"我最不赞成'某字无义,不过用以足句'之说。"[①]可是,他本人对于维字,正是按照"凑足音节,无甚意义"加以解释的。胡氏在研究先秦诗歌中出现的这些舛误和疏漏,反映出他治诗理论纲领内部的矛盾,以及他的治诗实践与其理论纲领之间的疏离、悖反。

梁启超、胡适作为20世纪20年代引领古代诗歌研究的重要人物,分别以清华、北大这两个著名高等学府为依托,形成彼此呼应的犄角之势。梁氏信古而不迷古,鉴古而不复古,对西方理论的运用也能斟酌取舍,消化吸收。他对先秦诗歌的研究,已经初具规模,虽然没有形成严密完整的体系,并且缺少坚实的基础,但已经比较圆通,是以新的形态出现。胡适对先秦诗歌的研究,其主导理念是疑古非古,而对实用主义哲学方法的运用,又缺少必要的遵循。加上文字训诂功夫的欠缺,出现许多失误和偏颇。胡适最终也未能建立起自己完整的治诗体系及行之有效的实际操作路数。梁启超、胡适的治诗成果都以不同于以往的形态出现,可谓新知新学,但是,新的东西未必全是科学的,真正新的现代诗学体系的建立,还有一段路程要走。

第三节 《古史辨》:一个学术交流平台的搭建

《古史辨》共出版七册,其中有关先秦诗歌研究的内容,主要收入第一、三两卷,而以第三卷为最多。这些研究成果问世的时间,集中在20世纪20年代。《古史辨》的前十年,是先秦诗歌研究的一个

[①] 胡适著,曹伯言编:《胡适学术文集·中国文学史(上)》,中华书局,1998年版,第543页。

重要历史阶段。

随着《古史辨》的编辑出版,先秦诗歌研究出现空前热烈的局面。参加学术研讨的人员数量众多,所持的观点、所采用的研究方法也多种多样。严格来说,《古史辨》的作者并不是一个学术派别,而是借助这个平台进行学术交流。《古史辨》所收录的论文,涉及先秦诗歌研究的许多重要问题。通过学术交流而把先秦诗歌研究引向深入,是《古史辨》编纂出版的历史功绩之一。

一、疑古诗学的历史走向及自我定位

《古史辨》第一册出版于1926年6月,由顾颉刚编辑而成。他在本卷的序言中详细追述自己的治学历程,其中谈到其阅读清人崔述《东壁遗书》后的惊喜:

> 我弄了几时辨伪的工作,很有许多是自以为创获的,但他的书里已经辨证得明明白白了,我真想不到有这样一部规模弘大而议论精锐的辨伪的大著作已先我而存在!我高兴极了,立志把它标点印行。可是我们对于崔述,见了他的伟大,同时也见到他的缺陷。他信仰经书和孔孟的气味都嫌太重,糅杂了许多先入为主的成见。①

胡适在向人们推荐的四部清人有关《诗经》的著作时,其中包括崔述的《读风偶识》。顾颉刚当时所读的《东壁遗书》,就是胡适提供的。顾氏从胡适那里接过了疑古的旗帜,对崔述表现出由衷的崇拜。与此同时,他也清楚地看到崔述著作中存在的不足。经过几年的古史

---

① 顾颉刚:《古史辨自序》,河北教育出版社,2003年版,第49页。

辨伪,顾氏对于疑古思潮已经有清楚的认识,而没有全盘肯定崔述这位疑古派的代表人物。

顾颉刚对崔述的这种看法,早在1923年所写的《与钱玄同先生论古史书》中已经做了说明:"崔述的学力我固是追不到,但换了一个方法做去,也足以补他的缺陷了。"①这是说一方面坚持疑古的理念,同时在研究实践中采用有别于崔述的方法。至于具体是什么样的方法,顾氏未作进一步的说明,他本人尚处于摸索阶段。

钱玄同是疑古派的中坚之一,与顾颉刚声气相应,顾对钱以师长事之。钱玄同疑古的态度很坚决,他在1923年所写的《论〈诗〉说及群经辨伪书》中写道:"我极望先生将此书好好地整理它一番,救《诗》于汉宋腐儒之手,剥下它乔装的圣贤面具,归还它原来的文学真相,是很重要的工作。"②这是钱玄同写给顾颉刚信中的一段话,当时顾氏正在做群经辨伪的工作。钱氏的疑古理念很鲜明,对于《诗经》的汉、宋旧注都持怀疑态度,把辨伪的目的定位为还《诗经》的历史本来面目,呈现出它的文学真相。

钱玄同作为疑古思潮的代表人物,对于历史上宋学、今文学派有着清醒而深刻的认识,他在写给胡适的信中写道:

> 你说崔东壁是二千年来的一个了不得的疑古大家,我也是这样的意思。我以为推倒汉人迂谬不通的经说,是宋儒;推倒秦汉以来传记中靠不住的事实,是崔述;推倒刘歆以来伪造的古文经,是康有为。但是宋儒推倒汉儒,自己取而代之,却仍是"以暴易暴","犹吾大夫崔子"。崔述推倒传记杂说,却又信《尚书》

---

① 顾颉刚:《古史辨自序》,河北教育出版社,2003年版,第4页。
② 顾颉刚编:《古史辨》第一册,上海古籍出版社,1982年版,第50页。

《左传》之事实为实录。康有为推倒古文经,却又尊信今文经,——甚而至于尊信纬书。①

钱玄同秉持疑古理念,同时对历史上的疑古派有着深刻的反思,看到了疑古思潮在历史上的恶性循环,可谓一针见血,切中肯綮。不仅如此,他还对20世纪初叶的学术走向进行反思,《论〈说文〉及壁中古文经书》②一文写道:

  咱们并不能因其为真书,就来一味的相信它。这是咱们跟姚际恒、崔述、康有为,及吾师崔觯甫、章太炎两先生诸人最不同的一点。

  就拿崔章两师来做个例:他们都是经师,崔师是纯粹的今文家,不信一切古文经说而绝对的相信《春秋》《公羊传》;章师是纯粹的古文家,不相信一切今文经说而绝对的相信《周礼》。③

钱玄同不但把自己与清代《诗经》学的疑古学派代表人物姚际恒、崔述区别开来,而且还自立于清末民初的今、古文经学家之外,包括对他两位老师的超越。钱玄同的上述议论,代表了当时疑古思潮的基本走向,它已经在很大程度上克服盲目性,追寻自己应该有的最终归宿,而不会从一个极端走向另一个极端。

20世纪20年代的疑古思潮具有清醒的理性,这也反映在他们对清代疑古诗学的评价上。何定生在《关于〈诗经通论〉》④一文中

---

① 顾颉刚编:《古史辨》第一册,上海古籍出版社,1982年版,第27页。
② 初刊于北京大学《国学门周刊》第15、16合期,1926年1月27日。
③ 顾颉刚编:《古史辨》第一册,上海古籍出版社,1982年版,第232页。
④ 初刊于国立中山大学语言历史研究所《周刊》第9集第97期,1929年9月4日。原名《关于〈诗经通论〉及诗的起兴》。

写道:

> 姚氏是各派混战中的超然的一派。他想自己披荆斩棘,去敲《诗经》的门。《诗经》的被埋久了,大家又都在传统里翻筋斗,所以姚氏的这种精神,的确是难能而可贵。后来的崔述同方玉润,会有那样有价值的新著作,我们可以说,是继姚氏的风气。虽然,姚氏也实在只有这样一种可贵的精神,在事实上,他并不能比朱晦庵更高明。①

姚际恒的《诗经通论》是胡适推荐的清代疑古派学者的著作之一,书中以推倒朱熹的《诗经集传》为宗旨,企图自立新说。何氏之文肯定姚际恒的疑古精神,而对他在《诗经》研究方面取得的成果并不认同。何氏的评论,所作的是理性的判断。

当然,那个时期秉持疑古思潮的学人,也不乏走极端者,陈槃就是其中的一位。他在《〈周召〉二南与文王之化》②文中写道:

> 我人幸生斯世,止是赤裸裸地,没有遗传的头脑,也没有应该遵守不渝的家法,尽可老老实实说自己的话,不必顾忌什么,附会什么。胡适之先生说得好:"宁可疑古而过,不可信古而过。"现在,我们本着这种精神来论《〈周召〉二南与文王之化》,看它终究是什么一回事。③

陈氏之风带有鲜明的"五四"运动思想解放的色彩,认为把《二南》和

---

① 顾颉刚编:《古史辨》第三册,上海古籍出版社,1982年版,第420页。
② 初刊于国立中山大学语言历史研究所《周刊》第4集第37期,1928年7月11日。
③ 顾颉刚编:《古史辨》第三册,上海古籍出版社,1982年版,第425页。

文王之化联系在一起,是"'毛学究''郑呆子'造成的"①,必须彻底否定毛《传》、郑《笺》,从结论中可以感受到"打倒孔家店"的余响。

从总体上看,《古史辨》有关文学疑古的讨论,具有清醒的理性和深刻的历史反思。作为疑古思潮的代表人物钱玄同、顾颉刚等,他们的疑古不但有别于清末民初的廖平、康有为,即使和他们处于同时代的胡适相比,也存在明显的差异。起码在观念层面,他们没有出现疑古太过的倾向,也没有从一个极端走向另一个极端。至于把疑古理念运用于先秦诗歌研究所出现的偏差和弊端,那应另当别论,是探索建立新的治诗体系过程中所付出的代价。

二、层累造史理论与先秦诗歌研究

顾颉刚史学理论的支撑点是所谓的层累造史。他在《与钱玄同先生论古史书》中,对于这个理论的要点概括如下:"时代愈后,传说的古史期愈长。""时代愈后,传说中的中心人物愈放愈大。"②这封信写于1923年4月27日,上距胡适提出屈原是"箭垛式"人物的1922年8月,前后不过半年多时间,二者之间彼此呼应,成为那个时期的一个理论热点。

顾颉刚在正式提出层累造史理论之前的两个月,已经将这种理念运用于先秦诗歌研究,具体见于1923年2月25日写给钱玄同的信中。

顾氏用层累造史的理论解读《诗经·商颂·长发》和《鲁颂·閟宫》,最后得出如下结论:"《商颂》,据王静安先生的考定,是西周中

---

① 顾颉刚编:《古史辨》第三册,上海古籍出版社,1982年版,第433页。
② 顾颉刚:《古史辨自序》,河北教育出版社,2003年版,第4页。

叶宋人所作的(《乐师考略·说〈商颂〉下》)。这时对于禹的观念是一个神。到鲁僖公时,禹却是人了。"①按照这种说法,作于西周中叶的《商颂·长发》把禹作为神加以表现,而作于春秋鲁僖公时代的《鲁颂·閟宫》,其中的禹则是作为人而加以展示。也就是说,从西周中叶到春秋前期,《诗经》中禹的角色,经历了由神到人的转变。

针对顾氏的上述观点,刘掞藜在《读顾颉刚君〈与钱玄同先生论古史书〉的疑问》②一文中提出质疑。他列举《大雅》《小雅》作于西周时期的《韩奕》《信南山》《文王有声》三首诗,其中都提到禹,刘氏据此质问:"这三首诗对于禹的观念也是一个神吗?"刘氏又举《商颂·殷武》有关禹的诗句发问:"这诗对于禹的观念也是一个神吗?"③刘氏所举的几首诗,禹都作为先王圣君出现,没有赋予他神灵的属性,顾颉刚的结论显然无法成立。这里涉及将层累造史理论用于观照先秦诗歌的一个实际操作问题,即是否全面地占有第一手材料。顾氏未能做到这一点,得出的结论也就无法成立。另外,按照顾氏的理论,"时代愈后,传说中的中心人物愈放愈大"。而顾氏得出的结论,大禹却是从西周中叶到春秋前期在《诗经》中由神变成了人,这是随时代推移愈放愈大呢?还是愈放愈小?他的结论无法支撑层累造史理论,而是将它否定。

刘掞藜对顾颉刚论古史一文所提出的质疑,还涉及逻辑推理是否严密的问题。顾颉刚在提到《鲁颂·閟宫》关于后稷"缵禹之绪"的诗句之后写道:

---

① 顾颉刚:《古史辨自序》,河北教育出版社,2003年版,第5页。
② 初刊于《努力周报》增刊《读书杂志》第11期,1923年7月1日。
③ 顾颉刚编:《古史辨》第一册,上海古籍出版社,1982年版,第84页。

> 《生民》篇叙后稷事最详，但只有说他受上帝的保卫，没有说他"缵"某人的"绪"。……到《閟宫》作者就不同了，他知道禹作为最古的人，后稷应该继续他的事业。在此，可见《生民》是西周作品，在《长发》之前，还不曾有禹一个观念。①

在顾氏看来，《生民》没有提到禹，依此断定，这首诗生成时期人们还没有在观念中造出禹。对此，刘掞藜提出如下反驳：

> 因用不到牵入禹的事而不将禹牵入诗去，顾君乃遂谓作此诗的诗人那时没有禹的观念，然则此诗也用不到牵入公刘、太王、王季、文王、武王而不将公刘、太王、王季、文王、武王牵入诗去，我们遂得说《生民》作者那时也没有公刘、太王、王季、文王、武王的观念吗？②

按照逻辑推理的规定，正定理成立，逆定理也必然成立。顾氏的结论正定理本身就无法成立，更不必再用逆定理去检验。按照他的逻辑进行推理，《生民》的作者真有"数典忘祖"之嫌。

刘氏对顾氏的质疑，还涉及在阅读作品时如何理解历史与逻辑的统一。顾氏文中写道："后稷是后起的一个国王。他为什么不说后稷缵黄帝的绪，缵尧、舜的绪呢？这很明白，那时并没有黄帝、尧、舜，那时最古的人王（有天神性的）只有禹，所以说后稷缵禹之绪了。"③《鲁颂·閟宫》称后稷"缵禹之绪"，顾氏由此得出这首诗创作时人们还没有在观念中造出黄帝、尧、舜等先王。对此，刘氏作了如

---

① 顾颉刚：《古史辨自序》，河北教育出版社，2003年版，第5页。
② 顾颉刚编：《古史辨》第一册，上海古籍出版社，1982年版，第85页。
③ 顾颉刚编：《古史辨自序》，河北教育出版社，2003年版，第5—6页。

下反驳：

> 据我的意思，以为禹是治水甸山，尽力乎沟洫的人，而后稷是开始种植的人。有禹治水甸山将沟洫弄好了，后稷遂得以种植了。因为这个关系，所以《閟宫》作者不说后稷缵黄帝的绪，缵尧、舜的绪，只说"缵禹之绪"了。①

刘氏的解说道出了《閟宫》叙事所体现出的逻辑与历史的统一，即根据行文的脉络而选取同类历史人物入诗。顾氏把诗歌完全等同于历史著作，忽视了文学叙事的特点。

除刘掞藜外，胡堇人亦对顾颉刚的结论予以反驳。他在《读顾颉刚先生论古史书以后》②文中写道：

> 须知《生民》篇是郊祀的乐歌，古人神权最重，若在迎神侑乐时对着所祀的神说他的功劳系缵述别人的余绪，未免得罪神灵，所以这诗不说缵谁的绪大概因此。不比《閟宫篇》颂祷当代国君，带叙上代的事尽可尽情畅说；两诗体裁本绝不同。此外还有别种原故（如后人作诗的趁韵等），何能责诗人说一律的话。③

胡氏从两首诗在性质、功能方面的不同，解释它们之间的差异，还考虑到其他方面的因素，毫无疑问，这是解释作品的科学方法。

针对上述质疑，顾颉刚作《答刘胡两先生书》④。对于质疑中提出的要害问题，他并没有作出直接的回应，而是借此机会提出自己推

---

① 顾颉刚编：《古史辨》第一册，上海古籍出版社，1982年版，第85页。
② 初刊于《努力周报》增刊《读书杂志》第11期，1923年7月1日。
③ 顾颉刚编：《古史辨》第一册，上海古籍出版社，1982年版，第94页。
④ 初刊于《努力周报》增刊《读书杂志》第11期，1923年7月1日。

翻非信史的诸项标准:打破民族出于一元的观念,打破地域向来一统的观念,打破古史人化的观念,打破古代为黄金世界的观念①。双方的论战不在一个层面上,是不对等的交锋,顾氏的回答带有"王顾左右而言他"的嫌疑。针对上述问题所展开的争论,反映出顾氏在用层累造史理论解读《诗经》时的随意性,没有遵循必要和既定的规则。他主要采用的是泛论,而缺少坚实的考证为基础,因此,得出的结论虽新却难以成立,无法加以证实。顾氏在用层累造史理论解读《诗经》时,涉及的多是夏、商、周三代。有关这个阶段的史料有限,从而给人留下许多猜想的余地,可以大胆地假设。但是先秦诗歌的解读,归根结底还要从文本出发,从文献出发,而不能按照某种理念去改造、规范已有的作品。

三、文化人类学方法引发的论辩

顾颉刚在《与钱玄同先生论古史书》中还对禹的由来作了追寻:

> 禹,《说文》云:"虫也,从厹,象形。"厹,《说文》云:"兽足蹂地也。"以虫而有足蹂地,大约是蜥蜴之类。我以为禹或是九鼎上铸的一种动物,当时铸鼎象物,奇怪的形状一定很多,禹是鼎上动物的最有力者;或是有敷土的样子,所以就算他是开天辟地的人。②

把禹的原型说成是一种动物,运用的是文化人类学的解读方法。《诗经》反复出现的圣君先王禹,原型竟是一种奇怪的动物,这在那

---

① 顾颉刚:《古史辨自序》,河北教育出版社,2003年版,第11—13页。
② 顾颉刚:《古史辨自序》,河北教育出版社,2003年版,第6页。

个时代称得上是惊世骇俗之论,立即在学界引起轩然大波,引来许多质疑和批判。其中柳诒徵在《论以〈说文〉证史必先知〈说文〉之谊例》①文中写道:

> 比有某君谓古无夏禹其人,诸书所言之禹皆属子虚乌有。叩其所据,则以《说文》释"禹"为虫而不指为夏代先王,因疑禹为九鼎所图之怪物,初非圆颅方趾之人。按《说文》固未释"禹"为夏代先王,……然本书固数举禹,如"鼎""吕"之说,皆指禹为人,非虫也。②

柳氏从《说文》体例上对顾氏发难,认为他根本不懂《说文》的体例。他列举《说文》在解释鼎、吕二字时都提到禹,把他作为夏代的先王看待。可是,《说文》在解说"禹"字时,确实称其字形象虫,象兽足蹂地,这是不可否认的事实,对此,柳氏加以回避,未作任何解释。问题的实质是,不在于顾氏的援引是否合乎《说文》的体例,而在于是否可以运用文化人类学的研究方法来解读历史上的禹这个人物。对于这种深刻的分歧,顾颉刚已有明显的感觉,他在《答柳翼谋先生》③文中写道:"所以柳先生文中责我的话,我很知道这是精神上的不一致,是无可奈何的。"④顾氏深知自己与柳氏在治学理路上存在不可逾越的鸿沟,故有无可奈何之感。顾氏和柳氏之间的分歧,实际上是学术上的新派与旧派之争。围绕这桩公案,新旧两派人物纷纷发表自己的看法,进行激烈的交锋。新派一方有钱玄同,写出《论〈说文〉

---

① 初刊于东南大学《史地学报》第3卷第1、2号合刊,1924年4月1日。
② 顾颉刚编:《古史辨》第一册,上海古籍出版社,1982年版,第218页。
③ 初刊于北京大学《国学门周刊》第15、16合期,1926年1月27日。
④ 顾颉刚编:《古史辨》第一册,上海古籍出版社,1982年版,第228页。

及壁中古文经书》①；有魏建功，写了《新史料与旧心理》②，还有容庚，写了《论〈说文〉谊例代顾颉刚先生答柳翼谋先生》③。旧派一方除柳诒徵外，还有刘掞藜，在《读顾颉刚君〈与钱玄同先生论古史书〉的疑问》④一文中也对这个问题向顾氏发难；还有胡堇人，在《读顾颉刚先生论古史书以后》⑤同样针对禹为动物之说提出质疑。这桩公案与顾氏用层累造史理论解读《诗经》所引发的争论，反映的都是新学与旧学之间的矛盾。不过，顾氏层累造史理论解读《诗经》确实出现许多硬伤，在交锋中他是输家。而这场运用文化人类学方法引发的争论，则是涉及旧学的学术禁区能否逾越的问题。顾氏选择文化人类学的研究方法，体现出的是旧的治诗方式的演变，是建立现代新型治诗体系的需要，就此而论，顾氏并无过错，文化人类学不应成为禁忌。

就学理层面而言，顾颉刚选取文化人类学的研究方法，确实无可挑剔。可是，涉及具体的实际操作层面，旧学阵营的质疑又不无道理。刘掞藜在文中写道："这种《说文》迷，想入非非，任情臆造底附会，真是奇得骇人了。我骇了以后一想，或者顾君一时忘却古来名字假借之说。不然，我们要问稷为形声字，是五谷之长，何以不认后稷为植物咧？"⑥胡堇人在文中提出的问题与刘氏相似："若依这个例子，则舜字本义《说文》训作蔓草，难道帝舜就是一

---

① 初刊于北京大学《国学门周刊》第15、16合期，1926年1月27日。
② 初刊于北京大学《国学门周刊》第15、16合期，1926年1月27日。
③ 初刊于北京大学《国学门周刊》第15、16合期，1926年1月27日。
④ 初刊于《努力周报》增刊《读书杂志》第11期，1923年7月1日。
⑤ 初刊于《努力周报》增刊《读书杂志》第11期，1923年7月1日。
⑥ 顾颉刚编：《古史辨》第一册，上海古籍出版社，1982年版，第87页。

第二章　20世纪20年代：现代治诗范式确立之际的奔突探索

种植物吗?"①他们的问题都提得很尖锐,稷、舜和禹一样,都是先秦诗歌中经常出现的名字。对上述质问不作出明确的回答,势必妨碍对先秦诗歌相关作品的解读。刘掞藜、胡堇人的上述论文均作于1923年,两年多之后,顾颉刚在《答柳翼谋先生》一文中,对上述质问作了间接性的回应:

> 我引《说文》的说禹为虫,正与我引《鲁语》和《吕览》而说夔为兽类,引《左传》和《楚词》而说鲧为水族一样。我只希望在这些材料之中能够漏出一点神话时代的古史模样的暗示,借了这一点暗示去建立几个假设,由了这几个假设再去搜集材料作确实的证明。②

顾氏在运用文化人类学的方法时,是按照大胆地假设、小心地求证的理路进行操作。他确实想通过这种方式揭示出某种规律,能有新的发现。但是,他的文化人类学运用得过于简单和草率,流于表面现象的描述,而缺乏深层的开掘。他治诗确认鲧、禹、夔的本义指的是动物,没有进一步深究它们何以成为古代人物的名称,而是简单地断定这些人物的原型就是动物,遭到质疑也就在所难免。当然,顾氏所处的时代,文化人类学研究方法的运用还处于起步阶段,具体操作过程中无法避免简单化、表面化等弊病。

由顾颉刚等人搭建的《古史辨》学术平台,对许多与先秦诗歌相关的问题都有过讨论,在历史上功不可没。这个学术平台有力地推动了先秦诗歌的研究,也为现代新的治诗体系的创建培养出一批开

---

① 顾颉刚编:《古史辨》第一册,上海古籍出版社,1982年版,第94—95页。
② 顾颉刚编:《古史辨》第一册,上海古籍出版社,1982年版,第224页。

拓型学者。

第四节　俞平伯、刘大白：现代治诗范式的雏型

《古史辨》所搭建的学术交流平台,把对《诗经》的文学还原作为重要的使命,并对《诗经》的许多学术公案及作品进行热烈的讨论。在此过程中,出现两位卓然特立的学者,那就是俞平伯和刘大白。他们都是兼学者、诗人于一身,融旧学新知于一炉。俞平伯这个时期研治《诗经》的主要成果是《葺芷缭衡室读诗札记》[1],葺芷缭衡之名,取自《九歌·湘夫人》的"芷葺兮荷屋,缭之兮杜衡"。刘大白的治诗成果收录于《白屋说诗》[2]。这是两部标志性的先秦诗歌研究专著,已确立现代治诗范式的雏型。

一、俞平伯：考据、义理、赏析相融通的治诗范式

俞平伯是新文化运动的重要参与者,他对《诗经》的研究,从一开始就以新派人物的角色出现。他在解读《召南·野有死麕》[3]一诗时写道:"《诗经》前人不讲则已,一讲便糟,愈讲便愈糟;其故因诗人之心与迂儒之心相去太远耳。"[4]这里所说的迂儒,无疑是指古代经学家,俞氏把《诗经》本来面目的被遮蔽,归咎于经学家的解说。他在《〈邶风·谷风〉故训浅释》[5]中又写道:"高谈家法师承之如何,

---

[1] 后更名《读诗札记》,初刊于北平人文书店,1934年8月。
[2] 初刊于上海大江书局,1929年7月。
[3] 初刊于《小说月报》第17卷号外《中国文学研究》,1927年6月。
[4] 《俞平伯自选集》,首都师范大学出版社,2008年版,第474页。
[5] 初刊于《小说月报》第19卷第1号,1928年1月10日。

第二章 20世纪20年代:现代治诗范式确立之际的奔突探索

引经据典以讲说破碎支离淆混驳杂之名物训故,而全不自省其间条理:此等《诗》说自身先已站不住,遑论合乎古人之心与否耶?"[①]这里所说的家法师承,都是针对传统经学而言。他对经学支离破碎的繁琐考证深恶痛绝,认为这种方法无法把《诗经》解析透彻。

以上所录两段话语类似于向经学解诗所下的战书,表明自己新派人物的身份。俞氏的研究《诗经》是以否定传统的经学起步的,就此而论,他与同时代其他新派学者并无差异。俞氏的卓越之处在于他在破旧之后能够立新,建立起科学的治诗格局。俞氏在《诗经》研究方面的建树主要体现在三个方面:

第一,具有家学渊源的训诂考据。

清末著名的古文经学家俞樾是俞平伯的曾祖父,俞平伯的治诗有家学渊源。他继承家学传统,把训诂考据作为研治《诗经》的入门和基础。俞氏的《诗经札记》对于所解读的作品都有《故训浅释》,这部分内容充分显示出他在训诂考据方面的功夫。

俞氏的训诂考据,对于前代已有的成果能够斟酌取舍,择善而从。在《诗·邶风·柏舟札记》[②]中写道:

"我心匪鉴"与下文"匪石""匪席"词气完全相同,而生异议者,正因"茹"字之训故不定耳。"茹"当训"容纳",非创自欧阳氏,《韩诗》旧说正如此,见《韩诗外传》一。[③]

对于"我心匪鉴,不可以茹"中的"茹"字,众说纷纭,重要的失误出在用后代常用的意义去解释。俞氏采纳韩诗的解释,并从句式上把前

[①] 《俞平伯自选集》,首都师范大学出版社,2008年版,第500页。
[②] 初刊于《燕京学报》第1期,1927年6月。
[③] 顾颉刚编:《古史辨》第三册,上海古籍出版社,1982年版,第480页。

后贯通,深得诗的本义。鉴指的镜,其功能就是纳物于内。

俞氏的训诂考据,有时还能纠正旧说的舛误,他在《诗·鄘风·载驰札记》①中,针对"载驰载驱"之语,列举清人陈奂对《诗经》中"载"三种用法的归纳,把"载驰载驱"的"载"列入"无义"之列。俞氏列举《诗经》中大量同类句式,然后指出:"是陈氏拘守《传》文过也。今谓'载'为语词,可训乃,亦可训则;在此释为乃。于文义为顺耳。"②所作的辨析精细入微,得出的结论成为解读《诗经》同类句式的钥匙。

俞氏的训诂考据,不限于字义辨析,还涉及名物的认定。《诗经·召南·野有死麕》末章有"无感我帨"之语,胡适在《论〈野有死麕〉书》③中写道:"也许帨只是一种门帘,而古词书不载此义。"④对此,俞平伯在《关于〈野有死麕〉之卒章》⑤文中写道:

> 帨之训为门帘,只是一种想像,你们都已明言之。就《礼记》本文上看:"男子悬弧于门左,女子设帨于门右。"帨之非门帘明甚。只因为弓矢是男子常佩之物,帨是女子常佩之物,故悬之于门侧,且别左右,以作男女诞生之象征。若帨为门帘,则悬于门中乃事理之常,何必特设之门右乎?⑥

俞氏所作的辨析合情合理,无懈可击。他所引《礼记》之文出自《内

---

① 初刊于《文史》第1卷第1期,1934年4月。
② 《俞平伯自选集》,首都师范大学出版社,2008年版,第538页。
③ 初刊于《语丝》第31期,1925年6月15日。
④ 顾颉刚编:《古史辨》第三册,上海古籍出版社,1982年版,第442页。
⑤ 初刊于《语丝》第31期,1925年6月15日。
⑥ 顾颉刚编:《古史辨》第三册,上海古籍出版社,1982年版,第444—445页。

第二章 20世纪20年代:现代治诗范式确立之际的奔突探索

则》,胡适也曾援引此文,但怀疑帨不是佩巾,而是门帘。在词义训诂和名物考证方面,胡适是大胆假设有余,而小心求证严重缺失。俞平伯在这方面则是只去小心地求证,并不做什么假设,和胡适走的是两条路。

俞平伯在《诗经》的训诂考据方面功底扎实,时有创获。同时,对于训诂考据与治诗的关系,还形成了自己比较系统的看法。

首先,他强调训诂考证是明瞭诗义的前提。他在《葺芷缭衡室读诗札记——〈邶风·谷风〉故训浅释》中写道:

> 说《诗》欲明大义,不可不先通训故。宋人说《诗》,其胆大远胜前人,而终少明通之论者,由于训诂之学太疏,以至谬妄丛出,遂遭清儒之攻讦,于是说《诗》者折而宗毛、郑。夫文句不明而高谈大义者,妄人也。故治《诗》当先从训故入手。先祛成见,继通文义,则大义不说而亦自通矣。[①]

俞氏从总结历史教训的高度强调训诂对于解诗的重要。他撰写这篇论文的时期,正是新学方盛、训诂之学太疏、文句不明而高谈大义之风泛滥阶段。这段论述有很强的针对性,有匡正时弊的意图。

其次,俞氏重视训诂考辨,但反对没有必要的训诂考辨。对此,他在《葺芷缭衡室读诗札记——〈邶风·柏舟〉》[②]一文中作了非常深入系统的论述:

> 即就《诗》而论《诗》,"考辨"与"欣赏"同为目今研治此书不可缺之工作。文学本以欣赏为质,烦琐之考辨非所贵尚,此意

[①] 《俞平伯自选集》,首都师范大学出版社,2008年版,第514页。
[②] 初刊于《燕京学报》第1期,1927年6月。

稍有常识者皆审之矣。然视考辨为治《诗》之鹄的可非，而视考辨为治《诗》之阶段则不可非；不考辨可明的作品而亦故意考辨之可非，非考辨不明的，不得已而考辨之不可非；前人素无异说，妄立名目，眩才扬己者可非，而辟荆棘，张壁垒，志在扫雾埃以示云天者不可非。考证论辨之事，在文坛上只是一种打扫功夫。莹洁清明之地无洒扫之必要者，故意洒之扫之以示其勤，诚觉其可怜而可厌（然亦未必可恨）；至在蛛网尘封，数千百年之华屋中，则作洒扫夫者岂非后来居是居者之功臣，乃亦诃为多事，得勿远于人情乎？《诗经》中如无重重之翳障在，则吾人诚可直接就其讽诵间欣赏古诗人之真美，不劳学作迂儒之声口矣，奈天不从人愿何！①

以上大段文字可视为俞氏有关考辨的理论纲领，他对考辨在治诗中的作用给予准确的定位，又对考辨应遵循的具体原则作了明晰的阐释。在学风浮躁、凿空之论盛行的那个时代，确实是难得的精辟之论。

俞平伯治诗重视考据，但反对繁琐、不必要的考据，这是他的理论主张，也体现在治诗实践中。《古史辨》对《邶风·静女》的讨论进行得十分热烈，也很琐碎，在第三册整整占了62页的篇幅，其中相当大的一部分是追索诗中所说的彤管是何物，以至于讨论者本身都调侃地称这是"瞎子断扁"。对此，俞平伯在《葺芷缭衡室读诗札记——〈邶风·静女〉（上下）》中写道："'彤管'无非是投赠情人的表记，诗上说得明明白白，原是没问题，就算我们今天不知彤管为何物，也毫无关系。……扪管之谈，闲谈也，好事者为之耳。"② 考辨彤

---

① 顾颉刚编：《古史辨》第三册，上海古籍出版社，1982年版，第478页。
② 《俞平伯自选集》，首都师范大学出版社，2008年版，第534页。

管为何物,确实是多余之举,它不可考,也没有必要费大力气去考。既然不可考而非要去考,当然只能是假设和猜想。俞氏对考辨所持严肃审慎的态度,由此可见一斑,可与他的考辨主张相互印证。

第二,以情理解诗的明通观照。

俞平伯对于解读《诗经》形成了自己的路数,其中很重要的一点就是以情理解诗。他在对《邶风·静女》一诗进行解读时写道:

> 说诗最要紧的是情理,而且比较有把握的也是情理。……惟推情论理,古今虽远,感则可通,今之忧逸畏讥犹古也,今之喜笑眷慕犹古也,在千载之下观千载之上,茫茫昧昧,何去何从,而善读者每犁然有当于心、守之而不惑者,此无他,情理实主之。故读《诗》不易,终较读他经为易,正因其间充满了人情物理的原故。①

俞氏所说的以情理读诗,所持的理念是人同此心,心同此理,今人犹古人,古人犹今人,古今相通。正因为如此,以情理读诗就可以打通时间的隧道,在当下而领悟到古代的人情事理。他对于《静女》一诗的解读,采用的就是这种观照方式:

> 以此返观《静女》一篇,则昔人之纠纷根本是不存在的。既为男子候所欢不至之词(自然不定说是本人所作),更何有于美刺,只是所谓"情人眼里出西施"而已。虽目之为静,荡亦无碍,见其静不见其荡也;目之为姝,丑亦无伤,见其姝不见其丑也。寻隈窃合之静女,似乎不象句话,在情人心中原是常事。彤管柔荑之美,以女而美;女之美,又以所欢心中之美而美;而彤管、柔

---

① 《俞平伯自选集》,首都师范大学出版社,2008年版,第521页。

荑、静女此三者之究竟美不美，我们今天固然不知道，不想知道，而作者当日也不曾说，不曾想说也。此诗一片空灵，近而远，有余而不尽，儒生茫然，亦固其所。①

这是一篇绝妙的说诗文字，一方面不再受经学美刺说的束缚，另一方面又没有像当时许多人那样去做繁琐的考证，而是以情理相考量，直指人的爱美之心，所作的分析亦鞭辟入里。

俞平伯解读《邶风·谷风》，还是强调以人情物理解诗。他在《葺芷缭衡室读诗杂说——〈邶风·谷风〉故训浅释》中写道：

故解《诗经》者决不求别具神通，生千载以下，去逆千载以上人之志，只求其立说不远乎人情物理，而又能首尾贯串，自圆其说，即为善说《诗》者。换言之，我们并不敢妄想将《诗》之内心揭出，只企求以正当的眼光，把《诗》从那里边映现。密合既无从审度而知，则应当先求自身立说之明通。②

俞氏对于以情理解诗又作了进一步的说明，那就是能够一以贯之，而不能自相矛盾。同时，能够对作品进行历史还原，而不必过于深究情理所无法观照到的东西。

俞平伯在《读诗札记——〈召南·小星〉》③一文中还有如下话语："故我们读诗当以虚明无滓之心临之，斯为第一要义。"④这段话可视为对情理解诗理论所作的补充。以情理解释，不能先入为主，不能率古人以就己，而要以审美观照的心态进行合乎情理的解读。

---

① 《俞平伯自选集》，首都师范大学出版社，2008年版，第521—522页。
② 《俞平伯自选集》，首都师范大学出版社，2008年版，第500页。
③ 初刊于《小说月报》17卷号外《中国文学研究》，1927年6月。
④ 顾颉刚编：《古史辨》第三册，上海古籍出版社，1982年版，第469页。

第二章　20世纪20年代：现代治诗范式确立之际的奔突探索

第三,对诗歌鉴赏真谛的昭示。

俞平伯是现代著名诗人,古诗新诗均有佳作。他对《诗经》的解读立足文学本位,把审美鉴赏作为解诗的最终归宿。俞氏有良好的艺术素养,敏锐的审美触角,对诗歌鉴赏真谛的昭示,成为俞氏治诗的一个重要特色。

他在《葺芷缭衡室读诗札记——〈邶风·柏舟〉》一文中写道:"吾人苟诚能涵泳咀味其趣味神思,则密察之考辨不妨姑置为第二义。……综读全诗,怨思之深溢于词表,初不必考证论辨后方始了了也。"①俞氏强调考辨的重要性,认为它是治诗的基础。可是,对于有些作品来说,并不一定先进行考辨,而是在有了对它的审美领悟之后,再对其中眇微障碍之处进行考辨。这段话道出了考辨与鉴赏之间辩证的互动关系。在具体解诗过程中,可以先进行考辨,为鉴赏扫清障碍;也可以先进行鉴赏,在鉴赏中发现需要考辨的问题。

俞氏本人对《诗经》所作的鉴赏,往往在细微处见其精妙。比如,对于《召南·野有死麕》的赏析,俞平伯与胡适、顾颉刚有过讨论②,俞氏作《关于〈野有死麕〉之卒章》一文。胡适、顾颉刚都把诗中的女子说成投怀送抱的角色,俞平伯对此提出异议,文中写道:

> 必须明白"舒而脱脱兮"是一层意思,"无感我帨兮"是一层意思,"无使尨也吠"又是一层意思,一层逼近一层,然后方有情致;否则一味拒绝,或一口答应,岂不大杀风景呢?"将军欲以巧示人,盘马弯弓故不发",急转直下式偷情与温柔敦厚之

---

① 初刊于《燕京学报》第 1 期,1927 年 6 月。
② 三篇论文皆初刊于《语丝》第 31 期,1925 年 6 月 15 日。

《诗·国风》得无大相径庭乎?①

这段赏析把女主人置入诗的特定情境之中,从女性心理的微妙变化,行文的脉络方面进行辨析,可谓深得风人之旨。他在《茸芷缭衡室读诗札记——〈周南·卷耳〉》②一文写道:

> 此诗作为民间恋歌读,首章写思妇,二至四章写征夫,均系直写,并非代词。当携筐采绿者徘徊巷陌,回肠荡气之时,正征人策马盘旋,度越关山之顷。两两相映,境殊而情却同,事异而怨则一。由彼念此固可;由此念彼亦可;不入忆念,客观地相映发亦可。所谓向"天涯一样缠绵,各自飘零"者,或有当诗人之恉乎?③

这段解读精微而灵动,关注到境、事、情之间微妙的关系。同时,在有限的诗句中开拓出广阔的解读空间,提出几种不同的观照视角皆可加以运用。尽管对于《卷耳》一诗的主角是一人还是夫妇二人存有异议,但俞氏之见自可立一说,审美鉴赏的精妙无可否认。

俞平伯在治诗理念和路数上已经自成一家,他所提出的治诗理念是系统的,他的治诗实践也是成功的。俞氏立足于本土的文化资源,他的解诗带有鲜明的民族特色。就其才学见识而言,他在当时的诗歌研究方面,完全可以和确立现代治诗范型、与他同生于世纪之交的游国恩、姜亮夫、闻一多等人比肩而立。由于他在治诗的同时还从事《红楼梦》的研究,又从事诗歌创作,致使先秦诗歌的研究未能做

---

① 顾颉刚编:《古史辨》第三册,上海古籍出版社,1982年版,第445页。
② 初刊于《文学周报》第92、93期,1923年10月15—22日。
③ 顾颉刚编:《古史辨》第三册,上海古籍出版社,1982年版,第457页。

大。尽管如此,就其已有的先秦诗歌研究成果而言,在当时是一流的学术精品,罕有能够匹敌者。

俞平伯研治《诗经》立足于文学本位,这是他的长处。但是,《诗经》作品在它产生的时代是歌诗,用于演唱。俞氏对《诗经》的音乐因素关注不够,由此出现个别疏漏。《鄘风·载驰》的章节划分,古代出现三种意见:毛诗划为五章,各章句数分别是六、四、四、六、八。王先谦也划为五章,各章句数依次是六、八、六、四、四。苏辙、朱熹划为四章,各章句数分别是六、八、六、八。俞氏同意毛诗的划分,他在《〈诗·鄘风·载驰〉札记》[①]中写道:"依文理言,毛分章似本不误。其二、三两章,语意句调悉同,变文叶韵正为章奏重叠而设。"[②]按照毛诗所作的划分,《载驰》各章句数没有规律,是无序排列,这样的歌诗演唱起来难度很大。而按照苏辙、朱熹的划分,各章句数的分布是有规则的,奇数章六句,偶数章八句。这种类型的歌诗可以用两种曲调交替演唱,且各章韵脚亦更为整齐有序。采用这种章句排列方式还有《大雅》的《大明》《生民》。俞氏未能注意到这一点,因此依毛诗分章。不过,这个疏漏通常很难觉察,不易被人发现。对于俞氏治诗所取得的成就而言,此类疏漏属于白璧微瑕。

二、刘大白:训诂、义理治诗的双翼推进

刘大白在文字训诂方面有精深的造诣,小学功底扎实,同时,又有良好的理论素养。他对《诗经》所作的研究,在文字训诂和理论阐述方面均有超越前人之处,可以说是双翼推进。前一方面的突破从

[①] 初刊于《文史》第 1 卷第 1 期,1934 年 4 月。
[②] 《俞平伯自选集》,首都师范大学出版社,2008 年版,第 536 页。

他对胡适《周南新解》①所作的驳正,可以看得很清楚,后一方面主要体现在他对赋、比、兴所作的论述。

胡适所著的《周南新解》对《诗经》某些词语作了解释,刘大白读过之后觉得可商榷之处颇多,于是在写给胡适的信中对某些词语作了重新的认定。

刘氏词语训诂的一个突出特点,是把现代汉语、方言与古代声韵相贯通。他在信中写道:

> 《葛覃》注(2),"'维'是一种感叹词。"您是就"维"字底今音观察而有此说的。我以为"维"字是一种发语词。因为"维""惟""唯"三字的古音是属定类的。证据很多,最显明的就是它和"第""地""但""独""特""徒""直"(古属定类)、"啻"(古文从啇声,古也属定类)等字同义。现在上海人发语词用"迭个",普通话用"这个";"迭个"底"迭",正和"维"字古代发音相同。所以,"维叶萋萋",就是"这个叶子萋萋然"。②

胡适把《葛覃》中置于句首的"维"字说成是感叹词,相当于现代汉语的啊、哦,把"维叶萋萋"译为叶子多密啊,刘大白对此予以订正。刘氏的辩驳从"维"字的古音切入,把它和其他许多古音属定类的词相比照,又进一步用现代汉语的普通话、上海方言相印证,得出的结论非常坚牢、不可动摇。

刘大白在信中还写道:

> 《桃夭》注(3),"有蕡其实",是说"桃子有大的了";是否以

---

① 初刊于《新青年》第1卷第4期,1931年6月。
② 曹伯言编:《胡适学术集·中国文学史(上)》,中华书局,1985年版,第544页。

第二章 20世纪20年代:现代治诗范式确立之际的奔突探索

"有大"底"有"解"有黃"底"有"?我以为此"有"无义,与"有捄棘匕""彤管有炜"等句中的"有"字相同,不过是用以足句的——又我以为"灼灼其华","有黃其实"的"其"字,是一个形容词底语尾,合现在江、浙(江北和京、镇、杭州除外)语系中形容词尾"格"字有祖孙关系。①

刘氏对"其"字所作的解释,仍然与江浙方言相比照,指出二者之间的传承关系。"维""有""其"是《诗经》中出现频率很高的词语,刘氏对它们所作的解释,在《诗经》同类句型中可以一以贯之。

刘氏对某些词语所作的训诂,能够从声韵层面揭示字义的由来,并且为后来的古文字学研究所证实。他在信中写道:"《芣苢》注(1)'芣苢,……不知究竟是什么。'我以为芣苢也许是古人所认为合胚胎有关系的一种宜男草。因为芣苢和胚胎所从的声相同,古代发音也相同。"②芣苢是利于妇女怀孕的一种植物,毛《传》已经指明,后代注家大多沿袭这种说法,很少有异议。胡适作为疑古派的代表人物,不相信毛《传》,但又拿不出自己的解释。刘氏从读音切入,论证芣苢与胚胎有关。刘氏的结论可以从文字构形上得到验证。胚、芣,字形皆从不。在甲骨文中,"不。……构形之意同,均象草根之形"③。不,本指草根,这是胚、芣和女子怀胎相关意义得以生成的原因。苢,字形从以,以,古文作㠯。《说文》:"以,用也,从反巳。"以字的古文构形从已,在甲骨文中,"巳,……均象幼子之形"④。这样看

---
① 曹伯言编:《胡适学术集·中国文学史(上)》,中华书局,1985年版,第544页。
② 曹伯言编:《胡适学术集·中国文学史(上)》,中华书局,1985年版,第545页。
③ 赵诚:《甲骨文简明词典——卜辞分类读本》,中华书局,1996年版,第292页。
④ 赵诚:《甲骨文简明词典——卜辞分类读本》,中华书局,1996年版,第264页。

来,刘大白从声训切入,认为芣苢与胚胎相关,甲骨文研究文字的构形,同样可以把芣苢与胚胎贯通。刘氏所作的训诂考释极其精当,从中可以感受到章太炎那种博雅治学风格的重现。

《诗经》的赋、比、兴,是《古史辨》讨论得很热烈的一个话题。刘大白也参与其中,并且作了精辟的论述。他在《六义》①一文中写道:

> 要知道赋诗所敷陈的事物,通过了诗人底情绪或思想合它混合在一起的。……这里所敷陈的,是诗人底整个的情绪或思想,不能把采卷耳和蔽伐甘棠的事从诗人整个的情绪或思想中分析出来而使它独立。②

赋是直赋其事,这是得到普遍认可的界定。刘氏则进一步明确指出,直赋其事不是纯粹地再现客观,而是在叙事过程中融入了诗作者本身的思想情感。他以《周南·卷耳》和《召南·甘棠》为例,用以说明必须把直赋其事理解为再现客观与表现主观的有机统一。文中还写道:"比是所用以譬喻的事物,合诗人底情绪或思想相对列,而两者之间有一点极相同的。"③刘氏指出《诗经》的比,运用的是类比思维,不属于同类的两种事象不能构成比喻,用作比喻的事物与所要表达的思想情感须有相通之处。他援引《周南·螽斯》《召南·鹊巢》等作品予以说明。

在赋、比、兴三者中,兴的界定最难、争论也最多,刘氏对于兴体作了充分的论述:

---

① 初刊于上海复旦大学《黎明周刊》,1926年。
② 刘大白:《白屋说诗》,岳麓书社,2012年版,第2页。
③ 刘大白:《白屋说诗》,岳麓书社,2012年版,第2页。

第二章 20世纪20年代:现代治诗范式确立之际的奔突探索

其实,简单地讲,兴就是起一个头,借着合诗人底眼耳鼻舌身意相接构的色声香味触法起一个头。换句话讲,就是把看到听到嗅到尝到碰到想到的事物借来起一个头。这个起头,也许合下文似乎有关系,也许完全没有关系。总之,这个借来起头的事物是诗人底一个实感而曾经打动诗人底心灵的。因为是实感,所以有时候有点像赋;因为曾经打动诗人底心灵而诗人底情绪或思想受到它底影响,所以有时候有点像比。[1]

刘氏把兴体的功能概括成起头,把用以起兴的事物界定为实感,即以感性对象为主。对于起兴诗句与后面诗句的关联,以及兴与赋和比之间的微妙关联,均作了透彻的说明。后面又列举多篇《诗经》作品的起兴句子,进一步阐明自己的看法。他对赋、比、兴所作的界定和阐释,在当时是颇为明快精当的一位,至今仍是不拔之论。

刘氏治诗在训诂和理论阐述方面均体现出严谨的学风,精深的造诣,只是偶而有失误。他也参与了《古史辨》有关《静女》一诗的讨论,并且对诗中的彤管作出推断,他在《关于〈瞎子断扁的一例——静女〉的异议》[2]中写道:"我以为彤就是红色,彤管就是一个红色的管子。这红色的管子,就是第三章的'自牧归荑'的荑。……晋郭璞《游仙诗》:'临源挹清波,陵冈掇丹荑。'可见茅有丹茅,荑有丹荑。"[3]彤管究竟是何物,本来不可考,也无须考。刘氏却偏要为之作解,用郭璞的《游仙诗》认定彤管为丹荑,在方法上不可取,所得出的结论也与诗义相悖。这一案例说明,在大胆假设盛行的年代,要保持

---

[1] 刘大白:《白屋说诗》,岳麓书社,2012年版,第2页。
[2] 初刊于《语丝》第74期,1926年4月12日。
[3] 刘大白:《白屋说诗》,岳麓书社,2012年版,第89—90页。

治学的纯正实属不易。

俞平伯的《葺芷缭衡室读诗札记》、刘大白的《白屋说诗》,代表了20世纪20年代先秦诗歌研究的最高成就。他们的著述不是通人泛论型,而是专精渊深型;他们没有出现治诗理念与治诗实践之间的脱节、悖反,而是实现了二者的有机结合;他们没有盲目、机械地运用某些理论、方法,而是立足于本土文化,沟通古今,形成自己的学术范式。他们上述成果的推出,标志着梁启超、胡适这类学术通人引领风气时代的终结。刘大白与胡适对《诗经》词语所作的讨论预示着先秦诗歌研究新一代学者的即将出现,建立现代治诗范型的历史阶段即将到来。

第五节　游国恩:醇正儒雅型现代治骚范式的确立

1924年,游国恩的首篇学术论文《楚辞的起源》[1]问世,这篇论文释放出一个重要的信息,即融考辨与阐释为一炉的专题性楚辞研究论文,开始向通人泛论型论著发起挑战,并将最终取代它的主导地位。1926年,游国恩从北京大学毕业,同年,他的《楚辞概论》[2]出版。这部著作的问世,是游国恩治骚生涯的第一座里程碑,也是醇正儒雅型现代治骚范式确立的标志。

一、专论板块搭建的结构框架

据游国恩本人介绍,《楚辞概论》原为《中国辞赋史稿》上卷的大

---

[1] 初刊于《国学月报》,1924年5月20日。
[2] 北京北新书局,1926年初版。

部分，后因叙述过多，全书恐有篇幅不均之累，故略加删定，改名《楚辞概论》别行之①，该书于1925年完稿。

《楚辞概论》问世前后，相继有一批楚辞学著作出版，主要包括谢无量的《楚辞新论》②，陆侃如的《屈原》③，梁启超的《屈原研究》④。这几部著作基本属于通人泛论型，具有比较完整的结构框架。除梁启超一书有的章节论述得较为深刻，其余两书则是一般性的叙述居多。和上述三书相比，游氏的《楚辞概论》同样具有完整的结构框架，并且在规模上有所扩充，内容也更加充分。全书由六个板块构成，依次是：总论、《九歌》、屈原、宋玉、《楚辞》的余响、《楚辞》的注家。从六个板块的大标题来看，已经覆盖了先秦楚辞的绝大部分领域，是对楚辞进行全面地把握。六个板块各分若干章，其中作为全书中心的《屈原》这个板块，多达九章，分别对屈原及相关《楚辞》作品加以论述。全书除正文外，末尾还附有《楚辞传注存目》，列郭璞以下计18家。参考书目索引所列书目130余种。《楚辞概论》各个板块内部的结构安排，其细密程度也远远超过同时期的泛论型著作。

《楚辞概论》对泛论型著作的本质性超越，主要在于它是一部由专题研究结构而成的学术论著。游氏是在专题研究的基础上实现对《楚辞》的总体把握。而他的专题研究，又往往以深入的考辨为支撑，这正是通论型著作所欠缺的。他在论述《招魂》时写道：

---

① 游国恩著，游宝谅编：《游国恩楚辞论著集》第三卷，中华书局，2008年版，第5页。
② 上海商务印书馆，1923年初版。
③ 上海亚东图书馆，1923年初版。
④ 中华书局，1926年《饮冰室文集》本初版。

《招魂》最奇怪的就是在语尾用一"些"字,而这种体裁在文学史上是空前绝后的。但我谓这也并不奇怪,因为屈原是楚人,他的文章多用楚声;"些""兮"声相近,都是楚国方音。假使那种句句用"兮"字的"骚赋"不是《诗经》中有了先例,及后人多量的摹仿,在现在看来,也是很奇怪的了。我从前疑"些"字是荆楚巫觋咒语中所通用,故《招魂》中间一段,凡巫阳口中的话都用"些"字,其前后叙乱则仍用"兮"字,以其阴阳人鬼所施不同的缘故;后来见沈存中《梦溪笔谈》里载有一段云:"今夔峡湖湘及南北江獠人,凡禁咒句尾皆称'些',乃楚人旧俗。"可见我从前的设想是不错的。[①]

游国恩的楚辞研究从其中的"兮"字发端,他对语气词予以特殊的关注。游氏对《招魂》中的"些"字在开始阶段有自己的猜想和假设,但是,他没有停留在猜想和假设阶段,而是通过具体的考证来支持自己的推断,最终得出结论。他的考证有对《招魂》本身使用语气词的对比,有古人相关著述的援引。他所列举的沈括之语见于《梦溪笔谈》卷三[②],后来的楚辞研究者也往往运用这则材料,它确实具有重要的参考价值。

　　重视文献方面的考据,是《楚辞概论》的主要特色之一,也是游氏研究楚辞的基本路数。这部书各个板块均以文献考据为基础,从而使得这些学术专题的研究免于空疏浮泛,显示出游氏扎实的功底和严谨的学风。

[①]　游国恩著,游宝谅编:《游国恩楚辞论著集》第三卷,中华书局,2008年版,第128页。

[②]　沈括:《梦溪笔谈》,上海书店出版社,2003年版,第15页。

二、历史与逻辑相统一的体系、脉络

《楚辞概论》还有一个突出的特点,就是注重从历史的角度进行研究,使得对《楚辞》及屈原等人的观照具有清晰的脉络,整个体系呈现出历史与逻辑的有机统一。游氏在书中的历史审视有两种类型:一种是纵向的,对《楚辞》的源流进行历时性的梳理;一种是横向的,对相关现象作共时性的串联。这两种方式都运用得很成功。

《楚辞的起源》是游国恩公开发表的首篇论文,在这篇处女作中已经显露出游氏追本溯源的治学理路。他从语气词"兮"字入手,把楚辞的源头上溯到《诗经》。他列举《诗经》运用"兮"字分作八类,然后写道:"以上所举那些例,都是《楚辞》的老祖宗,而尤其是以第二例为他发祥的根据。"[1]这里所说的第二类,具体指《周南·麟之趾》和《召南·摽有梅》,后者是其典型样式。《摽有梅》前两章均为四句,第二、四句末尾的语气词是"兮"。游氏把这种方式运用"兮"字的诗体认定为楚辞的源头,有两方面的根据:第一,屈原的《离骚》《九章》都是把语气词"兮"字置于奇数句的末尾;第二,《召南》地域上已到达江汉流域,与楚文化的关联最为密切。

《楚辞的起源》一文还列举《诗经》之后的南方民歌,以此追溯楚辞的来源。这部分内容纳入《楚辞概论》一书之后,还附以《楚辞世系表》:

《诗经》(前六○○)——《子文歌》(前六五○)——《楚人歌》(前六一○)——《越人歌》(前五五○)——《徐人歌》(前五四○)——《接舆歌》《孺子歌》(前四九○)——《庚癸歌》(前四

---

[1] 游国恩著,游宝谅编:《游国恩楚辞论著集》第三卷,中华书局,2008年版,第15页。

八二)……《楚辞》①

上述民歌与楚辞的关联,以往也有学者提及,但是,像游氏这样精密地加以梳理排列,在近代先秦诗歌研究史上尚属首次。对此,游氏作了如下说明:

> 我在上面引了许多古代南方的诗歌,讲了许多考据的话,似未免近于辞费;但我的意思因为一来要解释《楚辞》这种文学并不是凭空产生的,二来要彻底明瞭他的渊源,所以不嫌辞费了。这两种责任也是文学史家所应该特别注意的。②

游氏在研究《楚辞》过程中有自觉的历史意识,并且把它贯彻到实际操作的层面。他提出的追本溯源的主张,是文学史研究必须遵循的原则。诗歌研究如果没有史的线索,势必把研究对象变成无源之水、无本之木。

游氏对《楚辞》源头的探讨,还把目光投向严格意义上的诗歌以外的文体,他写道:"今按《道德经》中,大半是韵文,极似一种散文诗歌。……这些句子不但有韵,而且很像《楚辞》的先驱;因为他们很有'骚体'的风味。……所以我们可以说老子是南方学术的鼻祖。同时又是《楚辞》的祢祖。"③游国恩之前,近代学者论及《老子》与《楚辞》的关系,主要是在思想层面。游氏则是从文体特征方面贯通

---

① 游国恩著,游宝谅编:《游国恩楚辞论著集》第三卷,中华书局,2008年版,第28页。

② 游国恩著,游宝谅编:《游国恩楚辞论著集》第三卷,中华书局,2008年版,第28页。

③ 游国恩著,游宝谅编:《游国恩楚辞论著集》第三卷,中华书局,2008年版,第18—19页。

第二章 20世纪20年代:现代治诗范式确立之际的奔突探索

《老子》和《楚辞》,他列举《老子》第十五、二十一章作了具体说明。游氏的这种看法,道出了《楚辞》在诗体来源上的多元化,它有多个源头,而不只是以原有的诗歌为源头。

游氏对于《楚辞》流脉的梳理,同样体现出清晰严密的特点,书中写道:"从屈原到司马相如——从楚辞到汉赋——中间总有些过渡的作品,不然,辞赋进步的历程便寻不出。《卜居》《渔父》两篇也许就是那过渡时代的作品之幸而流传的。屈原那时候决不会产生这种文字。"[①]游氏对于诗人及诗歌审视,总是把它们置于前后相继的诗歌发展的链条上,对它们所处的环节加以确认,这种历史定位法保证了它的准确性。《楚辞概论》中有《楚辞世系表》,还有《屈原年表》,都是进行历时性研究的重要坐标。

游国恩从横向上对《楚辞》加以审视,把它何以在楚地出现的诸种因素揭示得很充分:一是民俗的,二是音乐的,三是地理的。在论述楚辞得以生成的地域音乐根源时写道:

> 楚既有风谣,又有土乐,这土乐演奏出来的便成了楚声。……楚声可以代表南方的声音,所以叫做"南音",又叫做"南风"。……这样看来,"南音"就是"兮""猗"的声音。"候人兮猗"这种声音是后来"骚赋"的滥觞,所以《楚辞》这种声音就是当时的"南音"。[②]

这段文字集中论述"南音"是楚辞得以在南方出现的音乐基础,在论

[①] 游国恩著,游宝谅编:《游国恩楚辞论著集》第三卷,中华书局,2008年版,第139页。

[②] 游国恩著,游宝谅编:《游国恩楚辞论著集》第三卷,中华书局,2008年版,第33页。

述过程中对先秦文献有关"南风""南音"的记载大量援引,是在文献考据基础上得出的结论。历史结论要靠材料、事实来证明,游氏重视文献考据的治学方法,与他所进行的以历史为基础的楚辞研究,二者相得益彰,结合得非常紧密。

游国恩的楚辞研究遵循历史与逻辑相统一的原则,从而使得《楚辞概论》既有厚重的历史感,又有清晰的逻辑,从而构成比较严密的体系。游氏从历史的角度追溯、梳理楚辞的源流,也遇到过较为棘手的难题,那就是《九歌》的创作时代及作者。书中写道:"最初的《九歌》虽是民众赞美九种善政的诗歌,可是现在从《楚辞》里的《九歌》看来,完全不是这么一回事,不但九篇的数目不合,连内容也绝对的不同。……我想这中间必有一段变迁史,现在无从知道。"①九歌之名最初见于《尚书·大禹谟》,《左传·文公七年》亦有援引。最初九歌指的是六府三事内容的歌诗,即与金、木、水、火、土、谷,正德、利用、厚生相关的题材。传世的楚辞《九歌》与六府三事无关,游氏断定它不是最初的九歌,所得出的结论是可信的。那么,《九歌》在楚辞系列的链条上究竟处于哪个环节呢?游氏通过考辨得出如下结论:"我们虽无铁证可以证明《九歌》不是屈原所作,但认他为屈原以前的民众文学却是很合理的。"②这个结论基于三个理由而得出:

第一,《离骚》《九章》"是以六字或七字句为原则,而间一句

---

① 游国恩著,游宝谅编:《游国恩楚辞论著集》第三卷,中华书局,2008年版,第48页。
② 游国恩著,游宝谅编:《游国恩楚辞论著集》第三卷,中华书局,2008年版,第54页。

用一个'兮'字,并且这'兮'字都位于句末。""《九歌》则不然,他大半是以五字或六字句为原则,句句都用'兮'字,而'兮'字却在句中。"

第二,"屈原作品中长的多,短的少。……若《九歌》果是屈原作的,何以竟无一篇比较长的文章?"

第三,"屈原诸篇大半都有'乱辞','少歌'或'倡'几种尾声,而《九歌》十一篇竟没有一篇找得出的。"①

根据以上三点,游氏把《九歌》认定为先秦楚辞中最早出现的作品,远在屈原之前就已存在。游氏这个结论的得出,一方面是由于他对《九歌》《离骚》《九章》所作的对比失之于表面、机械,另一方面也与那个时期胡适对《九歌》所作的结论有关。胡适在1922年所著的《谈〈楚辞〉》文中称:"《九歌》与屈原的传说绝无关系,细看内容,这九篇大概是最古之作。是当时湘江民族的宗教歌舞。"②游国恩努力实现历史与逻辑在《楚辞概论》中的有机统一,可是,由于对《九歌》的历史定位出现偏差,影响了这种统一。到了20世纪50年代,游国恩对先前的说法作了纠正,在《屈原作品介绍——为纪念屈原而作》③一文中称:"屈原是最可能最恰当的《九歌》加工者"④,至此以后,他把《九歌》纳入屈原作品的系列。

---

① 游国恩著,游宝谅编:《游国恩楚辞论著集》第三卷,中华书局,2008年版,第52—54页。
② 胡适著,曹伯言编:《胡适学术文集·中国文学史(上)》,1998年版,第418页。
③ 初刊于《光明日报》1953年6月15日。
④ 游国恩著,游宝谅编:《游国恩楚辞论著集》第四卷,中华书局,2008年版,第111页。

三、立足于文学本位的艺术分析

20世纪初期,楚辞研究注重艺术分析的苗头已经出现,马其昶的《屈赋微》启其端,刘师培的《宗骚》与之相呼应。进入20年代,梁启超对楚辞艺术性的分析更加深入。游国恩的《楚辞概论》在此基础上又有新开拓,所作的探讨更加全面、系统。

游氏对楚辞艺术性、文学价值的认定,有总论和分论的区别。总论是从整体上作概括,分论则是针对具体作品而发。他对楚辞的文学价值从总体上作了四方面的概括:表现的自由、辞赋之祖、骈俪文之祖、七言诗之祖[1]。他对楚辞文学价值的概括集中在两个方面:一是楚辞本身艺术表现上的特点,二是它在文学史上的原型意义。而对这两方面的概括,主要着眼于楚辞的诗体形态。把楚辞说成是辞赋、骈俪文、七言诗之祖,是从诗体形态而言,论楚辞艺术表现上的自由,很大程度上也是就诗体而言。书中写道:

> 不过他觉得《诗经》的形式似乎太呆板,不能自由的达意,所以为适于应用起见,渐渐把他扩张变化起来,后来变成了一种革新的"骚体化"文学。这个从《诗经》渡到《楚辞》的程序是显然看得出的。现在把他分作五个阶段来说
>
> 《天问》——《九歌》——《九章》——《九章》——《离骚》。[2]

这是按照句型的长短,把从《诗经》四言句进化到骚体分为五个阶

---

[1] 游国恩著,游宝谅编:《游国恩楚辞论著集》第三卷,中华书局,2008年版,第41—45页。

[2] 游国恩著,游宝谅编:《游国恩楚辞论著集》第四卷,中华书局,2008年版,第15页。

段,其中《九章》之所以被一分为二,因为其中有两种类型,仍然按句子长短进行划分。

在对楚辞具体作品进行艺术分析时,游氏显示出细致精密的治学风格,如对《离骚》艺术成就所作的概括就具有这种特点:

> 甲 ……这种从自己世系叙起的体裁,算是他的创例。……
>
> 乙 篇中多用女性来表现性格、爱人及敌人,藉以寄托他的理想和意志,文学手段极高。……
>
> 丙 韵文中用对话的体裁,……用这种方法写出种种情绪,在艺术上的确算成功。……
>
> 丁 《离骚》是一篇极长的诗歌。……以抒情诗而论,真是古今的第一长篇。……
>
> 戊 篇中用了几十个双声、叠韵和重言字,……这可以使音调格外的婉转而凄凉,格外能表现出一种悲哀的情绪。①

以上对《离骚》艺术成就所作的概括,着眼于它的首创性,它的空前绝后。这些总结符合作品的实际,并且全面而深刻,因此成为经典之论,得到普遍的认可。游国恩论述楚辞的艺术成就,还善于通过不同作品之间的对比道出彼此的异同及特色。宋玉《九辩》的重要内容是悲秋,游氏对此作了专门的论述。除此之外,他又把《九辩》与《离骚》进行对比:

> 屈原是《楚辞》的成功者,他的作品已有固定的形式,即句法的长短渐归一致;然而《九辩》中有些形式却与他绝不相同。

---

① 游国恩著,游宝谅编:《游国恩楚辞论著集》第三卷,中华书局,2008年版,第95—97页。

例如第一章云：……这种句法简直成了散文，毫无形式上的束缚，而我们尤要注意他们"兮"字的位置。不但屈原作品中无此句调，就是后来"骚赋"中也是绝少的。①

通过《九辩》与《离骚》的对比，揭示出《九辩》在艺术上的独创性，它所具有的特色，从而也就确立了宋玉及《九辩》在诗歌史上的地位。

在论述《九辩》第十章时写道："他一连用了十一个叠字，又极自然，与屈原《九章》的《悲回风》一样；但我们要注意这些叠字用在一篇之末，并非无意识的。"②这是指出《九辩》与《悲回风》在运用叠字方面的一致之处，并且由艺术手法的探讨进一步延伸到对思想内容的关注。

游国恩论述楚辞的艺术成就，完全立足于文学本位，是对作品的审美观照，所作出的品评是审美体验。游氏具有良好的艺术素养，本身又擅长古诗词的写作。他对楚辞艺术成就的总结，继承了中国古代诗论那种体物入微的特点，把审美触角伸展到作品的章句字词，使结论具有坚实的支撑。同时，他的艺术分析又有一以贯之的理念，使这种分析自成体系，带有鲜明的现代诗学的特色。

四、学术疑案的悬置与批判

《楚辞概论》一书涉及不少楚辞的学术疑案，同时，游氏本人也造出一些疑案。这些疑案有的全今悬置未解，也有的由游氏本人后

---

① 游国恩著，游宝谅编：《游国恩楚辞论著集》第四卷，中华书局，2008年版，第160页。
② 游国恩著，游宝谅编：《游国恩楚辞论著集》第四卷，中华书局，2008年版，第162页。

来做了改判,后者如《九歌》的作者归属即其一例。

第一,关于楚辞的名称。

《楚辞概论》首篇第一章的标题就是楚辞的名称,其中写道:

> 但我以为"辞"本是楚国一种韵文的名称,汉人则称他为"赋"。……由此可知楚国韵文本名曰"辞",但他实际上与汉人的"赋"无异。……
>
> 其后又有称《楚辞》为"骚"者,如《昭明文选》不把《楚辞》归并"赋"类,而别标名曰"骚";刘勰《文心雕龙》有《辨骚》一篇,是包括《楚辞》全体而言。他们以《离骚》一篇来代表一切的《楚辞》,后人往往沿袭其例,凡《楚辞》都称为"骚",是不对的。这一层宋荆溪吴子良《林下偶读》已经说过。①

这里提出的问题,表面看是楚辞应该称骚还是称赋的争论,实质是对文体划分标准的不同认识:是班固《汉书·艺文志》把楚辞归入赋类合理,还是萧统《文选》、刘勰《文心雕龙》在赋体之外另立骚类更加科学。显然,后者更能体现文体观念的进步,也更合乎作品的实际。

第二,关于《离骚》名称的含义。

对于《离骚》一名的含义,游氏作了如下解说:

> "离骚"到底是什么?据我看,这个名词的解释,也不是楚言,也不是离忧,也不是遭忧和别愁,更不是明扰,乃是楚国当时一种曲名。按《大招》云:"楚《劳商》只。"王逸曰:"曲名也。"按"劳商"与"离骚"为双声字,古音劳在"宵"部,商在"阳"部,离

---

① 游国恩著,游宝谅编:《游国恩楚辞论著集》第三卷,中华书局,2008年版,第8页。

在"歌"部,骚在"幽"部,"宵""歌""阳""幽",并以旁钮通转,故"劳"即"离","商"即"骚",然则"劳商"与'离骚'原来是一物而异名罢了。"离骚"之为楚曲,犹后世"齐讴","吴趋"之类。①

扬雄曾模仿《离骚》作《畔牢愁》,据此,游氏又称:"'牢愁'与'牢骚'与'离骚',古并以双声叠韵通转;然则《离骚》者,殆有不平的义。"②

游氏此论面临多种挑战,也有很大的学术风险。《国语·楚语上》载楚国伍举之言,其中有"迩者骚离,而远者距违"③的词语。扬雄《方言》卷六:"吴楚偏蹇曰骚。"④抛开古代传统解释,不取楚人楚语中"骚"字的含义,而用旁钮通转,双声叠韵通转等迂曲方式加以解说,这种做法实不足取。另外,游氏引《大招》中提到楚有《劳商》之曲,而按照《楚辞概论》的认定,"《大招》的作者非楚人","《大招》既非楚产,又非秦以前人作"⑤。既然如此,《大招》所说的"劳商"是否真的是先秦楚地的乐曲名称,在立论上也就没有坚牢的根据。

第三,判断《大招》作于秦以后的依据。

游氏断定《大招》既非楚产,又非秦以前人所作,其中有一条理由如下:

---

① 游国恩著,游宝谅编:《游国恩楚辞论著集》第三卷,中华书局,2008年版,第87页。
② 游国恩著,游宝谅编:《游国恩楚辞论著集》第三卷,中华书局,2008年版,第87页。
③ 徐元诰:《国语集解》,中华书局,2002年版,第495页。
④ 钱绎:《方言笺疏》,上海古籍出版社,1984年版,第376页。
⑤ 游国恩著,游宝谅编:《游国恩楚辞论著集》第三卷,中华书局,2008年版,第134页。

第二章 20世纪20年代:现代治诗范式确立之际的奔突探索

按篇中有"青色直眉"一语,《礼记·礼器》:"或素或青,夏造殷因。"郑康成注云:"变白黑言素青者,秦二世时,赵高欲作乱,或以青为黑,黑为黄,民言从之,至今语犹存也。"《礼记》出于汉人的手,所以谓黑为青,若《大招》是战国的产品,决不作秦以后语。[①]

上述考证出现两个问题。《礼记》在汉代成书,但所引《礼记·礼器》的话语能否断定出自汉代人之手,抑或是先秦文献的原文,无法确定。更大的问题在于对"青色直眉"一语的理解,游氏认为其中的"青",本应作"黑"。朱熹《集注》称:"青色,谓眉也。"[②]按照游氏的理解,年轻女子的眉毛应是黑色,《大招》写成青色,是秦朝以青为黑的余绪。殊不知,《大招》的这句诗是以怪异为美。眉毛本是黑色,却涂抹成青色;眉毛本是弯曲的,却化装变成直线形。这与下文的"靥辅奇牙"同属怪异之美,而和秦朝以青为黑没有关联。《大招》的写作年代至今仍是悬案,但是,把"青色直眉"作为它产于汉代的证据,则不可取。

《楚辞概论》作为初步确立现代治骚范式的划时代的著作,尽管它出现一些误判的学术疑案,仍不失为一部醇正儒雅的学术精品。其中的疏漏乃是学术体系始创阶段所不可避免,也为后来的楚辞研究者提供了探索的对象。

《楚辞概论》一问世,就在学术界引起热烈的反响,1926年初版之后,上海商务印书馆又于1928年重印,1930年收入《万有文库·

[①] 游国恩著,游宝谅编:《游国恩楚辞论著集》第三卷,中华书局,2008年版,第134页。

[②] 朱熹:《楚辞集注》,上海古籍出版社,1979年版,第150页。

国学小丛书》。陆侃如在为该书所写的序言中称:"这书最大的特点,是把《楚辞》当作一个有机体,不但研究他本身,还研究他的来源和去路。这种历史的眼光,是前人所没有的。""这书还有一个特点,便是对于作者的事迹,作品的时代和地点等问题,一步不肯放松。……这一种考据的精神,是此书的第二个大贡献。"[1]游国恩撰写《楚辞概论》时不过二十六岁,为该书写序言的陆侃如当时才二十三岁。两人都是风华正茂的时段,而且都是大器凤成,并在学术上同气相应,成为知音。陆氏序言确实道出了《楚辞概论》的重要价值,可谓慧眼识珠。

---

[1] 陆侃如:《楚辞概论序》,游宝谅编:《游国恩楚辞论著集》第三卷,中华书局,2008年版,第2—3页。

第三章 20世纪三四十年代：现代治诗范式的确立

20世纪三四十年代，是20世纪先秦诗歌研究的第三阶段。1929年，梁启超逝世，标志着由他和胡适引领先秦诗歌研究的历史阶段已经结束。代之而起的是一批刚过而立之年的中青年学者，他们是三四十年代先秦诗歌研究的主力和中坚。20世纪研究楚辞的四大家游国恩、闻一多、姜亮夫、刘永济，除刘永济年龄稍长外，其余三人均生于19、20世纪之交。其他著名的先秦诗歌研究者，也以这个年龄段者居多。1949年中华人民共和国成立，是一个新的历史时期的开始，也是20世纪先秦诗歌研究第三阶段的结束。

第一节 多个流派并存和40年代的转向

20世纪三四十年代，是先秦诗歌研究的昌盛时期，创造出一系列辉煌的成就。这个阶段的先秦诗歌研究，继续沿着20年代后期的道路向前推进，使得现代治诗范式最终得以确立。这二十年间所确立的现代治诗范式，是以多个流派并存的形态呈现出来的。楚辞研究四大家风格各异，游派醇厚儒雅，姜派宏通博放，闻派标新立异，刘派法度森严。除此之外，还有许多具有自己特色的治诗流派，并且各有创获。众多学术流派并存,是这个时期先秦诗歌研究的亮点,是蔚为壮丽的学术景观。

从20世纪40年代开始,先秦诗歌研究出现一个重要的趋势,就是向社会学靠拢的转向。许多学者自觉不自觉地把研究的重点转向社会政治和意识形态方面,并且尝试采用阶级分析的方法。这种转向成为20世纪先秦诗歌第四阶段即将到来的前奏,也标志着本世纪先秦诗歌研究辉煌期已近尾声。

一、朱自清的先秦诗学格局

朱自清从事学术研究的时期,正是中国古代文学批评学科确立的历史阶段,郭绍虞、朱东润、罗根泽等人的文学批评史著作,都在这个期间问世。朱自清也从文学批评的层面从事中国古代诗歌研究,并且构建出一个庞大的中国古代诗学体系。先秦诗学是其中的有机组成部分,并且产生了重要的学术影响。

从1925年开始,围绕《诗经》的赋、比、兴在学术界出现一场讨论,一直持续到30年代初。朱自清参加了这场讨论,他在写给顾颉刚的信的后面附了自己对于兴的看法,后以《关于兴诗的意见》为题,收入《古史辨》第三册。文中写道:

> 所歌咏的事情往往非当前所见所闻,这在初民许是不容易骤然领受的;于是乎从当前习见习闻的事指指点点说起,这便是"起兴"。又因为初民心理简单,不重思想的联系而重感觉的联系,所以"起兴"的句子与下文常是意义不相属,即是没有论理的联系,却在音韵上(韵脚上)相关连着。……音韵近似,便可满足初民的听觉,他们便觉得这两句是相连着的了。这种"起

兴"的句子多了,渐渐会变成套句。①

朱自清的上述话语,是针对顾颉刚的观点而发。顾氏在《起兴》②一文中认为兴的主要作用是押韵。朱自清的论述,关注的是兴的意义及其传达方式,以及兴句的定型化。朱自清在文中还写道:"诗有赋比兴之分;其实比兴原都是赋,因与下文或涵蕴的本义的关系,才有此种区别。"③他所关注的还是赋比兴与作品所要表达的意义之间的关联,诗句的意义是他的聚焦点。在这场有关赋比兴的讨论中,兴是讨论的重点。朱自清所作的表述,显示出他良好的理论素养和清晰严密的逻辑,同时对诗歌意义的关注成为他理论构建的特点。

《诗言志辨》是朱自清先秦诗学的代表性著作。全书除序言外,正文由四部分组成,依次是:诗言志、比兴、诗教、正变。这是全书的四个板块,每个板块又分为若干部分。其中第二个板块曾以《赋比兴说》为题作为论文刊发④,第三个板块以《诗教说》为题刊发⑤,第四个板块以《诗正变说》为题刊发⑥。

《诗言志辨》重视诗与乐之间的关联,在对《周礼·大司乐》中提到的乐语进行阐述时写道:"以乐歌相语,该是初民的生活方式之一。那时结恩情,做恋爱用恋歌,这种情形现在还常常看见;那时有

---

① 顾颉刚编:《古史辨》第三册,上海古籍出版社,1982年版,第684页。
② 初刊于《歌谣周刊》第94号,1925年6月。后收入《古史辨》第3册,第672—677页。
③ 顾颉刚编:《古史辨》第三册,上海古籍出版社,1982年版,第685页。
④ 初刊于《清华学报》第12卷第3期,1937年7月。
⑤ 初刊于《人文科学学报》第2卷第1期,1943年6月。
⑥ 初刊于《文史杂志》第5卷第7、8期,1945年8月。

所讽颂,有所祈求,总之有所表示,也多用乐歌。人们生活在乐歌中,乐歌就是'乐语'。"①朱自清认为古代先民在很大程度上生活在乐歌的世界里,对于古代社会生活作了历史的还原。对于《周礼·大司乐》提到的乐语,从历史生成的角度论证了它的合理性、必然性。所谓的乐语,共有兴、道、讽、诵、言、语六类,朱氏对它们的音乐表现方式作了如下推测:

> 这六种乐语的分别,现在还不能详知,似乎都以歌辞为主。"兴""道"(导)似乎是合奏,"讽""诵"似乎是独奏;"言""语"是将歌辞应用在日常生活里。这些都是用歌辞表达情意,所以称为"乐语"。②

朱氏所作的上述推测,无法全部得到验证,但有些是合理的。"讽""诵"是独奏,这种可能性很大。早期盲人乐师就以讽诵的形式向君主进谏,当是以个体为主。至于说"兴"和"道"是合奏,则无法得到确认。另外,"言"和"语"的区别,当是独言与对话两种不同的歌唱方式。

对于作为《诗经》六义组成部分的赋、比、兴,朱氏也从它们与音乐的关联方面加以解说:"大概'赋'原来就是合唱"③,"'比'大概也是乐歌名,是变旧调唱新辞"④,"'兴'似乎也是乐歌名,疑是合乐开始的新歌"⑤。章太炎认为赋、比、兴三者或不被管弦,或不可歌,故

---

① 朱自清:《诗言志辨》,华东师范大学出版社,1996年版,第9页。
② 朱自清:《诗言志辨》,华东师范大学出版社,1996年版,第7页。
③ 朱自清:《诗言志辨》,华东师范大学出版社,1996年版,第79页。
④ 朱自清:《诗言志辨》,华东师范大学出版社,1996年版,第81页。
⑤ 朱自清:《诗言志辨》,华东师范大学出版社,1996年版,第85页。

《诗经》中无此三体①。章太炎、朱自清都承认《诗经》是歌诗,但章氏否认《诗经》中赋、比、兴的存在,朱氏则对三者的演唱方式给出了答案,两人最终得出的结论截然相反。章氏否认《诗经》中赋、比、兴的存在,固然过于武断;而朱氏对于三者演唱方式所作的推测,亦无法得到验证。闻一多曾把《九歌》的表演方式划分出多种类型,朱自清对赋、比、兴以及乐语表现方式所作的推测,与闻一多的做法大同小异。

对于先秦时期的儒家诗教,朱自清也从诗与乐的关联方面加以审视:"孔子时代,《诗》与乐开始分家。从前是《诗》以声为用;孔子论《诗》才偏重在《诗》义上去。到了孟子,《诗》与乐已完全分了家,他论《诗》便简直以义为用了。从荀子起直到汉人的引《诗》,也都继承这个传统,以义为用。"②朱自清论诗关注它的意义系统,梳理儒家说诗也是如此。在朱氏看来,儒家论诗以义为用,是诗与乐分家的结果。这种解释是合理的,体现出历史与逻辑的统一。

"诗言志"理念的生成及其历史演变,是朱自清这部著作论述的重点问题,其中写道:

"诗"这个字不见于甲骨文、金文,《易经》中也没有。《今文尚书》中只见了两次,就是《尧典》的"诗言志",还有《金縢》云:"于后(周)公乃为诗以诒(贻)王,名之曰《鸱鸮》。"《尧典》晚出,这个字大概是周代才有的。……"志"字原来就是"诗"字,

---

① 《章太炎全集》(三),上海人民出版社,1984年版,第390—392页。
② 朱自清:《诗言志辨》,华东师范大学出版社,1996年版,第127页。

到这时两字大概有分开的必要了,所以加上"言"字偏旁,另成一字;这"言"字偏旁正是《说文》所谓"志发于言"的意思。①

《说文解字》称:"诗,志也,从言,寺声。訨,古文诗省。"段玉裁注"左从古文言,右从之,省寸"②。诗的古文写法是左为言,右为之。这种构形所表示的正是发言为诗的意义。朱氏对于"诗"字的解释本于《说文》,道出了它的原始意义。之,指前往,"诗"字构形从言从之,指的是要把话语加以表达。

关于诗言志与诗缘情的关系,朱自清作了如下论述:

>总之,诗乐不分家的时代只着重听歌的人;只有诗,无诗人,也无"诗缘情"的意念。诗乐分家以后,教诗明志,诗以读为主,以义为用;论诗的才逐渐意识到作诗人的存在。他们虽然不承认"诗缘情"的本身价值,却已发现了诗的这种作用,并且以为"王者"可由这种"缘情"的诗"观风俗,知得失,自考正"。③

朱氏的上述话语是针对《诗大序》而发。在朱氏看来,诗具有言志抒情的功能,它在生成期就是如此。但是,"诗缘情"意念的产生,却是在诗与乐分家之后。于是,诗言志和诗缘情才作为诗的两种功能而并列提出。这种考察具有历史的维度,得出的结论富有启示意义。

《诗言志辨》由四个板块构成,各个板块具有相对独立性。同时,有的板块内部还有历史轨迹的追溯。第一个板块是诗言志,由四

---

① 朱自清:《诗言志辨》,华东师范大学出版社,1996年版,第12—13页。
② 段玉裁:《说文解字注》,上海古籍出版社,1981年版,第90页。
③ 朱自清:《诗言志辨》,华东师范大学出版社,1996年版,第28页。

节组成,依次是献诗陈志、赋诗言志、教诗明志、作诗言志。这四节既是以类别划分,又是按时间顺序进行排列,体现的是历史和逻辑的统一。至于第四个板块正变,纯是从历史演变的角度进行论述。

朱自清的诗学理念关注历史的发展,这种特点在他的《经典常谈》一书中也体现得很鲜明。他在论歌谣时写道:"重叠可以说是歌谣的生命,节奏也便建立在这上头。字数的均齐,韵脚的协调,似乎是后来发展起来的。有了这些,重叠才在诗歌里失去主要的地位。"[1]从原始歌谣到文明社会的诗歌,作为诗歌表现形式之一的重叠,经历了由盛到衰、由主到次的变化。朱氏把这种演变放到历史和诗歌本身各种要素的相互关系中加以考察,对这种演变作出了令人信服的解释。

意义系统的建构、诗与乐关系的梳理、历史脉络的展示,是朱自清先秦诗学的基本格局。在具体论述过程中,这三者彼此渗透,相互会通,成为他庞大诗学体系的重要组成部分,也使朱自清的先秦诗歌研究在当时自成一派,是体系构建派。

二、于省吾的金文治诗

利用金文、甲骨文的研究成果对先秦诗歌进行审视,王国维在20世纪初已经开风气之先,并且取得创造性的成果。进入30年代,于省吾在这个领域继续前行,《双剑誃诗经新证》[2]成为该阶段标志性成果。80年代初期,该书经删定,以《泽螺居诗经新证》[3]为名刊

---

[1] 《朱自清古典文学论文集》,上海古籍出版社,2009年版,第625页。
[2] 初刊于1935年,著者本人印行。
[3] 中华书局,1982年初版。

印，后又与《泽螺居楚辞新证》合刊出版①，变为《泽螺居诗经新证》上卷。

《泽螺居诗经新证》上卷共计66则，以金文、甲骨文、石鼓文解释《诗经》相关词语57例，其中以甲骨文解释者1例，石鼓文1例，其余55例均用金文诠释。在所援引的金文中，毛公鼎铭文出现的频率最高，多达15次。对于如此众多的《诗经》词语用金文加以印证，在20世纪先秦诗歌研究史上是空前的，于氏在这方面继承王国维所开创的传统，并且时有创获。

第一，于氏以金文释词，对古注进一步加以确认，并有所深化。

《小雅·十月之交》提到卿士、司徒、宰、膳夫、内史、趣马、师氏，都是以传世典籍作为证据。于氏以毛公鼎、叔多父盘铭释卿士，指出它的金文别称是卿事。以舀壶铭文等释司徒，金文作土。司空，金文作工。以颂鼎等铭文释宰，指出宰之职并非孔颖达《毛诗正义》所说的冢宰。以克鼎、大鼎铭文中的善夫释膳夫②。《十月之交》中提到的七种官职，都从金文中找到佐证，解决了一系列难题。

《小雅》的《蓼萧》《裳裳者华》均出现"是以有誉处"之语，于氏援引齐镈铭文后写道："即誉，古从口从言一也，是假誉为与也。"③誉（譽）、与（與）相通，古人已经指明。于氏引用金文进一步加以印证，使这个结论更加坚牢。《小雅·北山》有"鲜我方将"之语，对此，于氏写道：

---

① 中华书局，2003年新1版。
② 于省吾：《泽螺居诗经新证 泽螺居楚辞新证》合刊本，中华书局，2003年版，第24页。
③ 于省吾：《泽螺居诗经新证 泽螺居楚辞新证》合刊本，中华书局，2003年版，第19页。

第三章 20世纪三四十年代:现代治诗范式的确立

毛传:"将,壮士也。"郑笺:"善我方壮乎?"按《礼记·射义》"幼壮孝弟"注:"壮,或为将。"虢季盘:"䢂武于戎工。"䢂即将,郭沫若读为䢂壮。①

古人释将为壮,与诗的本义相合。于氏引虢季盘铭文进一步加以印证,并指出将字的金文写法,从而将《诗经》与金文相沟通。于氏在援引金文的同时,对于相关古注也加以罗列,这是该书的一贯做法,颇为可取。

第二,于氏以金文解诗,对于旧注的谬误多有匡正。

《小雅·祈父》结尾句是"有母之尸饔",郑笺:"已从军而母为父陈馈饮之具,自伤不得供养也。"②这是释"母"为母亲,用常见意义加以解说。对此,于氏写道:

> 按有又、母毋古通。……金文凡毋皆作母。弓镈"母大矢母已",即毋疾毋已也。郳子䇂师钟"䇂寿母已",即䇂寿毋已也。毛公鼎"女母敢妄宁",即女毋敢妄宁也。……此章云"胡转予于恤,有母之尸饔",言胡移我于忧恤,又无以陈饔以供养也。"有母之尸饔",读为又毋以尸饔,则上下义训一贯。③

《小雅·祈父》是武士抒发忧怨之诗,表达的是对上司的不满。结尾一句"有母之尸饔",历来都释为有母亲操持煮饭,遂使末尾的意义无法与前面两章相贯通。于氏释有母为又毋,纠正旧注的误解,使得

---

① 于省吾:《泽螺居诗经新证 泽螺居楚辞新证》合刊本,中华书局,2003年版,第30页。
② 王先谦:《诗三家义集疏》,中华书局,1987年版,第642页。
③ 于省吾:《泽螺居诗经新证 泽螺居楚辞新证》合刊本,中华书局,2003年版,第22—23页。

全诗意脉贯通。他所援引的金文出自三件铜器,很有说服力。

《小雅·正月》写道:"彼求我则,如不我得。"旧注对这句诗的解释颇为混乱,于氏作了如下辨析:

> 按昔人多以"彼求我"句,"则如不我得"句。此章上下皆四言,"则如不我得"文实累赘。盖不知则字之解,不得不下属为句矣。此应读作"彼求我则"句,"如不我得"句。则、败古通,余𢎥钲"勿丧勿"与《说文》敚籀文敗同。《庄子·庚桑楚》"天钧败之"。释文:"败,元嘉本作则。"……如犹而也。"彼求我败,如不我得",言彼求败我,而不我得也。我败即败我,倒语以叶韵耳。败我谓毁伤我也。①

"彼求我则"这句诗中的"则"字,是理解诗句的关键。旧注因为不了解则、败相通,遂出现断句失误,所作的解释也未能得其本义。于氏据金文及籀文得出则与败相通的结论,对诗句所作的解释也就顺理成章,甚为贴切。则与败通,它们属于同源字,其构形可以证明。则,字形从贝、从刀;败,字形从贝、从攴。则是以刀剖贝,败是以物击贝,故都有毁坏之义。

《大雅·民劳》相继出现"汔可小康""汔可小休""汔可小息"等诗句,毛《传》释汔为危,郑《笺》释汔为几。于氏援引蠡公鼎铭文等文献,得出汔为乞求之义的结论:"民亦劳止,汔可小康,言民亦罢劳矣,求可小安也。"②显然,于氏所得出的结论远胜于旧注,诗中一系

---

① 于省吾:《泽螺居诗经新证 泽螺居楚辞新证》合刊本,中华书局,2003年版,第23—24页。

② 于省吾:《泽螺居诗经新证 泽螺居楚辞新证》合刊本,中华书局,2003年版,第42页。

第三章 20世纪三四十年代:现代治诗范式的确立

列诗句都能加以贯通,并且文意畅达,消除了以往存在的解读障碍。

于氏对《诗经》词语所作的辨析,多有新意和创见,为作品的历史还原卓有建树。他在学术上所取得的突破,不是单纯地依赖铜器铭文的佐证,他对金文的研究,起了很大的作用。有些关键词语的解读,如果没有金文作参考,会显得证据不足,立论难以坚牢。于氏得益于他在金文、甲骨文方面的造诣,使得他的先秦诗歌研究在当时别开生面,独树一帜。

于氏依据金文解读《诗经》,有些看法虽然尚未成为定论,但亦可自立一说,具有参考价值。对于《大雅·江汉》的"作召公考"之语,他作了如下辨析:

> 按考、孝金文通用。"作召公考",以考与首、休、寿韵。即作孝召公之倒文。……金文多言追孝,伎儿钟"以追孝侁祖"。金文通例,每上有所赐,辄以追孝或盲孝其祖考为言也。传、笺训考为成,遂无以自完其说矣。[1]

毛《传》、郑《笺》释考为成,可以贯通诗句,不必颠倒词序。于氏认为孝、考通用,在古注之外另辟蹊径,亦能自圆其说,具有参考价值。《大雅·瞻卬》有"无不克巩"之语,于氏根据毛公鼎铭文及其他文献,得出如下结论:"'无不克巩',应读为无不可恐。"[2]在意义上亦可与前后诗句衔接,可作为一说备存。于氏这类可立一说的结论,尚有多例,在很大程度上拓展了《诗经》的解读空间,为后人提供了有价

---

[1] 于省吾:《泽螺居诗经新证 泽螺居楚辞新证》合刊本,中华书局,2003年版,第52页。

[2] 于省吾:《泽螺居诗经新证 泽螺居楚辞新证》合刊本,中华书局,2003年版,第53页。

值的研究视点。

于省吾以金文解诗,有时也出现过分相信金文而对《诗经》改字解读的现象。《大雅·韩奕》有"淑旂绥章"之语,于氏根据金文绥多作妥的文例,又进一步引申:"嘉古读如贺,与妥音同。……'淑旂绥章',应读作淑旂嘉章。"①这种解释很迂曲,且有通假泛化之嫌。绥,通緌,指旌旗下垂的旒,属于专用名词,而不是用作修饰的形容词,根本不必改字别释。再如,《大雅·桑柔》有"进退维谷"之语,于氏根据毛公鼎、师訇毁等铭义断定:"谷应读为俗,……进退维欲,不以礼法自持,恣意所为。"②《诗经》中多次出现谷字。《邶风》《小雅》都有以《谷风》名篇者。《小雅·伐木》称:"出自幽谷,迁于乔木。"《小雅·十月之交》亦云:"高岸为谷,深谷为陵。"在这些诗句中,谷,无一例外指的是山谷。于氏脱离具体语境和《诗经》的惯例,改谷为俗、为欲,实不足取。

于省吾以金文解读《诗经》,有许多建树和创新,也留下了不少可资借鉴的教训。任何一种研究方法,如果用得过分,势必出现偏执和谬误。

三、四十年代的社会学转向

20世纪三四十年代的先秦诗歌研究,呈现的是多个流派并存的格局。除朱自清的理论体系建构、于省吾的金文治诗,还有

---

① 于省吾:《泽螺居诗经新证 泽螺居楚辞新证》合刊本,中华书局,2003年版,第51页。

② 于省吾:《泽螺居诗经新证 泽螺居楚辞新证》合刊本,中华书局,2003年版,第49页。

其他众多的治诗流派。采用传统的语言文字研究方法探讨《诗经》,是这个时期学术热点之一,二十年间刊发专题论文30余篇[1]。在楚辞研究领域,有钟敬文的《楚辞中的神话和传说》[2],饶宗颐的《楚辞地理考》[3],徐昂的《楚辞音》[4],都是学术价值很高的专门著作。研究格局的多元化,是这个时期先秦诗歌研究的基本风貌。

进入40年代之后,先秦诗歌研究出现明显的向社会学靠拢的态势,是一种历史的转向,对这种历史转向发挥重要作用的人物是郭沫若。

郭氏在20世纪30年代初推出《中国古代社会研究》[5]一书,属于社会学著作。到了30年代中期,他的社会学方法便运用到楚辞研究领域。他在《屈原时代》[6]一文中写道:

> 知道西周乃至春秋时代是奴隶制,对于自春秋末年以来至嬴秦混一天下(公元前二二一)为止的三百年间,中国文化的那个灿烂的黄金时代,在社会史上的意义便可以迎刃而解。那个黄金时代的意义不外是奴隶制向身份制的转移之在意识形态上的反映。屈原是生于这个时代的后半期的人物(公元前三四〇年——二七八年),他和他的作品在社会史上的意义也就和浮

---

[1] 寇淑慧编:《20世纪诗经研究文献目录》,学苑出版社,2001年版,第98—100页。
[2] 初刊于民俗学会丛书本,中山大学语言历史研究所1930年排印。
[3] 初刊于上海商务印书馆,1946年版。
[4] 初刊于南通翰墨林书局,1947年版,《徐氏全书》第12种本。
[5] 初刊于上海联合书店,1930年版。
[6] 初刊于《文学》第6卷第2号,1936年2月。

雕一样呈现出来了。①

郭氏把屈原置于奴隶制向封建制转变的历史背景下加以观照,所关注的是两个方面的问题:屈原所属的阶级、其作品的意识形态方面的属性。郭氏正是从这两方面切入,对屈原及其作品给出如下结论:

> 屈原本是楚的贵族,和孔、墨等在北方居于野人的位置者不同。但屈原后于孔、墨一百余年。北方的奴隶解放运动和其意识上的新锐的革命思潮已经荡到南方。屈原在思想上便是受了儒家的影响,……而他在文学变革方面接受得尤为彻底。他把那种革命扩展到了诗域里去,他彻底地采用了民歌的体裁来打破周人的"雅颂"诗体的四言格调,彻底地采用了方言来推翻"雅颂"诗体的贵族性,他在诗域中起了一次天翻地覆的革命。②

郭氏对屈原的阶级定性是出身贵族而接受了奴隶解放的革命思潮,对屈原作品的定性是以民歌体裁、楚地方言推翻雅颂的贵族性。因此,他称屈原"是最伟大的一位革命的白话诗人"。郭氏评论采用的是阶级分析的方法,所下的断语还带有"五四"新文化运动的遗响。郭氏此文是屈原及楚辞研究社会学转向的先兆和信号。

进入40年代之后,郭沫若陆续发表一系列有关屈原和楚辞的论著,重申他的上述观点,其中以《屈原研究》③一书最具代表性。书中写道:"屈原的世界观是前进的、革命的,而他的方法——作为诗人在构思与遣词上的技术——却不免有些保守的倾向。"④郭氏对阶级

---

① 《郭沫若古典文学论文集》,上海古籍出版社,1985年版,第298页。
② 《郭沫若古典文学论文集》,上海古籍出版社,1985年版,第300页。
③ 初刊于重庆群益出版社,1943年版。
④ 《郭沫若古典文学论文集》,上海古籍出版社,1985年版,第197页。

分析方法的运用,已经达到相当熟练的程度。他对屈原所作的评价,与列宁论托尔斯泰非常相似。从世界观与方法论的矛盾入手去审视屈原,侯外庐的《屈原思想的秘密》①一文首开其端,郭氏受到启发,在书中提及此文。

郭氏在40年代运用社会学方法研究先秦诗歌,还把所涉范围由楚辞扩展到《诗经》,《由周代农事诗论周代社会》②就是写于这个时期。他通过对《周颂·载芟》的分析,确认周代井田制的存在:"要有井田制才能有这样大规模的耕种,也才能有这样十分本分而又类似夸张的农事诗。"③在此基础上,他对西周社会的性质作了认定:"总括地说,西周是奴隶社会的见解,我始终是毫无改变。"④这样一来,郭氏就从总体完成了用社会学方法审视先秦诗歌的工作,把《雅》《颂》定为奴隶社会的产物,屈原和楚辞则是由奴隶社会向封建社会过渡阶段的产物,实现了不同性质社会与相关作家作品的横向对应排列。

郭氏对先秦诗歌所作的社会学研究,许多时候表现出很大的任意性,不少结论脱口而出,无法得到验证。如:"《周颂》中祭神是没有用琴瑟的,琴瑟的出现当在春秋时代。""中国古代并无所谓三正交替的事实";"特别是那位宠姬郑袖,我倒感觉着她对于屈原这位美男子起过野心";《惜诵》所展示的"这大约是神经痛,不然便是肋膜炎"⑤。凡此种种,不仅毫无学术规范可言,而且有的评论是非学

---

① 初刊于《新华日报》,1942年4月22日。
② 初刊于《中原月刊》第1卷第4期,1944年9月。
③ 《郭沫若古典文学论文集》,上海古籍出版社,1985年版,第101页。
④ 《郭沫若古典文学论文集》,上海古籍出版社,1985年版,第108页。
⑤ 《郭沫若古典文学论文集》,上海古籍出版社,1985年版,第85、97、347、225页。

术性的,与文学无关。

这个时期运用社会学方法研究先秦诗歌,并且有所创获的,郑振铎是比较引人注目的一位。他的《汤祷篇》[①]、《玄鸟篇》[②],分别从祭祀和图腾崇拜的角度透视商代社会,涉及《大雅·云汉》《商颂·玄鸟》等作品,是30年代两篇重要的论文。进入40年代以后,郑氏对《诗经》的研究,采用的也是社会学的阶级分析方法。《黄鸟篇》[③]对《小雅》的两篇作品进行解析,认为《黄鸟》一诗的主角不是弃妇,"这首诗,我以为,便是一个受了虐待的苦作的赘婿写的'哀吟'"[④]。对于另一首诗,他也作了类似的认定:"《我行其野》的作者却是一个被遗弃的赘婿,他被妇家驱逐了出来,茫茫无所归,在呼吁着,在田野里漫步着,到底向什么方向去呢,还是回到自己的家乡吧。"[⑤]这两首诗在《小雅》中前后相次,古注把它们的主角说成是弃妇,认为两篇作品均是以女子口气进行倾诉。郑氏则是从古代到现代都存在的赘婿制度入手,断定这两首诗是赘婿之辞。从作品的实际情况考察,郑氏的推断更接近历史的原貌,已经得到学界的认同。

郑氏的《伐檀篇——"〈诗经〉里所见的古代农民生活"之一》[⑥],与郭沫若所作的历史分期不同,他认为《诗经》时代是初期封建的农业社会,而不是奴隶社会。文中写道:"《诗经》是一个无穷无尽的宝库,正像《旧约》里的《雅歌》,是人类的永久珠玉一样。我们在那里

---

① 初刊于《东方杂志》第30卷第1号,1933年1月。
② 初刊于《中华公论》第1卷第1期,1937年7月。
③ 初刊于上海《文艺复兴》第1卷第3期,1946年4月。
④ 《郑振铎古典文学论集》,上海古籍出版社,2009年版,第151页。
⑤ 《郑振铎古典文学论集》,上海古籍出版社,2009年版,第152页。
⑥ 初刊于《理论与现实》,复刊第3卷第1期,1946年5月。

可以掘发出不少古代社会的生活状态来,特别是古代农民们的生活的描写,在别的地方是发掘不到的。"①郑氏对古代农民生活状况的发掘,是从作品的具体叙事入手,揭示出那种制度给农民造成的痛苦,又注意到农民具有的自由、他们的理想和欢乐。郑氏以客观的态度运用社会学阶级分析的方法,所得出的结论能够经得起推敲和历史的检验。

先秦诗歌研究在40年代发生的社会学转向,在楚辞研究大家那里也有体现。

游国恩的《屈原》②是继他《楚辞概论》之后的又一部楚辞研究著作,书中写道:

> 我以为想了解屈原,至少要从以下几个方面来看:
> 第一,在一般人的观点中,屈原只是一个第一流的文人或诗家。不错,他是文人,也是诗家,但据我看,他本是一位有主张有见识的政治家。文学的成就,不过是他在政治上失败的结果。……
> 第二,政治家应该要有政治道德,不能朝秦暮楚,反复转变。……所谓"国无道,至死不变,强哉矫"者,就是指屈原这种人物。③

游氏的《楚辞概论》,主要从文学创作的成就方面论述屈原在文学史上的地位。写于二十年之后的《屈原》一书,则对屈原的政治角色予

---

① 《郑振铎古典文学论集》,上海古籍出版社,2009年版,第192页。
② 初刊于胜利出版社,1946年版。
③ 游国恩著,游宝谅编:《游国恩楚辞论著集》第三卷,中华书局,2008年版,第413—415页。

以特殊的关注,带有明显的时代烙印。

1944年,柳亚子发表《纪念诗人节——改定五月五日为诗人节的宣言》①。由诗人节的纪念活动而引发一场关于屈原阶级属性的争论。先是在当年6月25日成都诗人节纪念活动上,孙次舟称屈原是"文学弄臣"。针对他的这种说法,闻一多于1945年撰写了《屈原问题——敬质孙次舟先生》②一文。他在文中写道:"依我们的看法,是反抗的奴隶居然挣脱枷锁,变成了人,依孙先生的看法,是好好的人偏要跳入火坑,变成了奴隶,二者之间,何啻天渊之隔。"③闻一多和孙次舟的观点针锋相对,争论的焦点在于屈原是挣脱枷锁的奴隶,还是由人变成了奴隶。他们都是用阶级观念看待屈原,运用的是社会学的方法,就此而论,两人言论所体现的都是楚辞研究的社会学转向。闻氏在文中还写道:

> 我们要注意,在思想上,存在两个屈原,一个是"竭忠尽智,以事其君"的集体精神的屈原,一个是"露才扬己,怨怼沉江"的个人精神的屈原。在前一方面,屈原是"他自己的时代之子",在后一方面,他是"一个为争取人类解放……的斗争的参加者"。(引高尔基语)④

闻氏从群体和个体意识的角度揭示屈原本身的复杂性,注重诗人精神的意识形态属性,这正是社会学研究方法的重要聚焦点。

1946年,有关屈原阶级属性的讨论继续进行,闻一多写了《人民

---

① 初刊于《文学创作》,1944年5月15日。
② 初刊于《中原月刊》第2卷第2期,1945年10月。
③ 《闻一多全集》第5卷,湖北人民出版社,1993年版,第26页。
④ 《闻一多全集》第5卷,湖北人民出版社,1993年版,第26页。

的诗人——屈原》①一文,从四个方面论证屈原是人民诗人。第一,从身份上看,"屈原,依然和人民一样,是在王公们脚下被践踏着的一个"。第二,"《离骚》的形式,是人民的艺术形式。"第三,《离骚》"用人民的形式喊出了人民的愤怒"。第四,"屈原的言、行,无一不是与人民相配合的,虽则也许是不自觉的。"②闻氏列举充分的理由,认定屈原是人民的诗人,运用的还是阶级分析的方法。闻氏在《风诗类钞》的《序例提纲》中,提出自己研究《诗经》的方法是社会学的③。闻氏的上述楚辞学论文,正是社会学研究的结晶。和他用社会学方法研究《诗经》相比,这两篇楚辞论文的政治色彩更加鲜明。

先秦诗歌研究在20世纪40年代出现的政治学转向中,有些学者阶级分析方法已经运用得比较熟练,人民性、革命性等理念也开始深入人心。侯外庐、郭沫若模仿列宁评论托尔斯泰的方式观照屈原,闻一多援引高尔基的话语给屈原作历史定位和阶级定性。在这批学者那里,先秦诗歌研究已经与当时苏联的主流意识形态和理论实现了早期的接轨。

第二节 姜亮夫:宏通博放的治骚风格

姜亮夫的先秦诗歌研究,始于20世纪的20年代后期。先是研究《诗经》的诔语,即属于双声叠韵的联绵词,并且于30年代初期出版《诗经联绵字考》④一书。在整理这部书稿的过程中,姜氏得到启

---

① 初刊于《诗歌月刊》第3卷第4期,1946年。
② 《闻一多全集》第5卷,湖北人民出版社,1993年版,第28—29页。
③ 《闻一多全集》第4卷,湖北人民出版社,1993年版,第456页。
④ 上海商务印书馆,1923年初版。

示，遂于1928年左右为楚辞作校注，并在1932年写定《屈原赋校注》的初稿。后因抗日战争爆发，定稿一度毁于战火，后经对初稿整理补充，该书在50年代中期出版①。姜氏为该书所写序言的时间是1954年6月，但书中的研究成果主要是在三四十年代完成的，集中代表了他在这个历史阶段楚辞研究所取得的成就，并且形成宏通博放的治诗风格。

一、由词语切入的治诗路径

姜亮夫的先秦诗歌研究，首先是从词语切入，他早期发表的论文如《委蛇威仪说、燕誉说》②、《毛诗连语释例》③，都是对《诗经》的联绵词进行梳理，在个案分析的基础上进行综合概括。《毛诗连语释例》属于综合概括性论文，共分四部分，依次是连语之意义与生成、《诗经之连语》、连语字义之根据与毛《传》、毛《传》连语释例。论文把连语的生成列为五种类型：由造名而生成、由声音缓急之变而生成、因训诂而生成、因歌咏之曼声而生成、依自然而生成。连语的演变有南北之变、古今之变。其中毛《传》连语释例又分为联式、联义、重文三大类。联式里又有双声、叠韵、杂篇三个分类④。这部书是20世纪《诗经》语言研究的早期重要成果，已经初步显示出姜氏治诗注重文字训诂考据，从个别而走向一般的路径，以及建构体系的自觉意识。

姜亮夫的先秦诗歌研究，是从梳理《诗经》的连语发端。姜氏治

---

① 人民文学出版社，1957年初版。
② 初刊于《国学月报》第2卷第11期，1927年11月。
③ 初刊于国立中山大学语言历史学研究所《周刊》第8集第88期，1929年7月。
④ 姜亮夫：《楚辞学论文集》，上海古籍出版社，1984年版，第347—366页。

第三章 20世纪三四十年代:现代治诗范式的确立

骚保持自己的风格特点,并且进一步发扬光大,在词语训诂方面仍然予以充分关注。

楚辞是楚文化的产物,姜氏治骚非常重视其中的楚语。对于《离骚》篇名,他引《国语·楚语》所载伍举的"骚离"之语,并且写道:"伍举亦楚人,则离骚、骚离皆楚之方言矣。"①这是以楚语解楚辞,显得非常恰切。他在以楚语解楚辞的过程中,除援引古注外,还特别注意到楚语的方言属性。对《离骚》中的侘傺、婵媛之语,他在借鉴王逸注的同时,又引扬雄《方言》的解释加以补充,使得对字义的训释更加准确。

姜氏对楚辞词句的训释,善于从楚辞作品本身寻找内证。在解释《离骚》的婵媛一词时,就援引《九歌》的《湘君》和《九章》的《哀郢》《涉江》中出现的婵媛,以此确定词语的含义,立论坚牢。再如对《九章·思美人》中"媒绝路阻兮,言不可结而诒"所作的解释:

> 媒绝路阻,即《抽思》之"又无良媒在其侧";……言不可结而诒,即《抽思》之"结微情以陈词兮,矫以遗夫美人";结即结微情之结,贻与遗通用。《抽思》言结言以遗君,此则言已不可结而诒矣,即《抽思》篇末"忧心不遂,斯言谁告"二语也。②

姜氏把《思美人》和《抽思》的相关句子进行互证,是用楚辞作品本身的例句把两篇作品相贯通。这种解读方式不仅符合作品原意,而且揭示出两篇作品意蕴的相通。学界普遍认为,《思美人》作于屈原前

---

① 姜亮夫:《屈原赋校注》,人民文学出版社,1957年版,第3页。
② 姜亮夫:《屈原赋校注》,人民文学出版社,1957年版,第466页。

往汉北的贬谪途中,《抽思》则是到达汉北之后所作。两篇作品意脉相承,故有些句子可以彼此互证。

姜氏的楚辞释语,还关注它的多义性和具体所指,他在解释《离骚》的"长余佩之陆离"时写道:

> 陆离,美好分散之貌。寅按《九歌》"玉佩兮陆离",句义与此同。《九章》"带长铗之陆离兮,冠切云之崔嵬",则陆离又有委长之义。《离骚》"斑陆离其上下兮",是陆离有斑然之义,故洪补引许慎曰:"陆离,美好貌。"美好者,语其全貌,分散参差委长者,指其一德,实则诸义相集,乃能尽其用,而诸家用时,偏其一端,皆各有当,不必固言。①

许慎释陆离为美好貌,是概括性的解说。至于陆离在具体作品中的含义,则要复杂得多,因语境不同而各有侧重。姜氏提出陆离的多种含义,尤其是揭示出它有分散参差的内涵,把它的动态属性展现出来,尤为确切。

姜氏治骚注重词句训诂,这是其长处,而他的疏漏失误也往往出现在词句训诂。姜氏以梳理《诗经》连语开始治诗历程,他对楚辞的训解,经常出现将连语泛化的现象,从而出现失误。因将连语泛化而出现的偏差有两种情况:一种情况是本非联绵词而作为联绵词加以处理,第二种情况是将作品中的联绵词过度引申。

对《九章·惜诵》的伴、援所作的解释属于第一种情况:

> 伴,王、朱皆以为伴侣,不词之甚。寅按此伴字与下句之援字,盖叠韵联绵字,分作两韵字用,此古诗用韵之一法耳。……

---

① 姜亮夫:《屈原赋校注》,人民文学出版社,1957年版,第43—44页。

> 按伴援即《诗·大雅·皇矣》之畔援也。郑读援为胡唤反,则畔援又即《大雅·卷阿》之伴奂、《周颂·访落》之判涣矣。……《皇矣》"无然畔援",郑笺"跋扈也";此伴援本有三义,而郑笺为得(详余《诗骚联绵字考》)。言此跋扈之众人,又将何以为得,即无可奈何之意。①

《惜诵》有"又何以为此伴也""又何以为此援也"两句,上下呼应。这里的伴和援词义甚明,分别指同伴和援引之义。姜氏把它们视为联绵词拆解开来,并且又进一步引申为与畔援、伴奂、判涣属于同类,与原诗的意义相去甚远。

再看把联绵词泛化的第二种情况,这以对《抽思》中动容一词所作的解释最为典型:

> 按容读为搈,《说文》"动搈也";《广雅·释诂》"搈动也",古或借容为之,《广雅·释训》"容举动也";《孟子》"动容周旋,皆中礼";即借容为之。动容犹今言动摇。然中国字义,根于语根,语根同族者,以词性别为诸字;动摇云者,指其云谓之义,其在称名,则曰"童容";其在形颂,则曰"冲融";诸此词性,又展转相依,道通为一;吾人训释,宜为融贯;专执一偏,扞格遂多。即如秋风动容之句,虽为云谓之词,而义实疏状;故仅以动摇解之,虽已胜于旧注;而探赜之心,则尤未也。动容又有笼盖深广之义。……比合诸义以观,则秋风动容,犹言秋分冲融云耳。试更即此以求之,则自形容秋风,转为秋风之专名,即《九歌·河伯》之所谓"冲风起兮"之冲风兮。……则悲秋风之动容者,即《涉

---

① 姜亮夫:《屈原赋校注》,人民文学出版社,1957年版,第390—391页。

江》之"叹秋终之隧风"矣。①

《抽思》有"悲回风之动容"之句,王逸注:"动,摇也,言风起而草木之类摇动。"②朱熹《楚辞集注》沿袭王逸的说法。姜氏把动容释为动摇,并援引古代字书及《孟子》之文加以证明,确实很有说服力,已经超越古注。可是,后面所作延展引申,却是完全没有必要而且离作品本义愈来愈远。注意到词语的多义性,这是姜氏的擅长。然而,求之过广而把联绵字泛化,则失之愈远。

姜氏的词语训诂,还有的作品本来文从字顺,他却在解释时改字别训。如《涉江》有"钦秋冬之绪风"之语,王逸训绪为余,本已恰切,姜氏则称:"绪风绪字,古无是称,疑为隧之声借。"③再如《惜诵》有"矫兹媚以私处"之语,姜氏称:"此媚或即美之声误耶?"④媚,在《诗经》中往往指臣下对天子的忠诚。《大雅》的《假乐》和《卷阿》都称"媚于天子"。《惜诵》运用这个典故,媚字并非是美之声误。

二、大文化背景下的多维审视

《屈原赋校注》是在大文化背景下对楚辞进行多维审视,主要体现在以下几方面:

第一,对于音乐与诗歌的关联有深入的论述。

《九歌》是《屈原赋校注》论述得最为充分的一个板块,其中对音

---

① 姜亮夫:《屈原赋校注》,人民文学出版社,1957年版,第433—434页。
② 洪兴祖:《楚辞补注》,中华书局,1983年版,第137页。
③ 姜亮夫:《屈原赋校注》,人民文学出版社,1957年版,第406页。
④ 姜亮夫:《屈原赋校注》,人民文学出版社,1957年版,第399页。

乐与诗歌的关联探讨得尤为深入。其中写道:"古人直质,无所谓媟嬻也。其内容往往以扮演歌咏所祀之神与英雄之故事,是为后世戏剧之始,亦巫者主之。此虽被以祭祀之名,其实祭坛即剧场,古民众以社为聚会之所,度《九歌》亦沅湘之民,集于乡社,搬演其心目之中天神英雄故事。"①王国维的《宋元戏曲考》把中国古代戏曲的源头追溯到《九歌》,姜氏则在此基础上进一步加以发挥,把《九歌》的祭祀场所视为古代的剧场,各首歌诗就是在那里进行表演。对于《九歌》与音乐的关联,书中从多方面作了论述:由字数篇章证《九歌》入乐、由句法证《九歌》入乐、由用韵证《九歌》②,从而把《九歌》与音乐的密切联系作了充分的展示。

第二,关注宗教与楚辞的联系。

《屈原赋校注》把作为祭祀歌诗的《九歌》与其他楚辞作品相对比,专门论述屈子对宗教情感的两种处理法:

> 十三篇之所神祀者,以思想情愫之景仰为主,从理智分析,得其美蔽善恶之辨。而自理想中结构一别然之宇宙,与个人修垮自洁之理想相结合,而欲归依与景从;或个人情思无法处理之时,欲依神圣为自解之计。自神化中有个人理性存在,为高度之自觉感。至《九歌》十一篇,则全部为神鬼事迹之描写,其写情处,亦纯从神鬼自身事象上立意,或借其神威灵感,以赞叹欣赏之,或借神鬼夫妇燕昵之情,以歌咏之;即有所寓寄,亦仅能于词底窥测一二,非十三篇之直述冀望感念者可比。故《九歌》宗教

---

① 姜亮夫:《屈原赋校注》,人民文学出版社,1957年版,第182—183页。
② 姜亮夫:《屈原赋校注》,人民文学出版社,1957年版,第149—154页。

感情之处理，乃写实化之描写也；十三篇宗教情感之处理，乃理想化之描写也。①

设立"屈子对宗教情感之两种处理法"这个论题，并且根据楚辞作品的实际情况，把宗教情感的表现划分为两种类型。从论题的设定到具体论述，都富有创意，有较强的理论色彩。

那么，宗教感情两种不同的表现方式有哪些具体的差异呢？对此，书中作了如下概括："以其理想化之描写也，故：一、己身所受哀乐之感为最切；二、设喻之词为最多。以其为写实化也，故：一、写其事象为客观哀乐之象，而自身无移入情感之作用；二、亦无所假借于设喻之词，而可直陈事状。"②对于上述论断，姜氏列举具体作品分别加以印证。姜氏所说的理想化之描写，就是梁启超所说的浪漫派。姜氏曾经师从王国维、梁启超，他对楚辞与音乐、宗教关系所作的探讨，一方面继承王、梁二人已有的结论，同时又把研究进一步引向深入，得出的结论更加具体。

第三，从地域文化角度看待楚辞。

《屈原赋校注》既把楚辞看作南北文化融会的产物，又能突出它的楚文化特点。书中写道：

屈子本其世传天官史氏之学，承此风习，又两使于齐，与于稷下论说，乃以齐鲁老庄侈说之散文形式，本其矇诵瞍赋之义，抒写己情，引入敷陈情事，而为《离骚》《九章》《远游》《渔父》《卜居》诸篇，成为创造之文体。盖南北散文与南音诵赋之结

---

① 姜亮夫：《屈原赋校注》，人民文学出版社，1957年版，第187—188页。
② 姜亮夫：《屈原赋校注》，人民文学出版社，1957年版，第188页。

合,遂使小己忧思,与国政得失,两得表现于韵律谐畅之新文体中,连篇累牍,蔚为古今第一诗人。①

姜氏对于南北文化交流,战国诸子与楚辞的关联,均能充分兼顾。他把楚辞的出现概括为多种文化因素交互作用的产物,看到了文体生成的多个源头。

书中对于出自秦地的《诅楚文》作了专门论述:"夫巫咸乃南土所崇祀,且曾为秦穆、楚成齐盟之质。以全文而论,数怀王为纵长之罪为多,神不歆非类,则巫咸非秦所得祀。今则以愍告巫咸而诅楚,则必楚人恃巫咸威灵,以诅秦兵,当即汉人所传怀王祀神诅秦兵之言之义。"②把巫咸认定为楚地崇祀的神灵,使得楚地巫风盛行的结论进一步得到证实。同时,《离骚》中巫咸夕降的情节,亦可得到合理的解释。巫咸确实是带有鲜明楚文化色彩的神灵,所以,西汉王朝建立之后,朝廷对巫咸的祭祀由荆巫专门承担,具体记载见于《史记·封禅书》③。

《屈原赋校注》显示出姜氏开阔的文化视野,这是该书的重要特色,也是姜氏治骚的一大擅长。

三、多层面的体系构建

《屈原赋校注》有完整的体系,重视学术体系的构建,是姜亮夫楚辞研究的又一重要特色。他对音乐与楚辞关联所作的梳理,对楚辞宗教情感表现所作的论述,均是条分缕析,是他构建的楚辞研究体

---

① 姜亮夫:《屈原赋校注》,人民文学出版社,1957年版,第159—160页。
② 姜亮夫:《屈原赋校注》,人民文学出版社,1957年版,第179页。
③ 司马迁:《史记》,中华书局,1982年版,第1379页。

系的有机组成部分。除此之外,他还从以下三个方面构建体系:

第一,楚辞作品的题材类别。

《屈原赋校注》对楚辞作品作了明确的类别划分:

> 屈子之作,自寄情托兴与忧思慷慨诸端而分析之,大体分为三类:一则以《离骚》为本干,总其义类;以《九章》为枝叶,以《渔父》《卜居》条其理趣,渐为波澜;以《远游》充其情思,以尽其流。……
>
> 《九歌》独自为类,独立成篇,与屈赋任何一篇无脉血枝干之系;其中亦无个人感喟,亦不自称修洁;纯为客观之叙事,引出神鬼之职司故实,及妃匹相恋之情。
>
> 《天问》以学理为赋诵,与荀子《佹诗》诸赋相近,纯乎理智之作,盖等于齐鲁诸子论天道人事者矣。……其义为事理之发展,善恶之判断,与南学之老庄相近,而最似《道德经》五千言。①

以上对楚辞作品所作的类别划分,主要根据作品的题材、思想内容。情感型、纯客观叙事型、学理型,构成楚辞的三大类别。尽管其中对有的类别所作的定性尚存在可商榷之处,但总体上所作的划分是可以成立的,便于从总体上把握楚辞作品。

第二,楚辞作品的文化系统。

《屈原赋校注》追溯楚辞生成的根据,已经涉及它所属的文化系统,但未能进一步展开进行充分地论述。在对《远游》进行解题时,这个问题得到明确的回答:

> 至神仙之思,则最了之义,为长生久视之术,此本战代所最

---

① 姜亮夫:《屈原赋校注》,人民文学出版社,1957年版,第186—187页。

流行之一事。燕齐以求仙方而延年为主,(详《管子·内业》《晏子春秋》内篇)而楚南以养气而外生死为宗,(详《庄子》《列子》)故燕齐多方士,而楚南多隐逸;然两派虽各有胜义,各有宗主,而达生则一也。燕齐仙方之说,即秦始皇仙真人一流故事之所由,其为屈子所因依者少;而导引养气之义,始于南楚,且即与庄周、列御为之宗,与屈子近在咫尺;以一巫史兼任,又深习道家方士之说之屈子,于君国不可保,治道不能用,求死不忍之时,则发为外生死之思,以常人入世之思而论,此谓独善其身,与儒言并不相背;以宗子贤臣而论,此为自救救人之一途,与宗巫史官之立义亦不背。①

姜氏断定《远游》是屈原所作,结论固然可以进一步商榷,但是把这篇作品划入南方隐逸文学系列,并且与《庄子》《列子》等书相印证,则是合理的。姜氏所说的方士文化与隐逸文化,确实分属北方和南方,所作的划分对于研究秦汉文化及文学亦有启示意义。

第三,《九歌》内部的结构系统。

《屈原赋校注》把《九歌》作为一个有机的整体加以观照,其中写道:

> 以视《九歌》,则有节奏之钟鼓以迎送,有伴歌舞之笙竽琴瑟以歌唱,此乐舞进行之秩序亦适应于观众情愫发展之秩序也。是《九歌》者,沅湘民族以乐神亦以自慰者也。……其为有计划、有秩序之全套曲调,盖从可知矣。②

---

① 姜亮夫:《屈原赋校注》,人民文学出版社,1957年版,第522—523页。
② 姜亮夫:《屈原赋校注》,人民文学出版社,1957年版,第165页。

姜氏从《九歌》提供的内证判断,这是一组有秩序的歌诗,有固定的表演程序,各篇作品不是错杂无序地排列,而是有着自己的规则。对此,他对《九歌》的总体结构作了这样的说明:

> 按《东皇太一》,全篇皆歌礼备迎神之事,此舞中迎神之曲,而乐中之金奏也。……故《东皇太一》有词有曲,而舞容不具,故不入九数也。其《礼魂》一篇,则言成礼会鼓,传芭代舞,绝无其他至义,而韵语短促;以曲言,盖所以送上列九神者也;以乐言,则为群巫大合唱;以舞容言,则为全舞之合演,无主神,故亦不入于九数。①

这里把《礼魂》说成送神曲,并对它的乐曲和舞蹈表演的形态作了推测,是合理可信的。至于《东皇太一》是否纯为迎神曲,尚有待进一步证明。《九歌》所祭之神是否共计九位,也无法认定。姜氏把《九歌》所祭神灵分为三类:东皇太一、东君、云中君、大司命、少司命为天神,河伯、山鬼为地祇山川之神,湘君、湘夫人、国殇所祭为人鬼。前两类确实如姜氏所划分,而湘君、湘夫人是否纯为人鬼,则有进一步斟酌的余地。姜氏还写道:"又今本《东君》一篇,在《少司命》之后,恐非原旧本,疑本在《云中君》前,此盖有数证。"②除《东皇太一》《国殇》及《礼魂》外,姜氏把其他八位神灵划分为四组,东君与云中君相配,这是他怀疑错简的理由之一。姜氏论《九歌》的总体结构,已开启现代楚辞研究重新编排《九歌》的风气,尽管没有大改大动,但所作的编排是否合乎《九歌》表演的原貌,尚值得怀疑。至于认定

---

① 姜亮夫:《屈原赋校注》,人民文学出版社,1957年版,第193页。
② 姜亮夫:《屈原赋校注》,人民文学出版社,1957年版,第194页。

云中君为月神,山鬼为巫山女神,皆为推测所得,难以证实。

总之,《屈原赋校注》所构建的体系,有的符合作品的实际,可以成立;有的则属于猜想和假设,无法成为定论。

四、历史的推移及结论的更改

《屈原赋校注》初稿完成于20世纪30年代初,而最终出版则是在50年代,中间经历二十余年。在此期间,有些结论也随着时间的推移而有所更改,主要体现在两个问题上:

一是楚文化与夏文化的关联问题。姜氏的《九歌解题》[①]作于1948年,其中特别强调楚文化对夏文化的继承,往往用夏文化对作品加以解说。《九歌解题》中写道:"上节所记,所以明《九歌》之为夏歌,非谓屈赋《九歌》之即为夏歌也,夏歌盖已久亡不可知,而屈赋则本之夏俗,翻以新词者也。"[②]这是断定《九歌》的翻以新词本之夏俗。对于《九歌》中的某些事象,也以夏文化进行阐释:"而《九歌》有河神者,必本于夏之遗习无疑。""又《九歌》中诸言车驾,皆曰龙驾车辀,……龙者夏民族所奉以为宗神者也。"[③]这是强调《九歌》所保留的夏文化因素,楚文化是对夏文化的继承。到了《屈原赋校注》,上述说法在一定程度上作了调整,认为《九歌》所反映的"皆确然为楚人民之故俗"[④],不再称它本之夏俗。《云中君》有"览冀州兮有余"之语,《九歌解题》称:"此作夏人语,非屈子自道之词矣。"[⑤]到了《屈

[①] 初刊于《学原》第2卷第2期,1948年6月。
[②] 姜亮夫:《楚辞学论文集》,上海古籍出版社,1984年版,第285页。
[③] 姜亮夫:《楚辞学论文集》,上海古籍出版社,1984年版,第287—288页。
[④] 姜亮夫:《屈原赋校注》,人民文学出版社,1957年版,第143页。
[⑤] 姜亮夫:《楚辞学论文集》,上海古籍出版社,1984年版,第287页。

原赋校注》,没有再作这种解释。楚文化和夏文化的关联,是一个很复杂的问题,姜氏上述所作的调整,反映出他对这个问题在认识上的转变。

二是《九歌》祭祀的宫廷与民间属性问题。

《九歌解题》对《九歌》的祭祀有如下论述:"《九歌》中,东皇太一、东君、云中君、大司命、少司命属于天神,河伯、山鬼属地祇山川之神,湘君、湘夫人、国殇属人鬼,皆非齐民所得崇祀可知。"[1]这是根据祭祀对象作出判断,《九歌》反映出的是楚国宫廷主持的祭祀,而不是沅、湘一带的民间祭祀所用。结论由作品本身得出,自可另立一说,推倒王逸注及旧说。到了《屈原赋校注》又回归王逸注,否定以前的说法:"而余旧说亦以《九歌》乃夏楚旧乐,翻为郊祀乐章,亦失之好奇。年来稍有所得,然后知王逸之言为不可易,请次第论之。"[2]种种修正的是非得失,至今仍难以断定。至于修正的原因,可能与那个时期强调人民性的时代背景有关。

汤炳正对姜亮夫的学术风格作过如下概括:"他早年师事梁启超、王国维;后来拜章太炎先生为师,则是在30年代初期。……从学术风格上讲,梁任公的特点是活泼,王国维的特点是坚实,太炎先生的特点是深邃。但姜君得之于师承者,则似乎以任公的学术风格更为显著一些。"[3]姜亮夫转益多师,他研治诗歌注重词语的训诂考证,具有开阔的学术视野和构建体系的自觉意识和能力,继承的是前辈学者的传统。为其学术个性和特长所决定,他的楚辞研究形成的是

---

[1] 姜亮夫:《楚辞学论文集》,上海古籍出版社,1984年版,第286页。
[2] 姜亮夫:《屈原赋校注》,人民文学出版社,1957年版,第141—142页。
[3] 汤炳正讲述,汤序波整理:《楚辞讲座》,广西师范大学出版社,2006年版,第233页。

宏通博放的风格,这种风格贯穿他治诗活动的始终,汤氏所作的评价可谓公允不易之论。

第三节 闻一多:剖石取玉、龙颔探珠式的治诗历程

闻一多的先秦诗歌研究,始于20世纪20年代后期,到30年代进入鼎盛阶段。闻氏的先秦诗歌研究,所涉领域广泛,采用的方法多种多样,在当时的学术界独树一帜。闻氏的治诗,所选择的是剖石取玉、龙颔探珠的方式,以标新立异为宗旨。这种治诗方式使得他的研究新见迭出,同时也疏漏时见。

一、从《性欲观》到《说鱼》:弗氏理论的运用

闻一多首篇有重大影响的论文是《〈诗经〉的性欲观》[①],这篇论文运用弗洛伊德的泛性论、潜意识理论解读《诗经》,集中探讨《诗经》对性欲的表现,文中写道:"《诗经》表现性欲的方式,可分五种。(一)明言性交,(二)隐喻性交,(三)暗示性交,(四)联想性交,(五)象征性交。"[②]闻氏把《诗经》众多物类事象分别归入上述五种类型,得出一些富有启示性的结论。如对水鸟捕鱼事象的分析就极其精辟:

> 还有《诗经》里常常用水鸟比男性,鱼比女性,鸟入水捕鱼比两性的结合。如《白华》云:"有鹙在梁,有鹤在林。维彼硕人,实劳我心",和这诗里的"维鹈在梁,不濡其咮。彼其之子,

---

① 初刊于《时事新报·学灯》,1927年7月9、11、12、14、16、19、21日。
② 《闻一多全集》第3卷,湖北人民出版社,1993年版,第170页。

不遂其媾"，都是讲水鸟不入水捕鱼，只闲着站在梁上，譬如男人不来找女人行乐，所以致令她等得心焦。①

文中所说的"这诗"指的是《曹风·候人》。把水鸟捕鱼与男女交媾相贯通，这种解读方式对于《诗经》中的同类事象基本都能适用，具有一以贯之的性质。闻氏提到的这类物象还有风、雨、虹等，都把它们视为表示两性交媾的象征，其中对于虹所作的解说最为恰切。这篇论文反映出闻氏解诗的一个特点，那就是透过表面的物类事象而发掘它的深层意蕴，可以说为研读《诗经》提供了多个可以解谜的钥匙。

闻一多所采用的这种原型批评的研究方法，在《说鱼》②一文中发挥到极致，他援引大量近代民歌，用以证明《诗经》中出现的鱼带有隐语的性质："正如鱼是匹偶的隐语，打鱼、钓鱼等行为是求偶的隐语。"③文中列举烹鱼、吃鱼、钓鱼等多种与鱼相关的事象，把它作为隐语加以破译，均能符合作品的本义，实现了历史还原。论文在探讨鱼成为匹偶隐语的原因时，归结为古代的生殖崇拜，鱼因繁殖力强而成为匹偶隐语。虽然得出的并非不拔之论，却富有启示性。《说鱼》与《〈诗经〉的性欲观》一脉相承，前后呼应，为用原型批评的方法解读《诗经》作了阶段性的总结。

闻氏采用原型批评的方式解读《诗经》，把其中许多物类事象乃至词语都看作象征型，努力去挖掘其中的暗示意义。这是一项有学术价值同时又有很大风险的工作。闻氏用原型批评的方法解读《诗

---

① 《闻一多全集》第3卷，湖北人民出版社，1993年版，第175页。
② 初刊于《边疆人文》第2卷第3、4期，1945年。
③ 《闻一多全集》第3卷，湖北人民出版社，1993年版，第240页。

经》,其偏差主要出现在两个方面:一是对性欲的泛化,有泛性论的倾向,二是对作品及词语的把握不够准确。

泛性论所产生的流弊,是把一些物类事象牵强地、过分地与性欲联结在一起。如对《郑风·野有蔓草》和《唐风·绸缪》中的"邂逅"均释为性交,把《邶风·终风》中的"谑浪笑敖"的"谑"字释为性虐待,把《邶风·谷风》《齐风·敝笱》中出现的用以捕鱼的笱,说成是隐喻女阴。凡此种种,都是泛性论所造成的曲解,从中可以看出弗洛伊德学说的负面影响。

闻氏对作品及字句的训释有时过于主观武断,从而导致误读。如对《曹风·候人》一诗的解释,他采用清人魏源的说法,认为这首诗以曹国三百美女乘轩为背景,在此基础上进行解说,实属望风捕影。字句训诂的过于牵强,以《新台鸿字说》[1]最为典型,文中称:"推知鸿与苦蠪为语之变,而苦蠪实蟾蜍之异名,则古有称蟾蜍为鸿者,亦从可知矣。"[2]闻氏为了证明《邶风·新台》中的鸿是癞蛤蟆,广征博引,辗转音训,以强证己说。可是,《豳风》有"鸿飞遵渚",《小雅》有以《鸿雁》名篇者,这两篇作品中的鸿均指鸿鸟。释鸿为蟾蜍,在《诗经》中找不到内证,其结论无法成立,闻氏后来在《说鱼》一文中对此作了修正。其实,《新台》中的鸿不必强释为蟾蜍,而直接释为捕鱼的水鸟,与闻氏的原型批评理论正相契合。闻氏对此所作的修正,是他为完善自己原型批评体系而作的努力和弥补。

闻一多兼诗人、学者于一身,他对《诗经》的解读,往往以优美的文笔创造出新的境界,他在分析《郑风·野有蔓草》时写道:

---

[1] 初刊于《清华学报》第10卷第3期,1935年7月。
[2] 《闻一多全集》第3卷,湖北人民出版社,1993年版,第195页。

　　　　你可以想象到了深夜，露珠渐渐缀满了草地，草是初春的嫩芽，摸上去，满是清新的凉意。有的找到了一个僻静的岩下，有的选上了一个幽静的树阴。一对对的都坐下了，躺下了，嘹亮的笑声变成了低微的絮语，絮语又渐渐消失在寂默里，仿佛雪花消失在海上。①

《郑风·野有蔓草》叙述情人相会，是春天还是秋季，是白日还是夜晚，是在平原还是在山脚，是一对情侣还是情侣群体，诗中俱无交待。以上文字说是闻氏的想象则可，认为是原诗所写则无迹可寻。这是对原诗的改编和再创造，而不是对它的历史还原。《〈诗经〉的性欲观》所呈现的这种解诗风格，贯穿闻氏治诗历程的始终。

二、从《尺牍》到《解诂》：社会学方法的运用

　　1934年，闻一多作《匡斋尺牍》②，反映出他对研究方法的思索。文中写道："你该记得《诗经》的作者是生在起码两千五百年以前。用我们自己的眼光，我们自己的心理去读《诗经》行吗？惟其如此，我们才要设法建立一个客观的标准，虽则客观依然是相对的。"③闻氏所说的要建立一个客观的标准，实际是要找到科学的方法，对作品进行最大限度的历史还原。接着，闻氏指出建立客观标准遇到的三重障碍：推论缺少根据，用后代印证前代会面临时间的雾障，研究者主观对作品的生疏。那么，究竟应该采取什么样的研究方法呢？

---

① 《闻一多全集》第3卷，湖北人民出版社，1993年版，第172页。
② 前十节初刊于《学文月刊》第1卷第1、3期，1934年。
③ 《闻一多全集》第3卷，湖北人民出版社，1993年版，第200页。

第三章　20世纪三四十年代：现代治诗范式的确立

《风诗类钞》(甲)的《序例提纲》对此作出了回答。他把旧的研究方法归结为经学的、历史的、文学的三种。闻氏所要采取的方法则是"社会学"的，"略依社会组织的纲目将《国风》重新编次三大类目：1、婚姻2、家庭3、社会"，其目的是使《国风》"可当社会史料文化史料读"①。从闻氏本身的研究实践看，他所说的社会学的方法，很大程度上是文化学的方法。

运用社会学、文化学的方法观照《诗经》，在《匡斋尺牍》就已经作了初步的尝试，他在讲析《周南·芣苢》时写道：

> 再借社会学的观点看。你知道，宗法社会里是没有"个人"的，一个人的存在是为他的种族而存在的，一个女人是在为种族传递并蕃衍生机的功能上而存在着的。……这样看来，前有本能的引诱，后有环境的鞭策，在某种社会状态下，凡是女性，生子的愿望没有不强烈的。②

闻氏从社会学、文化学角度审视《芣苢》一诗，把妇女采芣苢以利生育的行动，与女性的本能、社会环境的作用联系起来，用以说明其合理性、必然性。

《姜嫄履大人迹考》③则是运用文化人类学的研究方法，对《大雅·生民》所载姜嫄履帝足迹而生后稷的传说加以解释：

> 履帝迹于畎亩中，盖即象征畯田之舞，帝(神尸)导于前，姜嫄从后，相与践踏于畎亩之中，以象耕田也。……以意逆之，当

---

① 《闻一多全集》第4卷，湖北人民出版社，1993年版，第456页。
② 《闻一多全集》第3卷，湖北人民出版社，1993年版，第205—206页。
③ 初刊于《中央日报·史学》第72期，1940年。

时实情,只是耕时与人野合而有身,后人讳言野合,则曰履人之迹,更欲神异其事,乃曰履帝迹耳。①

在经学治诗的时期,姜嫄履大迹而生后稷的传说笼罩了神秘的色彩,不许人们对其中的"帝"有任何怀疑,确认姜嫄生后稷就是因为踩了天帝足迹所致。闻氏所作的解释,揭下了这个传说的神秘面纱,向历史还原迈进了一步。

闻一多的楚辞研究,采用社会学、文化人类学的方法更为频繁,《离骚》有"哀高丘之无女"这句诗,闻氏在《离骚解诂》(甲)②中写道:"惟高丘若即巫山之高丘,则'哀高丘之无女'必谓巫山神女。"③这是认定《离骚》所说的高丘,就是位于楚地的巫山,而高丘之女就是指巫山神女。《离骚解诂》(乙)是他生前未曾刊发的手稿,其中对高丘及神女又作了进一步考辨:

案古所谓昆仑,初无定处,诸民族各以其境内大山为昆仑,则楚人之昆仑即巫山,自无不可。……而巫山即楚昆仑,故巫山神女亦曰帝女也。要之王氏一说高丘为阆风上山,一说又以为楚地名,其实一而二,二而一尔。④

闻氏断定古代先民观念中的昆仑神山并非一处,而是因为所居地域不同而存在方位上的差异,可谓卓识。至于把楚人想象中的昆仑说成就是巫山,虽然不甚确切,但大体方位近之。《九章·悲回风》写道:"冯昆仑以瞰雾兮,隐岷山以清江。"楚人想象中的昆仑在岷山一

---

① 《闻一多全集》第3卷,湖北人民出版社,1993年版,第52—53页。
② 初刊于《清华学报》第11卷第1期,1936年1月。
③ 《闻一多全集》第5卷,湖北人民出版社,1993年版,第269页。
④ 《闻一多全集》第5卷,湖北人民出版社,1993年版,第319页。

带,临近长江上游。岷山、巫山都位于楚国西北,空间方位有其一致之处。

《离骚》还提到有娀氏之佚女,对此,《楚辞解诂》(乙)也作了考辨,闻氏首先援引《吕氏春秋·音初篇》有关有娀氏二女居于九层之台的记载,然后写道:

> 谓女有淫行,禁居之台上,食时则鸣鼓以为号,使来受食也。《列女传·辨通篇》齐威虞姬传曰:……虞姬以有淫行而闭诸台上,事与有娀氏同符。《左传·僖公十五年》杜《注》曰:"古之官闭者,皆居之台以抗绝之。"然则佚女台居即女子官刑之滥觞。(《高唐赋》曰:"我帝之季女,未行而亡,封于巫山之台。"行犹嫁也,亡亦逸也,封亦闭也。本谓未嫁而奔逃,因被闭于巫山之台,传说讹变,乃以亡为死亡,又以被闭为受封耳。)[①]

闻氏采用同类相校互证的方法,把一系列女居高台的文献加以联缀,最后得出自己的结论。这是从文化学的角度审视属于同类的相关事象,所作的判断是以往所未见,足以自立一说。闻氏另有《高唐神女传说之分析》[②]、《〈高唐神女传说之分析〉补记》[③]二文,采用的都是文化学的研究方法。

《九歌》的首篇是《东皇太一》,他的遗稿《东皇太一考》[④],亦是用文化学的方法来审视太一之神:

> 伏羲是苗族传说中全人类共同的始祖,……楚人自北方移

---

① 《闻一多全集》第5卷,湖北人民出版社,1993年版,第322页。
② 初刊于《清华学报》第10卷第4期,1935年9月。
③ 初刊于《清华学报》第11卷第1期,1936年1月。
④ 初刊于《文学遗产》1980年第1期。

植到南方，征服了苗族，依照征服者的惯例，他们接受了被征服者的宗教，所以《九歌》里把太一当作自家的天神来祭，而《高唐赋》叙述楚襄王的故事，也说到"醮诸神，礼太一"。①

按照闻氏的说法，"太一又称东皇太一，则东皇也就是伏羲"。闻氏是运用文化学的方法进行推理，得出东皇太一就是苗族祖先神伏羲。伏羲，后来又称太暤伏羲氏，在五行说体系中，正是把太暤与东方相配，称为东方之帝。

闻一多运用社会学、文化学方法研究先秦诗歌，虽然得出的结论有待于进一步验证，能够成为定论者不多，但是，他的开创性建树在那个时代罕与伦比，卓然自立。

三、从《新义》到《解诂》：朴学治诗的历史回归

《诗经新义》②等一系列以词语辨析为主的论著，显示出闻一多先秦诗歌研究的又一种路数，即向清代朴学的历史回归，继承的是乾嘉学派的余绪。

《诗经新义》对《诗经》的23组词语进行考释，其中多有新意。

闻氏词语考释的特点之一，是带有一以贯之的性质，即把所释词语置于整部作品中加以考察，得出的结论带有普适性。如《周南·桃夭》首句"桃之夭夭"，鲁诗、韩诗俱释为"茂也"，毛《传》称"夭夭，其少壮也"③。闻氏对此作了驳正：

> 《说文·夭部》："夭，屈也。"《凯风篇》曰："凯风自南，吹彼

---

① 《闻一多全集》第5卷，湖北人民出版社，1993年版，第378页。
② 初刊于《清华学报》第12卷第1期，1937年1月。
③ 王先谦：《诗三家义集疏》，中华书局，1987年版，第41页。

棘心,棘心夭夭。"谓棘受风吹而屈曲也。①

释夭夭为屈曲,能在《说文》中找到根据,并且可以对《诗经》中出现的"夭夭"之语作前后贯通的解释。"桃之夭夭",桃树枝干是屈曲的,故桃又称蟠桃。"棘心夭夭",棘指枣树,也是屈曲之状。棘为屈曲之状,故衣领称为襋。

《九歌解诂》是闻一多对楚辞进行词语考释的另一部重要著作,他对相关词语所作的解释,同样带有普适性。《东君》首句是"暾将出兮东方",王逸释暾为"盛大"②,朱熹释为"温和而明盛"③,对此,闻一多作了辨析:

  暾之为言团也。《诗·东山》"有敦瓜苦",《传》:"敦犹专专也。"专、团古今字。古彝器有敦,其状浑圆如球,暾即敦字,以其状日形,故加日旁。《乐府·西乌夜飞》:"日从东方出,团团鸡子黄。"《九叹·远逝》:"日暾暾其西舍兮",日出入时,其形圆犹显,故皆曰暾。④

这段论述不但贯通了《诗经》和楚辞,而且还涉及后代民歌,并以器物形制加以验证,所作的解释确实与作品的本义相合,道出了太阳初升之际的形态特征。

  闻氏词语考释的另一个特点,是注意词语的特殊意义,而不只是看到它的常见意义。《周南·汉广》篇提到"言刈其楚",闻氏先是写道:"楚有草木二种,木类之楚,人尽知之,草类之楚,盖

---

① 《闻一多全集》第3卷,湖北人民出版社,1993年版,第258页。
② 洪兴祖:《楚辞补注》,中华书局,1983年版,第74页。
③ 朱熹:《楚辞集注》,上海古籍出版社,1979年版,第41页。
④ 《闻一多全集》第5卷,湖北人民出版社,1993年版,第456页。

知之者寡。"①接着,他援引《管子·地员》篇"其草宜楚棘"之语,用以证明楚有时确指的是草。最后写道:

> 知楚为草类,则《汉广篇》曰"翘翘错薪,言刈其楚。之子于归,言秣其马","翘翘错薪,言刈其蒌。之子于归,言秣其驹",谓以楚与蒌为秣马之刍耳。②

楚字在《汉广》诗中指的是草类植物,用于充当马匹的饲草。闻氏对楚字所作的确切解释,实际上道出了上古婚俗的一项重要内容,即新郎要为女方驾车的马备足饲草,把饲草作为一种新婚礼物奉献给对方。《唐风·绸缪》的叙事,讲述的就是此种礼仪。

再如《召南·小星》有"抱衾与裯"诗句,历来都解"抱"为抱持。按它的常见意义加以解释。由此而来,诗的主角被说成女性,郑玄《笺》:"诸妾夜行,抱衾与床帐,待进御之次序。"③这是说众妾抱持床帐,等待男子临幸。胡适、顾颉刚则把这句诗释为妓女怀抱铺盖到店里接客④。闻一多对此作了全新的解释:

> 今案抱当读为抛。……"抛衾与裯"者,妇人谓其夫早夜从公,抛弃衾裯,不遑寝息,殆犹唐人诗"辜负香衾事早朝"之意与。⑤

抱,指抛弃,这是它的特殊含义,《小星》所用的正是这种意义。闻氏所作的解释,在很大程度上还原了这首诗的历史本来面目。

---

① 《闻一多全集》第3卷,湖北人民出版社,1993年版,第262页。
② 《闻一多全集》第3卷,湖北人民出版社,1993年版,第264页。
③ 王先谦:《诗三家义集疏》,中华书局,1987年版,第107页。
④ 顾颉刚编:《古史辨》第三册,上海古籍出版社,1982年版,第585页。
⑤ 《闻一多全集》第3卷,湖北人民出版社,1993年版,第279—280页。

第三章 20世纪三四十年代:现代治诗范式的确立

闻氏对诗歌词语训释的第三个特点,是努力揭示它的深层含义,而不是停留在词语的表层。《诗经通义》(乙)对《邶风·静女》作了如下解释:

> 从青之字有小义。《广雅·释诂》二:"精,小也。"《说文》:"靖,一曰细貌。"《山海经·大荒东经》:"有小人国,名靖人。"《硕人》释文引王肃注:"蜻蛚,如蝉而小。"《吕氏春秋·精谕篇》:"每居海上从蜻游",注:"蜻,蜻蛚,小虫细腰四翅。"……是静亦当有小义。静女犹淑(叔)女、季女,皆少女也。《易林·同人之随》:"季姬踟蹰,望我城隅。"《涣之遯》同,《谦之巽》作季姜,是齐说正训静为小。①

古代齐诗学派有把静女释为少女的倾向,但没有明确地加以表述。闻氏对齐诗的说法有所借鉴,同时又援引大量文献加以证明,使结论更加明确、坚牢。《释名·释采帛》:"青,生也,象物生时色也。"青和生音义相通,字形是草初生之象。因此之故,字形从青者往往有少小之义。闻氏将静女释为少女,这就解决了该诗长期悬而未决的一个问题,即诗的主角究竟是静女还是荡女的争论。闻氏对《周南·关雎》中的淑女,亦解为少女:"淑女,犹季女静女,皆少也。"②这种解释道出了词语的深层意蕴,并且能够在古文字那里找到根据。

闻一多对《诗经》词语的训释,有一个庞大的计划。《风诗类钞》(甲)所列的研究《序例提纲》,就包括语言学方面的内容,涉及声韵、文字、意义③,兼顾词语的音、形、义。《风诗类钞》(乙)以解释疑难词

---

① 《闻一多全集》第4卷,湖北人民出版社,1993年版,第97页。
② 《闻一多全集》第4卷,湖北人民出版社,1993年版,第11页。
③ 《闻一多全集》第3卷,湖北人民出版社,1993年版,第457页。

175

为重点。至于《诗经词类》，则是计划为全部《诗经》划分词类，相当于《诗经》的词典，其中有的词语已经作了深入的辨析。惜其天年不永，未能完成这个计划。他的《楚辞斠补》《楚辞校补》《离骚解诂》，也是把词语训诂作为重点。

闻一多对《诗经》词语的考释，新意迭出，建树颇多。而在解释楚辞时，却出现主观性过强而刻意求新的倾向，许多考释难以成立。其中最主要的弊病是经常改易原文而另作别解。如《天问》的"伯禹愎鲧"，闻氏认为"'禹''鲧'二字当互易"[1]。《大招》中的"魂魄归来"，闻氏认为"疑魄皆乎之误"[2]。这类改易原文的训释方式，很大程度出于对相关词语的隔膜，是不理解原词本义而采取的刚性措施。

四、信古与疑古交织的结构重组

闻一多对楚辞的解读，不但经常改易原文的词语，而且往往对文本的编次表示质疑，并且重新加以编排。他所作的调整有的是合理的，多数则是缺少根据，出于主观臆断。

先看第一种情况。《离骚》中有"曰黄昏以为期兮，羌中道而改路"两句，洪兴祖《补注》："疑此二句后人所增耳。"[3]闻一多赞同洪兴祖的看法，并据《文选》及唐写本《集注》加以证明[4]，立论稳妥。《九歌·少司命》有"与女游兮九河，冲风至兮水扬波"两句，洪兴祖

---

[1] 《闻一多全集》第5卷，湖北人民出版社，1993年版，第156页。
[2] 《闻一多全集》第5卷，湖北人民出版社，1993年版，第218页。
[3] 洪兴祖：《楚辞补注》，中华书局，1983年版，第10页。
[4] 《闻一多全集》第5卷，湖北人民出版社，1993年版，第55页。

《补注》:"此二句,《河伯》中语也。"①闻一多沿袭洪兴祖的看法②,所作的判断也是正确的。

闻氏根据自己的判断而对楚辞篇章结构加以重组,主要有两种类型:一是在同一篇作品中调整句子的先后次序,二是对楚辞作品之间的次第进行重新编排。

《离骚》第二段有如下四句:"昔三后之纯粹兮,固众芳之所在。杂申椒与菌桂兮,岂维纫夫蕙茝。"对此,闻氏在《离骚斠补》(乙)③中写道:

> 案上云"乘骐骥以驰骋兮,来吾导夫先路",下云"彼尧舜之耿介兮,既遵道而得路",上下皆言行路,中忽插入此四句,文意梗滞,其为错简,殆无可疑。今案杂椒桂、纫蕙茝,仍以服饰言,纫蕙茝之纫,即前"纫秋兰以为佩"之纫,故四句当在彼文之下。④

《离骚》的"昔三后之纯粹"以下四句,采用的是象征笔法,是以香花芳草比喻贤人,对此,王逸注已经指明,并且论述得很充分。尧、舜的杂用众贤,何尝不是抽象意义上的"行路"?闻氏对原文的理解流于表面,故断定今本《离骚》错简。

对《九章·涉江》中自"被明月兮佩宝璐"以下八句,闻氏写道:"今案此段当是《惜诵》末段及乱辞而窜入本篇者,其间复有缺佚,语次亦稍颠倒。"⑤为什么得出这种结论,闻氏没有提供任何理由和证

---

① 洪兴祖:《楚辞补注》,中华书局,1983年版,第73页。
② 《闻一多全集》第5卷,湖北人民出版社,1993年版,第60页。
③ 初刊于《清华学报》第11卷第3期,1936年6月。
④ 《闻一多全集》第5卷,湖北人民出版社,1993年版,第72页。
⑤ 《闻一多全集》第5卷,湖北人民出版社,1993年版,第92页。

据，自然无法令人置信。

闻氏认为楚辞作品存在篇目之间的排列失序，主要是针对《九歌》而言。他认为《九歌》中的《东君》与《云中君》应该前后相次，而不应该中间隔断，他在《楚辞斠补》(甲)①中写道：

> 案《九歌》十一篇中，东皇太一为天神之最尊者，自非诸神所可比拟。自余诸神，皆两两相偶，各为一组。……惟东君与云中君皆天神之属，其歌辞亦当合为一组。乃今本二篇部居悬绝，无例可寻，是必传写失其旧次矣。……今拟移《东君》于《云中君》前，使相毗连，合为一组，庶几十一篇之次第，有条不紊，而《九歌》之面目，得以复其旧观矣。②

认为《东君》应和《云中君》前后相次，姜亮夫亦持这种看法③。闻一多列举《史记·封禅书》中"东君、云中君"连言之例，用以说明《九歌》传写失次。《史记·封禅书》称："晋巫祠五帝、东君、云中君、司命、巫社、巫祠、族人、先炊之属。"④按照闻氏的逻辑，既然《封禅书》中东君、云中君前后相次，因此，《九歌》的旧本也应该是《东君》排在《云中君》之前。可是，《封禅书》在提到云中君之后，紧接着出现的是司命，而今本《九歌》在《云中君》之后的是《湘君》《湘夫人》，而不是《大司命》和《少司命》。显然，闻氏立论的根据难以成立，他和姜亮夫对《九歌》篇目次序所作的重新编排，未必是对《九歌》旧次的历史还原。

---

① 初刊于武汉大学《文哲季刊》第5卷第1期，1935年11月。
② 《闻一多全集》第5卷，湖北人民出版社，1993年版，第61页。
③ 姜亮夫：《屈原赋校注》，人民文学出版社，1957年版，第194页。
④ 司马迁：《史记》，中华书局，1982年版，第1378页。

第三章　20世纪三四十年代：现代治诗范式的确立

在对《九歌》的编排次第进行重组之后，闻氏又在《九歌古歌舞剧悬解》中，对各篇作品的表演方式作了具体说明。如：《东君》和《云中君》是一组，《东君》的表演方式有男音独唱、合唱等四段，《云中君》有女音合唱、男音独唱等六段。《湘君》和《湘夫人》的角色又有女甲、女乙之分，女甲为湘君，女乙为公子，采取对唱的方式。其他《大司命》《少司命》为一组，《河伯》《山鬼》为一组，也都出示各种表演方式①。闻氏还断定，《九歌》中"被迎送的神只有东皇太一"，"其他九神论地位都在王之下，所以典礼中只为他们设享，而无迎送之礼"②。对于迎神之礼，闻氏作了具体的描写：

> 黄昏时分。从四面八方辐辏而来的鼓声，近了，更近了，十分近了。
>
> 神光照得天边通亮。满坛香烟缭绕。
>
> 男女群巫，和他们所役使的飞禽走兽以及各种水族，侍立在两旁。
>
> 楚王左带玉珥剑，右带环佩，率领着文武百官，在庄严肃穆的乐曲声中，鱼贯而出，排列在祭坛下。
>
> 坛右角上，歌声从以屈大夫为领班的歌队中泛起。③

这里采用的是文学剧本的笔法，说是对《东皇太一》的改编或再创作倒是恰如其分。至于当时楚国是否有这样的迎神礼、是否有把如此品类繁杂的神灵一道加以祭祀的举措，都无从得到验证。闻氏也许感到《九歌》是合祭众神的歌舞表演之说还有进一步加以论证的必

---

① 《闻一多全集》第5卷，湖北人民出版社，1993年版，第397—415页。
② 《闻一多全集》第5卷，湖北人民出版社，1993年版，第342页。
③ 《闻一多全集》第5卷，湖北人民出版社，1993年版，第397页。

要,于是作了如下说明:"我们考察了《九歌》中间的九章歌舞曲,除《大司命》,都直接或间接的表示是以暮夜为背景的。"①这就出现了矛盾,既然迎神曲是在黄昏之际进行表演,随后的表演必然持续到深夜,而《大司命》却不是以暮夜为背景,《九歌》是完整一组歌舞剧之说受到闻氏本人的挑战。闻氏还写道:"顾名思义,与其说东君是日神,毋宁说是日出之神。"②祭祀日出之神的歌舞而在夜间表演,同样不可思议。

日本青木正儿曾著《〈楚辞·九歌〉底舞曲结构》③,并且在当时被译成中文。闻氏《九歌古歌舞剧悬解》的写作,当与日本学者的这篇论文有关。

闻氏动辄断定楚辞作品存在错简或编排次序非旧,这是疑古太猛;同时,他又特别相信古代祭祀歌舞表演的整一性和对称性,这是信古太过。他对楚辞所作的解说,带有太多的诗人气息。后来的楚辞研究者有的对作品重新编排,还有的用各种表演方式解说《九歌》,和闻一多的楚辞研究的疑古与信古皆过是一脉相承。

第四节 刘永济:《屈赋通笺》的律宗法门

刘永济长期在武汉大学任教,1932—1933年间,为学生讲授楚辞,草成《屈赋通笺》④五卷。在此前后,有些分卷的内容以论文的形

---

① 《闻一多全集》第5卷,湖北人民出版社,1993年版,第415页。
② 《闻一多全集》第5卷,湖北人民出版社,1993年版,第416页。
③ 胡浩川译,载《青年界》第4卷第4期,1933年9月。
④ 人民文学出版社,1961年初版,中华书局2007年据初版校订重排,与《笺屈余义》合刊出版。

式陆续刊发。《屈赋通笺》虽然20世纪60年代才正式出版,但它的基本内容却是在20世纪三四十年代写定的,反映出刘氏在那个历史阶段的楚辞研究成果。闻一多在《楚辞校补·引言》中提到采用28家之说①,其中就包括刘永济的《通笺》,他是在那个时期与游国恩、姜亮夫、闻一多比肩而立的研究楚辞四大家之一。

一、对研究方法的历史反思和现实批判

重视对研究方法的思索考量,是刘氏治骚的一个重要特色,这种特色贯穿于他的楚辞研究的始终,从20世纪30年代一直持续到50年代后期。

刘永济重视研究方法的自觉意识,在他从事楚辞研究伊始就体现得很鲜明。《王逸〈楚辞章句〉识误》②是针对王逸的《楚辞章句》一书而发,其中就有对研究方法的系统检讨,把治骚的弊病总结为十一类:不信古书传说有与儒家经典不同而强说;不明古事而妄说;不得屈子旨意而误解文义;以言外之志说其辞事,以致辞志交害;所据之本有误,因依误文立说;不知乙为甲之通假字,遂以乙义为说;以文字偶合牵连为说;不知联绵字而误分别释之;不知屈赋文例而误说;训义失当而害辞;文义本明而误入阴阳家言③。刘氏所列举的上述现象,基本上概括了从古到今楚辞研究出现的主要偏差。不过,联绵字不能分释之说,刘氏后来在《屈赋释词》中作了修正④,不再把联绵

---

① 《闻一多全集》第5卷,湖北人民出版社,1993年版,第116页。
② 初刊于武汉大学《文哲季刊》第2卷第3、4期,1932-1933年。
③ 刘永济:《屈赋通笺》《笺屈余义》合刊本,中华书局,2007年版,第264—289页。
④ 刘永济:《屈赋音注详解》《屈赋释词》合刊本,中华书局,2007年版,第371页。

词分释作为失误。

《屈赋通笺》在卷首《叙论》部分,专设《屈赋读法》一节,首先提出解读楚辞的三难:文之难通、辞之难通、志之难通[1]。他要求研治楚辞者必须首先明此三难。接着,他又列举由于三难而产生的三蔽:

> 有曲解其文以害辞者,有变乱其辞以害志者,古人之真,乃不可得见。又有说文似可通,以此求辞则碍,说辞似可通,以此求志则诬,古人之真,亦不可得见。又有不待其文之通,骤说其辞,不待其辞之通,骤说其志,而踳驳轇轕,不复可理,古人之真,亦不可得见。[2]

刘氏主张将明其辞,必通其文;将求其志,必通其辞。上面提到的三种弊病,都出在对于辞、文、志的研究未能深入准确。刘氏打出求"古文之真"的旗帜,体现的是一种求真务实的科学精神,把研究对象的历史还原作为目标。

刘氏还列举楚辞研究的例证,指出其中的六种过失:明夫辞条文律,而不详其名物训诂,此为一失;详其名物训诂,而不明夫辞条文律,此为二失;明夫辞条文律,详其名物训诂,而不能求其义理,此为三失;不知辞条文律、名物训诂因时因人而异,以今说古,以甲拟乙,此为四失;自恃甚高,私立一义,不惜曲解训诂名物以就己说,此为五失;本无所见,妄以时文手眼评点涂抹,而自诩为得,此为六失[3]。刘

---

[1] 刘永济:《屈赋通笺》《笺屈余义》合刊本,中华书局,2007年版,第26—27页。

[2] 刘永济:《屈赋通笺》《笺屈余义》合刊本,中华书局,2007年版,第27页。

[3] 刘永济:《屈赋通笺》《笺屈余义》合刊本,中华书局,2007年版,第27—28页。

氏所列举的六失,不仅涉及治学方法,还有治学态度方面的问题,都切中时弊,令人警醒。

刘永济《屈赋通笺》的《叙论》共计六节,依次是:正名定义、篇章疑信、屈子学术、屈子时事、屈赋论文、屈赋读法。除最后一部分专门论述研究方法,其余各节对于具体的研究路数也时有涉及。《叙论》曾以《笺屈六论》①为题刊发,无异是一篇关于研究方法的专论,在当时的楚辞研究领域可谓独树一帜,具有引领学术风气的积极作用。

《屈赋通笺·叙论》带有研究方法总论的性质,在后面的具体作品解析中,也不时地提出研究方法的问题。比如,在列举有关《离骚》中彭咸的各种解说时写道:"凡说古书,往往有言之愈成条理而失之愈远者,此类是也。"②这是刘氏所撰《〈离骚〉通笺》③中的论述,对于凭空构造体系的做法提出批评。

《天问》是一篇千古奇文,对它的解说也是千奇百怪。有鉴于此,刘氏对《天问》的解析,反复强调研究方法的科学与否。其中写道:"《天问》为屈子呵壁之作,自来亦无异辞。(明人间有疑者。)近蜀人廖平独非叔师之说,谓:'此篇本言天上人物史事,如佛经之华严世界,后人不得其解,乃谓屈子据壁图而作。试问壁图者何处得此蓝本?'按廖氏为此说,殆不信古有画壁之事,性又好异论,故其言谬悠如此。"④上段论述出自《〈天问〉通笺》⑤,刘氏驳斥廖平的虚妄之说,是对今文经学末流以天学解楚辞的历史批判。他又列举丁晏

---

① 初刊于武汉大学《文哲季刊》第4卷第2号,1935年。
② 刘永济:《屈赋通笺》《笺屈余义》合刊本,中华书局,2007年版,第46页。
③ 初刊于武汉大学《文哲季刊》第6卷第3期,1937年。
④ 刘永济:《屈赋通笺》《笺屈余义》合刊本,中华书局,2007年版,第120页。
⑤ 初刊于武汉大学《文哲季刊》第3卷第2、3、4期,1933年。

《天问笺序》所援引的大量材料,用以论证屈原呵壁而作《天问》是可信的。

对于以往《天问》研究出现的缺失,刘永济作了系统地总结:

> 前贤疏解《天问》,约有六失。习于儒书传说,不知屈子所读之书,有在删定之外者,因不信夏启杀益、伊尹放太甲自立之事而妄说之,一也。以《天问》为叙述古事之文,而忘其为赋家之作,因以实迹虚,致多扞格,二也。误会叔师"文义不次"之言,而忘其为呵壁而作,因而误说,反失次序,三也。但博征故实,或以一二字偶合,牵联立说,致失问意,四也。先存《天问》词多灵怪之念,而忽其传写之讹谬,因就误文立说,五也。但讲声音之通假,而不求文律之从违,说单文则义尚贯通,观全篇则词多异辙,六也。①

刘氏的上述概括,涉及学术研究中一系列重要的方法问题:是以经学为本位,还是超脱于经学之外?是把《天问》视为文学作品,还是作为史书处理?是凭空想象作品不合规则,还是把它置于特定的创作情境中加以考察?是牵强附会立说,还是从作品实际出发?是先入为主,还是仔细辨别文本的真实程度?是滥用通假,破言析句,还是对作品全篇作通盘考量?所有这些缺失,确实是《天问》研究症结之所在。文中还写道:

> 古今文家评论此篇亦有二过:一者,每好分章析节,以求全篇理脉,其弊则武断。二者,拘守论世之义,务切屈子时事,其弊

---

① 刘永济:《屈赋通笺》《笺屈余义》合刊本,中华书局,2007年版,第163—164页。

则穿凿。盖《天问》之文,原为游目兴怀而作,体制迥异常篇。虽群言自有宗主,而百端纷触,随境行文,既无分章布节之功,亦岂有意于寄托者。若节节搜求,句句比附,则言之弥工者,失之亦弥远而已。①

《天问》是一篇千古奇文,有它的特殊性和复杂性。刘氏充分关注《天问》本身所特有的属性,对于穿凿附会的解析方式提出批评。最后总结出的"言之弥工者,失之亦弥远",是刘氏反复申诉的观点。他在提到《离骚》研究的弊病时还指出:"盖求之过深,往往失之转远。"②对所探索的问题求之过深,所构建的体系过于完美,其结果是离历史真实愈来愈远。

20世纪的先秦诗歌研究,对楚辞解析所出现的任意性远远大于《诗经》;而在楚辞作品中,对《天问》解析所出现的任意性又高于其他篇目。正因为如此,刘氏在《〈天问〉通笺》中反复从方法论角度予以拨正,犹如对重灾区、重症病人所采取的强有力的救助措施。他的许多看法都是不刊之论,是治学的金科玉律。

二、义理、考据、辞章兼顾的运作法度

刘永济对楚辞研究的方法予以格外关注,他本人的楚辞论著也特别重视科学方法的运用,在实际操作过程中法度森严,具体而言,用他自己的话语表达就是"义理、考证、辞章,必求其会通也"③。他确实身体力行,朝着这个目标努力,并且多有创获。

---

① 刘永济:《屈赋通笺》《笺屈余义》合刊本,中华书局,2007年版,第165页。
② 刘永济:《屈赋通笺》《笺屈余义》合刊本,中华书局,2007年版,第29页。
③ 刘永济:《屈赋通笺》《笺屈余义》合刊本,中华书局,2007年版,第27页。

《屈赋通笺》对各篇作品的解析皆由五部分组成，依次是解题、正字、审音、通训、评文。按其性质大体划分，解题与义理的关联最为密切，正字、审音、通训则属于考证系列，而评文则往往涉及辞章。当然，这种划分只是相对的，有时也会出现各部分之间相互会通的情况。

刘永济在《王逸〈楚辞章句〉识误》一文中，对自己的学术师承有如下叙述：

> 清代经师如戴震、王念孙二家，于此书亦有训释考订，类皆精审，其后如朱骏声、孙诒让诸氏，又多所增益。凡此诸家，其有更易旧注之处，皆援据精确，与明人凿空者不同。……予尝取诸家训注，合观比验，本愚者之一得，撰为通笺，大氏以王为宗，其王说有难通，则取后来诸家之说折衷之，欲以通诸家之难，补王氏之阙。①

刘氏研治楚辞，继承的是清代古文经学的传统，以王逸《楚辞章句》为基础，对后代各家之说斟酌取舍，表现出严谨的态度。《屈赋通笺》后附引用书目246种，所引旧注除王逸、洪兴祖、朱熹三家外，于清人处援引者以王夫之、戴震、王引之诸家居多。刘氏对各篇字句的考证，并不是每句必解，而是选择其中的难点及歧义较多者进行辨析，多有超越旧注之处。

《九歌·东皇太一》有"穆将愉兮上皇"诗句，对于其中的"将"字，刘氏作了如下辨析：

> 诸家皆以将为动词，训奉持也，皆失其义。此与下文"盍将

---

① 刘永济：《屈赋通笺》《笺屈余义》合刊本，中华书局，2007年版，第264页。

把兮琼芳"，《云中君》"蹇将憺兮寿宫"，句法一例。将，且也。犹言敬且乐兮上皇也，不以奉持为义。①

"将"字在楚辞中运用的频率很高，《离骚》就相继出现"老冉冉其将至""延伫乎吾将反""退将复修吾初服"等句子，其中的"将"都是即将、将要之义，刘氏所作的辨析是正确的。

再如，《九章·惜诵》的"有志极而无旁"，刘氏作了详细解析：

按志极二字，诸家均不得其义。……志当读如《盘庚上》"若射之有志"。孔传曰："如射之有所准志。"准，射之的也。准的亦有中义，极，中也。志极者，准的中正之谓，犹言正鹄也，与旁对文。……故曰"有志极而无旁"。即上文"专惟君而无他"，"疾亲君而无他"之意。下文"同极异路"，极义亦同。言众人与己同事一君而各异其道，又何能以为援也。②

上述考辨既揭示了"志"字的特殊用法，又注意到它的引申意义。还把"志"放到《惜诵》的具体语境中加以考察，连带解决了相关诗句解读的难点。

刘氏所作的文字训诂，对旧注的斟酌取舍很精当，同时又能有新的开掘，虽然不是刻意标新立异，而新见时出，多有建树。

刘氏对于楚辞义理的把握，能够对作品区别对待，因其属性相异而采用不同的解读方式。他以虚实为标准把楚辞划分为三类："屈赋诸篇，有虚者，有实者。《离骚》一篇，上半实而下半虚，《九歌》《天问》皆虚，《九章》《九辩》皆实。虚者善变，言外之旨特多，实者近正，

---

① 刘永济：《屈赋通笺》《笺屈余义》合刊本，中华书局，2007年版，第96页。
② 刘永济：《屈赋通笺》《笺屈余义》合刊本，中华书局，2007年版，第183页。

辞中之意独切,不得专以著明归之此题也。"①《九章·惜诵》有"重著以自明"之语,刘氏解读《惜诵》,由此论及楚辞的虚与实。他所作的划分大体是可信的,对于虚实之体的特点分别作出概括,从而为解读方式作了相应的规定:对虚体要求其言外之旨,而对实者则取其切实之意。

刘氏对楚辞义理的解析,还能和屈原的人生遭际紧密联系在一起,从而揭示出相关作品之间的差异。《离骚》解题写道:"作骚在放流之前,被疏之后,疑当在二十八年至三十年间。盖屈子宗臣,左徒高位,即令因谗失宠,亦宜以渐,则疏绌之后,始被流放,在势宜然。故骚辞多往复自白之言,然疑去留之际之意,不似《九章》之决绝。"②刘氏对《离骚》创作时的历史情景进行还原,从屈原的遭际入手去把握《离骚》所表达的思想情感,"流放之前,被疏之后"的特殊情景,决定了《离骚》的基调。他在解析《九章·抽思》时又写道:"但居汉北乃被疏绌,与至江南之放逐不同。"③这样一来,就把屈原的作品划分为三个阶段,从而对它们的把握也就更加准确、具体,具有很强的历史感。

刘永济曾师事于《蕙风词话》的作者况周颐,他的《屈赋通笺》对于辞章颇为留意,亦有不少独到的见解。他在《离骚》评文中写道:

张惠言曰:"愿竢时乎吾将刈","延伫乎吾将反","吾将上下而求索","吾将远逝以自疏","吾将从彭咸之所居"五句为层次。按张说甚确,用此法求之,则骚辞曲折,不难概见。又如

---

① 刘永济:《屈赋通笺》《笺屈余义》合刊本,中华书局,2007年版,第170页。
② 刘永济:《屈赋通笺》《笺屈余义》合刊本,中华书局,2007年版,第32页。
③ 刘永济:《屈赋通笺》《笺屈余义》合刊本,中华书局,2007年版,第189页。

"恐年岁之不我与","恐美人之迟暮","恐皇舆之败绩",……"哀人生之多艰","恐灵修之浩荡","悔相道之不察","哀朕时之不当","哀高丘之无女","恐高辛之先我","恐导言之不固","恐鹈鸠之先鸣","恐嫉妒而折之"等句,恐、伤、哀、悔等字,即屈子自道其情绪委曲之辞,尤为显豁矣。[①]

张惠言是清代桐城派分支阳湖派的代表人物之一,他对《离骚》所作的解析继承桐城派重义法的传统,将带有"将"字的句子集中加以梳理。刘永济由此得到启示,将《离骚》中表示心理活动及情感的几个重要词语及相关诗句加以罗列,认为从这些字句切入就可以准确把握屈原所抒发的委曲之情。显然,这种深入细致的词章赏析,远胜于游说无根的凿空之论。

刘氏对楚辞辞章的研究还注意它的句法。他写道:"《天问》全篇,共得一百七十八问,以二十六种句法为之,今各举一句以示例。"接着,他又对这二十六种句法作了归纳:"有合数句以明一意者","有举甲事比堪乙事以明问意者","有援后事比堪前事以明问意者","有直书其事而问意自见者","有原始要终以明问意者","有寄慨古人以明本意者"[②]。刘氏对《天问》的辞章解析,有量化统计,有定性研究,既关注它的外部形态,又注意到它的内部结构及其所承载的内容。这种把握方式已经深入到字词、句型领域,是对辞章价值的深层开掘,而这正是楚辞研究所需要、而又很少有人肯做的事情。这种研究需要付出艰苦的劳动,也需要具有艺术的感悟能力。

---

① 刘永济:《屈赋通笺》《笺屈余义》合刊本,中华书局,2007年版,第68页。
② 刘永济:《屈赋通笺》《笺屈余义》合刊本,中华书局,2007年版,第164—165页。

刘永济的楚辞研究,遵循着既定的方圆规矩,有法度可寻。他在这方面有自觉的意识和明确的理念,可是,实际操作过程中也难免出现他所批评的某些弊病。《九章·哀郢》有"悲江介之遗风"诗句,王逸注遗风为"民俗异",朱熹《集注》亦沿袭王说。他们的注释固然失当,但刘氏采用王念孙的说法,以隧释遗①,实属牵强。其实,《哀郢》所说的遗风,就是《涉江》所说的绪风,皆指余风。刘氏释《惜诵》中"有志极而无旁"中的"志"字,极其允当,谓目标、准的。可是,对于同篇的"亦非心之所志",却作了如下解释:

> 俞樾曰:"《礼记·缁衣》'为下可述而志也',郑注:'志,犹知也。'"按朱骏声曰:"志,即识字之古文。""非予心之所志者",非予心之所及知识也。②

王逸注"非予心之所志"之"志"为"本心宿志",得其原义,本不误,且与刘氏对"有志极而无旁"所作的解析相合。两句中的"志"字含义相同,刘氏却区分为两义释之,未能把前面考释所得的结论与下文贯通,可谓失之交臂。

三、瑕瑜互见的新见岐论

刘永济研治楚辞,不轻易疑古,亦不过分迷信古人,而是通过本身的深思熟虑作出判断。他的一些看法,有的属于独自得出的新见解,也有的虽然对古人有借鉴,但在那个时代却与众不同,别树一帜。他的新见岐论是非并存,瑕瑜互见,主要体现在对以下问题的认

---

① 刘永济:《屈赋通笺》《笺屈余义》合刊本,中华书局,2007年版,第174页。
② 刘永济:《屈赋通笺》《笺屈余义》合刊本,中华书局,2007年版,第183页。

定上：

第一，对楚辞名称的界定。

先秦楚辞有时自称为诵，《九章·惜诵》有"惜诵以致愍"，《九辩》有"自压案而学诵"。刘氏认为，"屈子之文，正名定义，自当以诵为宜，曰赋曰骚，皆非其本也"[1]。这是在《屈赋通笺·叙论》的"正名定义"一节中提出的看法。那么，什么是诵呢？刘氏援引《诗经》《周礼》《礼记》有关诵的记载及古注，对诵作了如下界定："考故书凡称诵者，以有节之声调，歌配乐之诗章，盖异于声比琴瑟之歌也。所歌之诗章，即名曰诵，亦犹吟、咏、歌、谣同为诗体之别称也。"[2]《汉书·艺文志》称"不歌而诵谓之赋"[3]，由于这个命题把歌和诵作为对立的双方列出，因此，后人往往认为诵与音乐无关，班固所处的时代可能确实如此。然而，先秦时期的诵并没有与音乐绝缘，而是音乐性的表达方式，刘氏用大量文献对此作了论证。

楚辞应称为诵，这就涉及它与音乐的关联，刘氏对此作了如下论述："夫诵既为配乐之诗章，则屈子之《九辩》《九歌》《九章》，为用古乐章名，固较然无疑，（据吴汝纶说，详后及《九辩》解题第一。）《离骚》，虽非古乐章之名，要亦用其体而为之者，可以类知。唯《天问》乃呵壁而作，文体特异，虽亦有韵，可以声节之而歌，然与古乐章之体不类。"[4]刘氏从楚辞作为篇题及体制方面作出认证，除《天问》外，其余均脱胎于古乐章，认为楚辞在当时可配乐演唱，这是刘氏不同于当时其他楚辞研究者的看法，有重要参考价值和启示意义。

---

[1] 刘永济：《屈赋通笺》《笺屈余义》合刊本，中华书局，2007年版，第5页。
[2] 刘永济：《屈赋通笺》《笺屈余义》合刊本，中华书局，2007年版，第4页。
[3] 班固：《汉书》，中华书局，1997年版，1755页。
[4] 刘永济：《屈赋通笺》《笺屈余义》合刊本，中华书局，2007年版，第4—5页。

第二,对屈原著作权的评判。

楚辞作品哪些出自屈原之手,是学界争论不休的悬案。刘氏对屈原著作权所作的评价,在两个问题上与当时学界的普遍看法相左。

首先,他只承认《九章》的前五篇,即《惜诵》《涉江》《哀郢》《抽思》《怀沙》为屈原所作,对其余四篇则持怀疑态度。他写道:"今姑定前五篇乃真屈子之文,而为之笺,余四篇且付阙如,古书篇第难明,聊以存吾疑焉尔。"[1]刘氏对于《思美人》《惜往日》《橘颂》《悲回风》四篇作品未作笺注,排除在研究范围之外。

其次,刘氏认为《九辩》是屈原所作,而不是出自宋玉之手。明代焦竑《笔乘》三、清代吴汝纶评《古文辞类纂》、陈第《屈宋古音义》,均把《九辩》的著作权归于屈原。刘氏在前人考证的基础上,又援引《九章》中《涉江》《抽思》有关秋冬的叙事,进一步加以确认:"《九辩》为屈子作,以南迁时序证之益明。……三篇所赋,时序物色,人略相似。"[2]刘氏此说,并非凿空之论,而是以大量文献为根据。他对《九辩》作者归属所作的判定,虽然在学界得不到普遍的认可,但仍可作为一说以资参考。

第三,对《九歌》性质的辨析。

关于《九歌》的性质,历来学人多是承袭王逸的说法,把它视为祭祀所用歌诗。到了刘永济所处的阶段,姜亮夫、闻一多等人又把《九歌》说成是用于娱神的歌舞剧,基本是继承王逸之说,同时又在细节上作了补充。刘氏对《九歌》有自己独到的看法,与当时学界的

---

[1] 刘永济:《屈赋通笺》《笺屈余义》合刊本,中华书局,2007年版,第169页。
[2] 刘永济:《屈赋通笺》《笺屈余义》合刊本,中华书局,2007年版,第71—72页。

观点有明显差异,他写道:

> 《九歌》为赋巫迎神之事,殆为可信。盖歌辞中多言巫神交接之事。……足证《九歌》中所言歌舞之事,皆述巫迎神之状,而绝非祠祀所用之文。古者,人神之交,以巫为介。巫以歌舞迎神,且必像神之服饰器用,以致其来,及神降而附诸巫身,又必代神之言语动止,以告休咎。当时习俗,虽不可考,观《史记·封禅书》,记武帝时方士之术,尚可推见一二。①

刘氏承认《九歌》与祭祀有关,但是否认它是用于祭祀神灵的歌诗。在刘氏看来,《九歌》是对多种祭祀场面所作的客观再现,是叙述祭祀的场景,而不是献给神灵的祭歌。刘氏援引《九歌》的许多诗句对自己的看法加以论述,用《九歌》自身提供的内证作支撑。刘氏的这种看法,还可以从《诗经》中得到证明。《诗经》与祭祀相关的作品分为两类:一类是祭祀所用的歌诗,收录在《颂》中;另一类是对祭祀所作的叙事,讲述祭祀的场面、过程,《大雅》《小雅》都有这类作品。《大雅》的《行苇》《既醉》《凫鹥》,《小雅》的《楚茨》《信南山》《甫田》《大田》,都叙述与祭祀有关的事象,并且编排得很集中,分别在《大雅》和《小雅》中前后相次。把《九歌》的某些篇目与《楚茨》《既醉》等作品相对比,有许多一致之处。刘氏断定《九歌》绝非"祭祀所用之文",把它认定为是对祭祀的叙事,这样一来,《九歌》中的许多描写都可以得到合理的解释,有利于调整、扩展研究的视域。

对于《九歌》是否有屈原本人的寄托,王逸的回答是肯定的,并且往往用屈原的人生遭遇去解说《九歌》。到了20世纪,人们多是

---

① 刘永济:《屈赋通笺》《笺屈余义》合刊本,中华书局,2007年版,第88页。

把《九歌》视为祭祀神灵的歌诗,基本不再承认其中有屈原的寄托。刘氏则认为《九歌》是屈原表达思想情感的载体,其中有他的寄托:"《九歌》者,屈原见楚俗祠神而赋其事,所祀之神,不必定国家祀典,其间杂有民间之事,所以致己忠爱之意云尔。其言中之物,与言外之意,流露于不自觉,读者可意逆而得之,不必尽指事以实之也。"①刘氏认定《九歌》中有屈原本人的寄托,存在言外之意。同时他又指出,屈原的寄托并不是自觉地加以表达,而往往是在无意之中流露出来。因此,在以意逆志过程中,不可拘泥于具体事实,以免牵强附会。刘氏对于《九歌》的辞外之志,逐一作了辨析,对《湘君》所作的解说有如下一段:

> 至王氏论"心不同""交不忠"等辞,谓由屈子情重谊深,因事触发于不觉,则最得骚人深意。所谓我得其间而追索之,而设想之,此等处也。②

《湘君》有"心不同兮媒劳,恩不甚兮轻绝",又有"交不忠兮怨长,期不信兮告余以不闲"。王夫之《楚辞通释》据此断定,《湘君》寄托了屈原的恋君、怨君情结,刘氏对此表示赞同。

再如对《山鬼》所作的解析:

> 屈子见巫之致鬼,凄怆幽渺,感会于心,不觉自伤寂寥。又见其往来冥漠,而感己离合之往事,故胸膈之言,无端奔赴,因而有"留灵修""思公子"之辞,殷勤以抒写其离忧如此也。③

---

① 刘永济:《屈赋通笺》《笺屈余义》合刊本,中华书局,2007年版,第87页。
② 刘永济:《屈赋通笺》《笺屈余义》合刊本,中华书局,2007年版,第109页。
③ 刘永济:《屈赋通笺》《笺屈余义》合刊本,中华书局,2007年版,第106页。

刘氏注意到《山鬼》所用词语带有强烈的抒情色彩,且与《离骚》等作品有相似之处,从中感觉到屈原本人抒发离忧的心理寄托,这种推断是有道理的。

刘氏对《九歌》所作的解析,远绍王逸的《楚辞章句》,近承王夫之、戴震诸家之说,并且甄别是非,斟酌取舍,所持的态度是较为谨慎的。

刘永济上述新见异说,使得他的楚辞研究带有鲜明的特色,在当时卓然独立,自成一家。刘氏治骚重视法度、规范,可是,他的某些新见异说,疏漏之处也正出现在研究方法上。

刘氏断定《九章》的《思美人》《惜往日》《悲回风》《橘颂》不是屈原的作品,所持重要论据是篇尾无乱辞。可是,他认定屈原所作的《惜诵》,结尾也没有乱辞。为了能够自圆其说,他只好以"脱去乱曰二字"加以解释。对此,陈子展作了反复批驳,其中写道:

> 刘先生说《九章》后四篇无乱辞,与古乐章的体制不类,这都是疑似伪作。换言之,他要把有无乱辞作为衡量屈赋真伪的标准,其说难通。怎见得古乐章之终必有"乱",而且不容有例外。[①]

把有无乱辞作为衡量是否出自屈原之手的标准,确实缺少科学根据,况且在以此为标准进行考量过程中遇到的矛盾无法解决。

刘氏挖掘《九歌》中屈原自身的寄托,实际运作过程确实比较谨慎。但是,对有些篇目的解析,仍然失于牵强。《少司命》称"夫人自有兮美子",对此,刘氏写道:

[①] 陈子展:《楚辞直解》,江苏古籍出版社,1988年版,第589页。

> 愚意"美子"属仪,于情事弥切。此事所关,远过夺稿,而趣舍既异,再合犹难,故此篇叙离合之情,至为沉痛,不但悲乐两言,读之酸鼻也。[1]

《少司命》中的"夫人自有兮美子,荪何以兮愁苦",是少司命向大司命倾诉衷情时所唱,意谓你已有美人作配偶,你为什么还在愁苦?这里所说的美子,指少司命本身,根本与张仪无关。刘氏解读《大司命》又把《史记·屈原列传》中所载上官大夫夺稿一事牵连进来。刘氏认为《九歌》有屈原本人的寄托,这种认定是有道理的。但在追寻这种寄托过程中,有时把《九歌》当成史书的翻版了。

20世纪30年代研治楚辞的学者,刘永济在讲究规范、法度方面卓然自立。尽管运作过程中出现疏漏,但《屈赋通笺》这部著作仍是当之无愧的治骚的律宗经典。

---

[1] 刘永济:《屈赋通笺》《笺屈余义》合刊本,中华书局,2007年版,第111页。

第四章　20世纪五六十年代：社会学治诗的定型期

从 50 年代到 70 年代，是 20 世纪先秦诗歌研究的第四个阶段。严格说来，这个阶段始于 1949 年，而终止于 1966 年，总共十七年时间。从 1966 年开始的文革期间，已根本没有诗歌研究可言。这个阶段的先秦诗歌研究，占主导地位的是社会学的治诗体系。这个在 40 年代已见兆端的体系，在此期间居于统治地位，但是，并未能覆盖先秦诗歌研究的所有领域和各个环节。面对社会学治诗体系，先秦诗歌的研究者有的出入其间，有的与它若即若离，也有的绕道而行，从而使得这个时期的先秦诗歌研究出现一极统辖而多元并存的态势。

第一节　粗糙与精细：社会学治诗的两种样态

社会学治诗方法作为 20 世纪五六十年代先秦诗歌研究的主流，它从一开始就以两种不同的样态出现，有粗糙与精细之分。所谓粗糙，指的是对社会学以庸俗的方式加以运用，既违背历史事实，又丧失学术规范。所谓的精细，指在运用社会学方法治诗的过程中，能建立起完整严密的体系，在科学性和客观性方面有所遵循，从而成为一家之言，一个独立自主的学派。

一、粗糙型社会学治诗样态

运用社会学的方法研究先秦诗歌,郭沫若在20世纪是一位引领风气的人物。他对先秦诗歌所作的社会学的观照,往往显得草率粗糙,随意性较大。他的这种弊病在三四十年代的先秦诗歌研究中已经暴露得很明显,进入50年代之后,更是变本加厉,有增无减。

作家作品有无人民性,是这个阶段先秦诗歌研究关注的焦点之一。至于如何加以判定人民性的有无,通常采取的是阶级分析的方法,即从所属阶级方面对作家、作品予以定性。郭沫若对屈原、宋玉及楚辞研究采用的就是这种方法,并且运用得很草率。

郭氏的《伟大的爱国诗人——屈原》①一文是为纪念屈原逝世二千二百三十周年而作,其中有如下一段:

> 但屈原在《惜诵》里面说,他自己的出身是"贱贫"的。……故屈原尽管与楚王同宗,事实上只等于楚国的一个平民。
>
> 因为这样的关系,他很知道民间的疾苦。……他似乎是特别同情农民的。……如果《卜居》的描写合乎事实,那么屈原就愿意拿着锄头耕田,而不肯去游说诸侯以求一官半职。②

既然郭氏把屈原说成爱国诗人,因此,就要确认他所代表的是广大人民,具有人民性。而在郭氏的观念中,人民主要指平民。郭氏引用楚辞的句子,用以证明屈原等同于平民,并且同情农民,自己也愿意当农民。

---

① 初刊于《人民日报》,1953年6月16日。
② 作家出版社编辑部编:《楚辞研究论文集》,作家出版社,1957年版,第7页。

第四章 20世纪五六十年代：社会学治诗的定型期

孙作云对屈原所作的阶级定性，与郭沫若的上述结论大同小异。孙氏所著《在历史教学中怎样处置屈原问题》[1]一文称："屈原是一个没落贵族，所以他能看到人民的利益。""可见他是一位没落得像'贫士'一样的贵族。"[2]孙氏把屈原的阶级成分定为没落贵族，因此可以与贫士划等号。

《九章·惜诵》称："思君其莫我忠兮，忽忘身之贱贫。"这是郭氏、孙氏断定屈原出身低微，是没落贵族的证据。对此，詹安泰在《论屈原的阶级出身、政治地位及其在文学上的作用》[3]一文中作了反驳："关于《惜诵》里这句话的意义，……和楚王的亲疏远近倒有一点关系，和出身的贫富，就很难联系得上。"[4]从实际情况考察，《惜诵》所说的"忽忘身之贱贫"，是屈原的自谦之词，同时也暗含与楚王关系疏远之意，詹氏所作的辨析是有道理的。

《卜居》所载屈原向郑詹尹发问之词，其中有如下两句："宁诛锄草茅以力耕乎？将游大人以成名乎？"屈原在这里列举的是仕与隐两种人生选择，以锄草力耕代指隐居。以此断定屈原愿意当农民，实属牵强，不是对作品的文学解读。

孙作云认为《九辩》是屈原所作，因为作品的主人公自称为贫士，所以孙氏把屈原说成类似于贫士的没落贵族。郭沫若认为《九辩》出自宋玉之手，他从作品中见到的不是主人公的贫穷，而是富

---

[1] 初刊于《历史教学》，1954年1月号。
[2] 作家出版社编辑部编：《楚辞研究论文集》，作家出版社，1957年版，第240、241页。
[3] 初刊于《中山大学学报》1955年第2期。
[4] 作家出版社编辑部编：《楚辞研究论文集》，作家出版社，1957年版，第205页。

贵。郭氏的《关于宋玉》①一文写道：

> 宋玉并不"贫"，而是乘着高车驷马的："揽骓辔而下节兮，聊逍遥以相伴"（四匹马当中的两匹，夹着车辕的为服马，服马之外的两匹为骓马）。他也并不是"穷处"，所居住的地方是豪贵的堂房："澹容与而独倚兮，蟋蟀鸣此西堂"（有"西堂"必然还有东堂、中堂了）。②

《九辩》的上述描写带有很大的虚拟成分，郭氏据此把宋玉划入富贵之人的行列。屈原作品中这类描写也经常出现，并且较之《九辩》更为夸张，如果按照郭氏的上述标准为屈原划定阶级出身，那么，他应该是一位大富大贵之人，而不是贫贱的平民。

粗糙型的社会学治诗方式，还把阶级矛盾、阶级斗争的理念作为标签，牵强地与诗歌及诗人对号入座。郭氏对宋玉的评论采用的就是这种方式：

> 就请看开头的一句吧。"悲哉秋之为气也"，这哪里有什么人民的气息？秋，在老百姓看来是收成的季节，勤劳了半年之后得到了收获，只要不是荒年，老百姓是歌颂秋天的。请读《豳风·七月》里面的这几句："九月肃霜，十月涤场。朋酒斯飨，曰杀羔羊。跻彼公堂，称彼兕觥，万寿无疆。"这到底是悲，还是喜呢？宋玉先生未免太不知稼穑之艰难了。他自己到了秋天因为神经衰弱既感到无聊的悲哀，而且看到农民秋收之后得到片刻

---

① 初刊于《新建设》，1955年2月号。
② 作家出版社编辑部编：《楚辞研究论文集》，作家出版社，1957年版，第337页。

的闲暇,却更感到无名的恐怖。

> 农夫辍耕而容与兮,恐田野之芜秽。

这是《九辩》里的一句。怀抱这种感情的"先生",我们可以说是同情人民的"屈原的忠实的继承者"吗?他的作品是屈原作品的"亲骨肉"吗?[①]

悲秋之情,出于自然,这与人的阶级属性没有直接的关联,郭氏却把悲秋作为宋玉与百姓对立的铁证。郭氏引《七月》的诗句,用以说明百姓喜秋而不悲秋,实在缺乏说服力。至于所引《九辩》中的两句诗,用以证实宋玉与百姓的格格不入,更是牵强至极。这两句诗是揭露楚王不能励精图治,导致国家混乱,以至于农民辍耕,土地即将荒芜。郭氏最后一段话是针对郑振铎在《屈原作品在中国文学史上的影响》[②]一文而发,贬宋玉而褒屈原。其实,屈原作品中的悲秋段落时而可见,与《九辩》并无根本的差异。郭氏把宋玉划入富贵者行列,又虚拟出这位文人与百姓之间的阶级矛盾,他对社会学方法的运用粗糙又武断,因此,当时程仁卿即撰写《对"关于宋玉"一文的意见》[③]予以反驳。

这个时期的《诗经》研究同样出现简单生硬地运用社会学方法的现象。高亨的《诗经引论》[④]写道:"关于当时的经济基础、政治局面、社会制度、社会阶级、社会矛盾在《三百篇》中都或多或少地有所反映,所以《诗经》不仅是当时文学作品,而且是当时的社

[①] 作家出版社编辑部编:《楚辞研究论文集》,作家出版社,1957年版,第336—337页。
[②] 初刊于《文艺报》,1953年第17号。
[③] 初刊于《文史哲》1955年第5期。
[④] 初刊于《文史哲》1956年第5期。

会史料。"①高氏所采用的是典型的社会学的研究方法,把《诗经》看作反映周代社会的一面镜子,并从五个方面作了梳理。高氏进一步指出:"研究《诗三百篇》从阶级上加以分析,是完全必要的。"②阶级分析,是社会学研究方法的具体化。高氏在运用阶级分析方法研究《诗经》的过程中,也出现了简单粗糙的弊端。

高氏认为,"把农民阶级作品和领主阶级作品尽可能地予以区分,也是完全必要的"③。那么,高氏是如何加以区分的呢？在他所著的《诗经选注》④中,具体确定劳动人民作品的主要依据是:看诗篇中有没有关于劳动的诗句,看作品中有没有斥责当时统治者的诗句。对于高氏所持的这种方法,曾仲珊在《读高亨先生的〈诗经选注〉及其它》⑤一文中提出质疑。他认为根据诗篇中有无劳动诗句判断是否出自劳动人民之手,这种方法是不可靠的,并指出高氏在运用这种方法时所出现的失误。文中写道:

> 诗歌中常有"比""兴",以此喻彼,因物起兴,未必实有其事。《诗经选注》中把许多旧说作"比""兴"的都说成"赋",其中有些是值得商榷的。⑥

---

① 人民文学出版社编辑部:《诗经研究论文集》,人民文学出版社,1959年版,第8页。
② 人民文学出版社编辑部:《诗经研究论文集》,人民文学出版社,1959年版,第12页。
③ 人民文学出版社编辑部:《诗经研究论文集》,人民文学出版社,1959年版,第12页。
④ 初刊于五十年代出版社,1956年。
⑤ 初刊于《光明日报·文学遗产》第124期,1958年2月2日。
⑥ 人民文学出版社编辑部:《诗经研究论文集》,人民文学出版社,1959年版,第41页。

第四章 20世纪五六十年代:社会学治诗的定型期

高氏为了证明《齐风·甫田》是妇女思念为领主服徭役的丈夫而作,把开头的"无田甫田,维莠骄骄",说成是直赋其事。对此,曾氏之文写道:"诗人用田甫田的'维莠骄骄'来兴起想念远人心里的愁苦。像高先生所说'丈夫给领主服徭役''地租必须交齐',在诗篇中是没有任何根据的。"①曾氏的批评是有道理的,《齐风·甫田》纯是一首怀人诗,作者的身份根本无法确认,和服徭役不存在明显关联,其中见不到阶级的烙印。曾氏文中还写道:

> 人的社会生活是多方面的,这就决定了诗歌的题材的多样性。即使是劳动人民,也不见得一天到晚只谈劳动,不谈生活中的其他问题(民歌中就有不少描写爱情的作品)。……所以,一首诗里,即使没有"劳动与艰难的意味",也很难据此断定它不是劳动人民的作品。"日之夕矣,羊牛下来"。这里,农村晚景的描绘是很成功的。在这样的图景中也最容易引起对远人的怀念。高先生没有引导读者从作品的形象来理解作者的深厚感情和作品的思想价值,却根据这几句诗断定作者是"封建小领主的妻子",这结论是很难令人信服的。②

曾氏所作的论述很雄辩,道出了高氏以社会学治诗,运用阶级分析方法所出现的弊端。在那个特定的历史阶段,每个社会成员都要划定阶级成分。高氏按照这个模式解读《诗经》主要考虑的是对作品的阶级定性,把许多与阶级性无关的因素也视为有阶级属性,在很大程

---

① 人民文学出版社编辑部:《诗经研究论文集》,人民文学出版社,1959年版,第41页。
② 人民文学出版社编辑部:《诗经研究论文集》,人民文学出版社,1959年版,第42页。

度上是陷入一个怪圈而无法自拔。

高氏用阶级分析方法观照《诗经》,把不少作品视为阶级斗争的反映,《诗经引论》中写道:

> 《曹风·候人》篇说:"彼其之子,不遂其媾。……婉兮娈兮,季女斯饥。"便是领主霸占了农民的女儿又行抛弃。《郑风·山有扶苏》篇写出农民的女儿在野外遇到领主恶少的调戏与欺凌。《陈风·防有鹊巢》篇写出领主弄走农民的爱妻。①

高氏把上述几首诗中的婚恋情节,都以封建领主的抢霸农民女儿的模式加以解说。据高氏注解所言,对《七月》的解释参照郭沫若《中国古代社会研究》、吕振羽的《中国社会史纲》、翦伯赞的《中国史纲》;对《山有扶苏》所作的认定,与翦伯赞《中国史纲》的说法一致。社会学的阶级分析方法,最初是在中国史学界加以运用,然后扩展到中国古代文学领域。高氏的《诗经》研究,很大程度上被左派史学的阶级斗争理念所左右。

高氏对《陈风·月出》的解释,所体现的阶级斗争观念最为鲜明:

> 《陈风·月出》篇,据我的理解便是反映领主杀害农民的一件事实。这一篇抒写在月色惨白的杀人场,一位英俊的人民,身被五花大绑,被领主杀死了,尸体被领主焚烧了,这时枝干盘曲的老橡树,在怒吼,在颤摇,作者的心灵,在忧愁,在跳动,在悲痛。②

---

① 人民文学出版社编辑部:《诗经研究论文集》,人民文学出版社,1959年版,第16页。
② 人民文学出版社编辑部:《诗经研究论文集》,人民文学出版社,1959年版,第16—17页。

对《陈风·月出》作出这种解说,可谓前无古人,后无来者。然而,正如王乃扬在《读高亨先生〈诗经引论〉》[①]中所言:"我们只能意识到一个恋人在皎洁的月光底下怀恋着意中的美人,根本看不到一位'身被五花大绑'的'英雄的人民'被杀死。这不过是牵强附会的一个突出的例子。"[②]当时中国社会所犯的是阶级斗争扩大化的历史性错误,高氏在此阶段的《诗经》解读,留下了当时社会的政治映射。阶级、阶级斗争观念对于他来说如影随形,总是和他的《诗经》解读相伴随,又如同有色眼镜和哈哈镜,总是使观照对象变色变形。

二、社会学治诗体系的精细化

五六十年代的先秦诗歌研究,运用的主要是社会学的方法。在主流意识形态的干预下,这种治诗方式逐渐趋于精细,并且建立起自己的体系。

1953年6月15日,《文艺报》为纪念屈原逝世二千二百三十年而发表的社论《屈原和我们》,是主流意识形态所释放的信号,其中涉及社会学方法研究屈原及楚辞所遇到的关键问题。

一是人民性问题,这是该文论述的重点。文中写道:"屈原的作品的人民性,就在于屈原的反对昏庸腐败的政治,在于他的正直和不妥协,在于他的爱国精神,因为正是这一些是当时历史的正义性的所在;也正是这一些,反映了当时处于残酷的剥削、劳役、兵役以及战争

---

① 初刊于《文史哲》1956年第9期。
② 人民文学出版社编辑部:《诗经研究论文集》,人民文学出版社,1959年版,第34页。

的屠杀之下的人民的态度与要求。"①这里对屈原作品所具有的人民性,从屈原的立身行事、人格特征等方面加以概括,把对腐朽政治的批判与斗争,对祖国的热爱,都作为人民性的基本内涵,并且强调人民性与历史正义性的统一。

文中还有如下论述:"屈原的人民性,也在他的登峰造极的艺术形式上反映出来。他的诗歌的如此完美高超的形式,分明是他运用了楚国民歌而加以创造性的提高的结果。"②这是从作品的艺术形式上肯定屈原的人民性。楚辞是在借鉴楚地民歌基础上生成的,这是20世纪前期已经达成共识的研究成果。社论一方面承认屈原对楚地民歌的继承,同时又指出他所作的加工和提高富有创造性。社论对屈原作品人民性所作的概括,兼顾思想内容和艺术表现两个方面,论证是比较严密的。

社论还提到现实主义:"我国文学,以《诗经》开始,有其灿烂的优秀传统,这就是人民性和现实主义的精神,它们形成了一条长河,一直通到我们现在。"③现实主义与人民性并列提出,把它们作为中国古代文学的优秀传统予以充分肯定。现实主义和人民性,实际上成为社会学研究先秦诗歌的两个聚焦点。

社会学方法的楚辞研究肯定屈原的作品具有人民性,由此而来,涉及对屈原阶级成分、社会角色的认定。和粗糙型学术流派把屈原

---

① 作家出版社编辑部编:《楚辞研究论文集》,作家出版社,1957年版,第4页。
② 作家出版社编辑部编:《楚辞研究论文集》,作家出版社,1957年版,第5页。
③ 作家出版社编辑部编:《楚辞研究论文集》,作家出版社,1957年版,第5—6页。

说成没落贵族、平民的做法不同,精细型的社会学研究方式,对此作了比较辩证的理论阐释。何其芳在《屈原和他的作品》[1]中写道:

> 我们对于古代的文学作品的人民性也必须反对一种狭隘的庸俗的了解。……屈原的作品既然尖锐地批评了当时楚国的政治集团,即使主要还是从他个人的遭遇出发,而不是从当时的被压迫被剥削者的遭遇出发,它们所表现的不满却是可以和人民的不满相通的。[2]

何氏明确提出反对庸俗社会学的主张,反对狭隘地理解人民性。他认为屈原作品的人民性,体现在思想倾向方面与人民的相通。屈原是以个体为本位,并不是以人民群体为本位,尽管如此,这并不妨碍屈原作品具有人民性,也就是说,人民性并不排斥作家从个体本位出发进行创作。

针对庸俗社会学把屈原说成没落贵族、平民的粗糙做法,詹安泰在《论屈原的阶级出身、政治地位及其在文学上的作用》[3]一文中,系统地阐述了自己的观点。文中写道:

> 我们不能单纯以一个作家的阶级出身和社会地位来评价他在作品里所表现的思想意识。如果认为必先降低屈原的阶级成分,使他成为没落的贵族出身,或者出身同于平民,然后才可以说明他同情人民,他的作品具有人民性,那是"唯成分论者"的看法,那是"锻冶厂派"只有无产者才能创造无产阶级文化的看

---

[1] 初刊于《人民文学》,1953年6月号。
[2] 作家出版社编辑部编:《楚辞研究论文集》,作家出版社,1957年版,第68—69页。
[3] 初刊于《中山大学学报》1955年第2期。

法，毫无疑义，这是错误的。①

詹氏列举屈氏家族成员长期担任莫敖之官，指出屈原出身贵族，而并非是没落贵族或平民。他同样采用阶级分析方法，论证贵族出身的屈原，他的作品同样可以具有人民性。他所批判的"唯成分论"和"锻冶厂派"，指的正是庸俗社会学的狭隘偏见。以上论述带有拨乱反正的性质，体现出求真务实的精神。詹氏继续写道："他并不是一个什么超时代、超阶级的人物，他始终是以贵族中一个最进步分子的姿态出现的。在政治舞台上，在文学作品里，他始终带着相当浓厚的贵族气氛。"②屈原在当时已被认定为人民的诗人，他的作品具有人民性。在这种情况下，有些人就开始为屈原更改阶级成分，否认他的贵族出身，郭沫若、孙作云就是如此。有的虽然承认屈原的贵族出身，却又把他说成是在一定程度上脱离本阶级的人物。唐弢在《人民的诗人——屈原》③中写道：

> 他勇于求真，从自己的阶级里突破出来，同情人民，爱护人民，并且也接近人民，这一点是应该特别提及的，因为他有一个较长的时期和人民在一起；但他没有进一步从政治出发去联系人民，组织人民，使战斗的"圈子更广阔"，这是他的阶级与时代的限制。④

---

① 作家出版社编辑部编：《楚辞研究论文集》，作家出版社，1957年版，第222—223页。

② 作家出版社编辑部编：《楚辞研究论文集》，作家出版社，1957年版，第223页。

③ 初刊于《文艺月报》，1953年6月号。

④ 作家出版社编辑部编：《楚辞研究论文集》，作家出版社，1957年版，第26页。

在唐氏看来,贵族阶级与人民性是无法兼容的。屈原之所以成为人民的诗人,是因为他突破了自己的贵族阶级;他的人民性不够彻底,是他贵族出身造成的局限性。詹安泰否认屈原是超阶级的人物,是对唐氏一派观念的驳正。詹氏得出的结论如下:"他的出身家庭既给予他以文化教养的优越条件;他的政治地位更使他成为政治斗争的战士,也赋予他以政治斗争的具体内容和加强他的政治责任感:这对他的作品中的人民性的表现,都会起着相当大的作用。"①至此,贵族成分与人民性之间的关联,詹氏给出了圆满的回答:在屈原那里,贵族阶级出身、贵族的政治地位,是他作品具有人民性的重要生成要素,二者之间不是相互排斥。简而言之,屈原作品的人民性,生成于他的贵族出身、贵族地位之中,而不是在此之外。

用社会学方法研究先秦诗歌,另一个聚焦点是对现实主义的充分肯定,并且用这种理念去观照屈原的作品。淦之在《屈原作品中的现实主义》②一文中写道:"研究古典文学,人民性和现实主义应该是两个不可分离的概念,反映在屈原作品中的丰富的人民性,是构成现实主义最重要的一部分。"③按照这种说法,现实主义和人民性是屈原作品两个不可分割的两翼,人民性是现实主义最重要的构成因素。可是,屈原作品并不纯是现实主义的,还有鲜明的浪漫色彩,怎样解释这种复杂的现象呢?对此,何其芳在《屈原和他的作品》④中

---

① 作家出版社编辑部编:《楚辞研究论文集》,作家出版社,1957年版,第224页。
② 初刊于《光明日报·文学遗产》第8期,1954年6月7日。
③ 作家出版社编辑部编:《楚辞研究论文集》,作家出版社,1957年版,第128—129页。
④ 初刊于《人民文学》,1953年6月号。

作了如下论述:"我们对于现实主义不能采取一种狭隘的表面的了解。从表现方面看来,屈原的作品是具有浓厚的浪漫主义色彩的。然而我们并不笼统地把浪漫主义和现实主义对立起来。正如高尔基的有名的分析,有消极的浪漫主义,也有积极的浪漫主义。"[1]何其芳通过援引高尔基的理论,用以论证屈原作品浪漫主义与人民性的统一。何其芳把屈原作品归于积极浪漫主义系列,并且指出:"它的根本精神仍然是现实主义的。屈原的作品正是后者的范例,浪漫主义和现实主义的结合的范例。"[2]高尔基把浪漫主义分为积极和消极两种,社会学的政治分析深入到创作风格领域。何其芳则进一步把积极的浪漫主义划入现实主义范畴,从而解决了浪漫主义与人民性的协调问题。何其芳的论述具有权威性,后来的许多楚辞论文,沿袭的都是何其芳的说法,主要有虞思的《试论屈原作品》[3]、陈思苓的《屈原的爱国主义与浪漫主义》[4]、淦之的《屈原作品中的现实主义》[5]等。

20世纪50年代,先秦诗歌研究的社会学方法运用得比较普遍,强调的重点是人民性和现实主义。围绕这两个核心问题,又运用了相应的文学理论。

这个时期社会学治诗所运用的理论之一,是世界观与创作方法

---

[1] 作家出版社编辑部编:《楚辞研究论文集》,作家出版社,1957年版,第68页。
[2] 作家出版社编辑部编:《楚辞研究论文集》,作家出版社,1957年版,第68页。
[3] 初刊于《厦门大学学报》1954年第5期。
[4] 初刊于《西南文艺》,1953年6月号。
[5] 初刊于《光明日报·文学遗产》第8期,1954年6月7日。

之间存在矛盾的说法。

高亨在《诗经引论》①提到《小雅》的《伐木》《南有嘉鱼》《宾之初筵》等宴饮题材的作品,并且指出:"这种以享乐为内容的诗歌只可看作史料,没有什么进步意义。"②高氏所持的是狭隘的社会学阶级观点,带有唯题材论的倾向。王乃扬的《读高亨先生〈诗经引论〉》③一文,对高氏的观点进行辩驳,并以《宾之初筵》为例作了如下论述:

> 这里不是单纯的写宴会,而简直是为这些大人先生们描绘了一幅非常生动形象的丑态毕露的醉憨图。……作者似乎还同情这一阶级的,但这并不排斥作品的人民性(一定历史条件下的一定的人民性)。恩格斯在评论巴尔扎克同情于贵族的观点时写道:"可是他在使他深表同情的贵族男女活动起来的时候,他的冷嘲热讽来得更加尖刻辛辣。"这篇诗也是这样深刻地嘲讽了这些领主们的。④

在王氏看来,《宾之初筵》的作者出身贵族,并且对贵族阶级是同情的,这是他的世界观,即维护贵族阶级。正因为如此,他在诗中对贵族成员酒后失态的描写显得酣畅淋漓,带有辛辣的讽刺意味。这种世界观与创作方法之间的矛盾,使得作品具有人民性。王氏借鉴的是恩格斯对巴尔扎克所作的评论,和《宾之初筵》具

---

① 初刊于《文史哲》1956年第5期。
② 人民文学出版社编辑部:《诗经研究论文集》,人民文学出版社,1959年版,第21页。
③ 初刊于《文史哲》1956年第9期。
④ 人民文学出版社编辑部:《诗经研究论文集》,人民文学出版社,1959年版,第32页。

有可比性。

社会学方法治诗所运用的理论之二,是主观动机与客观效果有时不相统一的说法。江逢僧《〈诗经·大小雅〉所反映的社会现实》一文有如下论述:

> 一般说来,贵族阶级的作品,是属于反现实主义的,它是不可能反映什么社会现实生活的;可是在这些诗篇里,尽管作者是充满了自己的阶级意识,尽管是原有着他自己的主观意图,而在作品的内容里,在客观效果上,有时却会违背了作者的观点,终于暴露出它所掩盖不住的现实来的。例如《小雅》里有许多贵族阶级燕享兄弟宗族的诗,作者的目的,本是在铺张他们祖宗的功德;而我们读起来,却可以从它的侧面,看到了他们腐烂的生活。[1]

江氏的观点颇为激进,从总体上否定贵族阶级作品具有现实性。另一方面,他又用主观动机与客观效果有时出现矛盾的观念解释某些贵族之手的作品,认为它们具有现实性,而这种现实性并不是诗的作者有意识追求的,而是作品产生的客观效果。

社会学方法治诗所运用的理论之三,是典型环境中典型性格的说法。刘尧民的《周代民间诗歌——〈国风〉及其它》[2],系统论述《国风》地域、现实性和人民性,以及艺术特点。在论述《国风》对人物形象的创造时,刘氏首先援引苏联伏·谢尔宾纳在《列宁和文学的人民性问题》的相关论断,其中提到现实主义与典型环境、典型性

---

[1] 人民文学出版社编辑部:《诗经研究论文集》,人民文学出版社,1959年版,第167页。

[2] 初刊于《云南大学学报》1958年第1期。

格的关系。以此为依据,刘氏写道:

> 由这里我们可以体会《国风》的现实主义的精神和人民性。……
>
> 人不能离开社会环境和自然环境而生活,要求"典型环境中的典型性格",你要真实的体现人物的性格,必须真实的描写环境。《国风》的诗人既很真实地巧妙地映带当时的社会环境,而又善于刻划各种自然形象。①

刘氏认为《国风》的人民性和现实主义精神,在艺术上体现在典型环境中的典型性格。所谓典型环境中典型性格的命题,最初由恩格斯提出,后来移植到苏联文艺学界,刘氏又把它从苏联引入《诗经》研究领域。以社会学方法研究先秦诗歌,兆端于20世纪40年代,在它的初始期就是以苏联的主流意识形态为参照。20世纪50年代精细型社会学治诗体系的确立,很大程度上仍然依赖于苏联文艺理论与先秦诗歌的对接。

和粗糙型社会学方法治诗相比,精细型的社会学方法在先秦诗歌研究方面建立起了体系,而不再像粗糙型那样杂乱无章;它注意到学术的规范性,而不像粗糙型那样随意;它脱掉了粗糙型的庸俗,而以典雅的形态呈现。

粗糙型的社会学方法治诗,往往过分关注作品的思想内容、时代背景,而对诗歌本身的艺术价值缺少必要的揭示。精细型的社会学治诗方式,在这方面有所改正,有时能够从审美的角度对作品加以

---

① 人民文学出版社编辑部:《诗经研究论文集》,人民文学出版社,1959年版,第109页。

观照。

张西堂的《诗经六论》①共分六部分,其中第二、三、五部分均写于20世纪50年代,运用的是社会学的研究方法,强调《诗经》的人民性、爱国主义精神,理论依据则是苏联高尔基的《文学论文集》、毕达可夫的《文艺学引论》。第三部分的标题是《诗经的艺术表现》,把《诗经的艺术表现》总结为概括的抒写、层叠的铺叙、比拟的摹绘、形象的刻划、想象的虚拟、生动的描写、完整的结构、艺术的语言,共计八个方面②。在比拟中又分为明喻、隐喻、类喻、博喻、对喻、详喻;在《诗经》的修辞方式中,大纲目分为20个格,细分为30多格。

刘尧民论述《诗经·国风》,也充分关注它的艺术特点,从集体创作、艺术形象、声音的艺术三个方面进行详细论述③。其中声音的艺术部分涉及章法、句法、音韵、节奏等众多因素。在粗糙型社会学治诗方式盛行的50年代,能够大篇幅地论述《诗经》的审美价值,在当时实是难能可贵。

三、孙作云的《诗经与周代社会研究》④

进入20世纪60年代,运用社会学方法研究先秦诗歌已经进入成熟期,代表性的著作就是孙作云的《诗经与周代社会研究》。该书由12篇论文组成,其中《从诗经中所见的灭商以前的周社会》《从诗经中所见的西周封建社会》,是运用社会学方法研治《诗经》的典型。

---

① 初刊于商务印书馆,1957年版。
② 张西堂:《诗经六论》,商务印书馆,1957年版,第54—77页。
③ 人民文学出版社编辑部:《诗经研究论文集》,人民文学出版社,1959年版,第103—117页。
④ 初刊于中华书局,1966年版。

在前一篇中,孙氏断言:"我们根据《诗经·大雅·公刘》篇,有理由说:在公刘时代,周人已进入阶级社会,建立了国家。"①又根据《大雅》相关作品的内容断定:"相信周人在文王时期,已经进入封建社会。"②孙氏所持的是西周封建论的观点,与范文澜所作的历史分期相一致。在《从诗经中所见的西周封建社会》一节中,孙氏从生产方式和上层建筑两个方面切入,援引《诗经》大量作品,用以证明西周是封建社会,每个栏目下又设许多细目,基本是按照社会学的理论框架进行设计,把相关作品置入各个栏目。孙氏运用社会学方法研治《诗经》建构起一个完整的体系,至于这个体系是否牢固,则未能加以周密地论证。比如,为了证明西周的农业生产者主要是农奴,以《魏风·硕鼠》等加以证明。为了证明西周统治阶级是各级封建领主,列举的作品就包括《邶风·北门》。可是,《硕鼠》《北门》是否作于西周时期,没有可靠的材料能够证明。因此,这个体系的稳定性大可怀疑。

孙氏在对《大雅》《小雅》进行考察时指出:"《大雅》中应该只有厉、宣两朝的诗,《小雅》中应该只有幽王朝的诗,除此之外,皆非所宜。"③在孙氏看来,《大雅》是叙述西周盛世的诗,《小雅》则是反映西周衰世的作品。因此怀疑今本《诗经》错乱失序。他是运用社会学方法所作的推论,同样缺少根据。

孙氏早年师事闻一多,他采用社会学方法研究《诗经》,有时也从文化学的角度切入,继承的是闻氏传统,《诗经恋歌发微》④就是这

---

① 孙作云:《诗经与周代社会研究》,中华书局,1966年版,第26页。
② 孙作云:《诗经与周代社会研究》,中华书局,1966年版,第48页。
③ 孙作云:《诗经与周代社会研究》,中华书局,1966年版,第393页。
④ 初刊于《文学遗产增刊》第5期,1957年。

方面的代表作。这篇论文通过对《诗经·国风》相关作品的考察，得出如下结论：

> 我们从以上十四首恋歌中，可以归纳出以下的情形，即它们的同言恋爱、同言春天、同言水边。
>
> 恋爱 + 春天 + 水边
>
> 这就表示它们都是在同一背景下作成的，或反映着同一风俗。①

这个结论建立在量化统计的基础上，在时间和空间上都能落到实处。他把春天的水边作为考察《国风》恋歌的重要背景，并且与古代仲春的习俗相沟通，得出的结论是可信的。文中还写道：

> 为什么这些诗一说到恋爱，一说到结婚，就说到钓鱼、食鱼呢？我认为这种带有猜谜性质的隐喻法，或带象征性的辞藻，就是因为：当初男女欢会在河滨、祓禊在河滨，因此把这些带现实性的东西变成打情骂俏的隐语，以后就完全变成一种套词，一说到恋爱，一说到结婚，就把它用上了。②

闻一多的《说鱼》③明确指出："正如鱼是匹偶的隐语，打鱼、钓鱼等行为是求偶的隐语。"④孙氏此文初稿作于师从闻一多期间，他对先师得出的结论，进一步从民俗文化方面找出原因，把这个问题的研究又向前推进了一步。

---

① 孙作云：《诗经与周代社会研究》，中华书局，1966年版，第310页。
② 孙作云：《诗经与周代社会研究》，中华书局，1966年版，第320页。
③ 初刊于《边疆人文》第2卷第3、4期，1945年5月。
④ 《闻一多全集》第3卷，湖北人民出版社，1993年版，第240页。

孙氏的《诗经与周代社会研究》初刊于1966年4月,正值"文革"即将开始的前夕。就此而言,这部著作宣告20世纪五六十年代社会学方法研治先秦诗歌的终结。

第二节　训诂考据与文献整理：绕行于社会学的治诗理路

20世纪五六十年代,中国大陆盛行的是社会学治诗的方法。这个时期的先秦诗歌研究者,几乎无一例外地都接过人民性、现实主义的旗帜,以争取对自己学术方向的认可。不过,在这种表面现象之下,仍有不少学者继续坚持自己已经形成的治诗路数,绕开社会学的治诗方式而迂回前行。他们采取的主要是训诂考证和文献整理的方法,既避免了和社会学治诗的正面冲突,又把以往的研究向前推进了一步。

20世纪五六十年代的先秦诗歌研究,所面世的论著与20年代有相似之处,通人泛论型居多,而专精博雅型较为罕见。无论《诗经》还是楚辞论著,注释或通论型占了相当大的比例。真正具有学术含量,体现创新精神的成果,都以训诂考据及文献整理见长,它们是这个时段诗歌研究的精华。

一、刘永济的《屈赋释词》

刘永济在完成《屈赋通笺》的基础上,又著《笺屈余义》对前者加以补充,完成于1953年。到了1957年,他又著《屈赋释词》,把研究的重点转向对楚辞的词语训诂。

刘氏从研究伊始,就重视研究方法的科学性。在这部著作的序言中，他继续强调研究方法的重要性，并且对训诂考据中滥用通假的现象提出批评：

> 此处我但举一例证明，即"同音之字多同义"这一通常应用的规律，本有其一定的音理根据。但是，如果我们滥用这一规律，将一切不可通假的字，都由音同或音近变成同义的字，或虽可通假而与上下文义不相通贯，与作者思想整个不合，不可用来解说此处的文句，为了便于主观的说法，一切不顾，那就会犯很大的错误。此种情况即在有名的大学者有时亦所不免，何况浅学之人。①

通假过滥的现象在清代朴学已经初见端倪，进入20世纪之后愈演愈烈，成为一大学术公害。对此，刘氏深有体验，并且极力加以匡正。接着，他援引刘师培在《古书疑义通例补》中把"蛾眉"通假为"娥媌"的案例②，用以说明滥用通假的危害，指出这种做法违背实事求是的科学精神。

刘氏《屈赋释词》共分三卷，卷上释虚词，卷中释词汇，卷下释句例。其中释词汇又分为单用词、复用词两部分，复用词包括联绵词和重叠词。这是一部以词语训诂为主的楚辞学著作，其中多有创获。

刘师培、王国维都曾经提出联绵词不能拆解分释的观点，刘永济早年亦信奉此说。到了《屈赋释词》中，他对这种说法提出质疑：

> 又按联绵字可分用，老子之"与兮""犹兮"是也，又可重叠

---

① 刘永济：《屈赋音注详解》《屈赋释词》合刊本，中华书局，2007年版，第234—235页。
② 《刘师培全集》（一），中共中央党校出版社，1997年版，第415页。

用,《淮南子·兵略训》之"犹犹""与与"是也。屈赋亦有此例,如《少司命》"倏而来兮忽而逝",即倏忽一词之分用也;《山鬼》"风飒飒兮木萧萧",即萧飒一词之叠用也。①

认为联绵词不可拆解,一个世纪以来被学界普遍认同,由此成为先秦诗歌解读的一大障碍,使得词语训诂无法深入。刘氏以实际案例否定这种说法,得出的结论是可信的,有助于破除人为设置的障碍,推动先秦诗歌研究的深入。

"羌"字在楚辞中出现的频率较高,或释为无实际内涵的虚词,或释为实词,说法不一。对此,刘氏所作的辨析颇为深入:

> "羌",王逸注:"楚人语词也。"又曰:"犹言卿何为也。""楚人语词"者,说此字为楚人方言,"卿何为也"者,则说其义训。……《广雅·释言》:"羌,乃也。"又曰:"羌,卿也。"……考《说文》:"乃,曳词之难也,象出气之难。""乃"篆文作"3",盖谓凡语有难于出口者,遂曳长声以出之,故象其气难出于口之状。又《公羊春秋》宣八年:"……乃者何,难也。曷为或言而,或言乃,乃难乎而也。"……因此知"羌"训作"乃",亦有难于出口之意。但细加体会屈赋各"羌"字,似当作"何乃"解,语气兼有难而又怪之之意。②

刘氏对"羌"字所作的解释,不是运用通假,而是充分利用古人旧注,在此基础上进一步深入辨析,所给出的答案合乎楚辞作品的实际

---

① 刘永济:《屈赋音注详解》《屈赋释词》合刊本,中华书局,2007年版,第371页。
② 刘永济:《屈赋音注详解》《屈赋释词》合刊本,中华书局,2007年版,第320—321页。

情况。

刘氏对楚辞词语所作的训诂考据,精当之处颇多。不过,也偶尔出现未尽人意的地方,主要体现在两个方面:

一是对词语的训诂在楚辞中不能一以贯之,各篇之间出现矛盾。比如,刘氏释謇、蹇,先是援引《说文》《方言》《广雅》等字书的相关条目,然后得出如下结论:

> 据此,蹇为难行,謇为难言,同有难义,故可通用。但王逸于《九歌》及《九章》诸蹇字皆说为语辞无实义,实则《云中君》之蹇,形容"寿宫"之高且安,当是"偃蹇"之省,详《通笺·通训》本条。除《惜诵》之謇外,余诸蹇字皆可说为难貌,皆形容词或副词置于句首者,详卷下《释句例》。[1]

刘氏引经据典,释蹇、謇为难,其中又有行难和言难之别。这种解释推倒王逸旧注,是一个重要发明。可是,刘氏将这种解释在楚辞中一以贯之的过程中却遇到障碍。这种障碍来自对文本的解释不够透彻,因此刘于其中的蹇、謇二字不得不以其他含义释之。《九歌·云中君》称:"蹇将憺兮寿宫,与日月兮齐光。龙驾兮帝服,聊翱翔兮周章。"云中君陪伴天帝在空中翱游,故有"与日月兮齐光"之象,因此难以降临祭祀他的地面寿宫。蹇指的是难,非偃蹇之义。《惜诵》称:"纷逢尤以离谤兮,謇不可释。"这里的謇,指的是难言。面对众多的责怪诽谤,难以用言语把它们销解。刘氏由于对文本的解读不够透彻,未能对蹇、謇表示艰难的含义作一以贯之的解释,可谓失之交臂。

---

[1] 刘永济:《屈赋音注详解》《屈赋释词》合刊本,中华书局,2007年版,第335页。

二是对楚辞运用楚语的情况关注不够。婵媛一词在楚辞中多次出现,刘氏从其形、声两方面切入,作了详细辨析,或释为"绰约宛转",或释为"忧思相牵"①,未能一以贯之。扬雄《方言》卷一称:"宋卫之间,凡怒而噎噫谓之胁阋,南楚江湘之间谓之啴咺。"②这里所说的啴咺,即楚辞中的婵媛,用的是楚语。刘氏如果能够注意到这种情况,所作的解释会更加允当,并且能在楚辞中贯通无碍。

《屈赋释词》卷下《释句例》选择11种类型的句式加以分析,并对前人旧说有所驳正,如第五种是"动词置句首而误说例",第六种是"形容词置句首而误说例"。这种分门别类的句型辨析,继承的是清代王氏父子、俞樾等人的朴学传统,是以释例的方式揭示词语运用的某些规律,有重要的参考价值。

1959年,刘永济《屈赋音注详解》一书定稿,该书凡例称:"本文以详细注解屈赋本文,供初学诵读易于领会为主。"③这部著作虽然带有普及的性质,却承载了刘氏多年来楚辞研究的丰硕成果,以这种方式对他的楚辞研究作了历史的总结。

二、朱季海的《楚辞解故》

朱季海早年师事章太炎,《楚辞解故》④初稿完成于1944年,之后相继增补,其中部分内容以《楚辞解故》为题在50年代以论文

---

① 刘永济:《屈赋音注详解》《屈赋释词》合刊本,中华书局,2007年版,第364—365页。
② 钱绎:《方言笺疏》,上海古籍出版社,1984年版,第69页。
③ 刘永济:《屈赋音注详解》《屈赋释词》合刊本,中华书局,2007年版,第3页。
④ 初刊于中华书局上海编辑所,1963年版。

的形式面世[1]。该书初版分正编和续编两部分,正编收札记220则,续编51则。上海古籍出版社1980年新一版,增加第三编57则。

《楚辞解故》系学术札记汇编,各则长短不一,短者不过百字,长者则洋洋洒洒,千言以上,类似一篇独立的学术论文。

朱氏深通文字、声韵之学,又博览多识,对于古代楚辞文献极其熟悉,并且对清代朴学的研究成果多有借鉴。这部著作有很高的学术含量,可作为研治楚辞的工具书使用。

朱氏所选择的条目,出自先秦和汉代的楚辞作品,而以先秦楚辞居多。他所诠释、辨析的诗句,多为解读楚辞的难点或疑点问题,学术起点较高,解决起来难度颇大。

《楚辞解故》的训诂考据,特别重视从楚辞、楚文化本身寻找内证,因此,得出的结论多数都经得起推敲。比如,对于《离骚》篇名的解释,从古到今众说纷纭,未能达成共识。朱氏针对这种情况,援引大量内证加以辨析:

> 其以离为遭者,《离骚》曰:"进不入以离尤兮",王《注》即以"遇祸"释"离尤",洪氏《补注》引《惜诵》:"恐重患而离尤"云:"离,遭也";然《惜诵》云:"纷逢尤以离谤兮",又以逢、离对举,知二者于楚俗为代语(此依用子云旧名,见《方言·第十》),离尤即逢尤矣;《招魂》亦云:"离彼不祥些",并其义也。……其明文作骚者,见于《国语·楚语上》伍举对楚灵王之言:"德义不行,则迩者骚离,而远者距违",韦氏《解》:"骚,愁也;离,叛也。"

---

[1] 见于《语言研究》1957年第2期、1959年第4期;《中华文史论丛》第2、4辑,1962、1963年。

是《离骚》之为遭忧,质诸楚语而弥信,三家之言,不可易矣。①

朱氏所说的三家之言,指汉代的淮南王刘安,以及司马迁和班固,他们都把《离骚》释为遭遇忧愁。朱氏援引楚辞和楚语进行辨析,对这两个字作为篇题的含义加以认定,可谓不易之论。这种重视内证的训诂考据,具有很强的说服力。

再如《离骚》有"步余马于兰皋"之语,清代朱骏声《离骚赋补注》,俞樾《读楚辞》,皆据《左传·襄公二十六年》的"步马"事象,释步马为习马,即训练马匹行走。朱氏引《说苑·正谏》《淮南子·人间训》两篇的步马之语,用楚事楚书证明步马是驾车前进,而不是徒步行走②,结论甚为允当,匡正了清代学者的误读。类似案例,《楚辞解故》中所在多有,不时有度越前人之论。

朱氏训诂考证的另一个长处是对词语的辨析精细入微,而不是停留在表层或一般性的概括。《离骚》称:"既替余以蕙纕兮,又申之以揽茝。"对于其中的"申"字,朱氏作了如下辨析:

> 《淮南·道应训》:"墨者有田鸠者,欲见秦惠王,约车申辕,留于秦,周年不得见。"《注》:"申,束。"《说文·申部》:"申,七月阴气成体,自申束,从臼自持也。"是申有束义,字亦通作绅。……今谓《离骚》此申,正当训束,与《淮南》之文,故相应尔。③

申指约束,这是它的特殊用法,后人不明此义,往往产生误解,五臣注

---

① 朱季海:《楚辞解故》,上海古籍出版社,1980年版,第13页。
② 朱季海:《楚辞解故》,上海古籍出版社,1980年版,第41页。
③ 朱季海:《楚辞解故》,上海古籍出版社,1980年版,第219页。

就称"申,重也",把申释为重复,朱氏所援引的例证皆具有权威性,道出了"申"字在诗中的真实含义。再如,《招魂》出现"洞房"一词,五臣注、朱熹《集注》皆释洞为深,大意得之。朱氏对此作了深入的辨析:

> 汉西京而上,洞房之名,本施于岩突,盖亦因古穴居之遗;其曰洞房,于秦亦有专字。寻《说文·水部》:"洞,疾流也",非其义。又《宀部》:"宆,一曰洞屋。"凡言洞房、洞屋一也,准以秦文,正当作宆,则关西语音如是。楚读东、阳相协,故于《招魂》为洞房。此秦楚殊言,考其转语而可知也。①

朱氏所作的考辨,兼顾词语的构形及声韵,并密切联系先民房屋建筑的历史演变,揭示出洞房之称源于穴居这个历史事实。后面又把复穴与突厦相沟通,解决了词语训诂相关联的系列问题,具有举一反三的效果。

楚辞中出现众多的香花芳草,《楚辞解故》对花草树木所作的考证辨析也尤为深入。《离骚》有"杂申椒与菌桂兮"之语,朱氏对菌桂所作的考证长达千余言。他援引王念孙《广雅疏证》有关菌桂名称的解释之后写道:"王谓:'囷圆,声近义同',最是知微之论。菌、箘同从囷声,即俱有圆义,是菌桂故以正圆得名耳"②。朱氏借鉴王念孙的研究结论,又进一步明确指出菌桂之名的由来,道出这种植物形态上的特征。但是,朱氏对菌桂所作的辨析并没有到此为止,而是详细罗列古代相关的记载,在众多说法中斟酌取舍,最

---

① 朱季海:《楚辞解故》,上海古籍出版社,1980年版,第182页。
② 朱季海:《楚辞解故》,上海古籍出版社,1980年版,第25页。

后认定嵇含《南方草木状》所作的记载为可信,即"叶似柿叶者为菌桂"①。

再如《离骚》有"岂维纫夫蕙茝"之语,从洪兴祖的《补注》到王念孙的《广雅疏证》都认定蕙草即是薰草,二者为一物。朱氏不同意这种笼统的说法,他列举大量文献的相关记载进行辨析,认为先秦两汉时期人们还未将蕙和薰相混淆,它们指的是两种香草。最后得出结论:"是薰被蕙名,殆行于吴晋之间乎。"②朱氏认为直到三国两晋之际,蕙和薰才被混淆,先前并不如此。他所作的辩驳援引宏富,条分缕析,纠正了前人的误解。

《楚辞解故》所作的训释考据新意迭出,同时又持论坚牢,继承了章太炎学术精深博雅的传统,所达到的深度在那个时代罕有伦比者。

《楚辞解故》的个别结论,尚有进一步推敲的余地。如:《九章·橘颂》有"淑离不淫"之语,对此朱氏认为"淑离"乃是"陆离"的同义词,"凡言淑离、陆离,其本字皆为茝蓠"③。整个论证过程有通假过分之嫌。《九歌》的《湘君》《湘夫人》《河伯》都有对于水中建筑的描写,朱氏援引《韩非子·内储说上》有关设坛场于水面以祭河神的记载,最后得出如下结论:"是知《九歌》:《湘君》之堂、《湘夫人》之室、《河伯》之堂屋、宫阙,亦水上坛场之比,盖皆当时迎神之实景云尔。"④此种结论,无法证实,只能是猜测而已。所引《韩非子》的记载加以印证,亦显证据单薄,不足以成为定论。后面所引刘师培《文

---

① 朱季海:《楚辞解故》,上海古籍出版社,1980年版,第26页。
② 朱季海:《楚辞解故》,上海古籍出版社,1980年版,第30页。
③ 朱季海:《楚辞解故》,上海古籍出版社,1980年版,第155页。
④ 朱季海:《楚辞解故》,上海古籍出版社,1980年版,第229页。

说·宗骚》篇的"龙堂贝阙,巨观半属灵祠",亦系猜测之词,难以坐实。

这个时期以训诂考证方法研究先秦诗歌的著作,还有于省吾的《泽螺居诗经新证卷中》[1]。该书共计49则,对《诗经》相关字句进行训诂考释。以《说文》为主要依据,时而也援引金文、甲骨文,但数量不多,基本是延续《泽螺居诗经新证卷上》的做法。书中时有创见,但改字别训亦过多,有牵强之弊。

三、姜亮夫的《楚辞书目五种》[2]

该书虽初刊于20世纪60年代,实际上是姜氏数十年研治楚辞的文献整理,书序中写道:"我在一九三〇年撰写《屈原赋校注》时,因利乘便,随手辑集了这些书册和卷子的序、跋、凡例,以至后人的评论、提要等。不久积稿盈尺,到一九三三年便整理成了这部稿子的初稿。"[3]在初稿基础上,又不断补充修订,遂成为研读楚辞的一部重要工具书。

《楚辞书目五种》由五部分组成:

一、《楚辞书目提要》,内分辑注、音义、论评、考证四类,著录书目228种。每种书目均详载原书序跋,以及版本目录。对于刊刻情况,亦有所介绍。

二、《楚辞图谱提要》,包括书法、绘画、地图、杂项四类,著录书

---

[1] 以《泽螺居诗经札记》《泽螺居诗义解结》为题,初刊于《文史》第1、2辑,1962、1963年。
[2] 初刊于中华书局上海编辑所,1961年版。
[3] 姜亮夫:《楚辞书目五种》,中华书局上海编辑所,1961年版,第1页。

目47种。所作叙录体例与《楚辞书目提要》基本一致,同时对于书画真迹的流传情况,也有一些说明。

三、《绍骚隅录》,模仿朱熹《楚辞后语》的做法,著录汉以来模拟《离骚》的作品和汇辑的篇名。著录书籍19种,篇章129题。从这些文献中可以看出先秦楚辞对后代文学的影响。

四、《楚辞札记目录》,著录赵宋以来各类读书札记中考论楚辞的条目,共计802题,又有书籍1种。

五、《楚辞论文目录》,重点著录1919年以后的论文目录,共447题。

《楚辞书目五种》是研究楚辞文献的工具书,其中以叙录部分尤见功力。比如,汉代刘安、刘向、马融、贾逵、班固有关楚辞的著述均已亡佚,该书从大量文献中钩沉出相关线索,提供的学术信息颇为珍贵。再如,对马其昶的《楚辞微》,从源流上进行介绍,最后下以断语:"凡古今释屈文之重要可采者,大抵略遍。由博而反之于约,可为清代说屈赋者之殿。"[1]类似精当的断语,在书中不时可见,反映出姜氏敏锐的学术眼光及准确的判断力。

《楚辞书目五种》特别重视对出土文物的利用,最显著的案例是对隋释道骞《楚辞音》的处理。该书中土久佚,敦煌石室写本藏于法国巴黎国民图书馆。姜氏赴欧期间亲手抄录,携带回国。《楚辞书目五种》以长达13页的篇幅加以介绍,姜氏还撰写敦煌本隋《智骞〈楚辞音〉跋》[2]一文,专门进行系统地论述。

《楚辞书目五种》详载原书序跋,为研治楚辞者提供了许多宝贵

---

[1] 姜亮夫:《楚辞书目五种》,中华书局上海编辑所,1961年版,第252页。
[2] 初刊于《中国社会科学》1980年第1期。

的参考资料。如对洪兴祖《楚辞补注》所录的序跋,分别出自晁公武《郡斋读书志》、陈振孙《直斋书录解题》、毛表《跋》、《四库全书总目提要》,都是研究《楚辞补注》不可缺少的文献。有些楚辞研究著作颇难寻找,《楚辞书目五种》详载该书序跋,为研究这部著作提供了很大方便。如廖平的《楚辞讲义》即录其自序,读者可以从总体上初步了解这部讲义的基本内容。《楚辞讲义》收入《六译馆丛书》,属于不易查找的文献。

以姜氏个人之力而著成《楚辞书目五种》,在当时实属不易,难免有所欠缺。该书出版之后,姜氏又作了补逸,他在《楚辞书目五种补逸》中作了说明①,主要包括三个方面:一是新增,属旧本完全未录。二是补缺,旧本基本录入,但有重要遗漏,此次作了补充。三是待访,确知有些书存在,但未能见到原书,故记其目录,以待访求。此次补逸新增之部15种,补缺之部38种,待访之部25种。其中待访之部有五部是日本学者所著。上海古籍出版社1993年再版本,纳入了补逸的上述内容。

饶宗颐的《楚辞书录》②也是这个阶段问世的楚辞文献学著作,出版时间略早于《楚辞书目五种》,但规模不如姜氏之作宏大。《楚辞书录》卷首为曾克耑序,后依次为饶氏自序,图版25幅。正文分《书录》《别录》和外编《楚辞拾补》三部分。《书录》包括:作者所知见楚辞书目、元以前楚辞佚著,以及拟骚作品、图像、译书。《别录》是近人楚辞著作述略、论文要目。《楚辞拾补》则由一系列考辨、摭佚、校笺、辑要等合成。

---

① 姜亮夫:《楚辞学论文集》,上海古籍出版社,1984年版,第471—475页。
② 初刊于香港苏记书庄,1956年版。

20世纪五六十年代,中国大陆盛行的是社会学方法治诗的风气。上述训诂考据、文献整理著作,超脱于社会学治诗的樊篱之外,把先秦诗歌研究引向深入。刘永济的《屈赋释词》、朱季海的《楚辞解故》、姜亮夫的《楚辞书目五种》,它们作为继承朴学传统的扎实厚重之作,都出现在楚辞研究领域。训诂考据、文献整理的朴学方法,在楚辞领域,而不是在《诗经》那里找到自己的生存空间,其中的原由,颇值得深思玩味。

第三节　神话诗学:社会学治诗的旁枝别流

20世纪五六十年代,海峡两岸的先秦诗歌研究,有的是把诗歌与神话相沟通,以神话解诗,以诗印证神话,这种研究方式可称为神话诗学。以神话治诗,关注的焦点是民俗、宗教信仰等方面的问题,仍属于对诗歌的社会学研究。不过,这种研究方式在当时没有成为主流,而是处于边缘状态,因此,它是社会学治诗的旁枝别流。采用这种治诗的代表人物,在中国大陆是丁山,在海峡对岸是苏雪林。

一、丁山的《中国古代宗教与神话考》[①]

这部著作完成于1950年底,作者在《卷头语》中写道:"这篇中国古代宗教与神话考,意在探寻中国文化的来源,正是商周史的前编,用比较语文学与比较神话学给史前神话加以初步的分析,距离'宗教史'的成熟时期还是很远的。"[②]上述自白道出了这部著作的两

[①]　初刊于龙门书局,1961年版。
[②]　丁山:《中国古代宗教与神话考》,上海文艺出版社,1988年影印本,第1页。

个重要特点,一是对史前文化的追本溯源,二是比较文学和比较神话学方法的运用。

丁氏对中国古代史前文化进行探源,涉及《诗经》中有关商、周两族的始祖神话,以及楚辞中的神话传说。他在对这些神话进行解析的过程中,努力实现历史还原,采用的是原型批评的方法。

《诗经·大雅·生民》首章叙述的是周族女始祖姜嫄生后稷的传说,关于姜嫄的身份,丁氏作出如下推测:

> 姜嫄,除了流传下来载生后稷的故事以外,不曾更有其他的韵事。若以配嫁天神帝喾为元妃的神话推测之,她可能就是周人所祀的社神,也即原始"地母"。原始农业社会,认为人本乎天,万物本乎地,没有不尊祀"地母"的,有时尊称之曰"大地大祖母"。①

丁氏从两方面推测,姜嫄的原型应是地母,即土神。传说姜嫄是天神帝喾之妃,而先民的惯性思维是把天神和地祇相配。另外,先周是农业社会,必然要祭祀土神。丁氏所作的推测具有合理性。紧接着,他又通过深入的考证,用以说明姜嫄为地母结论的可信性。他援引《后汉书》《三国志》《尔雅》等书有关羱羊的记载,又与《国语·鲁语下》"土之怪曰羵羊"的说法相印证,以及高诱、郑玄等人的相关注释,得出古人把羊与土相配的结论,最后写道:

> 假定姜嫄得名于"羱羊"之说为不钜谬,那末,我现在可以论定:姜嫄,即是土神,也是"土之怪曰羵羊"。②

---

① 丁山:《中国古代宗教与神话考》,上海文艺出版社,1988年影印本,第8页。

② 丁山:《中国古代宗教与神话考》,上海文艺出版社,1988年影印本,第9页。

丁氏认为姜嫄的原型是土神,这个结论可以成立。至于断定姜嫄之称与羊相关,在当时的学术界已达成共识,人们经常是以羌释姜,而姜字是从女、羊声。丁氏所作的考证则进一步指出,先民观念中的土之精灵为羊,这就为确认姜嫄的土神身份提供了有力的证据。

神话的表现方式是象征性的,丁氏在对姜嫄生后稷神话进行解析时,充分注意到表达方式的这种特点:

> 我认为,弃之为弃,象征寒冬之初,将麦类种籽播散在田地里,仿佛人们捐弃废物似的。诗人言过其实地说置之隘巷,置之平林,置之寒冰而已。仿佛捐弃了种籽,待到来年春风解冻,土气震发,麦苗秀颖,结成穗子,人们都有口食了。追怀去年捐弃在田中的种籽,居然能够熬过冰雪的磨折,一定有个大神在地下庇护它。庇护这个种籽者,应该是"大祖母大地";于是乎人们要宗功报德祭祀谷神,必先祭祀地母。一篇《大雅·生民》诗,说的是姜嫄生后稷故事,我只看做描写土地产生五谷的寓言。①

《大雅·生民》是一篇富有传奇色彩的故事,丁氏对它所作的历史还原,最终概括为"土地产生五谷的寓言",可谓铅华落尽见真淳。这种返朴归真的实现,得益于对于作品象征性表现方式的破译。当然,《生民》一诗还可以从图腾崇拜、生殖崇拜等角度加以解读,但丁氏所作的历史还原却是最基本、最朴素的,因而也更加可信。

丁氏对于殷商祖先传说的历史还原,同样做得很成功。《诗经·商颂·玄鸟》有玄鸟生商的神话,《离骚》《天问》都提到殷商的

---

① 丁山:《中国古代宗教与神话考》,上海文艺出版社,1988年影印本,第27页。

女始祖简狄。丁氏首先援引大量文献,用以证明古代祭祀的高禖,就是殷商的女始祖简狄,在此基础上写道:

> 则简狄即爱神,亦即春神。春风时至,草木皆苏,春神有促进生殖能力,也就被人们重视为生殖大神了。……简狄生契,"契为司徒而民辑"。(以上引鲁语,展禽说。)"司徒",周代金文作"土",实为治理土地之官。是契为司徒,即是商代的原始地神。……因此,我认为"天命玄鸟,降而生商"的故事,应是春神降临,地上的谷物花木都死而复苏的寓言。①

丁氏对玄鸟生商神话所作的历史还原,与对姜嫄生后稷传说所采取的处理方式相近,都突出史前时期农业文明的特点。尽管所得出的结论尚有进一步延展和细化的余地,但是对整个大文化背景的把握则是准确的。他对商、周两族祖先神话所作的历史还原,揭示出二者异曲同工的属性。

自觉运用比较文化的方法解读先秦诗歌中的神话,丁氏在这方面确实有自己的特点。书中写道:

> 简狄神格,颇似埃及古代的埃西(Isis)。……埃及古代神话称地神奥赛烈斯(Osiris)又为谷神,每年冬天死去,待至春天,其妻埃西带来一阵和风,他就复活了。简狄既可比拟埃西,契自可比拟奥赛烈斯;所不同者,在埃及神话为夫妻关系,在中国则变为母子而已。②

---

① 丁山:《中国古代宗教与神话考》,上海文艺出版社,1988年影印本,第11—12页。
② 丁山:《中国古代宗教与神话考》,上海文艺出版社,1988年影印本,第12页。

第四章　20世纪五六十年代：社会学治诗的定型期

丁氏对先秦诗歌所涉神话的中外对比，也有失于牵强和武断之处。楚辞中的《离骚》《天问》《河伯》《悲回风》诸篇都提到昆仑山，是以昆仑神话作为重要题材和背景。丁氏把昆仑神话与古印度有关须弥山的叙述进行具体对比，共找出二者之间14个相似之处，最后得出结论：

> 由此比勘的结果，现在我们可以论定，战国诸子所传的昆仑山，实与印度须弥山王神话同出一源。但是须弥山王神话，传说自大史颂，大史颂演自《奥义书》，其思想皆有迹可寻，在中国庄周、屈原以前，虽世有祭岳大典，决不见昆仑神话。因此，敢再论定昆仑山神话是婆罗门教徒由印度输入中国的。[1]

古代民族早期神话多有相似之处，这是经常见到的文化现象，因此，可以把不同民族的神话进行对比，用以揭示某些规律。但是，如果因为它们之间有相似性，就断定彼此之间存在渊源关系，则是不可取的。丁氏认为中国早期昆仑神话在中土找不到渊源，因此断定是从印度输入的。即以《山海经》为例，其中绝大多数神话在此之前皆不见于中土文献，但不能由此怀疑它们不是中土所自生。丁氏认为，"印度婆罗门的宗教思想在公元前六世纪时即由荆楚输入中国"[2]，即便如此，也无法证实昆仑神话是由古印度输入。

丁氏精于古文字及金文、甲骨文，往往运用古文字研究成果进行训诂考证，这是他的优长之处，但由于求之过深，往往失于牵强武断。

---

[1] 丁山：《中国古代宗教与神话考》，上海文艺出版社，1988年影印本，第415页。

[2] 丁山：《中国古代宗教与神话考》，上海文艺出版社，1988年影印本，第413页。

即以先秦诗歌中出现的神话典故为例,他的许多结论都无法成立。如"禹即句龙""句芒即玄鸟""羲和即有娀氏""禼京即姜嫄""凤鸟即风正""寿宫即雷宫""尧即东皇太一""汤号大乙即东皇太一",这些赫然列为标题的结论,皆经不起推敲,有的还互相矛盾。究其症结,就在于辗转引申,改字别训,以至于愈行愈远,往而不返。

二、苏雪林的《屈赋新探》[①]

苏雪林研究楚辞神话的系列成果,集中收录在《屈赋新探》这部丛书中。丛书由四部著作组成,依次是《屈原与九歌》[②]、《天问正简》[③]、《楚骚新诂》[④]、《屈赋论丛》[⑤]。苏雪林几十年楚辞神话的研究成果,基本上全部收录其中。

苏雪林的楚辞神话研究,始于20世纪20年代后期,以《〈楚辞·九歌〉河神祭典的关系》[⑥]一文而成名。文中提出,《九歌》中,"除《东皇太一》《东君》与《国殇》,皆有人神恋爱的词句"[⑦]。而"人神恋爱,原是人祭的变形"[⑧]。这是该文的主要观点,在当时引起较大反响。此文发表之后的十几年时间里,苏氏在这方面的研究未再进行。直到1943年,又开始对楚辞神话进行探索。1952年起,苏氏到台北

---

① 初刊于武汉大学出版社,2007年版。
② 初刊于台北广东出版社,1973年版。
③ 初刊于台北广东出版社,1974年版。
④ 初刊于台北合记图书公司出版社,1995年版。
⑤ 初刊于国立编译馆,1980年版。
⑥ 初刊于《现代评论》第204、208期,1928年。
⑦ 苏雪林:《屈赋论丛》,武汉大学出版社,2007年版,第89页。
⑧ 苏雪林:《屈赋论丛》,武汉大学出版社,2007年版,第85页。

任教，继续推出系列论著，《屈赋新探》收录的成果，多数写定于20世纪五六十年代。

关注域外文化与楚辞神话的关联，是苏氏研究的聚焦点，这个历程从她1943年重新进行楚辞神话研究即已发端。《我研究屈赋的经过》[①]一文写于1962年，其中对她《屈原与九歌》的基本观点作了列表概括：

> 我发现屈原《九歌》的主神和《封禅书》齐地八神也大有瓜葛。列表于次：
>
> ①天主＝水星之神，即河伯；西亚的哀亚（Ea），后为尼波（Nebo）。
>
> ②地主＝蚀之神，即大司命；西亚的尼甲（Nergal）。
>
> ③兵主＝荧惑之神，即国殇；西亚的尼甲，但后改另一战神Dibarra。
>
> ④日主＝太阳之神，即东君；西亚的侠马修（Shamach）。
>
> ⑤月主＝太阴之神，即云中君，西亚的辛（Sin）。
>
> ⑥阳主＝木星之神，即东皇泰一；西亚的马杜克（Marduk）。
>
> ⑦阴主＝金星之神，即湘夫人；西亚的易士塔儿（Ishtar）。
>
> ⑧四时主＝土神之神，即湘君；西亚的尼尼伯（Ninib）。[②]

苏氏把《史记·封禅书》所载齐地祭祀的八神、《九歌》中的八神、西亚的八神逐一建立起对应关系，其中除日主为东君、太阳神、西亚的侠马修属于同类神灵，其余七类的对应关系均无法成立。苏氏所持

---

① 初刊于《作品》第3卷第7期，1962年。
② 苏雪林：《屈赋论丛》，武汉大学出版社，2007年版，第11页。

的是西亚为世界文化之源的观点,在她看来,无论是齐地祭祀的八神,还是《九歌》的八神,都是从西亚输入,而不是中土自产。对此,她在《屈原与九歌》及相关论著中逐一作了考辨。如,她在《"三一"与"泰一"》①一文中有如下论述:

> "东皇泰一"乃木星神马杜克,他也曾屠龙创世,而且西亚现存《创世史诗》残篇,……所以《九歌·东皇泰一》称他为"上皇","上皇"者天皇大帝之意,也就是"倍儿"的意译。马称为"倍儿马杜克"(BeLMarduk),《九歌》译为"东皇泰一","东皇"者"木星神"也,"泰一"者"倍儿"也,请问译得何等自然,何等确切?②

在苏氏看来,《九歌》的东皇太一之神来自西亚,其名称也是由阿拉伯语翻译而来。倍儿,阿拉伯语谓至尊之主,与东皇太一之称相一致。众所周知,古代各民族对于至尊之神的称呼往往有惊人的相似之处,用这种普遍存在的现象去证明中土的东皇太一来自西亚,缺少说服力。

《九歌》出自屈原之手,苏氏承认屈原的著作权。那么,屈原对古代西亚文化是否了解呢?对此,苏氏作了肯定性的回答:

> 大约屈原因湘境原有男女二神,他以尼尼伯暴风雨神的性质附合于湘阴男神,又顺便以易士塔儿水神性质附合于湘地女神,不再另起炉灶。这种因势乘便的手法,既非常经济,又不失本地风光,原是我们三闾大夫惯技,但若非他对于西亚和希腊神

---

① 初刊于《大陆杂志》1953年卷第2期。
② 苏雪林:《屈赋论丛》,武汉大学出版社,2007年版,第125页。

第四章 20世纪五六十年代:社会学治诗的定型期

话具有极其丰富的知识,也达不到这一步。①

屈原的知识结构存在来自西亚文化的因素,这是苏氏作出的大胆判断。如果没有这个预设前提,那么,《九歌》诸神与西亚神话的关联就无法谈起。

苏氏认为楚辞许多神话来自西亚,她对《九歌》诸神作这样的认定,对其他楚辞作品同样如此,她断言"屈原《离骚》的地理原根据西亚神话"②,在考证西海、不周山以及羲和、西皇时,都从西亚神话那里寻找渊源。

那么,古代西亚神话是如何传入中土,并且被屈原所接受的呢?苏氏在《域外文化两度来华的来踪去迹》③一文中作了说明。按照她的说法,域外文化第一次来华走的是海路,沿印度洋东行北上,在胶东半岛登陆,在齐境落地生根,建立一个雏形的西亚国家——鸠爽氏。齐地对八神的祭祀,就是当时由西亚传入。西亚文化第二次来华是在战国中叶,走的也是海路,带来许多学者在燕、齐等地留驻,邹衍、公孙龙都是域外来华学者,齐国的稷下成为域外学者聚居之所④。屈原对于西亚神话的了解,是在造访稷下学宫过程中实现的:

> 屈原曾使齐三四年,以它天生夐绝的才华、渊博的学识及其善于吸收新知识的灵敏头脑,必与稷下谈士中那些域外学者深相接纳,殷勤请教,所获域外知识非常丰富。返楚后,乃写成《九歌》那一套神曲,更以全部域外知识,如天文、地理、神话与

---

① 苏雪林:《屈原与九歌》,武汉大学出版社,2007年版,第263页。
② 苏雪林:《屈赋论丛》,武汉大学出版社,2007年版,第174页。
③ 初刊于《畅流》第8卷第7期,1973年。
④ 苏雪林:《屈赋论丛》,武汉大学出版社,2007年版,第34—39页。

> 杂有外国神话之夏、商、周三代历史事实,撰成《天问》那个鸿篇。又写韵文的自传《离骚》,充满遁世升仙浪漫思想的《远游》,更以溢出的资料写《招魂》。①

苏氏以上的推测和描述,仿佛一个新版的天方夜谭。至此,她所建构的西亚神话与楚辞关系的体系已经确立,她的楚辞研究也进入终结期。从中外文化交流切入研究楚辞神话,确实是一条新的思路。但是实际操作过程却充满学术风险,稍有不谨慎就会陷入无根据的猜想。苏氏研究的结果,是把多数楚辞神话都贴上进口的标签,把它们变成舶来品。西亚文化源头论,成为苏氏无法摆脱的学术怪圈。

苏氏上述成果绝大多数在海峡对岸刊出,加上特殊的政治气候,她的说法在当时大陆学术界没有产生什么反响。到了20世纪70年代末、80年代初,大陆先秦诗歌研究出现的文化人类学热潮,可以说是对苏氏之学的滞后回应。

---

① 苏雪林:《屈赋论丛》,武汉大学出版社,2007年版,第35页。

第五章 20世纪后二十年：先秦诗歌研究的复兴

20世纪后二十多年，是先秦诗歌研究的复兴期。在此期间，参与构建、确立现代治诗范式的几位领军人物相继谢世，意味着现代治诗阶段的历史终结，开始进入向后现代治诗时期的过渡。但是，有别于现代治诗的后现代范式，在这二十年间并没有形成，还处于探索阶段。现代与后现代交替的二十年，先秦诗歌研究呈现的是复兴气象，无论是研究队伍的规模，研究方法的多样，以及出版论著的数量，都远远超过20世纪的任何阶段。汤炳正在1991年为《楚辞研究》第二辑所写的前言中称："纵观这十多年来的屈学研究，似乎可用三个字来概括，即热、新、活。"[1] 以此来概括这二十年的先秦诗歌研究，同样是恰如其分。

第一节　鱼龙曼延：学术大潮中的浮游与沉潜

《汉书·西域传》称百戏表演是"曼衍鱼龙"，是极其热闹壮观的场面。20世纪后期的二十多年的先秦诗歌研究，同样非常壮观，出

---

[1] 汤炳正讲述，汤序波整理：《楚辞讲座》，广西师范大学出版社，2006年版，第221页。

现的是热浪狂潮,它汹涌澎湃,势不可挡。由此而来,出现一大批先秦诗歌研究的弄潮儿,他们有时以论著回应学术的复兴,有时又以聚会研讨的方式掀起一波又一波的学术浪头,使这个时期的先秦诗歌研究热闹壮观,充满活力。与此同时,热烈的景象,也给人留下许多思索和悬念。

一、研究队伍的老中青兼备和学术新人的持续增长

从总体上看,20世纪后期的二十多年先秦诗歌的研究队伍,其内部结构呈现的是老中青学者兼备的状况。老一代学者,指20世纪的第三代学者,他们出自第一、二代学者的门下,是现代治诗范式的构建或确立者,这以姜亮夫、陈子展等人为代表。中年学者,多数是20世纪50年代和60年代前期从大学毕业的成员,属于20世纪第四代学者。青年学者,指20世纪80年代以后出现的学人。

20世纪后期的二十多年,先秦诗歌研究队伍中的学术新人持续增长,规模逐年扩大。这种趋势得益于研究生制度的恢复及招生数量的不断增加。截止90年代中期,大陆高校古代文学专业的博士点已达24个,硕士点的数量更多,并且还定期增设,覆盖面越来越广。这就使得先秦诗歌研究队伍中的学术新人逐年递增,后备队伍也颇为壮观。伴随着研究生的培养,大陆高校形成多个地区都能培养先秦诗歌研究人员的格局,涌现出一批著名的导师,如北京大学的林庚、褚斌杰,北京师范大学的聂石樵,复旦大学的陈子展,杭州大学的姜亮夫,吉林大学的张松如,东北师范大学的杨公骥,辽宁大学的张震泽,哈尔滨师范大学的张志岳,四川师范大学的汤炳正,西北师范大学的郭晋稀等。这些学者对先秦诗歌有精深的研究,他们的弟子乃至再传弟子,在90年代相继显露学术锋芒,成为先秦诗歌研究中

几支风格各异的队伍。

20世纪80年代之前的先秦诗歌研究,涌现出一大批引领学术风气的大师级人物。他们的治诗有自己的理念、路数、风格,但是由于后继无人或乏人,未能形成严格意义上的先秦诗歌研究流派,至多只是奠定了学派的雏形。20世纪后二十年的先秦诗歌研究队伍不断壮大,并且出自多个师门,这就为不同研究流派的生成和确立创造了有利的条件,从而进一步推进研究的深入和多样化。

20世纪后期的二十年先秦诗歌研究的舞台,登台亮相的学人类型众多,持续的时间也是长短相差悬殊。有的如彗星划空,转瞬即逝;也有的来去匆匆,停留信宿。至于那些在世纪末期最后十年作为主力部队的第五代学人而言,他们的学养,对研究的执着,总体上无法与第三代学者相比。因此,在第三代学者陆续谢世之后,先秦诗歌研究开始进入没有大师、短期内也无法产生学术大师的时期。这代学者是否能够不断地超越自身,是否能像第三代学者那样有持续数十年的创造力,成为推动先秦诗歌研究的症结和关键。

二、方法论热浪激荡的著述态势

20世纪后二十年,中国大陆学术界激荡着方法论的热浪,先秦诗歌研究领域同样如此。当时作为新方法加以宣扬的,有的并不是很新鲜,先秦诗歌研究的学者几十年前就已经加以运用。如:弗洛伊德的力比多说、西方的原型批评,闻一多的《诗经》、楚辞研究已经运用得很熟练。文化学、文化人类学方法,姜亮夫的《屈原赋校注》也已经付诸实际操作。至于所谓信息论、系统论、控制论等老三论、新三论,与先秦诗歌研究很难搭界。当然,当时所倡导的方法论,具有思想解放的意义,其中也有新方法,有合理的因素,关键出在具体操作层面,即如何科学地运用某些新方法。

20世纪后二十年的先秦诗歌研究,出现一个有趣的现象:沉潜于文本解读的学者,基本不专门谈论有关研究方法的理论,尽管他们都有自己所采用的方法;相反,专门从事古代文学研究方法体系的构建者,却往往未能进行深入的文本解读。这样一来,在方法论热浪激荡的形势下,出现的是方法论构建与文本解读相疏离的倾向。进入90年代之后,方法论热逐渐降温,而研究史热又开始出现。所谓的研究史热,指的是专门研究相关学者对先秦诗歌的研究,是对研究的研究,实际是方法论热的流变。和方法论热所出现的弊端一样,研究史热同样缺少文本解读的扎实功底,所得出的结论的客观性、科学性也就打了折扣。

方法论热及其衍生的研究史热,催生出先秦诗歌研究一系列的热闹景象,同时也暴露出不少深刻的矛盾,这二十年间的著述体现得很明显。方法论热的效应之一是催生各种以体系构建为主的论著大量出现。汤炳正在《楚辞研究》第二辑前言中写道:"关于《楚辞》研究成果,据有的同志初步统计,从1977年以来,出版专著已逾百部,在海内外各类报刊上发表论文已逾两千篇。这个数字是惊人的,二者合计,它们几乎相当于1977年以前的两千年楚辞研究成果的总和。"[1]以上文字写于1991年8月,距离20世纪结束尚有八年多的时间。在此后的八年多,楚辞论著的数量继续高速增长,规模极为壮观。《诗经》方面的论著与此相似,数量的增长也有排山倒海之势。研究论著的大量出现,是学术复兴的景象。但是,其中有多少博大精

---

[1] 汤炳正讲述,汤序波整理:《楚辞讲座》,广西师范大学出版社,2006年版,第222页。

第五章 20世纪后二十年:先秦诗歌研究的复兴

深之作,却是令人怀疑。以楚辞研究为例,这二十年间推出各类著作400余部,可是,真正称得上学术精品,能够有力推动研究深入的力作,不超过十分之一,绝大多数属于通人泛论型,与20年代的状况有些相似。也就是说,方法论热浪的激荡,使得先秦诗歌研究出现复兴的景象,但没有真正昌盛,它使得论著规模变大,并没有做强。

方法论热所催生的论著规模庞大,数量众多,这就难免鱼龙混杂,泥沙俱下,并且造成严重的学术资源的浪费。一种表现是选题重复,缺少新意。比如,关于《诗经·邶风·新台》,闻一多在《新台鸿字说》及《说鱼》[①]两篇论文中已经作过透彻的分析,对"鸿"字所作的解释用后文修正前说。照理说来,这首短诗已经没有更多的解读空间。可是,从1980年到1997年,至少又有12篇论文旧话重提[②],并没有什么实质性的突破。再如《周南·芣苢》,古注已经认定芣苢的益子功能,刘大白与胡适的通信中,从声韵上考证芣苢与胚胎的关联[③],闻一多的《匡斋尺牍》则从生殖崇拜的角度作了长篇解说[④]。有关这首短诗的阐释,虽然没有山穷水尽,但已很难再柳暗花明。然而,从1980年到1999年,重复解读这篇作品的论文有17篇[⑤]。造成学术资源浪费的第二种现象是,对于在当时那个历史阶段尚且无法作出定论的学术悬案,却一再地加以探讨。《邶风·静女》曾是《古

---

① 《闻一多全集》第3卷,湖北人民出版社,1993年版,第195、246页。
② 寇淑敏:《20世纪诗经研究文献目录》,学苑出版社,2001年版,第347页。
③ 曹伯言编:《胡适学术文集·中国文学史(上)》,中华书局,1985年版,第545页。
④ 《闻一多全集》第3卷,湖北人民出版社,1993年版,第203—210页。
⑤ 寇淑敏:《20世纪诗经研究文献目录》,学苑出版社,2001年版,第325—326页。

史辨》集中讨论的作品，占去多达62页的篇幅。其中相当一部分内容是探讨诗中的"彤管"为何物，出现多种猜测，连顾颉刚本人都戏称这种做法是"瞎子断匾"[1]，根本无法找到答案。从1980年到1999年，又刊发关于《静女》的论文至少9篇[2]，其中有两篇还在追问"彤管"是什么，类似知其不可而为之的论文，在当时占有相当的比例，属于学术资源浪费型。

方法论热的效应之二是造成先秦诗歌研究格局的严重失衡，暴露出一些深层症结。

文化学、文化人类学是这个时期盛行的方法，由此而来，能够纳入这类研究方法的作品，与之相关的论著便数量众多，而有些无法纳入这类研究方法的作品，对它们的研究显得冷落。在《诗经》中《大雅·生民》是采用文化人类学研究方法首选的对象，这个历程从20世纪30年代就已经开始。进入80年代之后，成为当时的学术热点。从1980年到1999年，刊发有关《生民》的论文至少29篇[3]。《大雅·公刘》同样是记载周族祖先传说，同期的相关论文不过8篇。除《生民》外，这二十年间有关《大雅》刊发的论义只有28篇，总数低于《生民》，反映出研究格局的严重失衡。《九歌》《九章》是楚辞两组重要的作品，诗歌数量相差不多。从1980年到1999年，总论《九歌》的论文149篇[4]，而《九章》的同类论文只有25篇[5]，二者相差悬殊。

---

[1] 顾颉刚编：《古史辨》第三册，上海古籍出版社，1982年版，第517—518页。
[2] 寇淑敏：《20世纪诗经研究文献目录》，学苑出版社，2001年版，第346页。
[3] 寇淑敏：《20世纪诗经研究文献目录》，学苑出版社，2001年版，第433—434页。
[4] 白铭：《20世纪楚辞研究文献目录》，学苑出版社，2008年版，第585—604页。
[5] 白铭：《20世纪楚辞研究文献目录》，学苑出版社，2008年版，第673—676页。

除此之外,这个期间有关《天问》的论文116篇①,有关《招魂》的论文83篇②。这两篇作品也很容易纳入文化学、文化人类学方法的研究系列,因此受到格外的关注。

方法论热潮所导致的研究格局的严重失衡,在某些同类题材的作品那里有的也体现得很明显。如:《邶风·谷风》和《卫风·氓》是《诗经》两首最有代表性的弃妇诗,而且都是出自卫地,堪称姊妹篇。可是,20世纪后期的二十多年,这两篇作品所得到的待遇却是大相径庭。从1980年到1999年,刊发有关《谷风》的论文7篇,而同期有关《氓》的论文多达73篇③,二者相差悬殊。为什么会出现这种状况呢?就在于《氓》为当时盛行的研究方法提供了广阔的解读空间,而《谷风》则很难用所谓的新方法加以发掘。在研究《氓》的众多论文中,有的把《氓》与楚辞《湘夫人》和《美狄亚》的弃妇相比,采用的是比较文学研究的方法。有的从心理学角度透视,还有的把它和所谓的意识流手法相贯通,更有从女性、三角婚恋的角度进行解读。所有这些,都是当时流行的研究方法。人们在寻找这些研究方法的加工对象时,选择的是《氓》,而疏远的是《谷风》。受研究方法驱使而选择相关的对象,从而造成研究格局的严重失衡,《谷风》和《氓》的研究状况是一桩典型的案例。

20世纪后期二十多年的方法论热,是作为对五六十年代的单一

---

① 白铭:《20世纪楚辞研究文献目录》,学苑出版社,2008年版,第652—653页。

② 白铭:《20世纪楚辞研究文献目录》,学苑出版社,2008年版,第716—723页。

③ 寇淑敏:《20世纪诗经研究文献目录》,学苑出版社,2001年版,第341、354—359页。

社会学研究模式的否定和反拨而出现的。社会学方法的先秦诗歌研究,往往过分重视作品的思想内容,而对艺术、审美方面的因素则经常忽略。方法论热浪激荡下的著述,同样未能避免此种偏颇,这以《九章》的研究最为明显。《九章》诸篇,《悲回风》的艺术成就最高,可是,20世纪后二十年刊发的有关《悲回风》的论文只有7篇[1],在《九章》的研究论文中与《思美人》相等,属于数量最少的两篇,而《思美人》的艺术手法同样很高明。不过,对于考察屈原的思想而言,这两篇作品的重要性要逊于其他篇目,这是它们遭冷落的重要原因。方法论热潮的宗旨之一是要从政治本位回归文学本位,实际上并未真正实现最初的设想,思想方面的探讨评价仍然被过分看重。

20世纪后期的二十年的方法论热潮,在规模和气势上远远超过20年代,似乎是对那个时期的历史超越。可是,就先秦诗歌研究格局失衡而论,并没有胜过20年代之处。20年代的《诗经》研究,主要倾向是重视《国风》而忽视《雅》《颂》,这种情况一直持续到60年代。80年代开始奔涌的方法论热浪,并没有波及到先前遗留的学术空白或薄弱区域,而是继续保持现状。在这二十年中,刊发《国风》综论类的论文68篇,而同期刊发的《雅》诗综论29篇,《三颂》综论8篇[2],《雅》《颂》综论的总数不过《国风》综论的半数稍多。许多重要的《雅》《颂》作品,如《南有嘉鱼》《南山有台》《彤弓》《四月》《小明》《采菽》《皇矣》《行苇》《卷阿》《崧高》《振鹭》《烈祖》等,二十年间竟然没有一篇研究它们的论文。其中的原因很简单,就总体而言,解读

---

[1] 白铭:《20世纪楚辞研究文献目录》,学苑出版社,2008年版,第700页。
[2] 寇淑敏:《20世纪诗经研究文献目录》,学苑出版社,2001年版,第304—308、408—410、441—442页。

《诗经》作品,《雅》难于《国风》,《颂》又难于《雅》,《国风》的解读难度最小。方法论热潮激荡下的先秦诗歌研究,不是筚路蓝缕,而是驾轻就熟;不是向学术高峰攀登的山路,而是平坦的捷径;所打的不是攻坚战,而是外围战。

三、一部有特色的文学史著作

方法论热潮在本质上是一次思想解放运动,客观上适应了当时学术研究的形势,具有推动学术进步的作用,并且确实推出了面目一新而又经得起历史检验的学术论著。即以文学史著作为例,章培恒、骆玉明主编的《中国文学史》[1],就是一部采用新方法、新视角写就的著作,有关先秦诗歌的论述尤为精彩,是全书的亮点之一。

这部书以人性的发展作为文学史的主要线索,而书中所说的人性并不是抽象的,而是具体的。对于先秦诗歌的描述,关注的是人的群体性。书中写道:"至迟在屈原的时代,楚文化也至多是一种在重群体的前提下又适当重视个人的文化。"[2]在著者看来,先秦诗歌主要是以群体为本位,而不是以个体为本位。基于这种准确的定性,因此,对许多作品的解读都富有新意。《周颂·噫嘻》从30年代起就作为确定西周社会性质的代表作品而反复加以援引,章、骆主编的文学史则作了如下解说:"在这种强大有力的集体活动中,个人的存在价值是很容易被忽视、被抹杀的。这是在那一特定的历史阶段和经济条件下必须付出的代价。"[3]这种概括来自全新的视角和理念,从

---

[1] 初刊于复旦大学出版社,1996年版。
[2] 章培恒、骆玉明主编:《中国文学史》,复旦大学出版社,1996年版,第30页。
[3] 章培恒、骆玉明主编:《中国文学史》,复旦大学出版社,1996年版,第86页。

社会学的阶级分析方法脱离开来,揭示出以往所忽略的因素。

对于楚文化的特殊性,书中也从人性的角度加以解释:

> 同样因为南方谋生比较容易,途径也多,不需要组成强大的集体力量以克服自然,维护生存,所以楚国也没有形成像北方国家那样严密的宗法政治制度。……在这样的生活环境中,个人受集体压抑较少,个体意识相应就比较强烈。一直到汉代,楚人性格的桀骜不驯,仍是举世闻名。①

对于楚文化的特征及由来,刘师培、王国维、梁启超等人都作过论述,关注的是自然生态、思想倾向、部族融合等方面的因素,没有深入到人的群体性与个体性关系层面。上述论断别开生面,同时有历史记载可以印证。章太炎曾经写道:"南国之法章,君臣犹以官位辨高下,故采用亲羁而无世卿。"②章太炎已经涉及楚文化在制度层面与北方的差异,章、骆主编的文学史则把这方面的研究又向前推进了一步,从而对楚辞所表现的个性作了合理的解释。

20世纪兴起的方法论热潮,把回归文学本位作为重要的宗旨之一。章、骆主编的文学史,在论述先秦诗歌的过程中,确实是自觉地坚持文学本位。在评价屈原时写道:

> 从屈原在当时社会的身份来说,他是一位政治家,而不是一般意义上的"诗人";但以他巨大的创作成就来说,他又是我国文学史上第一位伟大的诗人。③

---

① 章培恒、骆玉明主编:《中国文学史》,复旦大学出版社,1996年版,第137页。
② 《章太炎全集》(三),上海人民出版社,1984年版,第255页。
③ 章培恒、骆玉明主编:《中国文学史》,复旦大学出版社,1996年版,第155页。

这里对屈原所作的定性和历史定位,立足于文学本位,而不再是人民性、爱国主义等社会学的术语。

《招魂》是20世纪后期二十年文化学、文化人类学研究方法所选择的重点对象,所作的阐释多是文化层面的因素。章、骆主编的文学史却是从审美价值方面加以观照:"《招魂》所显示出的想象力和创造力,是令人惊叹的。它用夸饰的手法,对恐怖和奢华两种景象作了强烈而富于刺激性的描写,形成对照,造成了特殊的美感效果。"①所作的评论立足于作品本身,强调它的审美价值,秉持的是文学本位。同时,从中也可以感觉到对康德、黑格尔等人论崇高所做的借鉴。

原型批评是那个时期盛行的方法之一,章、骆主编的文学史对这种方法也运用得很成功,非常重视文学原型在先秦诗歌中的生成及对后代的影响。如论《小雅·采薇》时写道:"后世诗歌中表现的以折柳赠远行之人的风习,似乎最早就是渊源于此诗,因为此诗最早将折柳与远行组合到了一起,使人产生了杨柳留人的印象。"②由《采薇》"昔我往矣,杨柳依依"这两句千古传诵的名句,联想到后代以折柳赠远行者为题材的诗篇,认定这两句诗的原型价值。书中对楚辞作品的解读,亦注重对文学原型的发掘,如称《橘颂》"为后世咏物诗的创作开辟了一条宽广的道路"③,评论《涉江》称:"楚辞中这类风光描写,成了后世山水诗的滥觞。"④如此重视艺术原型的最初生成,在此之前的文学史著作中罕有先例。

---

① 章培恒、骆玉明主编:《中国文学史》,复旦大学出版社,1996年版,第154页。
② 章培恒、骆玉明主编:《中国文学史》,复旦大学出版社,1996年版,第94页。
③ 章培恒、骆玉明主编:《中国文学史》,复旦大学出版社,1996年版,第149页。
④ 章培恒、骆玉明主编:《中国文学史》,复旦大学出版社,1996年版,第150页。

章、骆主编的文学史确实运用了许多新的研究方法,并且运用得很成功。究其原因,就在于新方法的运用者是精读文本的饱学之士,是远见卓识的思想者,真才实学辅以独立思考,遂使新的研究方法产生出一系列的学术亮点。当然,这部文学史各章之间不够平衡,有的地方对《导论》中提出的理念未能一以贯之,但是,就先秦诗歌的两章而言,还是异彩纷呈,新见迭出,深刻精辟而又扎实厚重。

四、学术交流的空前活跃和学术载体的容积扩充

20世纪后期二十多年,先秦诗歌领域的学术交流异常活跃,在活动频率和规模上超过20世纪的任何历史阶段。

学术交流的方式之一,是访学和讲学。随着研究生制度的恢复,在读研究生的外出访学,成为研究生培养的一个重要环节。许多学术新人都是通过这种方式,得以聆听前辈学者的耳提面命,使他们终生受益。而在论文答辩期间,外地异校学者的演讲报告,也是学术交流难得的契机。1979年,姜亮夫受教育部委托,在当时的杭州大学举办楚辞进修班,当年9月开班,第二年7月结束,参加培训的人员共12名,都是全国重点大学讲师以上的骨干教师,他们后来绝大多数都在楚辞研究领域有所建树。姜氏的《楚辞今绎讲录》[1],就是根据进修班的讲稿整理而成。另一位楚辞学者汤炳正,也曾接待许多造访的学人,他的《渊研楼屈学存稿》[2]所收录的《屈学答问》就是回答后生问学的笔录。

这个时期学术交流的重要事件,是中国屈原学会和中国诗经学

---

[1] 初刊于北京出版社,1981年版。
[2] 初刊于中国社会科学出版社,2004年版。

第五章 20世纪后二十年：先秦诗歌研究的复兴

会的相继成立，及其所组织的一系列学术研讨会。中国屈原学会成立于1985年，到1998年共举办七届学术年会，每次都是规模盛大的学术研讨会。中国诗经学会成立于1993年，到1999年共举行四次年会，每次年会均是《诗经》国际学术研讨会，会议规模颇为可观。除这两个全国学会外，还有些地方学会或研究机构也陆续成立，并积极开展学术交流活动。1980年，鄂湘豫皖四省楚文化研究座谈会在武汉举行。1982年，湖北举办首届屈原学术讨论会，1984年举办湖北第二次屈原学术讨论会，并成立湖北屈原研究会，1989年举行第三次学术讨论会，1992年举行第四次学术研讨会。除此之外，以先秦诗歌为研讨内容的学术会议，在各地也频繁举行。

学术交流的空前活跃，催生出大量的学术论著。如何为这些批量生产的精神产品提供载体，成为必须解决的问题。在这种情况下，容积量颇大的学术论文集以前所未有的规模和速度推出。中国诗经学会、中国屈原学会，每次学术年会提交的论文都结集成册，出版发行，收录的论文数量不断地创历史新高。以诗经学会的论文集为例，第一届年会收录论文58篇，第二届92篇，第三届117篇，第四届136篇，呈现的是递增趋势。屈原学会的论文集也大体如此。这两个系列的全国性学会的论文集，都成为超大负荷的学术载体。

学术交流的空前活跃，也为出版业的发展提供了契机。楚辞和楚文化研究成果，成为湖北多家出版社的特色产品，有的还自成系列，规模庞大，湖北教育出版社推出的楚学文库是其代表。

20世纪后期的二十多年，空前活跃的学术交流，营造出学术复兴的声势，但并没有生成浓郁的学术氛围。各种研讨会上的大量发言是各说己见，而缺少深度的交流，更罕见学术交锋。这个时期先秦诗歌研讨，多数论文是批量生产和制造，而不是创造发明。学术的深入发展,主要不是靠声势推动,不是靠热度催化,而是需要冷却沉淀。

第二节 集大成之作:先秦诗歌研究的历史总结

20世纪80年代和90年代,陆续推出几部先秦诗歌研究的巨著。这几部著作均带有集大成的性质,分别从不同侧面、以各异的方式对先秦诗歌研究作了总结。这种总结是几位学者终生治诗的结晶,同时也是对20世纪,乃至从古代到现代先秦诗歌研究的总结。这是几部里程碑式的著作,具有丰富的学术含量,为先秦诗歌研究提供了可资参考的借鉴和坐标。

一、游国恩的《离骚纂义》[①]、《天问纂义》[②]

这两部著作是游氏计划编写的《楚辞注疏长编》的组成部分,关于这部《长编》的最初设想,他在《总序》中作了如下说明:

> 余独怪昔人好说《楚辞》,其书殆不下数十百种,大率习旧安常,浅薄固陋;往复其言,互为奴主,而多不肯深致其功。间有专心壹志,勤求骚人之旨者,则寥寥稀见。窃不自揆,妄欲网罗众说,考核群言,钩稽参校,时出鄙见,为《楚辞笺证》十七卷,《考证》《正均》《考异》《论文》各若干卷,《楚辞学考》《楚辞笺注书目提要》各一卷(附历代亡佚及知见传本楚辞书目),凡三十九卷。人事拘牵,时作时辍,未知成书当在何日。[③]

[①] 初刊于中华书局,1980年版。
[②] 初刊于中华书局,1982年版。
[③] 游国恩主编:《离骚纂义·总序》,中华书局,1980年版,第3页。

这篇序言写于1933年,当时他在位于青岛的山东大学执教,从20世纪30年代开始,游氏就从事《楚辞注疏长编》的编撰工作,并引起学术同行的关注。1944年,时任西南联大教授的罗庸在《楚辞纂义叙》[1]中,对于游氏拟议中的这套巨著予以高度评价,称其"盖有八善足陈","重以二长"[2],从十个方面充分肯定这项工作的学术价值和具体操作方式。20世纪50、60年代,游氏继续进行《长编》的补充修订工作,并组织北京大学中文系的部分师生参与其中。由于"文革"的原因,《长编》的工作中断十年之久。直到1977年初,这项工作才得以重新启动。

1978年6月,《离骚纂义》即将完成之际,游国恩不幸逝世,后续工作由参加《长编》编撰的几位学人承担。《离骚纂义》由金开诚补辑,董洪利、高路明参校。《天问纂义》由金开诚、董洪利、高路明补辑。

《离骚纂义》以两句诗为一节,按时代先后辑录各家注释,然后附加按语。个别句子旧注需辑录者甚多,则以一句为一节。该书辑录自西汉司马迁至晚清曹耀湘计166家、172种文献的旧注,文献采集的覆盖面很广。其中有的文献是国内罕见或失传者。如明代汪瑗的《楚辞集解》《楚辞蒙引》藏于日本上野图书馆。考虑到其书很难查阅,加之所作时代较早,后人颇袭其说,且又颇有可取之处,故对它辑录较多。除古注旧说之外,对于20世纪以来一些重要论述也根据需要而加以介绍。如对"惟庚寅吾以降"这句诗,因为这是确定屈原

---

[1] 初刊于《国文月刊》第31、32期,1944年10月。
[2] 游国恩著,游宝谅编:《游国恩楚辞论著集》第1卷,中华书局,2008年版,第2—3页。

出生日期的唯一内证,因此,在援引大量旧说之后,又在按语中列举刘师培、郭沫若、林庚、浦江清四位现代学者的说法,最后断以己意:"其中浦氏之说较为精密,其余亦均可供参考。"[1]仅为解释这句诗,援引的文献多达20余家,该书的文献价值,由此可见一斑。

按语是《离骚纂义》的精华所在,凝结游氏几十年楚辞研究的心得。按语长短根据具体诗句而定,短者寥寥数语,多为画龙点睛之笔;长者则洋洋千言,类似一篇专题论文。如对"惟庚寅吾以降""愿依彭咸之遗则""吾将从彭咸之所居"等句的按语,或数百字,或千言以上,皆是考辨精深的专论。

《离骚纂义》对字词所作的解释,大量运用《离骚》楚辞作品提供的内证,努力实现对于同一词语的解释在意义上能够一以贯之。如对"忽奔走以先后"所下的按语:

> 又忽有急疾义,左氏庄十一年《传》,桀纣罪人,其亡也忽焉。杜预注,忽,速貌。下文忽驰骛以追逐,非余心之所急,忽急二字,亦相呼应,故五臣于彼注云:忽,急也。又下文忽反顾以游目,《章句》云:忽,疾貌。又本书《天问》倏忽焉在,《章句》注为电光,盖亦言其疾也,皆其证。[2]

清人胡绍煐《文选笺证》认为"正文忽为急字之误",故游氏作了详细辨析,对于《离骚》及《天问》中出现的"忽"字,作了一以贯之的解释,最后还对王逸《楚辞章句》的注释体例作了说明。

《离骚》有些句型比较特殊,游氏充分注意到这一点,从句法上

---

[1] 游国恩主编:《离骚纂义》,中华书局,1980年版,第18页。
[2] 游国恩主编:《离骚纂义》,中华书局,1980年版,第66—67页。

所作的说明也注意到能够一以贯之。例如"曾歔欷余郁邑"的按语写道：

> 本书曾与增多通作层,层者,重累不已之意,当从《章句》。诸家多谓此曾字与增同,而释为增益悲痛,非也。又曾歔欷余郁邑,与上文忳郁邑余侘傺同一句法,言余之所以不已于悲咽与忧郁者,哀时之不遇也。曾字当冠歔欷与郁邑两事言之。自昔注家,于此多未能明晰。①

《离骚》及楚辞经常将单个词语冠于句首,用以统辖下面的相关词语,相当于状语。游氏对于句法所作的解说,可以收到举一反三的效果。这类按语类似于举要释例,揭示出楚辞的某些句法规律。

《离骚纂义》对于当时楚辞学界所争论的热点问题,也予以充分关注,并且给出自己的说法。"芳与泽其杂糅"句的按语写道：

> 芳泽杂糅,自是承上文而言,盖谓既退以后,修吾初服,芳洁其衣裳,泽润其冠佩,香泽杂糅,美德在躬,而不失其明洁之质也。《九章·思美人》曰:芳与泽其杂糅兮,羌芳华自中出。芳与泽为芳华所自出,其非一洁一秽可知。又《九章·惜往日》曰:芳与泽其杂糅兮,孰申旦而别之。此则非谓芳与泽当区别之,而谓贤者兼有芳泽,无人识别之也。王逸、朱熹之注不误。惟钱杲之以为杂糅于小人,遂启朱冀、鲁笔、陈远新、王闿运等人之异说,近人郭沫若先生亦据《秦风·无衣》郑注而谓芳香与污垢混淆(见《屈原赋今译》),均录以备考。②

---

① 游国恩主编:《离骚纂义》,中华书局,1980年版,第242页。
② 游国恩主编:《离骚纂义》,中华书局,1980年版,第174页。

王逸、朱熹对"芳与泽其杂糅"所作的解释本与诗意相合,钱杲之则另立一说,遂使后来异说纷起。尤其是郭沫若《屈原赋今译》①,力倡异说,在当时所产生的影响甚大。游氏援引楚辞作品大量内证,反驳从钱杲之到郭沫若所持的异说,得出的结论是可信的。闻一多《离骚解诂乙》所持的看法与游氏相同②,两人所用的都是内证法。

《天问纂义》体例与《离骚纂义》相同,辑录旧说计93种,所涉文献明显少于《离骚》。

《天问纂义》和《离骚纂义》一脉相通,对字义的训诂颇为重视,并多有精当之论。对于《天问》中的"厥利维何,而顾菟在腹"两句,按语作了如下辨析:

> 盖顾者,犹言抚育也。《诗·蓼莪》顾我复我,郑笺云:顾,旋视也。回顾旋视,并有爱怜之意,故承上文鞠拊畜育而言,则顾与养畜义近。又古多以眷顾二字连用,……眷训为顾,又训为恋,故引申之,顾亦有抚育之义。观此文言育言顾,言在腹,与《蓼莪》同,知顾为本句动词,而非以顾兔连文为义,亦明矣。厥利维何,而顾兔在腹者,谓月何所利而养育此兔于腹中也。③

《天问》所说的"顾菟",在解释上歧义颇多。闻一多先是称"'顾菟'即蟾蜍"④,后又改变前说,释这两句云:"厥指月言,谓月何所贪利而

---

① 初刊于人民文学出版社,1953年版。
② 《闻一多全集》第5卷,湖北人民出版社,1993年版,第301页。
③ 游国恩主编:《天问纂义》,中华书局,1982年版,第65—66页。
④ 《闻一多全集》第5卷,湖北人民出版社,1993年版,第515页。

使兔居其腹中也。"①对于其中的"顾"字,略而未释。孙作云则承其师闻氏的初说,把"顾"释为蟾蜍,并认为《天问》谓月中同时有兔和蟾蜍,并用图腾崇拜加以解说②,可谓治丝愈棼。《天问纂义》援引《诗经》的《蓼莪》《皇矣》《大东》《小明》等多篇作品,对于"顾"字含义作了确切的解释,从而使《天问》这两句诗的本义得到历史还原。

《天问》解读难度很大,因此,人们往往改字作解,以求符合己意。《天问纂义》反对轻易更改原文的做法,而是在文本解读方面向深度开掘。对于诗中的"冥昭瞢暗,谁能极之"出示如下按语:

> 近人有谓此文昭字谓误字者。其说曰:……此昭字自属昒之误字。昒,《说文》:尚未明也。与昧古通,冥昒瞢暗四字为平列词。(见刘盼遂《天问校笺》)……且《章句》晦明二字,正以释冥昭之义,不得疑昭为误字也。又考冥昭二字,古多对举。……今不得其义,而勇改其字,非臆说之甚者乎?③

文中列举冥昭对举的例句,取自《荀子·劝学》《吕氏春秋·离谓》,《淮南子》的《缪称训》《泰族训》,以及桓谭的《新论》,通过大量例句证明,《天问》的冥昭对举乃是属词惯例,"昭"并不是误字。在此基础上所作的解读,自然也就文义贯通,无有扞格。

历史故事的考辨,是解读《天问》的难点之一,《天问纂义》在这方面也时有建树。《天问》中提到王亥在有扈被杀一事,清刘梦鹏《屈子章句》认为有扈当作有易,近人多从其说。对此,《天问纂义》

---

① 《闻一多全集》第 5 卷,湖北人民出版社,1993 年版,第 535 页。
② 孙作云:《天问研究》,河南大学出版社,2008 年版,第 135 页。
③ 游国恩主编:《天问纂义》,中华书局,1982 年版,第 16 页。

作了如下辨析：

> 有扈，夏同姓诸侯，为启所伐者也，《章句》以为浇国，大误。杀王亥者，《竹书》及《山海经》并作有易，屈子作有扈者，传闻异辞耳。刘氏必谓有扈乃传写之讹，其说甚拘。（王先生亦袭此说，详见下桓秉季德条）。①

文中所说的王先生，指的是王国维，他在《殷卜辞所见先公先王考》一文中也认为有扈当作有易。《纂义》接着援引《吕氏春秋》的《先己》《召类》篇的记载，用以说明在夏、商之际有扈未亡，仍然怙其强暴而为诸侯患。这是从传闻异辞的角度看待《天问》关于有扈的记载，不肯轻易改动文字，体现出游氏治学的严谨作风。

王国维通过甲骨文破译殷商谱系，从而为《天问》解读扫除一系列障碍，得到学术界的高度认可。对此，《天问纂义》写道：

> 虽然，王先生之说，非创说也。其所言者，大抵昔人多已言之（已见徐、刘二注，又见刘氏数条注）。……而梁玉绳《汉书人表》亦复博稽史传，知《人表》之㘈即《世本》之核，《殷纪》之振，《山海经》《竹书》之亥（原书卷四），虽未引据楚辞，然亦可为注《天问》者之一助。故王先生之释王亥，虽若甚精博，而实则多有所因也。②

文中所说的徐、刘，指清代徐焕龙的《屈辞洗髓》、徐文靖的《管城硕记》、刘梦鹏的《屈子章句》，《纂义》辑录了他们有关王亥的解释。上

---

① 游国恩主编：《天问纂义》，中华书局，1982年版，第314页。
② 游国恩主编：《天问纂义》，中华书局，1982年版，第313—314页。

述辨析是从学术源流上对于这桩学案加以梳理,使得解读线索的历史传承清晰地显示出来。刘永济《屈赋通笺》亦有类似论述①,只是所列举的文献未涉及《屈辞洗髓》和《屈子章句》。

《离骚纂义》和《天问纂义》堪称姊妹篇,是楚辞注疏的集大成之作。不过,两相比较,后者的学术含量略逊于前者,尚有较多空白可资填补。这两部巨著亦有尚可进一步完善之处。主要有三点:

第一,有的词语释义不够准确。如《离骚》的"留有虞之二姚",按语写道:"此盖谓少康未成家时,有虞留有二姚在,尚可得而求也。"②其实,这里的"留"字,用的是它的特殊意义,指的是守候、等待,是抒情主人公的行为方式。

第二,对有些词语的训释未能一以贯之。如《离骚》的"望瑶台之偃蹇",按语写道:"偃蹇字本书屡见,下文何琼佩之偃蹇,注云:众盛貌。《九歌·东皇太一》灵偃蹇兮姣服,注云:舞貌。此独以为高貌,盖各从其义尔。"③楚辞中出现的偃蹇,取其亦高亦低之义,可以一以贯之。瑶台之偃蹇,指瑶台由低向高延伸,琼佩、灵之偃蹇,则指玉佩和女巫的舞姿或上或下,是动态描写。除此之外,对于"謇""蹇"单独出现时的含义,反复出现的"陆离"之语,皆是可以前后贯通而未能贯通者。不轻易怀疑古注是游氏的长处,但有时过分拘泥古注,遂使对词语的解释无法一以贯之。

第三,不应更改的字而改字别释。总体上看,游氏治骚这类情况

---

① 刘永济:《屈赋通笺》《屈赋余义》合刊本,中华书局,2007年版,第151页。
② 游国恩主编:《离骚纂义》,中华书局,1980年版,第336页。
③ 游国恩主编:《离骚纂义》,中华书局,1980年版,第324页。

较少,但亦偶尔出现。如《离骚》的"皇剡剡其扬灵",按语称:"然窃疑皇剡剡三字为一联绵词,剡当作欻,或作歘,此字之误也。"①这句诗是描写巫咸夕降之象。"剡"有炽盛义,《国语·晋语》:"大丧大乱之剡也,不可犯也。"用的就是炽盛之义。"剡"有上举之义,《荀子·强国》:"案欲剡其胫而以蹈秦之腹。""剡"在这里指的是上举。用"皇剡剡"形容巫咸夕降,其中的"剡"指炽盛,皇剡剡指亮度很大,又兼有居于高处之义。类似改字别释的例子在两部著作中数量有限,可谓白璧微瑕。

二、姜亮夫的《楚辞通故》②

关于这部著作的写作过程,姜氏在《楚辞通故叙录》中作了如下介绍:

> 一九三一年,余为《屈原赋校注》,读书有得,则记之,有可用之材料,则录之,集之至十余巨册。然非余所专业。至一九六二年,中华书局以编《楚辞词典》相商,遂重理之,而意、必、固、我之言特多,非词典例也。至七三年完稿,凡得文百二十万言,图四百四十余幅,益不得为词书,故易此名云尔。③

这部著作从20世纪30年代开始启动,到70年代完成,前后历时40余年,与游国恩《离骚纂义》《天问纂义》的成书周期大体一致,都是凝聚毕生治诗心得的博大精深之作、集大成之作。

姜氏的这部著作,带有自觉地拨乱反正,为楚辞研究作总结的意

---

① 游国恩主编:《离骚纂义》,中华书局,1980年版,第384页。
② 初刊于1985年齐鲁书社据稿本影印版。
③ 姜亮夫:《楚辞学论文集》,上海古籍出版社,1984年版,第445页。

图,对此,《自序》①作了明确的叙述:

> 班固、朱熹、刘献廷、王夫之借屈子说教,贾谊、扬雄、刘向、严夫子、黄文焕借屈子为牢愁,固在遮拨之列。至于近世,国人动以中土旧史比附西说,以汉语挹注欧罗巴语法,指墨翟为印度人,以突厥语证楚言,必求其随时尚而不根于往史。于是屈子为贤姱之巫,为怀王弄臣,廿五篇一一指为后人伪托,终之且谓无屈原其人,又或以屈子为唯物论大德,言愈出而益奇,将使中土无可传之人、可传之学。余谚陋鲁屯,然不敢肆为浩荡之论,装框子,搭架子,以哗世取宠,则差自信也。于兢兢业业之际,颇自乐得其环中,知我罪我,皆不敢辞。②

这是一篇对从古到今的楚辞研究进行总结和清算的宣言,把全书的宗旨锁定在"以遮拨数千年诬妄不实之旧说",即去掉楚辞研究所出现的种种遮蔽,还楚辞以历史的本来面目。所要去掉的遮蔽,既包括古代二千年的种种误读曲解,也包括20世纪以来的各种奇谈怪论,具有很强的针对性。

关于撰写这部著作的基本理路,姜氏在《自序》中也作了具体的说明:

> 所谓以语言、历史为根株者,自语言言有二义:(一)谓解释文词以驰骛语言学规律,务使形、声、义三者无缺误。(二)谓凡历史事象所借以表达之语言,必使与史实之发展相协调,不可有差失矛盾。以历史言之,则历史发展与语言规律之出入,繁变纷

---

① 初以《楚辞通故撰写经过及其得失》为题,刊于《文献》1980年第3辑。
② 姜亮夫:《楚辞通故》(一),云南人民出版社,1999年版,第1—2页。

扰,往往与语言之变,有如亲之与子。①

姜氏认为以语言及历史为中心,是自己几十年治学根基之所在,因此,《楚辞通故》也要从语言、历史切入进行探索。对于语言规律,他兼顾文字的形、声、义,是对通假过滥等弊端的反拨。他还高度重视历史与语言的关联,涉及历史语言学。按照这个基本理路而撰写的《楚辞通故》,是一部继承朴学传统之作,它的侧重点不在于体系的确立和框架的搭建,而在于实证。

《楚辞通故》采用的跨学科的研究方法,据《自序》所作的概括,所涉学科有历史统计学、古史学、古社会学、民族学、民俗学、语言学、地理学、古器物学、古文字学、考古学、汉语语音学、哲学、逻辑学、自然科学。上述学科皆在文学学科之外,以如此众多其他学科的视角、知识和方法解读楚辞,所作的是全方位的立体观照,这也正是去掉历史遮蔽所必需。

《楚辞通故》主体部分共四辑,计有3570个条目,附有图版40余幅。全书前有出版说明、自叙、全书总叙目,第四辑末有其女姜昆武1983年的《校后记》,最后附《楚辞通故检目》。

《楚辞通故》考释的对象主要是先秦两汉的楚辞作品。洪兴祖的《楚辞补注》收录了这个时期的主要的楚辞作品,连同王逸、洪兴祖的注文,总共不过20万字。再加上未收录其中的其他汉代骚体文,先秦两汉楚辞作品原典总计不过20万字。《楚辞通故》总字数则多达200万,相当于原文总字数的十倍。《楚辞通故》共3570个条目,照此计算,这个时期的楚辞原文每60字左右就列出一个条

---

① 姜亮夫:《楚辞通故》(一),云南人民出版社,1999年版,第2页。

目加以训释,密度很大。《楚辞通故》浩大的篇幅、众多的条目,源于作者对相关文献作了几近穷尽式的搜索,可以说是竭泽而渔;同时,所作的阐释也甚为充分,两方面的原因使它成为一部煌煌巨著。

《楚辞通故》主体部分分为十部,依次是天部、地部、人部、史部、意识部、制度部、文物部、博物部、书篇部、词部。单从这些标题来看,明显继承了古代类书的编排方式,又像现代大型的分类词典,再加上后面所附的检索,总体框架是词典体例。可是,这部著作没有受到词典体例的限制,而是根据实际需要而安排条目的篇幅,有的条目长达数千言,是一篇专题论文,如高阳条目长达10页,九歌条目则长达33页。就此而言,该书又有百科全书的体例。事实上,它确实是一部楚辞的百科全书,同时又兼有大型辞书的功能。

关于《楚辞通故》所遵循的基本操作原则,《自叙》中归纳为五条:"穷源尽委,以明其所以愤然之故。""自整体推断,不为割裂分解。""从比较以得真象。""自矛盾或正反之端,综合以求其实。""以实证定结论,无证不断。"[①]以上几点是姜氏几十年治学经验的总结,也是一整套行之有效的方法和必须遵循的学术规范。在实际操作过程中,上述原则得到切实的运用,因而使得这部著作学术亮点甚多,自成一家之言。

楚辞多用楚语,但是,其中许多楚语,历代注家并没有发现,作为普通词语加以处理。《楚辞通故》在这方面对前人多有超越,发掘一些被人忽略的楚语。《远游》写道:"山萧条而无兽兮,野寂寞其无人。"对此,《楚辞通故》写道:

---

① 姜亮夫:《楚辞通故》(一),云南人民出版社,1999年版,第3—4页。

> 按寂寞，楚方言也，字当作宋莫。《方言》十"宋，安静也，江湘九嶷之郊谓之宋。"《音义》"宋音寂。"《庄子·大宗师》"容宋。"《释文》"本亦作寂。"又《齐物论》郭象注"槁木取其宋莫无情耳。"《释文》"宋音寂。"《说文》作"宋，无人声也，或作誎。"①

姜氏根据《方言》及《庄子》作出判断，寂寞最初是楚语。从实际情况考察，寂寞一词早期确实多出自楚地文献，除楚辞和《庄子》外，《文子》《淮南子》中出现的频率也较高。

再如《大招》有"靥辅奇牙"之语，《通故》称："按字最早见于《大招》，而《淮南》用之。北土诸书未之见也。疑为南楚方俗字，许氏《说文》，未入录，新附存之是也。"②《大招》及《淮南子·说林训》对靥辅一词加以使用，而北土文献不见此语，《说文》又未著录，据此推断它可能是楚地俗字，虽然不是定论，但具有启示意义。

姜氏精通文字声韵之学，对词汇的解释经常寻其本义，求其语根，因此往往对旧注有超越驳正之处，如《九章·抽思》有"秋风之动容"，旧注多释动容为草木变色，对此《通故》作了如下辨析：

> 按容非容貌之容，乃榕之借字。《说文》"榕动榕也。"……《广雅》曰"榕动也。"……动容犹今言动摇。然中国字义根于语根，语根同族者，以词性别为诸词。动摇云者，指其云谓之义，其在称名则曰童容；其在形颂，则曰冲融，诸此词性，又展转相依。吾人训释宜为融贯。即如秋风动容之句，虽为动词而义兼疏状。③

---

① 姜亮夫：《楚辞通故》（四），云南人民出版社，1999年版，第459页。
② 姜亮夫：《楚辞通故》（一），云南人民出版社，1999年版，第483页。
③ 姜亮夫：《楚辞通故》（四），云南人民出版社，1999年版，第496—497页。

旧注释"容"为名词，姜氏加以匡正，指出它动词的属性。同时又依据语根加以延伸，指出"动容"又兼有形容词属性，释为冲融更为确切。这种训诂方式触类旁通，道出了词语的多义性。

《楚辞通故》采用的是跨学科的研究方法，对于有些典故的阐释也带有跨学科的性质。《招魂》有"十日代出"之语，在解读这个典故时，先是从神话学切入，列举十日生成的传说、后羿射日的故事。最后则是论述十日与天干的关系，涉及古代早期的生产活动、祭祀、命名等多种事象，和历史、宗教、巫术密切相关，文中写道："此十日颇具神秘性，故惟卜筮等大事用之，而豪酋大长以之命名，征伐、祭祀等国家之大事以之记事，含神秘性为最重。"[①]通过进行跨学科的研究，把与十日相关的众多事象都整合到神秘文化系统中。虽然其中有些细节尚有推敲的余地，但基本思路则是可取的。

《离骚》《天问》均提到日御羲和，《山海经》的羲和是太阳之母，《尚书·尧典》乃是主掌历法之官。对于这些不同的记载，《通故》给出了如下的解释：

> 《山海经》为述异之地志，存三晋古说最多。屈子为南楚舒情艺人，与南方民间所传相关（参伏羲女娲诸条即知之），存古说亦最多。《尚书》为北派现实之儒家思想，故与政治之关系独厚。此固史事发展中各染于地方色彩者也。然推究其朔，则《山海经》说为最早，因生日则为日月之神，降而为日之御，日御者人群有御，斯天象得驾龙车矣。再降则为日官，设官分职，在唐虞之后，故羲氏和氏传至夏商而不废（详后）。斯亦辩证之发

---

① 姜亮夫：《楚辞通故》（一），云南人民出版社，1999年版，第45页。

展有合于人群之进化者也。①

这段论述对羲和传说既有地域的区分,又有时间的先后之别,勾勒出羲和由神到人的演变过程,条分缕析,鞭辟入里。类似精彩的个案分析,在《通故》中不时可见,显示出作者宏通的视野和清晰的逻辑。

姜氏相继师从王国维、梁启超、章太炎,其中拜章太炎为师是在30年代初。《自叙》写道:"辛未,侍余杭先生于阊阖小王山。先生知其不受磬控,以读史勖勉之,而亦有以折其角。至是乃一志于语言、历史,然稽屈赋楚故仍不衰。"②姜氏是在完成《屈原赋校注》初稿的第二年,师从章太炎。在这位大师的勉励下,他开始专注于语言、历史。如果说《屈原赋校注》既有王国维治学的扎实,又有梁启超的宏通,那么,成书于他晚年的《楚辞通故》,则在《屈原赋校注》的基础上,又融合了章氏之学的精深博雅。

姜氏撰《楚辞通故》以语言、历史为根株,而此书的有些不足,往往出在语言和历史两个方面。

姜氏的先秦诗歌研究,以探讨《诗经》的联绵词发端。刘师培、王国维均提出联绵词不能拆解的看法,姜氏遵循着这个原则,对联绵词采取的是整体训释的方式。姜氏的训诂非常重视语根的作用,可是,由于他在实际操作中遵循的是联绵词不能拆解的原则,从而影响了对语根的探寻。他的楚辞联绵词训释,留下许多尚可开掘的空间。

《楚辞通故》在历史研究方面出现的主要偏颇,是图腾的泛化。文化人类学的研究方法往往用图腾解释祖先传说、姓氏由来等,姜氏也往往如此。例如,在对"鲧"进行解释时写道:"其传说在《山海经》

---

① 姜亮夫:《楚辞通故》(一),云南人民出版社,1999年版,第187页。
② 姜亮夫:《楚辞通故》(一),云南人民出版社,1999年版,第1页。

《吕览》《左氏》诸书者,多与水族事物有关,而尤与能(后误为熊鳖)有关,故东海人祀禹不用熊与鳖。夏本以禹为宗神,其图腾为龙。则鳖能亦总图腾之一支。楚先多以熊名,可能与鲧族系有关。"①说夏族以龙为图腾,史无明证。至于鲧入羽渊化为三足鳖的传说,反映的是夏族转生观念,而与图腾无关。姜氏认定楚族先王多以熊为名,也与图腾有关,于是又和鲧的传说联系起来。其实,楚先王往往以熊为名,和夏族没有什么因缘,倒是应该从周族那里去找原因。

再如,对于"虞舜"所作的解释有如下一段:"细为籀绎,以新说定之,则虞为舜图腾,乃仁兽驺虞也。虞团与唐团定居不远,春秋时虞国即舜旧地。虞系姚姓之支图腾,姚当以桃为图腾,其所居之地曰洮。"②舜称为虞舜,是由他担当山虞之官而来,与图腾无关。虞舜姚姓,是由于尧嫁二女于舜而赐,正如周武王嫁女于虞舜后裔胡公,而赐姓曰妫。姚、妫均因舜族娶女而得之姓。图腾泛化是20世纪中国学术界的通病,姜氏在这方面亦未能幸免。

总之,《楚辞通故》无论对于姜氏本人,还是对于20世纪的楚辞研究,都是具有里程碑意义的学术巨著。其中的缺陷和不足,乃是学术研究难免的现象,况且以一人之力而完成如此厚重博大的鸿篇巨制。

三、陈子展的《诗三百解题》③、《楚辞解题》④

陈子展的先秦诗歌研究始于20世纪30年代,曾出版《诗经

---

① 姜亮夫:《楚辞通故》(二),云南人民出版社,1999年版,第30页。
② 姜亮夫:《楚辞通故》(二),云南人民出版社,1999年版,第13页。
③ 初刊于复旦大学出版社,2001年版。
④ 初刊于江苏古籍出版社,1988年版。

语译》①。进入50年代之后,又陆续推出《国风选译》②、《雅颂选译》③。他的《诗经研究》是从注释、翻译入手,具有扎实的文本解读的基础。20世纪80年代,《诗经直解》④出版,是对他几十年《诗经》注释、翻译的历史总结,同时在按语部分所作的讲解,为后来的《诗三百解题》奠定了基础。

《诗三百解题》是对《诗经直解》按语的扩充。《诗经直解》受体例限制,无法充分展开;《诗三百解题》则可以容纳更多的考证论述,各篇作品的解题基本都是一篇专题论文。

《诗三百解题》很大程度上是对《诗经》研究历史公案的评判,以评判古代有关《诗经》的解说为主,而涉及20世纪者较少。既然是学术公案的评判,就需要对古代各家的说法广征博引,以作为评判的事实依据。王先谦的《诗三家义集疏》⑤罗列四家诗说及古代相关说法,征引宏富,是《诗经》研究的集大成之作。陈氏的《诗三百解题》则在《诗三家义集疏》的基础上,进一步扩充文献来源,辑录的古注古说更加繁多。即如《诗经》首篇《关雎》,对于篇中所说的雎鸠,王先谦所作考证甚详,并指出它指的是鱼鹰。陈氏赞同这种说法,并且又写道:"这种鸟在湖南方言叫做鱼鹢,见郭嵩焘的《湘阴县图志》。"⑥再如,《商颂·殷武》有"陟彼景山"之语,对于景山的具体所指,《诗三家义集疏》没有作具体的解释。陈氏《诗三百解题》则详加

---

① 初刊于上海太平洋书店,1935年版。
② 初刊于上海春明出版社,1955年版。
③ 初刊于上海古典文学出版社,1957年版。
④ 初刊于复旦大学出版社,1983年版。
⑤ 中华书局,1987年版。
⑥ 陈子展:《诗三百解题》,复旦大学出版社,2001年版,第4页。

第五章 20世纪后二十年:先秦诗歌研究的复兴

考辨,所引文献取自王国维的《说商颂下》、朱右曾《诗地理征》、乐史的《太平寰宇记》、陈奂的《诗毛氏传疏》、李善的《文选注》[①],足以补《诗三家义集疏》的不足。陈氏的《诗三百解题》对王氏的《诗三家义集疏》有所借鉴和参照,尽量避免与王著重复,因此,增加了许多王著所未引的文献。如能将两书对读,则与《诗经》相关的古代文献,凡重要者几乎皆可知见。

《诗经》古注有故、训、传之分,所谓的故,指各首诗的小序,相当于后来的解题。"五四"以来新型学者解诗,往往以推倒诗序为宗旨,不相信诗序。陈氏《诗三百解题》则非常重视诗序,即对诗本事的追寻和还原。如《召南·甘棠》,鲁诗、齐诗、韩诗、毛诗都断定这首诗是赞美召公树下听讼。陈氏《诗三百解题》赞同这种说法,并援引《史记·燕召公世家》、吴闿生《诗义会通》、冯景《解舂集》、傅增湘《秦游目录》、光绪年间所修《湖南通志》、王闿运《诗义补笺》等大量文献[②],进一步从细节上对召公树下听讼一事加以印证和推测,有重要的参考价值。再如,《小雅·鼓钟》,诗序认为是刺周幽王之诗,批评他会诸侯于淮水之畔,以淫乐相示。陈氏同意这种说法,并从地理方位、幽王行迹等方面加以考证,确认实有此事[③]。当然,陈氏对诗序并非全盘接受,而是斟酌取舍,如对首篇《关雎》,陈氏在列举古代几种主要说法之后写道:

> 《诗序》:"《关雎》乐得淑女以配君子",止此一句已足,已把这诗的主题道着了。其他都是多余的话,还带来一些错误。[④]

---

① 陈子展:《诗三百解题》,复旦大学出版社,2001年版,第1270—1273页。
② 陈子展:《诗三百解题》,复旦大学出版社,2001年版,第56—58页。
③ 陈子展:《诗三百解题》,复旦大学出版社,2001年版,第805—806页。
④ 陈子展:《诗三百解题》,复旦大学出版社,2001年版,第6页。

陈氏否定这首诗与后妃之德的关联,也不应牵连上周文王和太姒,他是部分地承认诗序的合理因素。不过,从总的倾向上看,陈氏对诗序的相信大于怀疑,有时流于轻信。如《周南·兔罝》的解题称:"当是民间歌手咏叹文王举用闳夭、泰颠这一有名的历史故事而作。"[①]可是诗中根本见不到文王、闳夭、泰颠等人的影子,陈氏的结论无法得到验证,这是对诗序过分相信的结果。

陈氏的《诗经直解》对名物考证用力颇勤,尤其是动植物名称所作的辨析更为深入。《诗三百解题》继续保持这种特色,有许多精彩的论证。《小雅·四牡》两次出现"翩翩者鵻"诗句,对于鵻鸟的考释,陈氏援引从毛《传》、郑《笺》到清代今文学家王闿运的《诗经补笺》,认定鵻指的是鸽子。在此基础上,又运用现代科学知识,讲述鸽子的定向导航功能[②]。《王风·黍离》提到黍稷,陈氏在列举清代二百年以来各种说法之后写道:"近代农学家或以为高粱不是我国原产,盖从东南亚引入。根据最近考古所提得,西安半坡新石器时代遗址掘到一个彩陶罐盛着粟米,又洛阳汉墓掘得一个彩绘陶壶中有谷物稻粟高粱等。由此确证粟是中国原产。"[③]陈氏是运用考古发掘的成果评判《诗经》学案。他的这类名物考证,援引各种说法时多引古书、古注,而在阐明自己观点过程中,则往往利用今人的研究成果及现代科学知识和理论,实现了旧学与新知的有机结合。

陈子展的楚辞研究成果从20世纪60年代开始陆续推出,是一系列单篇论文,解题类占大多数。《楚辞直解》就是在此基础上写成

---

① 陈子展:《诗三百解题》,复旦大学出版社,2001年版,第27页。
② 陈子展:《诗三百解题》,复旦大学出版社,2001年版,第609页。
③ 陈子展:《诗三百解题》,复旦大学出版社,2001年版,第230—231页。

第五章　20世纪后二十年：先秦诗歌研究的复兴

的,是对他所认定的屈原的作品进行翻译。解题是对各篇作品进行总论,评论古今异说,并提出自己的判断。陈氏在《楚辞直解凡例十则》①中交待自己的撰写宗旨:"愚治《诗》旨在与古人商榷,治《骚》旨在与今人商榷。"②陈氏这种立意,使得《楚辞直解》带有学术公案评判的性质,而评判的对象主要是20世纪以来的楚辞研究。为什么要作这种评判,陈氏对此作了说明:"要之,总揽古今已有之成就,复自覃思冥索,试图作一小结。为将来研究《骚经》者,斩艾一丛荆棘,扫除一条道路,理出一根线索,奠定一个基础。"③陈氏为楚辞百年研究作总结的自觉意识很鲜明,目的也很明确,就是去掉楚辞研究所出现的蔽障,使之走上正确的轨道。他的百年总结是以学案评判的方式进行的,涉及20世纪楚辞研究的许多重要问题。

《楚辞直解》所作的学案评判,相当大的一部分是针对疑古思潮。书中有如下一段:

> 廖季平用这等主观方法讲学,真是异想天开,语妙天下。自有经今文学派的学者以来,莫不迷信谶纬,爱发怪论,爱谈天人之际的天学。到了末流这位廖老先生,他讲《楚辞》也极尽其怪诞的能事,已经怪到了一个惊人的高峰。他的老师怪如王湘绮,……似乎赶不上他这么怪。还有他的学生怪如郭鼎堂,塑造屈原成为那么一个变态狂热的爱国诗人(《屈原》剧本),也就曾经自叹不如了。④

---

① 初刊于《复旦学报》1981年第2期。
② 陈子展:《楚辞直解》,江苏古籍出版社,1988年版,第1页。
③ 陈子展:《楚辞直解》,江苏古籍出版社,1988年版,第6页。
④ 陈子展:《楚辞直解》,江苏古籍出版社,1988年版,第592—593页。

廖平是20世纪先秦诗歌研究中疑古派的始作俑者，陈氏列举廖平《楚辞讲义》的大段话语，然后从源流上勾勒出疑古思潮的演变脉络。从王闿运到廖平，再到郭沫若，承袭的都是今文经学末流的遗风。

陈氏对疑古思潮的批判在书中不时可见，解《离骚》提到胡适，解《九章》提到林庚、刘永济，都对他们疑古过猛的说法提出批评。

《楚辞直解》还对楚辞解读中的牵强附会之说进行清理，集中批判两种现象，一是通假过滥，二是破字改读。《九歌·国殇》提到吴戈，陈氏在进行辨析时写道：

> 比如闻一多校吴戈从朱本一作吴科，以为即是吴魁，魁科一声之转。并引《释文》《释名》和《广雅·释器》都说吴魁是盾为证。……他岂不知道：敌我两军不相接，此时自当以吴戈长兵进攻为得。……还有郭沫若说："吴科是盾的别名，科或作戈，当是后人不解吴科之义而妄解。"窃以为这都是有意出奇，故作别解，自矜创见，不足为训！[①]

《国殇》中出现的战争器具有吴戈、犀甲、秦弓，分别产自吴、楚、秦三地，是战具中的名牌产品，洪兴祖《补注》所言甚核，毋须置疑。陈氏所作的批驳是有道理的，闻、郭二人均是以滥用通假的方式标新立异。针对郭沫若对《天问》中"白蜺婴茀，胡为此堂"的训释中改"堂"为"裳"的做法，陈氏写道："从来注释《诗》《骚》的学者，往往好

---

① 陈子展：《楚辞直解》，江苏古籍出版社，1988年版，第501页。

奇立异,破字改读以就己说,窃意其说虽通,未必都是作者本义。明知故犯,有时我也未能例外。"①陈氏坦言,他也曾破字改读,后来放弃了这种做法。这种强就己意而擅自改字别释的风气,在先秦诗歌研究中经常可以见到,陈氏道出了这种风气产生的根源。

陈氏评判楚辞学术公案,还对庸俗进化论的方法予以批评:"胡适之《读〈楚辞〉》一说的不可靠是很显然的。至于他从文体发展史上论《九歌》和《楚辞》等篇作品作出时代的古、晚,未免是形式主义者拘墟之见,虽然他在当时拥有信徒不少,但到了今日已经过时,值不得一驳了。"②胡适在《读〈楚辞〉》一文中写道:"《九歌》与屈原的传说绝无关系,细看内容,这九篇作品大概是最古之作,是当时湘江民族的宗教舞歌。"③胡适是从表面形式入手,否定《九歌》与屈原的关联。他所持的是庸俗进化论的观点。在他看来,屈原作为文明时代的诗人,他的作品不应有反映原始宗教的内容。胡氏对楚辞作品著作权的认定很轻率,陈氏因此作出上述评判。

陈氏不是仅对学术公案进行评判,而是往往把自己研究楚辞的心得加以陈述,作为公案评判的组成部分。在此过程中,时有可取之论。比如,从宋末魏了翁到20世纪楚辞研究者,都认为屈原不应该赞扬伍子胥,因此断定《悲回风》《惜往日》不是屈原所作。对此,陈氏写道:

使屈子之世,儒家之伦理思想,纲常名教,果如其说,则孔孟

---

① 陈子展:《楚辞直解》,江苏古籍出版社,1988年版,第524页。
② 陈子展:《楚辞直解》,江苏古籍出版社,1988年版,第456页。
③ 胡适著,曹伯言编:《胡适学术文集·中国文学史(上)》,中华书局,1998年版,第418页。

> 之谓圣谓贤,皆尝去父母之邦,周游列国,以干时君,不亦视为邹鲁之国贼,叛国之逆臣乎?是故屈赋中再三咏叹伍胥,未见其为不可,而不必证其为伪作,谓非屈子之所忍言也。①

这里涉及历史人物评价的标准问题。有些学者抱着狭隘的国家观念,认为伍子胥从楚国出逃,又率领吴国军队为自己复仇,屈原既然忠于楚国,就不会赞扬伍子胥。陈氏所作的辩驳,提出了如何正确看待春秋战国期间士人与其故国关系的问题。陈氏所据以辩驳的理由,杨公骥早在20世纪50年代末就已经明确提出:

> 因此不能把战国时诸侯的封"国",当作今天意义上的"国家"来看待,诸侯国间的战争也不是今天意义上的国与国之间的战争。②

基于这种认识,他进一步指出,不能用今日的"爱国主义"概念评述屈原,正如不能把孔子、孟子、墨子、吴起、商鞅、荀子等看作是"无国家观念""不爱祖国甚至出卖祖国"而各处奔走的"国际浪人",道理是一样的。杨、陈二人所持观点基本相同,前者是在给屈原加冕为反侵略、爱祖国的伟大爱国主义诗人的大气候下,出现的不同声音,带有反潮流的性质;后者则是在梳理百年学案的过程中为历史作总结。

陈子展在《楚辞直解凡例十则》中写道:

> 愚不迷信屈原个人,亦无须为屈赋著作辩护。不敢无据而否定史有屈原其人,不敢无据而否定屈赋之全部或其一部为秦

---

① 陈子展:《楚辞直解》,江苏古籍出版社,1988年版,第243—244页。
② 杨公骥:《漫谈楚的神话、历史、社会性质和屈原的诗篇(上)》,《吉林师大学报》1959年第4期。

第五章 20世纪后二十年：先秦诗歌研究的复兴

> 汉人伪托，不敢"吊诡矜奇"，"哗众取宠"。自守"信而好古"，"无征不信"。此愚与二千年来王逸、扬雄、司马光之后，至近百年学者廖平、胡适之伦，论及屈原其人其赋最大不同之所在，而有不能已于反复辩难者也。①

陈氏的自白道出了他的真实想法，主要是针对疑古派和学术炒作而发。他对百年楚辞研究公案的评判，所选择的对象都具有代表性，所下的断语多有可取之处。正如陈氏本人所言，他信而好古，这是其追求学术真谛的体现。不过，有时轻易信古，《楚辞直解》带有较浓的为屈原维权的色彩。

陈氏为20世纪先秦诗歌研究的学案作评判，很大程度上是以社会学为本位，并且有时运用得略显牵强。如对《小雅·北山》解题写道：

> 诗说："溥天之下，莫非王土。率土之滨，莫非王臣。"这反映了当时社会发展还在奴隶制阶段，也反映了当时土地是国有制，也就是"井田"或"公田"的存在。②

硬要把这首诗和古代社会历史分期挂上钩，把它说成是奴隶制的反映，实在没有必要，属于迂阔之论。再如，关于《离骚》抒情主人公神游西方，陈氏作了如下解说："试观其远逝之所经，一则曰道昆仑，再则曰至西极，三则曰诏西皇，终之以西海为期，而若有意不言其他三方者：此不惟自明其有报秦之志，远逝西方之为不可为；盖兼以隐讽顷襄王七年西迎妇于秦，婚仇之非计，故托之仆马亦皆不

---

① 陈子展：《楚辞直解》，江苏古籍出版社，1988年版，第6页。
② 陈子展：《诗三百解题》，复旦大学出版社，2001年版，第296页。

胜其悲怀也。"①诗史互证,是一条治诗路径。但是,如果把诗歌纯视为历史,就难免失之于穿凿。说《离骚》抒情主人公西游和报秦之志、顷襄王娶秦女之间的关联,在作品中见不到蛛丝马迹,根本无法证实。

陈氏为先秦诗歌研究作总结,往往以社会学为本位,并且对以往社会学方法治诗产生的流弊认识不足,因此,这方面的学案所涉不多,造成两部著作整体格局的不够均衡。

第三节　标志性成果:治诗解骚的创新型精品

20世纪后期,有几部先秦诗歌研究的标志性成果相继问世,这批成果的共同属性是学术上的创新,就其论述的具体问题而言,不但度越古人,而且高出20世纪此前的成果。这批著作篇幅不大,但学术含量很高。它们均出自老年学者之手,是厚积薄发的结晶,凝集他们几十年的研究心得。这批著作是浓缩型的学术精品,有的堪称学术经典,它们的问世,对20世纪后期的先秦诗歌研究有振聋发聩之功,也为21世纪的治诗解骚确立了很高的起点。

一、钱锺书的《管锥编》②

钱氏《管锥编》有关《诗经》、楚辞的札记分别收录于第一、二册。第一册收录《诗经》札记60则,第二册收楚辞札记18则。每则札记首列作品篇名,然后是札记的题目,如《卷耳》:话分两头;《桃夭》:花

---

① 陈子展:《楚辞直解》,江苏古籍出版社,1988年版,第76页。
② 初刊于中华书局,1979年版。

笑。所拟题目皆标示出札记所要论述的问题,具有提示作用。

《管锥编》在先秦诗歌研究领域别开生面,独树一帜,主要在三个方面取得历史性突破。

第一,诗歌研究回归文学本位。

从20世纪40年代后期开始,先秦诗歌研究向社会学靠拢,并且疏离文学本位。这种倾向在五六十年代愈演愈烈,政治批判几乎取代了文学研究。《管锥编》的问世具有拨乱反正的意义,使得先秦诗歌研究开始回归文学本位,艺术、审美判断是钱氏关注的焦点,并且有一系列精辟的论述。

章法层次,是中国古代文章学的聚焦点之一,钱氏继承中国古代文章学的鉴赏评论传统,往往从这方面切入对作品加以解析。他在评论《国风·桃夭》时写道:

> "夭夭"总言一树桃花之风调,"灼灼"专咏枝上繁花之光色;犹夫《小雅·节南山》:"节彼南山,维石岩岩",先道全山气象之尊严,然后及乎山石之荦确。修词由总而分,有合于观物由浑而画矣。第二章、三章自"其华"进而咏"其叶""其实",则预祝其绿荫成而子满枝也。[1]

从总叙到分叙,是《桃夭》的叙述脉络,《小雅·节南山》也是如此,钱氏把它们划入同一类型,并且揭示出这种叙事方式与人的观物方式相符合。人对外物由远及近进行观照,确实是首先见到的是总体轮廓,进一步逼近才会发现具体细部。钱氏论述《桃夭》的叙事特点,同时也道出了人的审美观照的规律性。

---

[1] 钱锺书:《管锥编》第一册,中华书局,1979年版,第71页。

《诗经》多重章叠节,对此,钱氏划分为两种类型:一是重章之循序渐进者,即所抒发的情感愈到后来愈加强烈,呈现的是递进盘升的趋势,《摽有梅》《桃夭》属于这种类型。另一种类型是重章之易词申意,"语虽异而情相类"[1],《草虫》属于此类,虽然各章所用词语有所更换,所表达的情感则基本一致。钱氏所作的划分,道出了重章叠节在语言运用和情感表达方面的基本特征,符合文本的实际情况。

《诗经》中有些抒情诗句,采用的是反诘语气,钱氏对此作了辨析:

> 盖明知事之不然,而反词质诘,以证其然,此正诗人妙用。夸饰以不可能为能,譬喻以不同类为类,理无二致。"谁谓雀无角"?"谁谓鼠无牙"?正如《谷风》之"谁谓荼苦"?《河广》之"谁谓河广"?孟郊《送别崔纯亮》之"谁谓天地宽"?使雀嘴本锐,鼠齿诚壮,荼实荠甘,河可苇渡,高天大地真跼蹐偪仄,则问既无谓,答亦多事,充乎其量,只是辟谣、解惑,无关比兴。诗之情味每与敷藻立喻之合乎事理成反比例。[2]

钱氏是在解读《召南·行露》一诗时集中论述《诗经》中反诘句式的特点。这种反诘句式的特点是对普遍认可的事实提出疑问,用以抒发自己的情感。所提出的诘问愈是不合常理,它的抒情效果就愈加强烈。钱氏还把反诘句式与夸张、比喻手法相沟通,指出它们之间的一致性,论述得很深刻。连带所列举的孟郊诗句,在《诗经·小雅·正月》中已具雏形:"谓天盖高,不敢不局。谓地盖厚,不敢不蹐。"孟

---

[1] 钱锺书:《管锥编》第一册,中华书局,1979年版,第75页。
[2] 钱锺书:《管锥编》第一册,中华书局,1979年版,第74页。

郊的诗句即由此化出,故钱氏解说中用了"踽踽"一词。

钱氏所作的艺术分析都是针对具体作品而发,不作凿空之论,继承的是古代诗文评的传统。不过,钱氏的论述有时又不局限于某首诗本身,而是在解诗过程中进行理论升华,揭示出某些带有规律性的因素。他在解读《郑风·狡童》时,指出言外之意有含蓄与寄托两种类型:

> 夫"言外之意"(extralocution),说诗之常,然有含蓄与寄托之辨。诗中言之而未尽,欲吐复吞,有待引申,俾能圆足,所谓"含不尽之意,见于言外",此一事也。诗中所未尝言,别取事物,凑泊以合,所谓"言在于此,意在于彼",又一事也。前者顺诗利导,亦即蕴于言中;后者辅诗齐行,必须求之文外。含蓄比于形之与神,寄托则类形之与影。①

含蓄与寄托,二者属于微殊,差别极其微妙,钱氏却对其条分缕析,把各自的特点表述得极其清晰。结尾形神、形影之喻,尤为精妙。这类立足于文学本位,而又体现民族特色的艺术阐释,确实富有启示意义。

第二,文学的对比研究。

钱氏对先秦诗歌研究的审美观照具有宏阔的视野,擅长进行文学现象之间的对比。这种对比既有纵向的,又有横向的,对古今中外多有涉及。

所谓纵向对比,就是在中国古代文学领域进行历时性的梳理,使得同类文学现象构成时间上先和后的对比。书中写道:

---

① 钱锺书:《管锥编》第一册,中华书局,1979年版,第108—109页。

> 然卫、鄘、齐风中美人如画像之水墨白描,未渲染丹黄。《郑风·有女同车》:"颜如舜华","颜如舜英",着色矣而又不及其他。至《楚辞》始于雪肤玉肌而外,解道桃颊樱唇,相为映发,如《招魂》云:"美人既醉,朱颜酡些",《大招》云:"朱唇皓齿,嫭以姱只。""容则秀雅,稚朱颜些";宋玉《好色赋》遂云:"施粉则太白,施朱则太赤。"色彩烘托,渐益鲜明,非《诗》所及矣。①

钱氏是从色彩描写的角度切入,审视从《诗经》到楚辞再到宋玉赋的演变,梳理出色彩描写从淡到浓、由素到艳的发展脉络。在《诗经》作品中,又有卫、鄘、齐与郑地的差异。钱氏用于对比的作品都有色彩描写,彼此之间具有可比性,是同类文学现象相对比,所得出的结论符合那个历史阶段文学发展的实际,也勾勒出先民审美风尚演变的轨迹。

钱氏博览群书,对于中国古代文学典故了然于心,因此,他在解读《诗经》过程中往往把后代相关典故顺手拈来,与《诗经》进行比勘。他在解读《卫风·氓》时写道:

> 按此篇层次分明,工于叙事。"子无良媒"而"愆期","不见复关"而"泣涕",皆具无往不复、无垂不缩之致。然文字之妙有波澜,读之只觉是人事之应有曲折;后来如唐人传奇中元稹《会真记》崔莺莺大数张生一节、沈既济《任氏传》中任氏长叹一节,差堪共语。②

钱氏上述文字,既是同类文学现象的历史对比,又是诗歌和传奇两类

---

① 钱锺书:《管锥编》第一册,中华书局,1979年版,第92—93页。
② 钱锺书:《管锥编》第一册,中华书局,1979年版,第93页。

不同文体之间的横向对比。无论纵向还是横向,它们之间都有相通之处,揭示出中国古代文学叙事有往有复的特征。

钱氏对先秦诗歌所作的横向比较,还把视野伸展到域外,中外文学的对比,构成《管锥编》的一大亮点。他解析《卫风·氓》中"于嗟女兮,无与士耽"等六句诗,提到古罗马诗人名篇中女性自道容易沉溺于情感之中而不能自拔的话语,又引斯太尔夫人所说的:"爱情于男只是生涯中一段插话,而于女则是生命之全书。"[①]以外国文学典故印证《氓》诗女主人公的心理活动,使人看到虽有中外古今之别,但在这个问题上人同此心、心同此理。解析《秦风·蒹葭》《周南·汉广》,指出其中隔水相望,可望而不可及的情境,就是西方浪漫主义所说的企慕。然后援引古罗马诗人桓吉尔的名句"望对岸而伸手向往"[②],还列举德国民歌托兴于深水阻隔的事例,以及但丁《神曲》寓微旨于美人隔河而笑的情节。钱氏所作的古今中外对比,往往不是数量对等地列举加以比较的双方,多数情况下出现的是数量上的不对等。所列举的先秦诗歌事象只是一、二项,而用以进行对比的后代及外国文学典故却数量繁富,并且是多多益善。钱氏渊博丰厚的知识储备,使得他的文学对比得心应手,从容自如,时见艺术真谛。释《小雅·车攻》中"萧萧马鸣"之语,指出这是以动衬静,并引雪莱之语:"啄木鸟声不能破林木之寂,转使幽静更甚。"[③]此类在对比中阐发真知灼见的事例,在书中随时可见,俯拾即是。钱氏遵循的是同类相比的原则,同时所进行的对比不停留于表面现象,从而使他的文

[①] 钱锺书:《管锥编》第一册,中华书局,1979年版,第94页。
[②] 钱锺书:《管锥编》第一册,中华书局,1979年版,第123页。
[③] 钱锺书:《管锥编》第一册,中华书局,1979年版,第138页。

学对比取得极大成功,在整个20世纪无与伦比。

第三,系统的方法论启示。

钱氏治诗有自己独到的方法,运用得极其娴熟,同时,他对于治诗的方法形成了系统的理论,在书中作了明确的表述,在方法论上富有启示意义。

诗史互证是古代经学的传统,在20世纪诗歌研究界也得到普遍认同,并且大力加以提倡。但是,这种研究方法带有很大的风险,稍一疏忽就会流于牵强附会。钱氏对此有清醒的认识,并且明确提出要把治诗与考史、说教严格区别开来。《郑风·狡童》是一首女词,用以调侃埋怨他所爱慕的男子。可是,古代经学家却把它和郑国朝廷的政治斗争联系起来,作了牵强的解说。毛《传》:"刺忽也,不能与贤人图事,权臣擅命也。"郑《笺》:"权臣擅命,祭仲专也。"[1]文中提到的忽,指公子忽,祭仲是郑国大臣。毛、郑之说无法成立,在诗中找不到根据,对此,钱氏写道:

> 诗必取足于己,空诸依傍而词意相宜,庶几斐然成章;苟参之作者自陈,考之他人载笔,尚确有本事而寓微旨,则匹似名锦添花,宝器盛食,弥增佳致而滋美味。芜词庸响,语意不贯,而藉口寄托遥深、关系重大,名之诗史,尊之诗教,毋乃类国家不克自立而依借外力以存济者乎?尽舍诗中所言而别求诗外之物,不屑眉睫之间而上穷碧落、下及黄泉,以冀弋获,此可以考史,可以说教,然而非谈艺之当务也。其在考史、说教,则如由指而见月也,方且笑谈艺之拘执本文,如指测以为尽海也,而不自知类西

---

[1] 王先谦:《诗三家义集疏》,中华书局,1987年版,第357页。

谚嘲犬之逐影而亡骨也。①

钱氏对于索求诗的本事持谨慎态度,能够通过作品内证及其他记载把本事弄清楚,固然是锦上添花。对于无法找到创作背景的诗篇,就作品本身进行研究,同样可以获得成功。钱氏反对牵强附会地用历史事实、教化理念来解说作品,强调应该坚持文学本位,以作品为根据,而不能超出文本之外寻找虚幻的依傍。钱氏很少采用诗史互证的方法,他对这种方法所提出的警示,无疑是中肯而深刻的。

如何处理治诗与名物考证之间的关系,钱氏反复论及,并且阐述得极其透彻。《郑风·有女同车》形容美女是"颜如舜华",在讨论这句诗的过程中他写道:"夫诗文刻划风貌,假喻设譬,约略仿佛,无大刺谬即中。侔色揣称,初非毫发无差,亦不容锱铢必较。使坐实当真,则铢铢而称,至石必忒,寸寸而度,至丈必爽矣。"②这里提出的是艺术真实与生活真实的关系问题。文学作品所作的刻划,只能和生活真实大体相似,而不可能一模一样。因此,对诗歌的赏析、研究,要承认其中的比喻、夸张等因素有其合理性,而不能按照生活的原样去苛求文学作品。《卫风·淇奥》开头两句是"瞻彼淇奥,绿竹猗猗",淇水岸畔是否真有翠竹,曾是学人争论的问题,对此,钱氏写道:"窃谓诗文风景物色,有得之当时目验者,有出于一时兴到者。出于兴到,固属凭空向壁,未宜缘木求鱼;得之目验,或因世变事迁,亦不可守株待兔。"③在钱氏看来,淇水岸畔原本可能无竹,诗中所写纯属虚构;也可能原来有竹,因自然环境变迁而消失。这是一个无须追寻,

---

① 钱锺书:《管锥编》第一册,中华书局,1979年版,第109—110页。
② 钱锺书:《管锥编》第一册,中华书局,1979年版,第106页。
③ 钱锺书:《管锥编》第一册,中华书局,1979年版,第90页。

也无法得到答案的问题。原本的有竹还是无竹,不应成为解读这首诗的障碍,因为文学创作可以纪实,也允许虚构。

《离骚》称:"朝饮木兰之坠露兮,夕餐秋菊之落英。"木兰和菊花是否能在秋季同荣共茂,成为宋代文人争论的一个热点问题,争论双方各执一词。钱氏针对这个学案写道:"比兴大篇,浩浩莽莽,不拘有之,失检有之,无须责其如赋物小品,尤未宜视之等博物谱录。……指摘者固为吹毛索痏,而弥缝者亦不免于凿孔栽须矣。"①钱氏此论,充分注意到不同种类的文学作品,以及文学作品与博物谱录在反映客观事物方面的差异。对于像《离骚》这类大量运用象征笔法的作品而言,不可能所写的事物与客观真实毫发无差。艺术鉴赏不能等同于实物考证,这是钱氏的一贯之论。

以繁琐的考证取代对作品的审美观照,是经学治诗的痼疾之一,因此,钱氏批判的矛头指向经生中的迂腐者。他在解读《小雅·雨无正》诗时写道:

> 说《诗》经生,于词章之学,太半生疏,墨守"文字之本",睹《诗》之铸语乖剌者,辄依托训诂,纳入常规;经疾史恙,墨炙笔针,如琢方竹以为圆杖,盖未达语法因文体而有等衰也。②

钱氏所说的"文字之本",指常见的语法或散文句法。钱氏认为经生治诗所进行的训诂,往往只看到惯见的语法句法,而忽视了诗歌语言的特殊性。因此,经生所作的诗评,多有不够公允之处。

那么,如何处理审美观照与名物考证之间的关系呢?钱氏给出

---

① 钱锺书:《管锥编》第二册,中华书局,1979年版,第588页。
② 钱锺书:《管锥编》第一册,中华书局,1979年版,第150页。

的回答如下:"言《诗》者每师《尔雅》注虫鱼之郭璞,实亦不妨稍学鲲鹏未详之郭象也。"①郭象注《庄子》超越小大之辩,亦不去剖析鹏鲲的具体形态。郭璞注《尔雅》,对其中的草木虫鱼则务求其真。钱氏主张治诗要有郭象那种超脱,而不要像为辞书作注那样锱铢必较,此乃至理名言。

《管锥编》有关先秦诗歌的论述,新见迭出,妙语连绵,累累乎如贯珠,是20世纪先秦诗歌研究的重大突破。

这部经典性著作所出现的瑕疵,主要出现在对文本的理解上。如《桧风·隰有苌楚》称"乐子之无知",钱氏据《荀子·王制》《礼记·乐记》等语例,释无知为无心,并以道家理念加以解说②,悖离诗的本意,主观性过强。其实,这里的"知",指的是婚媾,用的是它特殊的含义。再如,解《唐风·绸缪》,认为首章是女词,次章为男女合赋之词,末章为男词,采用的是男女独唱与合唱相交替的演唱方式③。此种解说,属于臆测,亦过于迂曲,症结在于对诗中良人、邂逅、粲者等称谓未能准确把握,无法作出一以贯之的解释。

二、郭晋稀的《诗经蠡测》④

郭氏师从曾运乾、杨树达、钱基博诸位学术大师,精通音韵训诂之学。他对《诗经》许多词语的解释颇为精当,在文字训诂方面将《诗经》的研究向前推进一步,不少结论都对前代学者有所超越。

---

① 钱锺书:《管锥编》第一册,中华书局,1979年版,第112页。
② 钱锺书:《管锥编》第一册,中华书局,1979年版,第128页。
③ 钱锺书:《管锥编》第一册,中华书局,1979年版,第120页。
④ 初刊于甘肃人民出版社,1993年版。

对《诗经》的疑难词语作出恰当的解释,是该书的主要闪光点。他所选择的解释对象,多是存有歧义者,如《邶风·谷风》的"泾以渭浊,湜湜其沚"两句话,历来所作的解释均未能透彻。郭氏先是援引王引之《经传释词》以谓释以的结论,然后写道:

> 王氏认为"以"可以训"谓",不举此诗为例,今谓亦当移训此诗。"泾以渭浊",即泾谓渭浊,借喻新室谓旧室为浊也。
>
> 沚,今以为"澂"之借字。《说文》:"澂,清也。"……诗云"湜湜其沚"即"湜湜然澂",亦即"湜湜然澄清"也。①

在这两句诗中,"泾以渭浊"中的"以"字是解读的关键词。郭氏借鉴王引之的说法,以谓释以,使得难点问题得到解决。至于沚是澂的借字,还是如《说文》所引作"湜湜其止",两说俱可通顺地解读,持哪种说法已无大妨碍。

再如《郑风·出其东门》的"聊乐我员"之语,其中的"员"字历来有多种解释,未能达成一致。郭氏写道:

> 今案:以员为云作语助,以员作魂作神,或以员云训亲有(友),义若可通,疑皆非是。《伐木》之"昏姻孔云"即"昏姻孔怀"也。《正月》有"兄弟孔怀","昏姻孔怀"与"兄弟孔怀"语例既同,义亦相当。本诗之"聊乐我员",员本亦作云,或作魂,当即"聊乐我怀"也。②

---

① 郭晋稀:《诗经蠡测》(修订本),四川出版集团巴蜀书社,2006年版,第53—54页。
② 郭晋稀:《诗经蠡测》(修订本),四川出版集团巴蜀书社,2006年版,第57—58页。

郭氏把"聊乐我员"放置到同类语例中加以考察,通过句子之间的相互参照对比得出结论,以怀释员,"聊乐我员"即姑且使我心怀欢乐,合乎诗的本义。

郭氏对词语的训释,还能联系当时的语境,关注所释词语在作品中的位置、作用,以及作品所要表达的思想情感。书中《释〈诗〉应照顾全篇、全章》一节,集中论述这个问题。《郑风·缁衣》第三章末尾两句称:"适子之馆兮,还予授子之粲兮。"毛《传》以餐释粲,后代从之。郭氏对此作了深入的辨析:

> 以粲训餐,单从训诂说,是有根据的。……即从诗之本句说,则每章分为两截:上截言衣,下截言食,上下互异,各不相关。虽亦可通,恐非诗义。
>
> 今以为"粲"当读如《葛生》"角枕粲兮"、《伐木》"于粲洒扫"之"粲"。《传》云"粲,鲜明貌"。"还予授子之粲兮"谓授以鲜明粲粲之新衣也。①

郭氏根据《郑风·缁衣》的叙事情节考察"粲"字的含义,没有采用通假的方式把粲释为餐。他又联系《诗经》反复出现的"粲"字,最后确认"予授子之粲兮"指把光鲜的衣服送给对方,纠正了古注的误读,使得作品的本来面目得以还原。《释〈诗〉应照顾全篇、全章》一节所处理的第二个案例取自《唐风·葛生》。对于诗中出现的"予美亡此"之语,郑《笺》称:"亡,无也。"刘大白的《白屋说诗》沿袭郑《笺》,遂使在解读作品时出现混乱,前后难以一气贯通。郭氏写道:"'予

---

① 郭晋稀:《诗经蠡测》(修订本),四川出版集团巴蜀书社,2006年版,第49—50页。

美亡此',即'予美死此',亦即'予美埋骨于此。'"[1]所作的解释简明透彻,一语中的。以此为基础再解读这首悼亡诗,也就前后贯通,不再存有障碍。

郭氏训释《诗经》词语,特别关注其中的义例,即带有普遍性的词语运用规律,把它作为专题进行梳理,《释"采采"——谈诗中重叠字例不作动词》一节,专门探讨《诗经》重叠用语的词性,开篇写道:

> 《诗经》中用的重叠字很多,旧注把绝大多数都释作形容词或副词,几乎没有释作动词的。只有"采采"一词,有的释作动词,有的释作形容词。仔细推敲,释作动词都是错误的。[2]

通过大量语例的辨析最后确认,《卷耳》《芣苢》两首诗中的"采采",都是形容词,指植物茂盛繁多。用以和"采采"相对照的叠字,不但包括《秦风·蒹葭》的"蒹葭采采"、《曹风·蜉蝣》中的"采采衣服",还有关关、忡忡、丁丁、皎皎等其他意义的叠字,从而使得对于叠字的解释有一个基本的遵循。

再如,《〈诗〉中形容词、副词以"有"字作词头者,相当于该词之重叠词》一节,对这个问题的论述极其充分,列举的例证涉及的作品数量众多。把冠以"有"字的形容词、副词作为叠词加以解读,多数都文从字顺,意义显豁。他运用这种解读方式,对《周颂·载芟》作了如下阐释:

> 此诗句首用重叠词者,有"驿驿""厌厌""绵绵"三处,用

---

[1] 郭晋稀:《诗经蠡测》(修订本),四川出版集团巴蜀书社,2006年版,第52页。

[2] 郭晋稀:《诗经蠡测》(修订本),四川出版集团巴蜀书社,2006年版,第17页。

"有"字作形容词、副词之词头者,有"有喷""有依""有略""有厌""有实""有伀""有椒"七处。知此七处相当于重叠词也。旧解此诗,颇多诘诎,今依例推求,则厘然理顺。①

其中的喷、依,其词性尚有进一步辨析的必要,究竟是副词、形容词,还是作动词用,尚须斟酌。其余的五处则确实相当于重叠词。郭氏所总结的这个义例,在《诗经》中普遍适用,前提是对于词性的认定必须准确。

郭氏推求《诗经》词语运用的义例,对前人可取之说多有继承,同时又能在此基础上有所超越。如对《小雅·蓼莪》中"民莫不穀,我独何害"所作的解说:

> 今案:不穀即不禄即不幸也,"民莫不穀"即"民莫不幸",谓民皆幸也,说已见前。郑玄释"何"为"何故",朱熹释"何"为"何为",殊乖训故,殊失诗旨。陈奂云"我独罹此劳苦之害也",以"罹"释"何",是为得之,然不云"何"何以释"罹"? 于训故犹有未尽者。今以为"何"即"负何"之"何",《说文》:"何,儋也。"诗用"何"字本义,"何害"谓"儋何(今言负担)祸害"也。《诗·候人》"何戈与祋",《无羊》"何蓑何笠",《长发》"何天之休""何天之龙(龙,宠也)",皆以"何"为何儋、负荷,可证也。"我独何害",义亦犹此。此句又见《四月》,郑笺亦误。②

郭氏对词语的训释,必先交待已有注释的得失,然后出以己见。他对

---

① 郭晋稀:《诗经蠡测》(修订本),四川出版集团巴蜀书社,2006年版,第44页。
② 郭晋稀:《诗经蠡测》(修订本),四川出版集团巴蜀书社,2006年版,第96页。

《诗经》词语义例的处理，上承清代王氏父子、俞樾等人的传统，同时对于20世纪出现的研究成果，如曾运乾、杨树达等人的说法，亦斟酌取舍。他的词语训诂多有发明，是广采博取而又匠心独运的结果，使《诗经》的词语训诂又向前推进了一步，走向更加深入的阶段。

郭氏解读《诗经》，还能从作品的章节结构切入，解读由于断句有误而产生的韵脚不够协调的问题。《诗经》多是两句为韵，三句一节而押韵的情况较为罕见，因此往往被忽略，而按常规的两句一节断句。郭氏充分注意到《诗经》句例的这种特殊现象，对于《小雅·宾之初筵》第二章的句读作出如下说明：

> 今案：旧注皆两句两句为读，不顾韵脚，以释诗义，殊失要领。此诗叶韵，一、二、三句以"鼓""祖"叶模部，四、五句以"礼""至"叶微部，七、八、九句以林、湛叶覃部，最后六句以"能""又""时"叶咍部。"能"，从㠯声，"古"在咍部。……诗意随韵而转移，旧注释诗以偶句为准，故失诗意。①

郭氏精于声韵之学，故能从叶韵切入纠正以往句读的失误。经他修正，《宾之初筵》第二章的结构形态真实地呈现出来，或两句一节，或三句一节，两种结构方式相错杂，韵脚亦与之相适应。

郭氏对《大雅·公刘》第五章的解读也提出了类似的问题：

> "观其流泉，其军三单，度其隰原"。三句之上"既溥且长，既景乃冈，相其阴阳"，三句叶央部。三句之下，"彻田为粮，度其夕阳，豳居允荒"，亦以三句叶央部。本章当依叶韵划为三截

---

① 郭晋稀：《诗经蠡测》（修订本），四川出版集团巴蜀书社，2006年版，第102页。

释之。①

《公刘》以三句为一节的结构方式还见于其他章,郭氏的上述辨析,对于解读《公刘》全诗,以及其他相关作品,均有启示意义。

郭氏的《〈伐木〉释义》一节还提到顶针句式:

> 此即后人顶针(或作真)格之滥觞也。后一句针顶前一句为顶针;后一章针顶前一章,亦为顶针。后句针顶前句,不必前句皆入后句;后章针顶前章,亦不必前章皆入后章也。顶针之法,自可灵活运用,本无一定法式。《大雅·棫朴》第一章云"芃芃棫朴,薪之槱之,济济辟王,左右趣之",第二章针顶第一章之末句云"济济辟王,左右奉璋,奉璋峨峨,髦士攸宜"是也。②

《伐木》一诗是否属于顶针体,尚值得进一步斟酌。所列举的《棫朴》几句诗,确实是典型的顶针体。另外,《文王》作为《大雅》的首篇,全诗七章,除第一、第二章之间不是顶针体,其余各章之间均以顶针体衔接过渡。郭氏提到《诗经》的顶针体,揭示出这种特殊结构方式的生成原型。

郭氏是以章句之学、声韵之学治《诗》,并且多有创获。而书中所出现的疏漏,也往往出在文字训诂方面。

一是不明词语的特殊用法,而按常见意义加以解释。《卫风·伯兮》有"为王前驱"之语,郭氏写道:

---

① 郭晋稀:《诗经蠡测》(修订本),四川出版集团巴蜀书社,2006年版,第118页。
② 郭晋稀:《诗经蠡测》(修订本),四川出版集团巴蜀书社,2006年版,第85页。

然则怎样理解"为王前驱"一句呢？我以为前人之误，正误在不知此句之王为何王，而妄认为周王耳。王国维作《古诸侯称王说》，详引金文，以为"古诸侯于境内称王，与称君称公无异"。今考《邶风·北门》有"王事适我""王事敦我"，王当指卫王，不指周王。《秦风》之《鸨羽》与《无衣》，有"王事靡盬""王于兴师"。王当指秦伯，也不当指周王。《曹风·下泉》言"四国有王"，更明显是指四国诸侯之王，不能指周王。以《诗》证《诗》，风诗中之王，皆指诸侯，《伯兮》中之"为王前驱"，王指卫侯不指周王。①

郭氏以王国维之论为依据，断定古诸侯境内可称王。王氏《古诸侯称王说》②所录四件铜器的铭文，其解读大有商榷的余地，不能作为定论。王，指天子，这是它的常见意义。"王"字还有它的特殊用法，见于《大雅·板》的末章："昊天曰明，及尔出王。昊天曰旦，及尔游衍。"毛《传》："王，往。"③出王与游衍对举，皆为动词。毛《传》以往释王，极其确切，王指前往、出行。郭氏所举上述风诗（《鸨羽》出自《唐风》非《秦风》），其中的王字皆可作出行、前往解释，能够一以贯之。"为王前驱"就是充当出行的前驱。

二是通假过多，造成解释上的牵强。

《周行·周道——中道、道中》一节称："我认为'周'是'中'的

---

① 郭晋稀：《诗经蠡测》（修订本），四川出版集团巴蜀书社，2006年版，第60页。
② 王国维著，彭林整理：《观堂集林》，河北教育出版社，2003年版，第623—624页。
③ 王先谦：《诗三家义集疏》，中华书局，1987年版，第920页。

假借。"我说'周行''周道',也就是'中道''道中',把它移植《诗经》的全书,解释是处处妥当的。"①事实并非如此。《唐风·有杕之杜》称:"有杕之杜,生于道周。"如果周是中的假借,那么,"生于道周"就是"生于道中"。高大的树木而生长在大道中间,实在是不可思议。再如释《小雅·大东》的"舟人之子","舟当读众,声即相当,幽冬对转也。"②这也是无须通假而强为之通假,郭氏把声韵之学用得过分,造成许多不应有的失误。

三、汤炳正的《屈赋新探》③

汤氏的楚辞研究,正式起步于20世纪60年代,相继刊发《屈原列传新探》④、《楚辞编纂者及其成书年代探索》⑤等论文,主要是从文献学角度进行研究,所提出的看法颇为独到。这两篇论文后收入《屈赋新探》,题目稍有更改。

汤氏于20世纪30年代中期师从章太炎,颇得其真传。汤氏在20世纪七八十年代楚辞研究所取得的一系列创造性成果,得益于他在文字声韵方面精深的造诣,多是来自训诂考据。汤氏充分运用自身在文字声韵方面的优长,在楚辞研究的多个领域均有建树。

第一,利用出土文物的材料,用以破译楚文化的秘密。

---

① 郭晋稀:《诗经蠡测》(修订本),四川出版集团巴蜀书社,2006年版,第20、22页。
② 郭晋稀:《诗经蠡测》(修订本),四川出版集团巴蜀书社,2006年版,第97页。
③ 初刊于齐鲁书社,1984年版。
④ 初刊于《文史》第1辑,1962年10月。
⑤ 初刊于《江汉学报》1963年第10期。

1976年，陕西临潼出土的一件利簋，器内有铭文32字，叙述武王伐商事件。汤氏撰写的《历史文物新出土与屈原生年月日的再探讨》[1]一文，根据利簋纪时的书写规则，得出如下结论：

> 所不同的是利簋直名岁星为"岁"，而屈赋则代之以岁星的另一名称"摄提"。从这两处二名交替使用的情况看，则屈赋的"摄提"必然是指"岁星摄提"，而决不是指的"大角摄提"。……而且，《石氏星经》与屈原《离骚》是同一时期的产物，可证屈原称岁星为"摄提"，是有根据的。[2]

关于摄提之名，可以指大角摄提，也可以指岁星摄提，《离骚》开头提到的摄提究竟属于哪种情况，一直存在争议。汤氏利用出土器具铭文的记载，又征之以战国石申所作的《星经》，对这个学术悬案给出肯定的回答，从而为确认屈原的生年提供了坚实的证据。文中还提到1972年临沂银雀山汉墓出土的《元光历谱》。1973年长沙马王堆三号汉墓出土的帛书《五星占》，为论证岁星纪年提供了充分的证据。在此基础上，汤氏通过论证得出结论："屈原所谓'名余曰正则'的'正'，显然跟他出生的年月有关。""屈原字曰'灵均'的'灵'，可能跟他生于'令月吉日'有关。"[3]把《离骚》抒情主人公的称谓与他的出生日期相贯通，确属新见，而《离骚》开篇的叙事，二者确实是前后相次，紧密相连。

1978年湖北随县曾侯乙墓出土的竹简，上有"左徒""右徒"的官职名称。根据出土文物提供的这个信息，汤氏对于屈原曾经担任

---

[1] 初刊于《四川师院学报》1978年第4期。
[2] 汤炳正：《屈赋新探》，齐鲁书社，1984年，第35页。
[3] 汤炳正：《屈赋新探》，齐鲁书社，1984年，第44页。

的左徒之职,在《左徒与登徒》①一文中作了辨析,认为曾侯墓竹简中的左登徒,简称就是左徒;右登徒简称右徒。他又列举《齐策三》郢之登徒向孟尝君献象床一事,进一步证明登徒与左徒的关系,并且得出结论:

> "左徒"虽兼管内政、外交,但从《屈原列传》,尤其是《春申君列传》来看,他们的主要活动多在外交方面。②

汤氏所得出的这个结论,前人已经有之。但是,把左徒之职与出土文物的有关记载相印证,却是汤氏的创获。曾侯墓属于楚文化区,与楚辞的关联很密切,二者进行互证是可行的。

《天问》写道:"昭后成游,南土爰底?厥利维何?逢彼白雉。"这是针对周昭王南游一事所作的发问。20世纪70年代,陕西扶风出土了西周窖藏的《史墙盘》。汤氏在《试论〈天问〉所反映的周、楚民族的两次斗争》③一文中,把《史墙盘》铭文与《天问》进行沟通:

> 从这段铭文里,很显然可以看出:所谓"弘鲁昭王,广笞荆楚,唯狩南行",实际上跟《天问》里的"昭后南游,南土爰底,……"所指的是一回事。④

汤氏把二者相勾连是有道理的,它们所叙述的都是周昭王的一次壮举,南达于楚地,是一次军事行动,与后来死于汉水的那次出行不是

---

① 初刊于《中华文史论丛》1981年第3辑。
② 汤炳正:《屈赋新探》,齐鲁书社,1984年,第54页。
③ 初刊于《四川师院学报》1980年第4期。
④ 汤炳正:《屈赋新探》,齐鲁书社,1984年,第223页。

一回事。

汤氏还根据出土文物,对《天问》有关月亮的传说作了推测:"曾侯乙墓箱盖图象中似虎又似兔的兽形,乃月中阴影神话传说以语言因素为媒介而由兔变虎的过渡形象。"①汤氏是在《〈天问〉"顾菟在腹"别解》一文中提出这个看法,从出土文献那里为解读《天问》提供参考,思路是很可取的。

第二,从语言媒介切入解读楚辞神话。

汤氏精于文字音韵之学,他充分利用自己的这种擅长,从语言学角度切入去解读楚辞神话,所得出的许多结论令人耳目一新,又有坚实的理论根据,有力地推动了这个领域的研究,使之走向深入。他的《从屈赋看古代神话的演化》②是这方面的代表作。

《招魂》有"赤蚁若象"之语,汤氏首先援引《方言》《广雅》有关蚂蚁的解释,并用鲁东方言对蚂蚁的称呼加以印证,指出古代方言中蚁有蛘、螻等别称,最后得出如下结论:

> 正由于某些方言中"蚁"有"螻"名,故对古老神话中的"赤蚁""朱蚁",人们即以语言为媒介,由"蚁"到"螻",又由"螻"到"象",最后把细小的虫儿,被想象为其大如象的庞然大物。③

汤氏是由语言学切入,探讨"赤蚁若象"神话的由来,揭示它的生成机制。所采用的方法则是实证和训诂,有大量的文献作支撑。《招魂》还有"玄蜂若壶"之语,汤氏采取的也是上述解读方式,并且作了

---

① 汤炳正:《屈赋新探》,齐鲁书社,1984年,第263页。
② 初刊于《四川师院学报》1981年第2期。
③ 汤炳正:《屈赋新探》,齐鲁书社,1984年,第251页。

第五章　20世纪后二十年:先秦诗歌研究的复兴

系统的论述:

> 古人对某一物中的品种之大者,往往加"马""牛""王""胡"等于名词之前以示区别。……又《广雅·释诂》云:"胡,大也。"故《释名·释饮食》:"胡饼,作之大漫沍也。"……有时,人们或将"胡"字转写为壶,这也只是借音字,不必皆与壶形有关。……在长期的流传中,人们以语言因素为媒介,由"大蜂"演而为"胡蜂";又由"胡蜂"转而为"壶蜂";而"壶蜂"又在意义上被想象为腹大如壶的庞然大物。①

汤氏承认神话是想象的产物,是在想象中生成的,同时又指出语言媒介对于神话生成所起的至关重要的作用。语言媒介对神话的催生先于想象,是想象赖以展开的根据,同时制约着想象的走势,关键是准确地找到真正起作用的语言媒介。汤氏在这方面独具慧眼,充分运用他在语言文字方面的专长,找出一系列楚辞神话得以生成的语言媒介。对于《离骚》中的"凤凰受诒"神话,他写道:"由于'燕'(玄鸟)'鷖'(凤凰)同音的关系,才由玄鸟演化为凤凰。"②对于《天问》中的"蓱号起雨"神话,汤氏称:"《天问》所谓'蓱号',原作'蚌号',即指蚌虫之鸣叫而言。"③对于版本各异的月亮神话,汤氏同样运用语言媒介理念加以解说:

> 而较为古老的传说,则除了兔以外,还有蟾蜍,并且还有虎。……这三者,都是以同一语言因素为媒介而演化为三种不

---

① 汤炳正:《屈赋新探》,齐鲁书社,1984年,第252—253页。
② 汤炳正:《屈赋新探》,齐鲁书社,1984年,第254页。
③ 汤炳正:《屈赋新探》,齐鲁书社,1984年,第257页。

同的神话传说(古称"蟾蜍"为"居蟦",与"於菟""顾菟"同音)。而且,月中有虎(於菟)这一传说,只限于楚地。①

汤氏通过语言媒介使一系列楚辞神话得以破译,他采用的是循名责实、追本溯源的方式,从语言切入,最后又落实到神话的语言层面。神话是虚幻的,汤氏把它还原到语言层面,揭示出它的现实根据。神话是想象的产物,汤氏所作的研究却不是凭借主观想象,而是通过具体的考证,把制约神话想象的语言媒介发掘出来。汤氏从语言媒介切入的神话研究在许多方面都是独辟蹊径,独树一帜。

第三,通过文字训诂发掘楚辞的词章声韵之美。

楚辞是文学作品,发掘它的文学价值和艺术特点,是楚辞研究不可或缺的部分。汤氏在这方面卓有建树,他凭借自己在文字音韵领域深厚的功底,对楚辞的文学价值作了深层开掘,使得楚辞的艺术特征充分地显现出来。

汤氏的《屈赋修辞举隅》写于1978—1979年间,对楚辞的修辞手法作了全面的梳理,概括为譬喻、借代、比拟、双关、联迭、重现、倒置等七大类。每个大的类别内部又划分为若干小类,如,双关有音义双关、借义双关、谐音双关、音形双关;倒置有时序倒置、词序倒置、句序倒置。类别划分之细密,在楚辞研究中是罕见的。

汤氏对楚辞修辞手法的审视,没有停留于表面现象的罗列,而是通过文字训诂向深层开掘。例如,他对《离骚》中"折琼枝以为羞"作了如下辨析:

> 今按羞、脩确系二物,但屈赋乃以同音的关系,借羞为脩。

---

① 汤炳正:《屈赋新探》,齐鲁书社,1984年,第269页。

故王逸训"羞"为"脯",完全正确。当然,王逸注虽然正确,却没有能从修辞角度加以阐发,故无说服力。据《说文》云:"脩,脯也。从肉,攸声。"是"脩"即腊肉。但古人对腊肉因形状不同而有不同名称。如薄者谓之脯(《周礼·腊人》郑注),屈者谓之朐,申者谓之脡(《公羊传》昭二十五年何注),至于长条形者则谓之脩。……因此,木枝之长条与腊肉之长条,具有共同特征,此屈赋之所以用"琼枝"为本体用"羞(脩)"为喻体而构成了譬喻关系。①

汤氏揭示出这句诗的两个修辞格,一是借代,以"羞"代"脩";二是譬喻,用长条形腊肉比喻玉树枝条,二者形状相似。以往的训诂考证,停留于把"羞"训为食粮而已,没有揭示出其中暗含的两种修辞方式。汤氏的结论是经过严密的训诂考证得出的,而不是纯靠推理演绎。对于两种修辞格的发掘,把这句诗所具有的文学价值全面地展示出来,而这正是以往注释解读所缺少或误会的。

再如,对于《九章·悲回风》的"编愁苦以为膺",汤氏作了如下解说:

如"膺"之本义为胸,因而凡施于胸部的服饰,古亦多谓之"膺"。如马之胸饰有"钩膺""镂膺",见《诗》之《采芑》《小戎》。而人之用以络胸者亦谓之膺,《释名·衣服》:"膺,心衣。抱腹而施钩肩,钩肩之间施一裆以掩心也。"可见屈赋的"编愁苦以为膺","愁苦"是本体,指苦闷缠绕于胸次;"膺"是喻体,指衣饰之笼罩于胸臆之间者。正是这一共同特征,才构成了本体

---

① 汤炳正:《屈赋新探》,齐鲁书社,1984年,第295—296页。

与喻体之间极其贴切的譬喻格。①

汤氏把"膺"作为考释的重点,指出作为人的服饰它是背心、马夹一类贴心之衣。古人认为心之官则思,人的愁闷产自心灵,因此,以膺比喻愁闷也就显得无比贴切,它们都与人的心灵密切相关。汤氏论楚辞修辞手法是从文字训诂入手,这是他高人一等之处,因此,对以往注释翻译上的错误时有驳正。

《屈赋语言的旋律美》②是汤氏从声韵角度解析楚辞的专题论文,提出一系列独到的见解。汤氏写道:"屈赋在节奏上从统一中求错落的倾向,确实是极其显著的特征。尤其是在互相对称而又并列排比的句子上,更着意地在节奏上以变化错落取胜。"③这是汤氏对屈原作品节奏美的总体把握,肯定它的对称统一的同时,又强调它的错落变化。接着,文中列举屈原作品中韵脚位置的多样性,有首尾韵、中尾韵、交叉韵。转韵、换韵的多样性更是汤氏关注的重点,认为屈原作品不但有四句一节之内的通韵、合韵,而且节与节之间也存在这种情况,并以《离骚》为例作了说明:"象《离骚》上述三大段的韵律,则不仅是偶然一现的渐变,而是始终盘旋于几个固定的音响极其相近的韵部之间,从往复回环中深刻地展示了诗人忧郁徘徊的感情色彩。"④从《离骚》韵脚的变化规律触摸到屈原情感的脉搏,研究能够深入到声韵与情感关系的层面,确实具有开创性。文中还写道:"屈赋在一般情况下多用阳声韵与阴声韵;而在情绪特别激动悲切

---

① 汤炳正:《屈赋新探》,齐鲁书社,1984年,第296—297页。
② 初刊于《四川师院学报》1982年第4期。
③ 汤炳正:《屈赋新探》,齐鲁书社,1984年,第395—396页。
④ 汤炳正:《屈赋新探》,齐鲁书社,1984年,第403页。

的诗节里,有时往往换用短促而咽塞的入声韵。"[1]通过审视所用的韵部而把握抒发情感的属性,对于后代诗歌的解读往往采用这种方式,而在楚辞研究中则比较罕见。汤氏所作的观照很细微,给出的结论也颇有新意。

《〈招魂〉"些"字的来源》[2]是汤氏论述句尾语气词的力作,文中写道:

> 今考:这一结构奇异的"些"字,在先秦古籍中,只见于《楚辞·招魂》。但是,汉王逸的《楚辞章句》,遍释楚言楚语,而不及"些"字;汉许慎的《说文解字》,广收屈原、宋玉、司马相如以及扬雄赋中的文字,也不收"些"字。直到魏晋以来,"些"字才为人们所注意。这个现象,恐怕不是偶然的。[3]

汤氏提出的问题是前人所未曾发现的,确实值得深思。那么,如何解释这种奇怪的现象呢?汤氏作了如下回答:

> 今按:在先秦文字中,本无"些"字,《招魂》的"些"字,乃"此"字的重文复举。古人于"此"字下作"二",以为重文复举的符号;后人不察,误将"此""二"两形合而为一,才形成后来的"些"字。几千年来,遂以讹传讹,沿袭至今。[4]

汤氏的这个发现极其重要,所作的解释也合情合理,与古代的书写方式相契。这样看来,《招魂》的句末语气词"些",应是两个"此"字的

---

[1] 汤炳正:《屈赋新探》,齐鲁书社,1984年,第404页。
[2] 初刊于《四川师院学报》1978年第2期。
[3] 汤炳正:《屈赋新探》,齐鲁书社,1984年,第371页。
[4] 汤炳正:《屈赋新探》,齐鲁书社,1984年,第372页。

叠用。汤氏还写道：

> 凡从"此"得声之字，虽被古音学家划入脂部，但就先秦流传下来的古本典籍的异文来看，"此"字较原始的古音，或在歌部。①

汤氏对于句末语气词还有如下论述：

> 近年阜阳出土汉简《诗经》，凡"兮"皆作"猗"。可知古歌"候人兮猗"，实即"候人兮兮"。"兮""猗"古皆读"啊"，"候人啊啊"，乃迭音以畅情，与"些"为"此此"同理。②

阜阳汉简对《诗经》句末语气词的书写方式，再次证明汤氏之论的可信，同时也表明这样一种现象，先秦诗歌的句尾语气词确实存在同一个字叠用的情况。

汤氏在《自述治学之甘苦》中说道：

> 我一生治学是多变的。这不仅表现在由博返约，到以约驭博；也表现在由旧而新，到以新促旧。我在专业上，开始时泛览经史百家，到专治声韵文字；后来又由声韵文字，回过头来致力于《楚辞》，并通过《楚辞》以窥百家之要旨，故曰以约驭博。③

汤氏的楚辞研究确实是由博返约，以约驭博，并且镕旧学新知于一炉。文字声韵之学是他治诗的利器，在他手中运用得极其娴熟。除

---

① 汤炳正：《屈赋新探》，齐鲁书社，1984年，第380页。
② 汤炳正：《渊研楼屈学存稿》，中国社会科学出版社、华龄出版社，2004年版，第141页。
③ 汤炳正著，汤序波整理：《楚辞讲座》，广西师大出版社，2006年版，第197页。

个别地方存在无须通假而通假的瑕疵外,他的楚辞论著基本上继承了章太炎遗风,深邃而严谨。20世纪的先秦诗歌研究奠基于章太炎,汤氏作为章太炎晚年的入门弟子,则以楚辞研究的众多创获,成为这个领域20世纪的殿军,树立起一座标志性的里程碑。